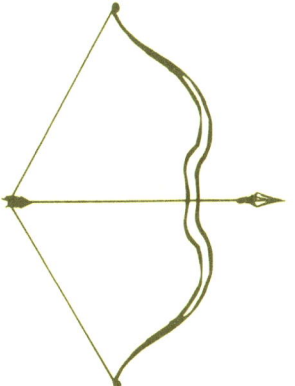

Bibliografische Information der Deutschen Nationalbibliothek:
Die Deutsche Nationalbibliothek verzeichnet diese Publikation
in der Deutschen Nationalbibliografie, detaillierte bibliografische
Daten sind im Internet über http://dnb.dnb.de abrufbar.

Impressum:
Vierte Auflage
©2023 Marion Wiesler
Elz 67, 8182 Puch bei Weiz
www.marionwiesler.at
Erstauflage 2019
Covergestaltung: Veronika Tanton
veronikatanton.com
Coverfotos: Leila Joensson; pixabay
Herstellung und Verlag:
tolino media

ISBN 9783757922238

Herstellung und Druck über tolino media GmbH & Co. KG,
Albrechtstr. 14, 80636 München. Printed in Germany.
Fragen zu Produktsicherheit an: gpsr@tolino.media.

Marion Wiesler

Die Welt der Wortflechterin
Der Bogen des Smertrios

Vom Kelten, der loszog,
die Sonne vom Himmel zu holen

Bände der Hauptserie
Die Wortflechterin

Die Wahl des Hochkönigs – Band 1
Der Markt der Lügner – Band 2
Die Braut des Siegers – Band 3
Das Fest der Sonnwend – Band 4
Das Kind des Bärenkriegers – Band 5
Der Mond der Hoffnung – Band 6
Das Ende des Weges – Band 7

Bände der Nebenserie
Die Welt der Wortflechterin

Die Zeit des Aufbruchs
(Kurzband)

Der Krieger der Druiden
Der Bogen des Smertrios

Die Schatten der Worte
(Schülerband)

Kapitel 1

Begegnung am Morgen

Sie schlief noch, als Smertrios erwachte. Er war froh darüber, denn gewiss würde sie mit ins Dorf gehen wollen, wenn sie wach wäre. Der Marsch durch den Wald war zwar nicht übermäßig weit, die Übelkeit, die Kalandina nun frühmorgens plagte, würde ihn aber mühselig machen.

Vorsichtig schob Smertrios sich von der fellbedeckten Lagerstatt. Kein Hauch der Morgendämmerung schimmerte durch die mit Rohhaut bedeckte Fensteröffnung, nur die schwache Glut der Feuerstelle bot ein wenig Licht.

Er kannte seine Hütte in- und auswendig. Gewiss, in letzter Zeit hatte Kalandina seine Sachen umgeräumt, hatte darauf bestanden, dass die Werkzeuge unter dem großen Vordach neben der Hütte gelagert wurden, die lehmverkrusteten Schuhe draußen blieben, aber er fand sich auch im Dunkeln mühelos zurecht und schlüpfte in die wollenen Braccae und die langärmelige Camisia.

Kalandina regte sich im Schlaf, murmelte. Smertrios schob die Decke über ihre Schulter, damit sie sich nicht erkältete.

Sie wusste, dass er heute ins Dorf wollte. Ehe die Sonne den höchsten Stand erreichte, wäre er zurück.

Natürlich, er könnte auch später gehen, wenn Kalandina dann dazu in der Lage wäre, aber eine nagende Unruhe hielt ihn schon die halbe Nacht wach.

Als er seinen Gürtel umband, klirrte das Messer leise gegen den metallenen Verschluss. Smertrios hielt inne, doch Kalandina rührte sich nicht. Seinen Umhang würde er draußen umlegen. Vorsichtig nahm er seinen Bogen und den Köcher vom Haken neben dem Eingang, bemüht, dass die Pfeile nicht gegeneinanderstießen.

Er öffnete die Türe nur einen Spalt und schlüpfte hinaus. Die Luft war kalt, aber es hatte keinen Frost gegeben. Der Frühling stand unleugbar bevor. Vielleicht war es nur das Erwachen der Erde, das er als Pulsieren in seinem Körper fühlte. Vielleicht sollte er wirklich warten und seine Frau mitnehmen.

Doch nun war er schon auf.

Er würde ihr aus dem Dorf etwas mitbringen.

Im zarten Grau des Morgens packte er die drei langen Bögen zusammen, an denen er die letzten Tage gearbeitet hatte, schlang sie sich mit einem Strick über die Schulter. Er war sehr zufrieden mit seinem Werk und sicher, dass die Männer, die die Bögen bei ihm bestellt hatten, es auch wären. Er hatte ein gutes Gespür für das Holz, es war, als würden die Bäume mit ihm sprechen. Schon als kleiner Junge, seit er das erste Mal die Männer auf der Jagd mit ihren Bögen gesehen hatte, hatte er gewusst, dass dies seine Berufung wäre. Er liebte es, den Tag mit seinen Bögen zu verbringen, das Holz unter seinen Fingern zu fühlen, die Muskeln in seinen Armen zu spüren, die Schönheit der geschwungenen Form mit seinen Augen zu liebkosen.

Der Köcher war voll mit Pfeilen, seinen eigenen und jenen, die er passend zu den neuen Bögen gefertigt hatte. Wenn erst die Sonne aufgegangen war, würde man die rot gefärbten Federn leuchten sehen. Zumindest bis zum nächsten Regen war es so viel einfacher, die wertvollen Pfeile wiederzufinden, wenn man bei der Jagd danebenschoss.

Ehe er die kleine Lichtung verließ, auf der seine selbstgebaute Hütte stand, pflückte er noch ein paar vertrocknete Köpfe des Pfeifengrases, zerrieb sie zwischen den Fingern und blies sie in die Luft, den Göttern zur Freude.

Vielleicht konnte er unterwegs noch einen Hasen schießen, Kalandina liebte frischen, gebratenen Hasen. Eines der wenigen Dinge, das sie an ihrem Leben hier im Wald schätzte.

Der Duft von aufgewühltem, modrigen Laub. Im feuchten Waldboden, dunkel im ersten Sonnenlicht des Tages, ein Abdruck, groß wie ein Männerfuß, mit langen Krallen. Smertrios blieb stehen. Es war noch sehr früh im Jahr, um einem Bären zu begegnen. Vorsichtig bewegte Smertrios sich weiter, die Finger fest um seinen Bogen. Die Spur war nun deutlich zu sehen, oftmals gekreuzt von einer ähnlichen, nur viel kleineren. Eine Bärin mit ihrem Jungen, frisch aus dem Winterschlaf erwacht. Er ginge wohl besser zurück, machte einen Umweg, doch ein Gefühl von Sehnsucht trieb ihn weiter. Er hatte schon lange keinen Bären mehr im Wald gesehen. Und der Wind stand günstig.

Auf einer kleinen Lichtung sah er sie. Struppig und abgemagert lag sie da, vor sich einen Dachs, den ihre starken Kiefer genüsslich in Stücke rissen. Das Bärenjunge kletterte auf ihrem Rücken herum, sie ließ es geduldig geschehen. Smertrios fühlte Ehrfurcht. Selbst vom langen Winter gezeichnet, strahlte die Bärin Würde aus. Er lehnte sich mit der Wange an die dicke Eiche, die ihn vor den Blicken der beiden Tiere schützte. Ganz still stand er, nur seine Finger spielten mit einem Pfeil, unsicher, ob er ihn abschießen sollte. Er müsste sie beide töten, das Junge alleine konnte nicht überleben. Aber warum sollte er? Er hatte genug Fleisch, und ein Bär hatte keine Sehnen, die er für seine Bögen benützen könnte. Er würde sein Leben nicht für eine Trophäe riskieren. Und wer weiß, vielleicht hatten ihm ja die Götter die Bärin geschickt. Vielleicht war sie ein Zeichen. Er würde den Druiden fragen, wenn er ihn im Dorf traf.

7

Ein Weilchen blieb er noch stehen, riskierte, dass der Wind sich drehte und die Bärin seine Witterung aufnahm. Seit er ein Kind gewesen war, hatte er sich immer mit dem Wald und seinen Bewohnern eins gefühlt. Wieder wurde ihm bewusst, welche Ruhe ihm ein Anblick wie jener der Bärin gab. Und wie viel mehr ihm das bedeutete, als mit anderen gemeinsam Bier zu trinken und von großen Taten zu prahlen. Ja, er hatte damals die rechte Entscheidung getroffen.

Vorsichtig und langsam zog er sich zurück, ein Lächeln auf den Lippen. Es würde ein guter Tag werden, wenn er so begann.

Noch ehe er auf den breiten Pfad einbog, der zum Dorf führte, hörte er bereits den Lärm. Schreie. Schreie, die nicht den kommenden Frühling bejubelten, sondern Schreie der Todesangst. Und Schreie, die eben diese Angst hervorrufen sollten, Kriegsschreie, das Schlagen von Eisen auf Holz, das schrille Trillern berittener Krieger.

Smertrios begann zu laufen, die zusammengeschnürten Bögen für die Männer im Dorf schlugen gegen seine Beine. Noch im Lauf legte er einen Pfeil in seinen eigenen Bogen ein, bereit zu schießen, sobald es nötig war.

Der ätzende Geruch von Feuer drang in seine Nase, nicht jene rauchige Morgenluft, die das Erwachen des Dorfes verkündete, sondern mindestens eine brennende Hütte.

Als er vom Wald auf den Weg trat, offenbarte sich ihm ein stets gefürchteter Anblick. Dunkle Rauchwolken erhoben sich über den Dächern im Osten des Dorfes, das große Tor stand offen, fremde Reiter preschten zwischen den Häusern umher, dazwischen die Menschen seines Stammes, aus dem Schlaf gerissen, in Panik.

Ein Überfall.

Ein Stamm, dessen Vorräte wohl früher zu Ende gegangen waren als der Winter.

Hungrig, gierig, zu allem bereit.

Smertrios kam ungesehen ins Dorf, schoss Pfeil über Pfeil, sobald er sicher war, zu treffen, war froh, zusätzliche Pfeile bei sich zu haben und doch bemüht, sie nicht zu schnell zu verbrauchen.

Wo war seine Familie? Er hastete durch das Gewühl, duckte sich hinter Mauerecken, warf sich zu Boden, um den fremden Speeren und Hieben zu entgehen. Er kroch westwärts, dem Haus der Eltern zu. Er sah die wenigen Krieger, die sein Dorf besaß, zu den eigenen Pferden hasten, dabei um sich schlagend und bemüht, das Schwert zu gürten. Er sah Bauern, die mit Sensen und Dreschflegeln ihr Hab und Gut verteidigten, sah Frauen, die an den Haaren davongezerrt wurden, ein Kind, aufgespießt von einem Speer. Endlich erblickte er seinen Vater, der Mutter und die kleinen Geschwister ins Haus drängte. Smertrios wusste um den Verschlag unter der Schlafstatt, eine in den harten Lehmboden gegrabene Grube, abgedeckt mit Brettern, darin wäre seine Familie wohl sicher. Alauda, seine ältere Schwester, sah ihn, ihre Augen panisch geweitet, ihr nur ein paar Monde altes Kind an die Brust gedrückt. Vater schob auch sie ins Haus, entdeckte Smertrios, deutete ihm hektisch, ehe er sich mit einem Eisenstab bewaffnet in den Kampf warf.

Wo war Sanna? Er hatte Sanna nicht gesehen. Wo war sie?

Ein Knüppel schwang knapp an Smertrios vorbei, er duckte sich im letzten Moment, stieß dem Angreifer den Bogen in den Bauch, der Fremde stürzte, die Hand um Smertrios' Bogen gekrallt, landete unglücklich. Der Bogen brach unter dem Gewicht des Fremden, unbrauchbar nun. Smertrios warf ihn zu Boden, zog einen der neu gefertigten aus dem Bündel.

War Sanna in Sicherheit? Er setzte an, zu seinem Elternhaus zu rennen, doch es trieb ihn in die andere Richtung.

Er sah ehemalige Kameraden, sah Barnario, den Anführer des Dorfes. Doch seine Augen suchten nach dem zierlichen Mädchen, nach langen, hellbraunen Haaren, nach seiner jüngeren Schwester. Sein Gefühl zog ihn in die richtige Richtung, in der Nähe des Tores entdeckte er sie durch den

Dunst, den der dunkle Rauch durch das Dorf blies. Eng an die Palisade gekauert, den Kopf mit den Armen geschützt, die Hufe eines nervösen Pferdes nahe an ihrem Körper. Darauf ein Reiter, der versuchte, sich hinabzubücken, um Sanna auf das Ross zu zerren. Im nächsten Moment hatte Smertrios bereits einen Pfeil eingelegt, spannte den Bogen, schoss – und verfehlte. Zu kurz war sein Schuss gewesen, zu ungewohnt der für jemand anderen gebaute Bogen.

Er legte den nächsten Pfeil ein und rannte los, doch noch ehe er in die Nähe seiner Schwester kam, ergriff ein weiterer Mann sie, kein Reiter, ein Fußkämpfer, zerrte Sanna am Arm hoch, packte sie um die Hüfte und schleppte sie zum Tor hinaus.

Smertrios lief, so schnell ihn seine Beine trugen. Er würde nicht zulassen, dass einer dieser fremden Kerle seine Schwester entführte und missbrauchte!

Nicht Sanna!

Smertrios stolperte, fiel über einen verletzten Krieger. Rappelte sich auf, wehrte einen Angreifer ab, nur beseelt von dem Gedanken, seine Schwester zu retten.

Er passierte das Tor. Sah Sanna nicht. Nur eine zertrampelte Fläche, Fußspuren, Pferdehufe, ein wildes Durcheinander von Abdrücken. Unmöglich, die rechte Spur zu entdecken. Wohin? Gewiss in den Wald. Wohin sonst liefe ein Mann, der ein junges Weib zur Beute ergattert hatte. Der Wald, geeigneter Ort, sie ins Moos zu werfen oder gegen einen Stamm zu pressen. Schweiß rann Smertrios den Rücken hinab, nass klebten seine Haare im Nacken.

Er musste sie finden.

Er musste sie rasch finden.

Doch er fand sie nicht.

Immer panischer hetzte er durch den Wald. Die Sonne hatte inzwischen längst ihren höchsten Stand erreicht. Von Ferne hörte er die Geräusche aus dem Dorf, das Knistern des Feuers, das langsam abebbte, die verstummenden Schreie, die gespenstische Ruhe, die einkehrte.

Wie zum Hohn begannen die Vögel zu zwitschern, ihre Frühlingsgesänge in die Luft zu trällern. Sein Atem ging laut, immer wieder hielt er inne, versuchte, unter dem Rasseln seiner Lunge irgendein Geräusch seiner Schwester aufzuschnappen. Aber der Wald lag still und friedlich.

Kapitel 2

Der Sulnatris

Er kehrte ins Dorf zurück, ehe die Sonne unterging. Es war ihm egal, dass er die drei Bögen irgendwo abgelegt hatte, um besser laufen zu können. Seine Camisia war zerrissen, an unzähligen Ästen hängen geblieben. Er war nur müde. Und verzweifelt.

Sanna.

Die Männer im Dorf sahen ihn schweigend an. Man war bereits dabei, die Schäden zu beheben. Fing die aufgescheuchten Schweine und Schafe wieder ein, hatte all die gefangen genommenen Angreifer in der Mitte des Dorfes an Bäume gebunden. Keiner von ihnen war noch am Leben. Sie waren kein kriegerisches Dorf, aber sie wussten sich zu wehren. Niemand nahm ihnen ihre Vorräte weg.

Smertrios hatte keinen Blick für all das. Gebeugt ging er zum Haus seiner Eltern.

Als er die Türe öffnete, saßen die Frauen seiner Familie rund um die Feuerstelle. Und mitten unter ihnen saß Sanna. Ihre Augen noch von Angst geweitet, die Hände damit beschäftigt, aus ein paar Strohhalmen ein kleines Figürchen zu formen, während ihre jüngere Schwester Uinje ihr einen Zopf flocht.

Ein Bild, vertraut von vielen Besuchen, und doch so unerwartet, dass Smertrios erstarrt stehen blieb.

Sanna sprang auf, als sie ihn sah, fiel ihm um den Hals. Die Ärmel ihres Unterkleides waren dreckig, der karierte Peplos darüber voller Erde, doch sonst sah sie aus wie an jedem anderen Tag.

»Smertrios!«

Er verstand es nicht. Er hatte doch gesehen, wie sie aus dem Dorf gezerrt wurde.

Auch Uinje und Giamvailos waren nun von den Fellen rund um die Feuerstelle aufgestanden und drängten sich an ihren großen Bruder. Nur Alauda blieb sitzen, ihren kleinen Sohn an der Brust.

Niemand schien verletzt. Mutter stand, einen dampfenden Krug in der Hand, inmitten ihrer Familie, lächelte Smertrios an. Sie war rundlich und klein, wie immer damit beschäftigt, die Familie mit Essen zu versorgen. Alles war gut, schien es.

Er musste es nur noch verstehen.

»Wie kommst du hierher, Sanna? Ich hab doch gesehen -«

»Es war furchtbar!« Sanna löste sich von ihm und nun sah er die blauen Flecken in ihrem Gesicht. »Diese Pferde! Die Männer! Ich wollte zu dir in den Wald, aber der Reiter hat mir den Weg verstellt.«

Smertrios fing Alaudas Blick auf, hörte ihr leises, verächtliches Schnauben.

»In den Wald zu dir, das kann nur Sanna einfallen. Ihretwegen sind wir alle aus dem Haus gestürmt, ihretwegen hätten sie fast Giamvailos erwischt.« Smertrios' ältere Schwester hatte Sanna nie besonders gemocht. Erst jetzt wurde ihm bewusst, dass sie eigentlich bereits gestern hatte abreisen wollen, zurück zu dem kleinen Weiler, an dem sie mit ihrem Mann auf einem Landgut lebte.

Giamvailos zupfte Smertrios am Bein. »Hast du mich gesehen? Ich war schnell wie der Blitz, mich erwischt keiner!« Sein kleiner Bruder strahlte stolz.

Smertrios nickte, in Gedanken woanders. »Aber wie kommst du wieder hierher? Ich hab doch gesehen, wie dieser Kerl dich aus dem Dorf schleppte.«

Sanna sah ihn verwundert an. Mutter reichte Smertrios den Tonbecher, der in diesem Haus nur von ihm benutzt wurde. Er sog den Duft des warmen Kräuterbiers ein. Die in den Becher eingeritzten Linien kannte er seit seiner Kindheit und ihre Struktur in seiner Hand zu fühlen, gab ihm ein Gefühl von Sicherheit.

»Du hast Rufius gesehen. Alaudas Mann hat Sanna gerettet, hat sie hinter den Ställen entlang zurück ins Haus gebracht. Die Götter haben es gut gemeint, dass die beiden noch eine Nacht geblieben sind.«

Rufius. Er hatte seinen Schwestermann nicht erkannt im Getümmel. Hatte den großen Mann, dessen lange Zöpfe so unüblich für die Männer in Smertrios' Dorf waren, für einen Angreifer gehalten. Und er hatte gedacht …

Ein eigenartiger Laut drang aus seiner Kehle, er wusste selbst nicht, ob es ein Lachen oder Weinen war. Er versuchte, seine Gefühle mit einem Schluck Bier hinunterzudrängen.

»Warum bist du hier?«, fragte nun Uinje. Sie klang abweisend, reckte den Hals, um größer zu wirken. Noch war sie keine Frau, aber sie würde gewiss eine werden, die sich von ihrem Mann nichts gefallen ließ.

»Ich hatte Bögen abzuliefern. Und da hörte ich die Schreie.«

»Das meinte ich nicht«, unterbrach Uinje ihn. »Alle anderen Männer sind draußen, um die Schäden zu beheben.«

»Lass gut sein, Uinje«, mischte Mutter sich ein. »Smertrios wollte nach Sanna sehen. Das ist nur verständlich.«

Sanna stand noch immer neben ihm und hielt seine Hand umklammert.

»Ist Kalandina mitgekommen?«

Kalandina – an seine Frau hatte er gar nicht gedacht, sie würde sich Sorgen machen.

»Nein. Zum Glück nicht. Sie ist daheim in Sicherheit.«

»Das ist gut.« Alauda lächelte leicht, während sie ihren Säugling sanft schaukelte. »In ihrem Zustand ist es wohl das Letzte, was man erleben will.« Ihre Stimme klang müde.

Smertrios nickte. Er fühlte sich, als hätte er die ganze Zeit die Luft angehalten. Noch einen Schluck Bier. Ausatmen. Sanna ansehen, ja, sie war da, seine geliebte kleine Schwester war wohlauf, war die unberührte junge Frau, eigenartig und herzlich, die sie war. Mutter war wohlauf, auch Uinje und der kleine Giamvailos, auch seine ältere Schwester und ihr Säugling. Ihr Haus stand, war keiner Brandlegung zum Opfer gefallen. Er konnte sich entspannen.

Die Türe öffnete sich in seinem Rücken und Vater und Rufius traten ein. Smertrios lächelte, auch die beiden waren unverletzt. Doch sein Vater blickte ernst.

Mutter reichte jedem der beiden Neuankömmlingen einen Becher mit Bier. Vater legte das Werkzeug, das er in Händen hielt, im Regal neben der Türe ab.

»Es ist dunkel geworden. Morgen machen wir weiter. Uinje, schließ die Fensterläden, die Nacht wird kalt werden.«

Das zehnjährige Mädchen eilte hinaus, um zusätzlich zu den gespannten Häuten noch die hölzernen Läden vorzumachen. Vater ließ sich seufzend neben dem Feuer nieder, legte ein weiteres Scheit Holz nach. Rufius setzte sich neben seine Frau Alauda, zwinkerte Sanna zu.

»Ist es schlimm?«

Mutter rückte zu ihrem Mann. Sie zupfte etwas von seiner Schulter, vielleicht Holzspäne. Vater nahm einen großen Schluck Bier, strich mit seiner sehnigen Hand Giamvailos über die Haare. Der kleine Junge strahlte.

»Nicht sehr. Zwei Tote bei uns – ein Kind und der alte Korbflechter, kein überlebender Fremder. Es war nur eine kleine Horde. Die Götter waren auf unserer Seite.«

»Der Nemeton hat gebrannt, und die Hütte des Druiden«, fügte Rufius hinzu. »Den Göttern sei Dank, keines der Häuser, die eng beieinander stehen. Sie glauben immer alle, wenn sie das Heiligtum zerstören, dann haben sie gewonnen. Dabei denke ich, das bringt die Götter erst recht gegen sie auf …«

»Zum Glück wart ihr noch hier.« Mutter lächelte ihren Tochtermann an, ihre Hände vollführten segnende Gesten.

Rufius sah zu Alauda. »Wir werden noch bleiben, bis alles wieder in Ordnung gebracht ist. Viele Zäune wurden niedergetrampelt.«

Smertrios stand immer noch etwas verloren zwischen Feuer und Türe. Sein Vater sah zu ihm hin.

»Wo warst du?«

»Ich wollte nach Sanna sehen. Das heißt, ich wollte euch sagen, dass ich ihre Spur verloren hatte, deshalb habe ich nicht geholfen, die Schäden zu richten.«

»Wo warst du während des Kampfes, meinte ich.«

Sein Vater war hager und zäh, sein Leben lang an schwere Arbeit gewöhnt und dennoch zumeist ein warmherziger und fröhlicher Mann, dessen Schnurrbart gerne vor Lachen zitterte. Doch nun klang seine Stimme hart.

»Ich habe gekämpft. Du hast mich gesehen.«

Smertrios straffte sich unter dem ungewohnten Tonfall.

»Ja.« Vater schwieg einen Moment, warf einen Blick auf seine Frau. »Alle haben dich im Kampf gesehen. Und alle haben sie dich gesehen, wie du davongelaufen bist, aus dem Dorf geflüchtet bist.«

»Ich bin Sanna hinterher. Ich dachte, sie wäre von den Angreifern entführt worden.«

»Sanna war nie in Gefahr. Rufius hat sich um sie gekümmert.«

»Das weiß ich – jetzt. Im Kampf sah es anders aus.«

»Im Kampf sah es so aus, als würdest du davonrennen. Flüchten. Wie ein Feigling, wie ein schwaches Weib. Sie bewundern höchstens deinen Mut, dass du dich überhaupt traust, noch einmal hier aufzutauchen.«

Schweigen. Die Stille lastete so schwer im Raum, dass Alaudas kleiner Sohn zu weinen begann.

Feigheit war ein Vergehen, war mindestens so schlimm wie der Diebstahl einer Kuh. Nein, schlimmer. Wer feige war, hatte im Stamm der Raben nichts verloren. Smertrios sah den anderen ins Gesicht. Er wollte ansetzen, sich zu verteidigen, doch an ihren Augen erkannte er, dass sie ihm nicht glauben würden. Selbst Sanna – sie sah so entsetzt drein, als hätte man ihr verkündet, ihr Bruder sei in Wirklichkeit ein Schaf. Ihr Blick schmerzte zutiefst. Allein Mutter versuchte ein ermutigendes Lächeln, aber sie war die Einzige. Und obwohl Smertrios noch stand und sie alle zu ihm aufsahen, fühlte er sich unendlich klein. Wie früher, wenn sie ihn wegen Sanna hänselten.

Die Bärin war kein gutes Zeichen gewesen. Er war in das Dorf gekommen, um Bögen zu verkaufen, um seine Familie zu sehen.

Und nun …

Vater seufzte und starrte ins Feuer.

»Morgen früh soll über dich entschieden werden.«

»Dann soll er wohl besser jetzt davonlaufen!« Sanna wollte ihren Bruder schon zur Türe schieben. »Wer weiß, welche Strafe sich die Versammlung ausdenkt. Gerade bei Smertrios.«

Ja, gerade bei ihm.

»Ich laufe sicher nicht davon, Sanna. Sie müssen mich anhören, und sie werden es hoffentlich verstehen. Ich bin nicht weggelaufen vor dem Kampf.«

Vater sah ihm lange ins Gesicht. Nickte dann erneut, doch nun mit einem freundlicheren Blick.

»Hoffen wir es.«

Er würde die Nacht über hierbleiben müssen. Ginge er nun zurück in den Wald, man sähe es erst recht als Flucht.

Als hätte sie seine Gedanken erraten, meinte seine ältere Schwester Alauda:

»Deine Frau wird sich schon keine Sorgen machen.«

Seufzend ließ Smertrios sich nun auch am Feuer nieder. Er hielt seine Hände nahe an die Flammen, spürte die Wärme, die wie feines Leinen seine Finger liebkoste.

»Ich wollte gegen Mittag zurück sein. Nur drei Bögen abliefern. Mehr nicht.«

Sanna neben ihm sprang auf. »Ich kann zu ihr laufen! Ich kann ihr sagen, dass du aufgehalten wurdest!«

»Nein!«

Vater, Mutter und Smertrios hatten es gleichzeitig gerufen. Rufius lachte belustigt.

»Du verlässt bei Nacht nicht das Dorf. Setz dich, Sanna.«

Vater deutete auf den Platz neben Smertrios, doch Sanna blieb stehen.

»Aber es ist Halbmond, ich kenne den Weg. Kalandina wäre sicher froh -«

»Nein, keine Widerrede!«

»Ich habe meinen Bogen, ihr wisst, wie gut ich damit umgehe, mir würde schon nichts passieren!« Nun schwang Trotz in Sannas Stimme.

Vater hob drohend die Augenbrauen. »Nein. Sie wird es überleben, wenn Smertrios nicht heute heimkehrt.«

Sanna setzte sich schmollend.

Wie um von dem Gespräch abzulenken, verkündete Giamvailos:

»Ich habe Hunger. Wir hatten heute noch gar nichts zu essen, sind nur den halben Tag in dem furchtbaren stickigen Loch gelegen.«

Mutter seufzte.

»Ich weiß. Jedes Jahr, wenn der Winter zu Ende geht, ist es dasselbe. Irgendwelche kleinen Stämme glauben, sie könnten an unsere Vorräte gelangen. Als hätte es sich nicht schon herumgesprochen, dass die Rabenleute wehrsam sind.«

Sie erhob sich, ging zu dem großen Regal an der Wand, in dem in Birkendosen und Körben einige Vorräte gelagert waren.

Während Uinje der Mutter half, für alle noch etwas Brot, getrocknetes Fleisch und ein wenig Schmalz zu richten, drückte Sanna ihrem Bruder den Ellbogen in die Seite und flüsterte:

»Ich hätte es geschafft. Auch in der Nacht.«

Er nickte, antwortete aber leise: »Es ist eine Bärin im Wald, mit ihrem Jungen. Die ist hungrig wie Giamvailos.«

Sannas Augen wurden groß, leuchteten im Schein der Flammen. »Wirklich? Oh, wie gerne würde ich sie sehen!«

Smertrios biss sich auf die Lippen. Wie hatte er vergessen können, dass Sanna sich von einer Bärin nicht abschrecken lassen würde, im Gegenteil, wie er sie kannte, musste man nun aufpassen, dass sie nicht bei der nächsten Gelegenheit davonlief, sie zu suchen. Es gab nur wenig, wovor seine Schwester Angst hatte.

Langsam kehrte Ruhe im Haus ein. Mit Rufius und Alauda zu Besuch war es eng hinten auf der Schlafstatt. Smertrios blieb auf den Fellen beim Feuer, er hatte schon so oft im Wald auf Laub und Moos geschlafen, es machte ihm nichts aus, auf dem harten Lehmboden zu liegen. Die Felle rochen vertraut nach Kindheit, wie das ganze Haus. Irgendwann verstummte auch das Flüstern, das von der Schlafstatt herüberdrang. So müde er gewesen war, nun konnte er nicht schlafen.

Sie glaubten, er wäre geflüchtet. Hätte feige das Dorf im Kampf im Stich gelassen. Großartig. Das hatte ihm noch gefehlt. Abgesehen davon, dass er nun drei Bögen irgendwo im Wald verloren hatte und seinen eigenen zerbrochen, er würde Kalandina auch nicht die erwarteten Tauschwaren bringen können, die Säcke voll Schafswolle und Leinen. Falls er überhaupt zu ihr zurückkehren konnte. Feiglinge wurden mitunter schwer bestraft. Und er zählte zu jenen im Dorf, die für ihr Handwerk zwar geschätzt wurden, aber sonst …

Alles hatte damals mit Sanna begonnen. Die Hänseleien, die Beschimpfungen. Nur, weil er sich um seine kleine Schwester gekümmert hatte. *Nani*, Mütterchen hatten sie ihn genannt. Dabei wäre Sanna ohne ihn nicht am Leben … Und weil er anders gewesen war, nicht nur wegen Sanna. Er hatte immer schon lieber die Tage alleine im Wald verbracht, als mit einem Rudel Burschen durch die Gegend zu rennen und sich im Kampf zu üben. Deshalb hatte er sich auch aus dem Dorf zurückgezogen, sobald er erwachsen war. Hatte sich eine Hütte im Wald gebaut. Sanna war damals sehr unglücklich darüber gewesen. Natürlich, er war oft im Dorf, seinem Vater zu helfen, aber Sanna wäre damals am liebsten mit ihm in den Wald gezogen, was Mutter nicht erlaubt hatte. Und dann die Sache mit Kalandina. Sie kannten sich schon lange. Man tanzte manchmal zusammen auf den Festen. Wahrscheinlich hatte er ihr gefallen, weil er eben nicht die ganze Zeit mit seinen Taten prahlte und sich bei jeder Gelegenheit prügelte, wie manch andere junge Männer im Dorf. Er war ebenmäßig gewachsen, groß und schlank, mit kräftigen Armen und geschickt wie sein Vater. Er war nicht so abgestumpft wie viele der Bauernburschen, die vor lauter schwerer Arbeit auf den Feldern kaum einen geraden Satz sagen konnten. Und er wusste Schönheit zu sehen und zu schätzen, das hatte Kalandina gefallen, zumindest hatte sie das gesagt, an jenem Abend. Aber natürlich behauptete sie, dass er sich nicht beherrscht hätte, dass er sie verführt hätte. Beim Fest der Wintersonnwend. Der Met war süß und stark gewesen, die Musik der Trommeln fordernd und berauschend. Sie hatten getanzt, gescherzt. Sie hatte sich an ihn gedrängt, hatte ihre Hand in seine Braccae geschoben, begeistert gegluckst, als ihre Finger fühlten, wie sein Stab groß und fest wurde. Niemand hätte etwas gesagt, aber dass sie gleich schwanger geworden war … Ja, es war eine Vollmondnacht gewesen, jene Zeit, in der die Frauen fruchtbar waren. Er hätte vorsichtiger sein müssen, sich besser beherrschen. Dennoch … Und er hatte sie zum Weib genommen, niemand konnte ihm vorwerfen, dass er die Gesetze missachtet hätte. Er freute sich ja auf das Kind, auf sein Kind. Er freute sich sehr. Aber es hatte seine Lage im Dorf nicht gerade verbessert. Kalandinas Familie hatte sich einen anderen Mann für sie erhofft.

Und nun Feigheit. Die Strafe würde hart sein, das fühlte er. Aber vielleicht glaubten sie ihm ja, sie wussten, wie wichtig ihm Sanna war, sie mussten das doch verstehen …

Das Feuer knisterte leise. Er starrte schon lange in die rote Glut, wahrscheinlich tränten seine Augen deswegen. Irgendwann schlich Sanna zu ihm, legte sich an seine Seite, schlang seinen Arm um sich. Er sollte wütend sein, dass er ihretwegen nun in Schwierigkeiten war. Aber sie war Sanna. Er war einfach froh, dass sie lebte und nicht geschändet und erschlagen im Wald lag.

Die Sonne war gerade erst aufgegangen, als Cavannus kam, ihn zu holen. Der stämmige Krieger war als Kind ein Freund von Smertrios gewesen, sie waren gleich alt. Doch seit Sannas Geburt vor sechzehn Sommern gehörte auch er zu jenen, die Smertrios verlacht hatten. Er hatte sein Schwert umgegürtet, es war nur schlicht, ohne aufwendige Verzierungen, denn so reich war Cavannus nicht. Und er trug seinen Speer mit sich. Fehlte nur noch, dass er weitere Männer mitgebracht hätte, um Smertrios zum Stammesführer zu geleiten. Er wäre auch von selbst zu Barnario gegangen.

Vater und Sanna kamen mit ihm. Sanna hatte zwar bereits in den Wald zu Kalandina laufen wollen, sobald die Nacht dem ersten Morgengrau gewichen war, doch ihre Sorge um den großen Bruder war dann doch größer als jene um die Bruderfrau.

Ihre Finger flochten hektisch an einer kleinen Strohfigur, während sie zur großen Halle gingen.

Männer schleppten gerade die Körper der Feinde zum Dorf hinaus, man würde sie neben dem Weg ablegen, dass die Tiere sie holten. Keine der Leichen besaß noch ihren Kopf, blutig standen die Halsstümpfe von den schlaffen Körpern ab. Der Sitte des Dorfes nach hatte man die Köpfe wohl bereits vor dem Tor auf hohen Stangen aufgespießt. Vielleicht hielt es ja weitere Plünderer ab.

Sanna schob ihrem Bruder die kleine Strohfigur zu, einen filigranen Vogel, ehe er die große Halle betrat. Sie und Vater blieben wartend vor der Türe stehen.

Der lehmverputzte Bau war das größte Haus im Dorf, geräumig genug, um allen Männern bei den Versammlungen Platz zu bieten. Zu Smertrios' Erleichterung befand sich jedoch nur der Rat der Ältesten darin. Gerade schienen sie darüber zu diskutieren, ob der Anführer der Feinde es wert wäre, dass man seinen Kopf in Zedernöl balsamierte und aufbewahrte.

Cavannus räusperte sich. Als die Männer aufblickten, trat Smertrios mit erhobenem Kopf vor. Vater hatte ihm eine Camisia geliehen, dass er nicht in seiner zerrissenen vor den Stammesführer treten musste, doch sie war etwas klein, sodass Smertrios das Gefühl hatte, von dem engen Hemd seiner eigentlichen Größe beraubt zu sein.

Barnario stand inmitten der Ältesten des Dorfes. Er war jünger als Smertrios' Vater, aber ein Anführer durch und durch. Wenn man ihn sah, verspürte man Hochachtung. Hochachtung, nicht Furcht, denn Barnario strahlte genau die richtige Mischung aus gefährlichem Raubtier und freundlichem Vater aus. Als Smertrios nun an ihn herantrat, wichen die alten Männer zurück. Sie nahmen auf den langen Bänken Platz, die an der Wand standen, abwartend, die meisten mit verschränkten Armen. Der Druide fehlte, aber außer Smertrios schien ihn niemand zu vermissen.

Smertrios verbeugte sich vor dem Stammesführer, wandte sich dann nach links und rechts zu den Ältesten, beugte auch vor ihnen seinen Kopf.

Seine Finger spielten versteckt unter seinem Umhang mit der kleinen Strohfigur, die Sanna ihm zugesteckt hatte. Bei keinem der Männer hatte er den Hauch von Freundlichkeit entdeckt.

Aufrecht stand er vor Barnario und blickte ihm ins Gesicht. War es an ihm, zuerst zu reden? Der Stammesführer sah ihn lange an. Endlich sprach er, und seine tiefe Stimme schien bis in Smertrios' Brust hinein zu vibrieren.

»Du weißt, was man dir vorwirft?«

Er nickte. Die Regeln verlangten, dass er sich erst verteidigte, wenn man ihn dazu aufforderte. Es hatte schon Fälle gegeben, wo es keine Aufforderung gab, keine Möglichkeit, selbst zu erklären, was geschehen war.

Cavannus trat hinter ihn, stieß den Speer auf den Bretterboden. Vielleicht hatte er Smertrios damit erschrecken wollen, doch der Bogenbauer zuckte nicht. Cavannus' Schritte waren laut gewesen, jede Wildsau im Wald bewegte sich leiser.

»Viele haben gesehen, dass du aus dem Dorf geflohen bist, anstatt zu kämpfen.«

Smertrios schwieg, wartete immer noch, dass man ihn aufforderte, sich zu verteidigen. Ein Wort nun, und man würde ihm jedes Recht absprechen, weiterzureden.

Cavannus, dem offenbar die Aufgabe zuteilwurde, den Rat in die rechte Stimmung zu bringen, fuhr fort:

»Das Dorf wurde überfallen, jeder Bauer kämpfte gegen die feindliche Horde, und du bist davongelaufen. Du bist an diesem Morgen ins Dorf gekommen und wieder geflüchtet, anstatt deinem Stamm zu helfen. Der Bruder deiner Schwester, kein Mann unseres Stammes, hat für uns gekämpft. Doch du, Sohn der Raben, hast es nicht getan. Wie ein Hase seist du gerannt, heißt es. So schnell deine Beine dich trugen. Feiger als ein schwaches Weib.«

Cavannus lachte gehässig, kleine Spucketropfen trafen Smertrios am Ohr. Er würde sich nicht zu dem Speerträger umdrehen, sollte er seine Rede weiterhin in seinen Rücken sprechen. Smertrios hielt seinen Blick auf Barnario gerichtet. Einst hatte der Stammesführer sein Bedauern darüber ausgesprochen, dass Smertrios in den Wald zog. Er wusste, dass Barnario ihn mochte, er schätzte seine Bögen, schoss selbst einen aus Smertrios' Werkstatt auf der Jagd. Doch nun bemühte sich der Stammesführer, sich keine Regung anmerken zu lassen.

Smertrios war ein guter Jäger, war ein Mann des Waldes. Er konnte nicht nur die Güte des Holzes spüren, sondern auch die Gefühle der Tiere. Barnario war ihm wohlgesinnt, das fühlte er. Gezwungen, diese Versammlung abzuhalten und nicht glücklich darüber. Die alten Männer an den Seiten der Halle jedoch, die ließen eine Woge der Abneigung auf Smertrios eindringen. Die meisten waren Krieger gewesen, Männer des Schwertes und der Schlacht.

Cavannus nahm seine Rede wieder auf und Smertrios begann zu spüren, wessen Wünsche er tatsächlich vertrat.

»Aber nicht nur bist du gestern davongelaufen wie ein feiger Hund, man muss sich schon seit Längerem fragen, ob du noch deinem Stamme dienst. Drei Bögen wurden bei dir in Auftrag gegeben, die du gestern hättest liefern sollen – das hast du nicht getan. Hättest du sie rechtzeitig gebracht, hätte es vielleicht weniger Verletzte gegeben. Man fragt sich, auf wessen Seite du stehst. Du hast die Tochter einer der angesehensten Familien unseres Dorfes geschwängert, hast sie damit für ihren Vater wertlos gemacht, wo sie doch für eine wichtige Verbindung vorgesehen war. Du hast sie zum Weib genommen, damit den Namen ihrer Familie beschmutzt. Du weigerst dich, im Dorf zu leben, ziehst es vor, in einer Hütte im Wald zu hausen, als wären die Menschen deines Stammes dir zuwider. Und nun hast du dein wahres Gesicht gezeigt – ein Feigling, dem der Stamm der Raben nichts wert ist. Wer weiß, vielleicht warst ja sogar du es, der den Angreifern das Tor geöffnet hat!«

Erneut stieß er den Speer hinter Smertrios auf den Boden. Und das war einmal ein Freund gewesen. Smertrios bemerkte das zufriedene Nicken, das einer der alten Männer Cavannus zuwarf. Kalandinas Vatervater. Das hatte er vermutet.

Barnario, der bis jetzt vor Smertrios gestanden war, setzte sich auf den kunstvoll geschnitzten Stuhl hinter sich. Er sah Smertrios nachdenklich an, als überlege er, ob er ihm das Wort überhaupt erteilen sollte. Smertrios begann zu schwitzen.

»Hast du etwas zu sagen, Bogenbauer?«

Smertrios zerdrückte die Strohfigur in seiner Hand. Möge Ogmios, der Gott der Redekunst, ihm gnädig sein, ausnahmsweise. Wie gerne hätte er nun seinen Bogen bei sich, um sich daran festzuhalten.

»Herr, du weißt, dass ich meinem Stamm zutiefst verbunden bin, auch wenn ich im Wald lebe. Als ich gestern hierher kam, um drei Bögen zu bringen, die drei deiner besten Krieger bestellt hatten, hörte ich Schreie. Ich rannte ins Dorf, ich sah, was geschah und ich habe alle meine Pfeile benützt, um das Dorf zu verteidigen. Ihr müsst nur sehen, wie viele der toten Feinde einen rotgefiederten Pfeil in ihrem Körper stecken haben. Ich sage nicht, dass ich sie alle getötet habe, doch getroffen. Ihr seht also«, wandte Smertrios sich an den Rat, »ich habe gekämpft. Doch dann sah ich, dass meine Schwester Sanna aus dem Dorf gezerrt wurde. Ich habe nicht erkannt, dass es mein Schwestermann war, der sie rettete, ich dachte, einer der Feinde will sie verschleppen. Und ihr wisst alle, dass Sanna mir so wichtig ist wie euch eure erstgeborenen Söhne. Ich wollte sie vor einem Schicksal bewahren, vor dem auch ihr eure Frauen und eure Töchter um jeden Preis zu retten trachten würdet. So irrte ich den ganzen Tag im Wald umher, überzeugt, dass sie dort wäre. Erst bei meiner Rückkehr erfuhr ich, dass mein Schwestermann Rufius sie gerettet hatte.«

Barnario nickte, verständnisvoll, wie es Smertrios schien. Die alten Männer murmelten, begannen sich zu beratschlagen. Nun musste er warten. Und ihren Urteilsspruch widerspruchslos annehmen. Er spürte den Schweiß seinen Rücken hinabrinnen. Bemühte sich, starr geradeaus zu blicken, ja nicht zu den beratschlagenden Alten hin. Es kam ihm wie eine Ewigkeit vor.

Von beiden Seiten der Halle trat endlich jeweils ein weißhaariger Mann zu Barnario vor und die drei Männer flüsterten miteinander. Das Gesicht des Stammesführers verfinsterte sich, es sah nicht gut aus, das fühlte Smertrios. Die beiden Alten nahmen wieder Platz, Barnario erhob sich. Gleich würde er wissen, welche Strafe man ihm zuteilte.

»Smertrios, höre. Höret ihr Männer, höret ihr Götter, was der Rat beschlossen hat. Einer der unseren hat sich eines großen Vergehens schuldig gemacht, hat sein Dorf in der Not im Stich gelassen – um seine Schwester zu retten, wie er nun behauptet;

um sich feige in Sicherheit zu bringen, wie die anderen es sehen. Und es scheint, dass dieser Eine schon länger nicht mehr den Stamm unterstützt. Der Rat hat beschlossen, ihn aus dem Dorf auszuschließen, ihn zu ächten. Seinem Weib steht es frei, die Ehe zu lösen und ins Dorf zurückzukehren, zu ihren Eltern. Er selbst darf das Dorf nicht mehr betreten. Die Rabenleute können keine Feiglinge in ihrem Stamm gebrauchen.«

Smertrios biss die Zähne aufeinander. Das Urteil war anders, als er erwartet hatte. Er hatte sich auf eine Auspeitschung gefasst gemacht. Sein Blick fiel auf Kalandinas Vatervater. Er zählte zu den Ältesten im Dorf und seine Meinung zu den ausschlaggebendsten. Der alte Mann sah ihn mit versteinertem Gesicht an, doch Smertrios ahnte die Zufriedenheit, die er empfand. Seine Enkeltochter käme zurück ins Dorf, und Smertrios als Verbannter machte sie zu so etwas wie einer Witwe. Nach der Geburt des Kindes könnte sie erneut heiraten. Er brauchte nicht lange nachzudenken, wer hinter diesem Urteil stand, was die wahren Gründe waren. Es ging gar nicht darum, ob er ein Feigling war. Es war nur eine gute Ausrede für Kalandinas Familie, ihn loszuwerden. Sie hätten ihm auch die Hände oder Beine brechen können. Aber er war als Bogenbauer wichtig für sie, und eine Verbannung hinderte sie nicht daran, zu ihm in den Wald zu kommen, um Bögen zu erstehen. Sie konnten den Preis drücken, weil er nun kein Mitglied des Stammes mehr war. Wie klug. Er rührte sich nicht. Spürte einen erstickenden Schmerz in seinem Magen. Er würde sein Kind nicht sehen. Kalandinas Vater würde es nach der Geburt annehmen – oder es töten. Sein Kind.

Cavannus packte ihn am Arm, riss ihn herum, um ihn aus der Halle hinauszuführen. Plötzlich stand Darrach vor ihm, der Druide des Dorfes. Er war klein für einen Mann der Raben, gewiss einst größer gewesen, doch nun vom Alter gebeugt. Selbst die Männer im Ältestenrat verstummten, denn Darrach war gefürchtet, seine Macht größer als die des Stammesführers, schließlich handelte der Druide dem Willen der Götter folgend. Sein weißgrauer Bart stand buschig um seinen Hals, wie der Kragen eines dicken Schafes. Er trug ein ungegürtetes Hemd aus weißer Wolle, das ihn noch mehr wie ein Schaf aussehen ließ, und stützte sich auf seinen kunstvoll geschnitzten Stab, mit dem er den Kindern, denen er die Geschichte und die Gesetzte des Stammes nahebrachte, auch gerne einmal einen Schlag gegen die Beine gab. Hinter dem Druiden konnte Smertrios Sanna und seinen Vater erkennen, die neugierig bei der Tür der Halle hereinschauten.

»Ihr habt bereits ein Urteil gefällt?« Darrachs Stimme schnarrte.

»Ja«, antwortete Barnario ruhig. »Der Ältestenrat hat die Verbannung ausgesprochen.«

»Ein verständliches Urteil, aber hinfällig.«

Der Druide schlurfte an Smertrios vorbei auf den Stammesführer zu. Barnario erhob sich von seinem Stuhl und bot ihn dem alten Mann an. Darrach ließ sich mit einem satten Plumps auf die Sitzfläche fallen. Das Gemurmel, das unter den Männern aufgebrandet war, brachte er mit einem Schlag seines Stockes auf den Holzboden zum Schweigen.

»Wir brauchen ihn. Er ist der Bogenbauer der Rabenleute.«

Kalandinas Vatervater schob die Hände in seinen breiten Gürtel, verzog den Mund.

»Es gibt andere, die das auch können.«

Ein abschätziger Blick des Druiden traf ihn. Smertrios wagte nicht, Hoffnung zu fühlen. Er konnte nicht behaupten, dass der Druide ihm je wohlgesinnt gewesen war. Er erinnerte sich, wie Darrach einst gesagt hatte, er hätte Sanna den Göttern überlassen sollen, anstatt sich zum Narren zu machen, um sie am Leben zu erhalten. Er trat also nun nicht für ihn ein, weil er ihn schätzte. Warum dann?

»Es gibt Männer, die einen Bogen bauen können, ja. Aber keinen, der so viel von Bögen versteht wie Smertrios. Und es geht nicht um Bögen für die Jagd. Es geht um den Sulnatris.«

Erneut schwoll Gemurmel an. Der Sulnatris, der Schlangenbogen, der die Sonne beschützte. Jener Kultbogen, der nur alle neun Jahre in einem Ritual geschossen wurde. Die Drei war caddos, heilig. Die drei-mal-drei erst recht. Und der Zeitraum von neun Jahren war jener, der einem Ritual die größte Kraft gab. Schon ihre Ahnen hatten mit einem Bogenschuss das Dorf beschützt, seit es die Götter so bestimmt hatten. Alle neun Jahre, wenn im Herbst die Sterne in einer bestimmten Form standen.

»Ihr habt wohl recht gehandelt, ihn zu verbannen, doch als ihr euer Urteil gefällt habt, wusstet ihr nicht alles. Das Feuer, das gestern den Nemeton beschädigt hat, hat jenen Bogen, den uns die Götter einst gaben, zerstört. Smertrios wird einen neuen bauen. Drei-mal-drei Jahre sind vergangen, seit das letzte Mal die Sonne vom Himmel geschossen wurde, zur Tagundnachtgleiche im Herbst ist es erneut soweit. Danach könnt ihr ihn verbannen, wenn ihr wollt. Bis dahin muss er ein Rabenmann bleiben, denn kein Fremder darf den Sulnatris anrühren.«

Barbario senkte den Kopf, als Zeichen der Zustimmung.

»Wie du sagst, so sei es.«

»So sei es«, murmelten auch die alten Männer, mit wenig Begeisterung.

Der Druide erhob sich, beachtete das anschwellende Gerede der Männer nicht und trat auf Smertrios zu.

»Komm mit. Es ist keine leichte Aufgabe.«

Als sie zur Türe der Halle kamen, hängte Sanna sich bei ihrem Bruder ein. Sie hatte Tränen in den Augen, lächelte erleichtert und sah doch ängstlich aus. Smertrios fühlte sich ähnlich. Er hatte den Sonnenschuss zwei Mal gesehen, als sechsjähriges Kind und als fünfzehnjähriger Jüngling. Der Sulnatris war ein Bogen, ganz anders als die langen Holzbögen, die er baute, ganz anders als alle Bögen, die er kannte. Kurz und geschwungen, überzogen mit einem tiefen Schwarz. Er hatte keine Ahnung, wie er so etwas bauen sollte.

Kapitel 3

Der Auftrag

Der Geruch von kaltem Rauch hing über dem Nemeton und der kleinen Hütte daneben, in der der Druide lebte, und von der nur noch die Mauern aus dicken Baumstämmen standen – das Strohdach war den Flammen zum Opfer gefallen. Schwarz ragte auch die Palisade des Nemetons in den Himmel, nur die Knochen der Pferdeköpfe am Eingang leuchteten weiß. Darrach grunzte verärgert, persönlich beleidigt von dem Angriff auf das Heiligtum. Trotzdem vollführte er die üblichen Segnungen und Gebete, ehe er Smertrios, Sanna und ihren Vater in die heilige Einfriedung ließ.

In der Mitte, in einer großen Eisenschale, brannte das ewige Feuer. Jene Flamme, die niemals erlöschen durfte, selbst in der Nacht der Wintersonnwende nicht. An ihr wurden am Morgen nach der längsten Nacht wieder alle Herdfeuer der Hütten entzündet, die man am Abend davor ausgehen lassen hatte. Darrachs Schüler, ein schmächtiger Bursche, war damit beschäftigt, Holz nachzulegen. Dahinter stand der große Felsblock, auf dem Opferhandlungen vorgenommen wurden. Und oben, auf diesem Fels, lag nun ein verkohlter Stab.

Darrach deutete Smertrios, näherzutreten.

»Im Nemeton ist es im Winter zu kalt für ihn. Er war in meiner Hütte, gut verwahrt in einer Kiste. Nicht gut genug, wie es scheint.«

Der Druide reichte Smertrios die Reste des Bogens. Smertrios atmete auf. Fast die Hälfte war noch erhalten, wenn auch außen rußig. Er betrachtete ihn sorgfältig, putzte den verkohlten Teil weg, um den Aufbau des Bogens zu erkennen. Er hatte noch nie einen Bogen gesehen, der so kurz und gebogen war. An dem Bruchstück konnte er nun sehen, dass der Bogen aus mehreren Schichten bestand. Nicht nur Sehnen an der Außenseite, wie er sie auch schon manchmal benützt hatte, um schlechtes Holz zu verstärken, sondern auch Horn an der Innenseite.

Sanna sah ihm neugierig über die Schulter.

»Du wirst ihn bauen, ich werde ihn segnen, und dann wirst du mit ihm die Sonne vom Himmel schießen. Schaffst du es nicht, so musst du dich den Göttern opfern, um sie milde zu stimmen. Schaffst du es, sind dir Ruhm und Reichtum gewiss.« Darrach deutete auf den Bogenrest. »Die Götter lassen sich nicht täuschen. Er muss diesem völlig gleichen.«

»Aber wie kann man die Sonne vom Himmel schießen? Dann ist es doch auf ewig dunkel!«

Sanna hatte den letzten Sonnenschuss nicht miterlebt, sie war damals mit einem schweren Husten im Bett gelegen. Darrach schüttelte missbilligend den Kopf, als müsste dieses Ritual jedem Kind vertraut sein.

»Es ist nicht die echte Sonne, Sanna«, sagte Smertrios beruhigend.

Vater nickte. »Es ist eine bronzene Scheibe, die hoch oben zwischen zwei Bäumen auf einer Schnur befestigt wird, sodass es aussieht, als wäre es die Sonne. Sie wird am Tag des Gleichgewichtes zwischen Sonne und Dunkel herabgeschossen, und dann in der Erde vergraben, wo sie bis zur Wintersonnwend täglich mit Bier und anderen Opfergaben gestärkt wird, um dann, ehe die Sonne nach der längsten Nacht wieder aufgeht, stärker und ausgeruht im Nemeton den Göttern dargebracht zu werden.«

»Und deshalb beschützen die Götter dann unser Dorf, weil wir die Sonne genährt und verwöhnt haben?«

Darrach nickte.

»Wie groß ist die Scheibe? Und wie hoch oben hängt sie?«

Der Druide ging zu einem hölzernen Kasten an der unverbrannten Wand des Nemeton und entnahm ihm ein Bündel aus feinem Leinen. Als er den Stoff auseinander schlug, sah man in seinen Händen eine goldglänzende Scheibe, die etwa die Größe des Kopfes eines Kleinkindes hatte. Smertrios schluckte. Er wusste, dass die Scheibe zwischen den Wipfeln der beiden Pappeln hängen würde und sie kam ihm erschütternd klein vor. Sanna runzelte die Stirn, sah zu ihrem Bruder hin.

»Und die Schützen treffen das?«

Schweigen. Darrach sah Sanna durchdringend an, doch es war ihr Vater, der antwortete.

»Als ich ein Kind war, wurde sie getroffen. Doch bei den letzten beiden Malen musste sich der Schütze dem Sonnengott opfern, um dessen Gunst für das Dorf zu erhalten.«

Smertrios sah erneut auf den Rest des Sulnatris, dann auf die kleine Scheibe.

»Und die Pfeile? Welche Pfeile?«

»Der Bogen ist uns vor langer Zeit von den Göttern geschenkt worden. Gut behandelt, im Haus gelagert und in den nötigen Abständen aufgespannt und wieder abgespannt, hält er ewig -«

»Und wenn er nicht verbrennt«, warf Sanna ein, ein leises Kichern in der Stimme. Darrachs Blick hätte Smertrios dazu gebracht, den Kopf zu senken, doch Sanna sah dem Druiden lächelnd in die Augen.

»- hält er ewig, doch die Pfeile mit ihren Federn nicht. Der Pfeil ist der Teil des Schützens, den er in das Ritual einbringt. Den Pfeil darf der Schütze selbst wählen.«

»Kann ich den Schuss machen?« Sanna wippte auf ihren Füßen auf und ab, als ginge es darum, wer einen Nachschlag Eintopf erhalten durfte.

»Du bist eine Frau«, widersprach Vater sofort. »Und du hast doch gehört, Darrach hat gesagt, Smertrios werde schießen.«

»Aber ich schieße besser als Smertrios. Besser als die meisten Männer im Dorf.«

Damit hatte sie recht. Ihre Aussicht, die Sonne vom Himmel zu holen, war weitaus größer als die von Smertrios. Er war ein ausgezeichneter Bogenbauer, aber nur ein durchschnittlicher Schütze. Sanna hingegen schoss, als wäre sie selbst der Pfeil.

»Kommt nicht infrage«, sagte nun auch Smertrios. »Wenn du nicht triffst, musst du dich den Göttern opfern.«

»Aber ich treffe eher nicht nicht als du!« Sie sah hilfesuchend zu Darrach. »Oder verlangen die Götter, dass der Erbauer des Bogens den Schuss macht?«

Der Druide schwieg. Er sah von Smertrios zu Sanna, die Augen zu Schlitzen verengt, dann schloss er sie für einen langen Moment. Befragte er die Götter? Als er sie wieder anblickte, sah Smertrios Genugtuung im Gesicht des alten Mannes.

»Es ist das erste Mal, dass dieser Bogen neu gebaut werden muss. Einst gaben ihn uns die Götter, doch sie haben nicht damit geschossen. So kann wie jedes Mal jener Schütze die Sonne vom Himmel holen, den das Dorf dafür am besten geeignet sieht.«

Sanna blies die Luft aus der Nase. »Das bin gewiss nicht ich. Die Männer lassen nie eine Frau gelten.«

»Aber ich. Und ich bin der, der darüber bestimmt. Mir gefällt der Gedanke, dass Bruder und Schwester … zwei Kinder desselben Mannes, von einem Blut. Das ist noch viel besser. Doch wenn ihr die Sonne nicht vom Himmel holt, so seid ihr beide des Todes.«

Seine Augen blitzten auf, als begeistere ihn die Aussicht, den Göttern ein zweifaches Opfer bringen zu können.

Smertrios sah seinen Vater an, der blass geworden war.

Doch Sanna strahlte. »Keine Sorge. Wir holen die Sonne vom Himmel. Und die Sterne noch dazu, wenn du das willst.«

Darrach nickte. »Nimm die Reste des Bogens mit, Smertrios. Das Dorf ist verpflichtet, dir Hilfe zukommen zu lassen bei deinem Unterfangen. Bauen musst du ihn aber alleine, niemand außer dir und der Bogenschützin darf ihn berühren.«

Vater hatte den Kopf gesenkt. Smertrios meinte, ihn etwas murmeln zu hören. Es klang wie ein Gebet.

Während Sanna und Vater dem Rest der Familie Bericht erstatteten, eilte Smertrios durch den Wald zu seiner Hütte. Ja, er war zurück, ehe die Sonne den höchsten Stand erreichte – nur um einen Tag zu spät. Er fand Kalandina in eine dicke Decke gewickelt auf der Bank vor dem Haus sitzen. Ihre Augen waren gerötet.

»Das Dorf ist überfallen worden. Ich konnte nicht weg.«

Sie zog die Decke enger um sich, ihre Wangen wurden blass.

»Meine Eltern?«

»Es geht ihnen gut. Auch deinem Vatervater.« Nun, dem ginge es wohl besser, wenn Darrach die Verbannung nicht abgewendet hätte. »Es war nur eine kleine Horde, vielleicht zwanzig Männer.«

Kalandina nickte.

»Und die Wolle? Hast du sie nicht bekommen?«

Er wusste, dass sie sich danach sehnte, neues Garn zum Weben zu haben, um die langen Abende zu vertreiben. Als sie vorigen Mond nach der Hochzeit hierher zu ihm in den Wald gezogen war, hatten sie zwar den Webstuhl mitgebracht und einen Platz dafür an der Wand neben dem Regal mit den Vorräten gefunden, aber der Sack Wolle, den sie mitgenommen hatte, war längst aufgebraucht.

»Nein. Ich sagte schon, das Dorf wurde überfallen, es gab anderes zu tun …«

Kalandina nickte müde.

33

Sie gingen in die Hütte hinein, wo ein Tontopf mit Suppe neben dem Feuer köchelte. Smertrios dachte an den Hasen, den er hatte mitbringen wollen. Nun, es war alles anders gekommen.

Schweigend rührte seine Frau um. Er war froh, aus der engen Camisia seines Vaters in eine eigene zu schlüpfen. Als er, sich den Gürtel bindend, ans Feuer trat, hielt Kalandina ihm schon die dampfende Schüssel entgegen. Smertrios setzte sich an den niedrigen Tisch, die Beine darunter gekreuzt. Kalandina nahm ihm gegenüber Platz, jedoch ohne etwas zu essen. Sie sah müde aus, er konnte es verstehen. Sie war es nicht gewöhnt, alleine hier im Wald zu sein. Und sie war nicht wie Sanna, neugierig und unerschrocken. Sanna war immer ein Teil des Waldes gewesen, hatte schon als kleines Mädchen gelernt, lautlos durch das Dickicht zu schleichen und einen Bogen zu schießen. Kalandina hatte gewiss erst selten das Dorf verlassen, und wenn wohl, um über die viel benützte Straße nach Belsaberia auf den Markt zu gehen. Sein Kind, das sollte so werden wie Sanna. Sollte sich niemals fürchten im Wald, sondern von Anfang an mit seinen Geräuschen und Gerüchen aufwachsen, lernen, sich an Füchse und Dachse anzuschleichen … Er hatte seine Frau wohl angestarrt, in Gedanken versunken, denn sie wandte sich ab.

»Entschuldige«, sagte Smertrios. Und er erzählte ihr, was im Dorf geschehen war. Nur die Sache mit der Verbannung verschwieg er. Er wusste, dass Kalandina nur zu gerne zu ihrer Familie zurückkehren würde. Dabei hoffte er, dass sie sich an das Leben hier im Wald gewöhnen würde, dass sie lernen würde, es zu lieben, so wie er es tat.

Er fand es immer noch ungewohnt, dass er nicht mehr alleine in seiner Hütte lebte. Er hatte nicht vorgehabt, zu heiraten. Doch als er kaum einen halben Mond nach der Wintersonnwend im Dorf gewesen war, da hatte Kalandina ihn bereits abgepasst. Sie hatte etwas von ihren veränderten Brüsten gesprochen, hatte ihn daran erinnert, dass er sich nicht unter Beherrschung gehabt, und seinen Samen in sie ergossen hatte. Sie hatte noch kein Mondblut versäumt, und doch war sie bereits sicher, dass sie sein Kind erwartete. Er wünschte, er könnte es ebenso spüren. Er konnte nur zustimmen, dass ihre Brüste voller wirkten, aber er fragte sich, wie sich das wohl anfühlte, wenn man wusste, dass ein Kind in einem wuchs, obwohl noch niemand etwas sehen konnte. Er hatte sich sogleich bereit erklärt, sie zu seinem Weib zu nehmen. Schließlich war es sein Kind, hatte er in jener Nacht sich nicht zurückgehalten. Mutter hatte darüber den Kopf geschüttelt. Ob er denn wirklich sicher sei, dass sie ein Kind erwartete. Und dass sie sein Kind erwartete, wer weiß, vielleicht ahnte sie nur, dass er derjenige wäre, der am ehesten bereit war … Aber darin war er sich sicher. Es war sein Kind. Und selbst wenn die Götter es wieder zu sich riefen, sah er es als seine Pflicht an, sie zu seiner Frau zu nehmen. Und da waren sie nun … Mann und Weib. Einander fremd, verbunden einzig durch dieses kleine Ding, das noch unsichtbar in Kalandina wuchs und sie jeden Morgen mit Übelkeit quälte. Wie sollte er ihr nun darlegen, dass er in einem halben Jahr vielleicht den Göttern geopfert wurde? Er versuchte, die Sache mit dem Bogen harmloser klingen zu lassen, als sie war. Doch Kalandina ließ sich nicht so leicht täuschen.

»Beim letzten Sonnenschuss wurde der Schütze den Göttern geopfert, weil er nicht traf.«

»Ja. Aber ich bin nicht der Schütze. Nur der Erbauer. Sanna wird den Pfeil fliegen lassen.«

»Sie ist eine Frau.« Kalandina rümpfte die Nase.

Smertrios zuckte die Schultern. »Darrach hat es so bestimmt. Ich habe ein halbes Jahr, diesen Bogen zu bauen.«

Er klang zuversichtlicher, als er sich fühlte. Den ganzen Weg zu seiner Hütte hatte er darüber nachgegrübelt, wie er es schaffen sollte, den Bogen den Göttern genehm nachzubauen. Nun, er würde einen Weg finden. Irgendwie. Er musste. Sannas Leben stand auf dem Spiel.

Gerade, als Kalandina ihm eine zweite Portion Suppe einschenkte, wurde die Türe seiner Hütte aufgerissen. Sanna stand in der blassen Nachmittagssonne, ein wenig außer Atem, ihren Bogen in der Hand und einen Köcher auf dem Rücken.

»Und, wollen wir beginnen?«

Kalandina sah von Sanna zu Smertrios.

»Was ist mit den drei Bögen, die du ins Dorf bringen wolltest, musst du da nicht erst Ersatz schaffen? Ich brauche die Wolle.«

Smertrios erhob sich seufzend.

»Keine Sorge, ich kümmere mich darum. Komm, Sanna.«

Er ging mit seiner Schwester hinter die Hütte, wo unter einem breiten Vordach eine Schnitzbank stand und eine große Anzahl Rohlinge an der Wand lehnten. Smertrios spannte einen der langen Holzstämme in die Halterung der Bank und nahm, mit einem Zugmesser bewaffnet, darauf Platz. Er konnte die Enttäuschung in Sannas Gesicht sehen. Sie setzte sich auf den hüfthohen Querbalken, der die Steher des Vordaches verband.

Mit ruhigen, langen Bewegungen schabte Smertrios Span um Span von dem geviertelten Eschenstamm.

»Was meinst du, Sanna, haben den Sulnatris tatsächlich die Götter unserem Stamm gebracht?«

»Wer sonst? Ich habe noch nie so einen Bogen gesehen.«

Sie schüttelte alleine über den Gedanken den Kopf, dass es anders sein könnte. Ihre Beine baumelten vor und zurück. Sie war eine junge Frau im heiratsfähigen Alter, und doch oft kindlicher als ihre kleine Schwester Uinje.

»Ich bezweifle es. Er fühlt sich nicht so an wie etwas, das Götter erschaffen. Und ich hoffe, dass ich recht habe, denn wie sollte ich einen Bogen bauen können, den Götter geformt haben?«

Sanna starrte ihn erschrocken an.

»Nicht von den Göttern? Aber Darrach sagte doch immer … das wäre … nein, wie kann etwas im Heiligtum nicht von den Göttern sein?«

Smertrios zuckte die Schultern. »Ich hoffe es eben. Vielleicht haben die Götter einst ja einen Menschen beauftragt, ihn zu bauen. Der verkohlte Rest fühlte sich sehr irdisch an.«

Seine Schwester nickte ernsthaft. »Wenn dieser Bogen nicht von den Göttern ist, woher dann?«

Smertrios betrachtete den Jahresring, der sich auf dem Eschenstamm zeigte. Der Baum war langsam gewachsen, die Ringe lagen nahe beieinander.

»Ich denke, dass es vielleicht andere Stämme gibt, die andere Bögen bauen. Ich könnte mir vorstellen, dass jene Völker im Osten, von denen es heißt, sie täten alles auf dem Rücken ihrer Pferde – so ein kurzer Bogen wie der Sulnatris, der wäre gut geeignet, um vom Pferd aus damit zu schießen. Oder die Römer. Sie haben hochentwickelte Waffen. Warum nicht auch solche Bögen?«

Sanna kaute auf ihrer Lippe. »Auf dem Markt in Belsaberia sind manchmal Händler, die Waren aus dem römischen Reich verkaufen. Zumindest behaupten sie das. Vielleicht kennt sich einer von denen damit aus?«

Smertrios nahm die Füße von der hölzernen Sprosse, die über eine weitere Stange den Bogen festhielt. Er hatte nun wirklich nicht die Ruhe, hier zu arbeiten. Viel zu sehr quälten ihn die Überlegungen, wie er den Sulnatris nachbauen sollte. Der Rohling war zu gut, um ihn nach den Jahren der Trocknung jetzt durch seine Unruhe vielleicht zu verderben. Besser, er machte sich auf die Suche nach den Bögen, die er im Wald zurückgelassen hatte, die Bewegung täte ihm sicher gut. Und er konnte dabei Sanna zurückbringen, sie vor einer Begegnung mit der Bärin bewahren und weiter mit ihr Pläne schmieden.

Kalandina war von der Idee nicht angetan, dass Smertrios schon wieder weg wollte. Sie fand, Sanna könne sehr wohl alleine ins Dorf zurück gehen – wobei sie selbst das nie wagen würde, aus Angst, sich zu verirren. In Wahrheit fürchtete sie wohl, Smertrios käme erneut nicht zurück.

»Es ist bereits Nachmittag!«

Natürlich hatte sie recht. Es war ein ordentliches Stück Weg bis zum Dorf, selbst wenn er Sanna nur begleitete, käme er erst in der Dunkelheit zurück. Aber es schien Smertrios unerträglich, hier in der Hütte zu hocken und zu grübeln. Er konnte besser denken, wenn er sich bewegte. Sanna schien ihn zu verstehen.

»Wir können auch jagen gehen. Ich habe Vater gesagt, dass ich vielleicht bei dir übernachte, wenn es zu spät werden sollte.«

Er könnte Kalandina ihren Hasen bringen, vielleicht beruhigte sie sich dann. Erleichtert nickte er Sanna zu. Morgen brächte er sie dann ins Dorf zurück. Die Bärin erwähnte er lieber nicht vor seiner Frau, sie ging so schon ungerne zu dem Bach hinter der Hütte.

Ja, es tat ihm gut, mit Sanna durch den Wald zu schleichen. Sie schossen zwei Eichhörnchen – Smertrios mochte den nussigen Geschmack ihres Fleisches, vielleicht fand Kalandina ja auch Gefallen daran. Dann saßen sie eine Weile nur da, nebeneinander an einen Baumstamm gelehnt. Sanna hielt die beiden pelzigen Tiere im Schoß und schmiegte sich an ihren Bruder. Sie schwiegen. Mit Sanna konnte man wunderbar schweigen. Der Wald tat auch ihr gut, die Aufgeregtheit, die sie an den Tag gelegt hatte, ebbte ab.

»Es ist so einfach hier im Wald«, murmelte sie leise. »Wozu braucht es Dörfer und Rituale und Kämpfe? Du brauchst nichts davon, du hast alles. Und jetzt sogar eine Frau!« Sie sah ihn lächelnd von unten her an.

Smertrios nahm seinen Arm von ihrer Schulter, wandte sich ein wenig ab, als betrachte er etwas in der Ferne.

Sannas nackter Fuß zeichnete ein Muster in das Laub, es raschelte. »Wenn Mutter und Vater und die Kleinen nicht wären – gib zu, dann würdest du es in Erwägung ziehen, einfach in den Wäldern zu verschwinden. Du hast dich dem Dorf nie verbunden gefühlt. Schon gar nicht so, dass du dein Leben dafür opfern würdest.«

Sie kannte ihn gut.

»Aber es gibt nun mal Mutter, Vater und die Kleinen. Und bald auch mein Kind. Das soll stolz sein auf mich. Soll nicht zu hören bekommen, dass sein Vater ein feiger Kerl ist, der geflüchtet ist, weil er einen Bogen nicht bauen konnte. Falls Kalandinas Vater es überhaupt am Leben ließe, wenn ich davonliefe.«

»Du warst noch nie feige.«

Ja, für Sanna war er immer mutig gewesen. Smertrios beugte sich leicht vor, rieb mit den Fingern über das weiche Leder seiner Schuhe. Er hatte die Knie aufgestellt, lehnte gegen seine eigenen Oberschenkel und betrachtete das Moos zwischen seinen Füßen. An einem ähnlichen Platz hatte Mutter damals gelegen. Smertrios konnte sich nicht mehr erinnern, warum sie nicht im Dorf gewesen waren, als Mutter die Wehen bekam. Zwei Mal hatte sie nach seiner Geburt ein Kind in den ersten Wochen auf dieser Welt den Göttern zurückgeben müssen, einmal war es sogar noch in ihrem Bauch in die Anderswelt zurückgekehrt. Und diesmal setzten die Wehen viel zu früh ein. Zwei Monde zu früh, er wusste noch, wie Mutter verzweifelt stammelte, »Es ist zu früh, zu früh. Viel zu früh.« Sie waren wohl auf dem Markt in Belsaberia gewesen, sie hatten den kleinen Karren dabei. Alauda war nicht bei ihnen, sie hütete wahrscheinlich daheim das Feuer. Als Mutters Wehen so rasch kamen, dass sie es gewiss nicht mehr ins Dorf schaffen würden, suchte sein Vater eine Stelle unter einem Baum, wo der Boden moosig war. Sie vor Schmerzen schreien zu hören, war nichts Neues, auch wenn man sich immer bemühte, die Kinder fortzuschicken. Smertrios musste Holz für ein Feuer sammeln, und als er zurückkam, da war Sanna bereits geboren. Ein winziges rotblaues Etwas, voller Schleim und weißer Schmiere. Sein Vater drückte sie ihm in die Hand. »Du musst sie warmhalten, du bist nun für sie verantwortlich, ich muss mich um deine Mutter kümmern.« Da war viel Blut, das seiner Mutter zwischen den Beinen herausquoll. Smertrios hatte nur

Augen für dieses kleine, faltige Ding in seinen Händen. Wie leicht sie war! Sie öffnete ein wenig die Augen, ein tiefdunkles Blau voller Weisheit. Dann öffnete sich ihr Mund und ein kläglicher Schrei ertönte, der sein Herz für immer veränderte. Er verliebte sich auf den ersten Blick in seine kleine Schwester, so hässlich sie war. Hastig drückte er sie an seine neunjährige Brust, schlang seinen Umhang um sie und wiegte sie sanft hin und her. Er spürte ihre Fingerchen sich in seine Haut krallen, hörte ihren erschöpften Seufzer, als sie einschlief. Tief in sich hatte er erstmals die Liebe entdeckt.

Als er dann mit Mutter auf dem Karren saß und sie ihn bat, das Kind sehen zu dürfen, fühlte er jenen Widerwillen, wie wenn Alauda ihm etwas wegnahm. Seine Mutter betrachtete schwach und schweigend das kleine Köpfchen, das aus dem Wollstoff seines Umhangs herausragte. Sie seufzte und wandte den Blick ab. »Sie ist zu klein. Sie wird es nicht schaffen. Es scheint, die Götter wollen mir außer Alauda und dir kein Kind mehr schenken.«

Der Karren rumpelte über die Straße und in Smertrios festigte sich mit jedem Rumpeln der trotzige Entschluss, dass seine kleine, an ihn geschmiegte Schwester leben musste. Niemals würde er zulassen, dass ihr etwas geschah.

Als Sanna kurz darauf begann, mit ihren Lippen an seiner flachen Jungenbrust nach dem Milch spendenden Busen zu suchen, musste er Mutter dazu zwingen, sie an ihre Brust zu nehmen. Seine Mutter war wohl so traurig, dass sie erneut ein Kind nur für das Vergnügen der Götter ausgetragen hatte, dass sie das Neugeborene gar nicht annehmen wollte. Besser, es starb schnell. Doch Smertrios blieb hartnäckig, riss seiner Mutter regelrecht die Fibel aus dem Kleid, um ihren Busen freizumachen, und drückte das kleine Etwas an die nährende Brust. Mutter war zu schwach, um sich zu wehren. Und als seine winzige Schwester ihr bewies, dass sie trotz ihrer Kleinheit kräftig trinken konnte, kam auch wieder etwas mehr Zuversicht in Mutters Gesicht.

Mit einer Hartnäckigkeit, die ihn selbst verwunderte, schaffte Smertrios es auch, seinen Vater dazu zu bringen, das Kind anzunehmen – selbst wenn es bald sterben würde. Vater hatte den Kopf geschüttelt, aber sein Herz war damals schon weich gewesen und er gab seinem Sohn nach.

In den ersten Wochen, ehe seine Mutter Hoffnung für dieses Kind sah, hatte er sich Sanna Tag und Nacht in einem weichen Tuch umgebunden, als wollte er ihr den Bauch zurückgeben, den sie zu früh hatte verlassen müssen. Zig Mal am Tag drängte er sie seiner Mutter an die Brust und wünschte, er könnte ihr selbst Nahrung bieten. Seine Freunde verspotteten ihn, nannten ihn Mädchen, *Nani*, Mütterchen. Nie wieder sahen sie einen Burschen oder gar Mann in ihm, nur den Außenseiter. Er war erst neun, doch Sanna war sein Kind.

Und nun erwartete Kalandina tatsächlich das Kind seiner Lenden, nicht nur seines Herzens, und er würde es noch mehr lieben als Sanna, das fühlte er. Er wollte alles tun, um ein noch besserer Vater zu sein, als er Bruder gewesen war – denn nun war er alt genug, sich über den Spott anderer hinwegzusetzen. Und deshalb würde er es schaffen, diesen Bogen zu bauen.

»Smertrios?« Sannas Stimme klang wie durch einen Nebel zu ihm. Sie lächelte schüchtern, als er sie ansah.

»Lass uns zurückgehen.« Als sie sich erhoben, wusste er nicht, ob er zurück zur Hütte meinte, oder zurück in jene lang vergangene Zeit.

Kapitel 4

Erste Überlegungen

Am nächsten Tag fand er die drei fallengelassenen Bögen im Wald, als er Sanna zum Dorf zurückbegleitete. Die beiden Nächte im Freien hatten ihnen nicht allzusehr geschadet, dennoch wies Smertrios ihre neuen Besitzer an, sie erst im Haus trocknen zu lassen, ehe sie damit schossen. Und er begnügte sich mit einer geringeren Menge Wolle und Leinen, als ursprünglich vereinbart. Sanna stieß ihn in die Seite, als sie beladen zum Haus ihrer Eltern gingen.

»Das darfst du nicht, Smertrios.«

»Was?«

»Sie um weniger verkaufen. Du wirst sehen, ab jetzt finden sie immer einen Grund, dir nicht den vollen Preis zu zahlen.«

»Den haben sie soundso. Auch wenn Darrach verhindert hat, dass die Verbannung kundgetan wird, sie wissen es alle, sieh nur ihre Blicke an.«

Sanna streckte einem jungen Mädchen die Zunge heraus, das ihnen mit verschränkten Armen nachsah.

»Und das darfst du nicht, Sanna.«

»Was?«

»Dir das Dorf zum Feind machen.«

»Mir ist das egal.«

»Ist es dir nicht.«

Vater saß auf der Bank vor ihrem Haus, damit beschäftigt, sein Messer zu schärfen. Smertrios konnte sich nicht erinnern, Vater jemals untätig gesehen zu haben. Immer waren seine Hände mit Ausbesserungsarbeiten beschäftigt oder damit, Neues herzustellen. Er hatte den Verdacht, dass Vater selbst Essen als eine unnötige Unterbrechung der Tätigkeit seiner Hände ansah.

»Das ist ein ordentlicher Packen Wolle, den du da auf dem Rücken trägst«, begrüßte er sie.

Smertrios legte den Ballen auf der Bank ab.

»Viel zu wenig!«, widersprach Sanna. »Seine Bögen waren viel mehr wert als das.«

Vater sah Smertrios an, nickte.

»Kommst du voran?«

Smertrios zuckte die Schultern. Er hatte bis zum Einschlafen den vom Ruß gesäuberten Bogenrest betrachtet, hatte sein Gewicht gefühlt, seine Beschaffenheit mit den Fingern ertastet, und langsam konnte er ihn spüren – das Maß an Spannung, das er als vollständiger Bogen gehabt haben musste, das Alter des Holzes, ja fast sogar die Anspannung der Muskeln seines Erbauers. Und doch hielt er noch viele Geheimnisse vor ihm verborgen. Welches Tier hatte sein Horn für den Belag gegeben? Welches den Leim? Wie waren Horn und Sehnen behandelt worden?

Er lächelte, ein wenig hilflos.

»Ich werde wohl eine ganze Reihe Bögen bauen, bis ich den rechten fertig habe.«

»Und ich werde sie alle ausprobieren«, strahlte Sanna ihren Vater an.

Vater und Smertrios warfen einander einen wissenden Blick zu. Sanna war glücklich, sobald sie Pfeile fliegen lassen konnte. So glücklich, dass ihr gar nicht in den Sinn kam, dass dieser Bogen ihr Todesurteil sein könnte.

Mutter hatte sie offenbar reden gehört, denn sie trat aus dem Haus. Sie blinzelte in die Frühlingssonne, wischte ihre Hände in ihrem Peplos ab.

»Sanna, trödel hier nicht rum, es gibt Arbeit zu erledigen. Es reicht schon, dass du die ganze Nacht weg warst. Hilf Uinje, die Decken und Felle von der Lagerstatt herauszutragen, ich will das herrliche Wetter heute zum Lüften nützen. Und dann schau, was noch an Kräutern da ist, Alauda meinte vor ihrer Abreise, etwas hätte sie gebissen im Bett.« Sie betrachtete Smertrios von oben bis unten. »Hast du Vaters Camisia mitgebracht? Und wo ist Kalandina? Du kannst sie nicht immer in deiner Hütte im Wald lassen, sie wird Sehnsucht nach ihren Eltern haben, gerade nach dem Überfall.«

Smertrios sah zu seinem Vater. Er kannte Mutter lange genug, um zu wissen, dass sie in Sorge war. Wann immer etwas sie quälte, hielt sie mit ihrer Geschäftigkeit die ganze Familie auf Trab. Er ahnte, dass diesmal er der Auslöser für ihre Ängste war. Nicht zum ersten Mal.

»Sie fühlte sich nicht wohl. Die Übelkeit macht ihr noch sehr zu schaffen.«

Mutter verzog den Mund leicht.

»Dann wird es ein Mädchen. Du musst ihr zumindest etwas mitbringen, warte, ich habe noch etwas süßes Brot.«

Sie verschwand im Haus und kehrte kurz darauf mit einem angebrochenen Laib zurück.

»Giamvailos konnte mal wieder seine Finger nicht davon lassen. Ich weiß nicht, wo ich die Lebensmittel verstecken soll, dass er nicht immer alles erwischt. Er hat Hunger für drei.«

Smertrios bedankte sich und legte das Brot oben in den Sack mit der Wolle.

»Ich will morgen nach Belsaberia, vielleicht finde ich einen Händler, der Erfahrung hat mit solch gebogenen Bögen. Gibt es etwas, das ihr vom Markt benötigt?«

Mutter und Vater wechselten einen Blick. Natürlich, benötigen würden sie gewiss einiges, gerade nun, nach dem

Winter, wo die Vorräte knapp wurden. Doch sie schüttelten den Kopf. »Kauf lieber etwas für deine Frau.«

»Ich dachte immer, du magst sie nicht.«

Mutter errötete leicht. Hatte er also recht gehabt.

Vater strich mit dem Finger über die Klinge des frisch geschliffenen Messers.

»Ich denke, es ist eher, dass ihre Familie uns nicht mag.«

Ja, Vater war ein geschickter Handwerker und selbst Barnario, der Stammesführer, schätzte ihn sehr. Auch der Druide konnte ihnen nicht vorwerfen, dass sie nicht an den Ritualen teilnahmen. Und doch wurden sie von den anderen ein wenig gemieden. Weil Vater tat, was er für richtig hielt, nicht, was das Dorf als solches empfand. Weil Mutter sich kein Blatt vor den Mund nahm, wenn es darum ging, ihre Kinder zu verteidigen. Und weil eben diese Kinder nicht dem entsprachen, was das Dorf erwartete. Er, Smertrios, der sich wie eine Mutter um Sanna gekümmert hatte und dem Dorfleben in den Wald entflohen war – zumindest hatte seine Ehe mit Kalandina nun manchen Gerüchten die Luft genommen. Sanna, die oft in ihrer eigenen Welt lebte und besser mit dem Bogen umgehen konnte als die meisten Burschen. Uinje, die noch am ehesten den Vorstellungen des Dorfes entsprach, aber mit ihren Fragen so manchen ins Schwitzen brachte. Giamvailos, der kleine Winterwolf, der wie schon Smertrios einst kein Interesse an den Balgereien der Burschen zeigte. Und natürlich Alauda, die den Sohn eines reichen Bauern geheiratet hatte und nun auf einem großen Hof wohnte, als wäre sie etwas Besseres. Barnario war gewiss froh, dass Vater weder das Alter noch den Stand hatte, um im Ältestenrat zu sitzen.

Uinje und Sanna kamen mit Decken bepackt aus dem Haus.

»Mutter, Giamvailos ist uns nur im Weg!«, jammerte Uinje.

Mutter seufzte, wischte die Hände erneut in ihren Peplos, und ging ins Haus.

»Giamvailos! Warum bist du nicht mit den Ziegen draußen?«

»Weil ich Hunger habe! Es ist bald Zeit für das Mittagsmahl!«

Vater lachte, aber es war ein trauriges Lachen.

»Ich gehe dann wieder. Kalandina freut sich gewiss über Wolle und Brot.«

Vater erhob sich, schob das Messer in seinen Gürtel.

»Sanna würde nicht leben, wenn du nicht wärst. Dennoch wäre es für Mutter schlimm, wenn sie sterben müsste. Und du auch.«

Obwohl Vater sich bemühte, seiner Stimme einen freundlichen Klang zu geben, hörte Smertrios fast so etwas wie einen Vorwurf. Als wäre das alles seine Schuld. Und er verantwortlich. Seitdem sie bei Darrach gewesen waren und dieser zugestimmt hatte, dass Sanna den Sonnenschuss machen würde, lastete es schwer auf ihm. Er wusste, dass es die richtige Entscheidung war, denn Sanna traute er diesen Schuss zu – sich selbst nicht. Aber was, wenn …

Er nickte.

Vater lächelte und legte seinem Sohn die Hand auf die Schulter.

»Wenn einer diesen Bogen bauen kann, dann du.«

Doch unter der Aufmunterung spürte Smertrios die Enttäuschung. Wieder war er es, der der Mutter Sorgen bereitete, den Vater von einem ruhigen Leben abhielt.

Belsaberia erwies sich als eine sinnlose Tagesreise. Die Händler aus dem Süden würden erst lange nach der Frühlings-Tagundnachtgleiche wieder hier in den Norden kommen. Außerdem meinte der Wirt, dass keiner von ihnen mit Bögen handelte, schließlich hatte fast jedes Dorf seinen Bogenbauer. Ja, Smertrios kannte alle von denen, die im Umkreis ihres Dorfes Bögen bauten. Von keinem von ihnen würde er etwas Neues lernen.

Die nächsten Tage verbrachte er damit, für sich selbst einen neuen Bogen herzustellen. Den ganzen Tag stand er unter dem Vordach hinter der Hütte, arbeitete an einem Langbogen aus Eschenholz, wie er ihn seit Jahren schoss, und versuchte gleichzeitig, einige zurechtgehobelte Rohlinge über Dampf zu biegen. Er war sich sehr sicher, dass der Holzkern des Sulnatris aus Bergahorn bestand. Vorsichtig hatte er ein wenig von der Rohhaut abgeschabt, die die äußerste Schicht des Bogens bildete, um einen besseren Blick auf das Innere zu erlangen. Auch wenn der Leim und die Jahre das Holz etwas verändert hatten, erkannte er die Maserung. Zum Glück besaß er einige gut getrocknete Stämme, sodass er eine Auswahl hatte.

Der Dampf, der aus dem großen Wasserkessel aufstieg, setzte sich in seinen Haaren fest und wellte sie mehr und mehr. Kalandina lachte, als sie ihn sah. Er grinste zurück. Seit sie sich damit beschäftigen konnte, die Wolle zu Garn zu verspinnen, ging es ihr besser. Sie lehnte an dem Querbalken, der die Steher des Vordaches verband, und ließ die Spindel rauf und runter laufen, dass Smertrios ganz schwindlig wurde. Er konnte Holz in fast jeder Art bearbeiten, aber wie man es schaffte, aus dem flauschigen Vlies nur mit den Fingern und einem runden Tonklumpen an einem dünnen Stab so feines Garn zu erzeugen, das war ihm ein Rätsel. Weil Sanna immer alles lernen wollte, was er konnte, hatte sie eines Tages gefunden, er müsse doch auch lernen wollen, was sie wie jedes Mädchen von klein auf beigebracht bekam. Er war kläglich gescheitert, der Faden andauernd gerissen, die Spinnwirtel zu Boden gefallen. Sie hatte ihn damals völlig verwundert angesehen, hatte erstmals erlebt, dass ihr Bruder nicht alles konnte.

»Ich werde eine neue Camisia für dich weben«, sagte Kalandina gerade. »Deine alte ist schon ganz geflickt und zerschlissen.«

Smertrios lächelte sie an, war aber in Gedanken bei Überlegungen, wie lange er den gedämpften Bogen in der Form eingespannt lassen sollte und ob das Horn die Biegung der Enden im Nachhinein verändern würde. Wenn er ehrlich war, störte Kalandina ihn. Er liebte die Ruhe hier im Wald, wenn er arbeitete. Er hatte das Gefühl, nicht zu hören, was das Holz ihm sagen wollte, wenn sie danebenstand und mit ihm plauderte. Er fand laufend Gründe, sie ins Haus zu schicken, nur um ein paar Momente für sich zu haben.

Immer wieder nahm er den verkohlten Bogenrest zur Hand, befühlte ihn, betrachtete ihn. Was, wenn der Dampf alleine zu wenig war? Wenn es bestimmter Kräuter bedurfte, die dem heißen Wasser Würze gaben? Bestimmter heiliger Lieder? Die Unsicherheit drohte ihn verrückt zu machen.

Er war froh, als Kalandina schlief. Dick in seinen Umhang und eine Decke gewickelt setzte er sich am Waldrand unter einen Baum, den Bogenrest im Schoß. Es war windstill, die Nacht ruhig. Ein Käuzchen sandte sein monotones Tuten in die Dunkelheit, doch es erhielt keine Antwort. Der Wald und die Nacht umarmten Smertrios wie eine Mutter ihr Kind. Er schloss die Augen und sandte ein Gebet zu den Göttern, ihm die Geheimnisse des Bogens zu zeigen.

Die Kälte weckte ihn mitten in der Nacht. Er war im Sitzen eingeschlafen. Er war kein Seher, kein weiser Mann, aber eine gewisse Ruhe war über ihn gekommen. Dies war eine Bogenform, die ihm fremd war. Aber es war tatsächlich kein von den Göttern geformter Bogen. Menschenhände hatten ihn bearbeitet, mit Können, aber ohne irgendwelche Rituale. Zumindest keine, die ihre Spuren in den Bildern des Bogens hinterlassen hätten. Es erschreckte ihn. Hatte der Druide sie alle immer belogen? Oder wusste er es selbst nicht? Smertrios starrte den verkohlten Rest an. Vielleicht war es ja auch nicht wichtig, woher der Bogen kam. Vielleicht ging es nur um die Bedeutung, die man ihm zumaß.

Steif und frierend kroch Smertrios auf die Bettstatt in seiner Hütte. Kalandina zuckte zusammen, als seine kalten Füße an ihr ankamen. Wenn Menschen diesen Bogen gebaut hatten, so konnte er sie finden und von ihnen lernen.

Kapitel 5

Aufbruchspläne

Es regnete in Strömen, als Sanna in die Hütte stürzte. Smertrios war im ersten Moment wütend über ihr Auftauchen. Erstmals seit der Wintersonnwend hatte Kalandina das Bedürfnis nach Zärtlichkeit gezeigt, vielleicht, weil die morgendliche Übelkeit abebbte und der Regen sie zu einem gemeinsamen Tag in der Hütte zwang. Vielleicht war es auch der Frühlingsduft, den der Regen mit sich brachte. Sie hatte sich an ihn gedrängt, fast wie im Tanz zur Sonnwend, hatte seine Hand genommen und an ihre Brust gelegt. Smertrios küsste sie, bemüht, den verzweifelten Ausdruck in ihren Augen nicht zu beachten. Und genau in jenem Moment riss Sanna die Türe auf, klatschnass stand sie da, aber strahlte über das ganze Gesicht.

Eilig löste sich Kalandina von ihrem Mann – war sie etwa froh über diese Unterbrechung?

»Sanna! Was machst du hier? Bei diesem Wetter! Ist etwas geschehen?«

Sanna schloss die Türe hinter sich und schüttelte sich wie ein nasser Hund.

»Voccio, Smertrios, Voccio! Sie reisen zu ihm!«

Smertrios sah sie verwirrt an, musste seine Gedanken erst von Kalandinas Körper zurückholen. Diese hatte bereits eilig ein großes leinenes Tuch geholt, das sie Sanna zum Abtrocknen reichte.

»Möchtest du etwas Suppe? Häng deinen Umhang auf, dass er trocknen kann.«

Es schmerzte Smertrios, dass sie so erleichtert wirkte, ihm nicht einmal einen bedauernden Blick zuwarf. Sie hatte sich doch an ihn gedrängt …

Smertrios schüttelte leicht den Kopf, setzte sich auf die Kante der Bettstatt.

»Du kommst durch den Regen hierher, nur um mir zu sagen, dass irgendjemand zu Voccio reist?«

Voccio war ein angesehener Stammesführer, man sagte, der bedeutendste unter den dreizehn norischen Großstämmen. Er hatte sich selbst den Titel Reix, König, verliehen – oder hatten die anderen ihn dazu erwählt?

Sanna rubbelte ihre langen Haare in dem Tuch trocken und ließ ein Grunzen hören, verärgert über die Begriffstutzigkeit ihres Bruders.

»Du hast doch sicher schon davon gehört, seit Längerem reden sie bereits davon. Ich hatte es ganz vergessen, bei allem, was passiert ist, aber als Vater heute mit einem der Hohen redete – die besten Reiter gehen alle mit, das hat für große Streitgespräche gesorgt, jetzt, nach dem Überfall, viele sind dagegen, dass die guten Kämpfer nun das Dorf verlassen …«

Smertrios hob eine Hand.

»Langsam, Sanna, langsam. Ich habe keine Ahnung, wovon du redest. Verstehst du es, Kalandina?«

Seine Frau schüttelte den Kopf. Sie hatte Sannas Umhang genommen und hängte ihn zum Trocknen auf eine Stange, die an Seilen von der Decke baumelte.

Sanna seufzte übertrieben und ließ sich zwischen dem Feuer und Smertrios auf dem Boden nieder. Sie schien Kalandina nicht wahrzunehmen, hatte nur Augen für ihren Bruder.

»Voccio hat alle eingeladen, zu einem großen Fest zu kommen. Es wird Spiele und Wettbewerbe geben, und die besten Krieger sollen ausgezeichnet werden. Übermorgen reisen Barnario und einige unserer Männer ab.«

»Jetzt, nach dem Winter? Wer veranstaltet jetzt ein Fest, wo die Vorräte knapp sind?« Kalandina setzte sich ebenfalls an die Kante der Bettstatt, jedoch weit weg von Smertrios.

»Ein Zeichen von Macht. Ein Herrscher, der es sich um diese Jahreszeit leisten kann, eine große Menge Gäste zu versorgen, der ist wahrhaft ein großer Herrscher.«

Sanna bestätigte Smertrios' Erklärung mit einem Nicken und fuhr fort: »Denk nur, Smertrios. Alle dreizehn Großstämme schicken ihre besten Männer, aus vielen, vielen verschiedenen Dörfern. Und Bogenschießen ist einer der Wettbewerbe.«

Nun verstand er. Nirgendwo sonst fände er wohl die gesamte Bogenbaukunst Norikums versammelt. Er wurde ganz aufgeregt, sprang auf.

»Darrach hat mir die Unterstützung des Dorfes zugesagt, wenn ich sie bitte, mich mitzunehmen … sie müssen mich mitziehen lassen. Übermorgen, sagst du? Ich muss sofort mit Barnario reden!«

Kalandina ließ ein leises Quietschen hören, Smertrios war sich erst nicht sicher, ob es von ihr kam oder ob sich eine Maus in die Hütte verirrt hätte.

»Du gehst schon wieder weg? Du warst doch erst einen ganzen Tag in Belsaberia!«

»Nur ins Dorf, Kalandina. Zur Dunkelheit bin ich zurück.«

»So wie letztes Mal …«

»Wenn Smertrios zu Voccio mitreist, dann kannst du ja ins Dorf ziehen für die Zeit«, beruhigte Sanna sie. »Aber heute ist wohl wirklich kein Wetter, wo jemand in deinem Zustand durch den Wald gehen sollte – der Weg ist doch nicht so kurz.«

Smertrios zog die Augenbrauen hoch. Doch dann wurde ihm bewusst, dass Sanna und Kalandina fast gleich alt waren und sich von klein auf kannten. Sannas Tonfall war keine

Unhöflichkeit gegenüber der Älteren, nur eine ehrliche Bemerkung zwischen zwei Frauen. Vielleicht hatte ja auch nur er die leichte Geringschätzung darin gehört.

Barnario sah sie erstaunt an, als sie triefnass bei ihm eintrafen. Seine Frau Ronda war sofort mit Bechern voll warmem Bier zur Stelle. Während ihre Umhänge tropfend neben dem Feuer hingen, saßen der Stammesführer und die beiden Geschwister auf kostbaren Bärenfellen und schwiegen einen Moment gedankenverloren. Smertrios fiel die Bärin mit ihrem Jungen ein, er hoffte, sie würde nicht eines Tages ebenfalls auf dem Boden einer Kriegerhütte liegen. Sie war seine Bärin, hatte ihm seltene Augenblicke der Verbundenheit gegönnt.

»Mögen die Götter euch segnen und es einen erfreulichen Grund sein lassen, dass du bei so einem Regen den Weg ins Dorf auf dich nimmst«, begann Barnario endlich das Gespräch.

Ronda stellte eine Schüssel mit getrockneten Früchten in ihre Mitte und setzte sich neben ihren Mann. Sie waren noch nicht viel länger verheiratet als Smertrios und Kalandina. Barnarios erste Frau war vor etwa einem Jahr im Kindbett gestorben. Die Ehe mit Ronda war aus einer anderen Notwendigkeit geboren als jene von Smertrios – ein Stammesführer musste ein Weib haben – aber sie war ebenso von außen bestimmt. Dennoch wirkte Ronda glücklicher als Kalandina. Nun, sie war ja auch die Frau eines bedeutenden Mannes, nicht eines Sonderlings des Dorfes, der im Wald hauste …

Sie lächelte Smertrios an, die Hände im Schoß verschränkt. War sie ebenfalls schwanger? Barnario fing den Blick zwischen ihr und Smertrios auf, deutete seiner Frau mit einer Handbewegung, sie möge sich zurückziehen. Dass sie sich zu ihnen gesetzt hatte, lag wohl nur daran, dass Sanna dabei war, denn Frauen hielten sich sonst bei Männergesprächen im Hintergrund. Sie erhob sich, sah ein wenig verwundert zu Sanna, beschäftigte sich dann aber an ihrem Webstuhl hinten im Raum, auf dem ein Stoff mit feinem Karomuster auf die Weiterarbeit wartete.

»Also«, wiederholte Barnario, »was führt dich zu mir?«

Sanna wollte schon antworten, doch Smertrios kam ihrer Ungeduld zuvor.

»Es betrifft den Sulnatris, den ich fertigen muss. Du weißt, dass dieser Bogen anders ist als jene, die unser Dorf normalerweise für die Jagd benützt.«

»Ja, aber für einen Bogenbauer wie dich sollte das kein Problem sein, oder?«

»Es ist nicht einfach, wirklich nicht. Und nun hat Sanna mir berichtet, dass du und einige Männer zu Voccio reisen werden. Mögen die Götter eure Reise beschützen und zu einem guten Ende bringen. Es werden denke ich Bogenschützen aus allen dreizehn Großstämmen dort zusammenkommen, und es wäre für mich von großer Wichtigkeit, mit euch zu ziehen.«

Barnario sah ihn lange an, seine Finger strichen nachdenklich über seinen Torque. Der goldene Halsreif glänzte im Schein des Feuers. Nur die Hochgeborenen trugen ihn und es hieß, das Gold um den Hals kläre die Gedanken seines Trägers und schütze ihn vor dem Bösen.

»Ja, das kann ich verstehen. Du bist kein Krieger, nur ein Handwerker. Voccio hat die besten Krieger jedes Stammes eingeladen, doch er wird es sich wohl leisten können, auch noch einen Handwerker zu füttern, wenn er schon so groß tut. Lachnall wird bei den Bogenwettbewerben antreten, deine Anwesenheit könnte von Nutzen sein.«

Ausgerechnet Lachnall, der jähzornige Kerl. Nun, konnte durchaus sein, dass er Smertrios' Dienste tatsächlich benötigte, er hatte schon so manche Dinge aus purer Wut entzweigeschlagen. Brauchte nur jemand besser bei den Wettbewerben abschneiden als er … Smertrios lächelte erleichtert. Er durfte mit. Er würde andere Bogenschützen treffen, die ihm vielleicht weiterhelfen konnten.

Sanna wippte aufgeregt auf den Knien auf und ab.

»Du wirst Bragnreica sehen! Sie sagen, Voccios Duron ist riesig! Größer als unser Dorf!«

Barnario lächelte. Es war etwas an Sanna, das Männer eines gewissen Alters immer lächeln ließ, wenn sie etwas sagte.

»Ja, dein Bruder wird Bragnreica sehen. Aber nur, wenn er übermorgen bei Sonnenaufgang bereit ist, mit uns zu ziehen. Wenn du schon mitkommst, Smertrios, dann könntest du einen Bogen für Voccio fertigen. Er liebt die Jagd mit dem Bogen, es wäre wohl ein gutes Geschenk.«

Smertrios nickte. »Ich werde mitnehmen, was dazu vonnöten ist, und ihm einen Bogen bauen, der ganz und gar seinen Wünschen entspricht.«

Sanna sprang auf. »Dann müssen wir Kalandinas Eltern Bescheid geben, dass sie zu ihnen kommt. Und du musst packen, dass du morgen Abend mit deinen Sachen bei uns bist. Und Mutter muss dir noch ein paar Leckereien herrichten für die Reise und ich muss dir einen Talisman machen.«

Smertrios verzog entschuldigend die Lippen.

»Danke, Barnario, dass du mir diese Ehre zuteilwerden lässt.«

»Es geht um den Sulnatris. Das ist wichtig für das Dorf.« Auch die Männer erhoben sich. »Aber erwähne das niemandem gegenüber. Es ist nicht gut, wenn fremde Stämme wissen, dass uns ein wichtiges Heiligtum zerstört wurde. Als wären uns die Götter nicht wohlgesinnt.«

Smertrios nickte. Sanna zog ihn fast aus dem Haus des Stammesführers, sie war so aufgeregt, sie hätte glatt ihren Umhang vergessen.

Als Smertrios den Eltern von seiner Reise erzählte, bot Vater ihm den kleinen Karren an, den er besaß, und seine Kuh als Zugtier. Sie würde dieses Frühjahr kein Kalb bekommen und gab daher auch keine Milch, seine Eltern konnten sie entbehren.

Kalandina machte große Augen, als er mit Karren und Kuh noch bei Tageslicht bei der Hütte auftauchte. Sie strahlte richtig, als sie ihre wenigen Kleider, ihren Kamm und andere persönliche Gegenstände zusammenpackte.

Smertrios konnte nur hoffen, dass sie sich in der Hütte mehr zuhause fühlen würde, wenn erst ihr Kind da war. Denn er wollte gewiss nicht ins Dorf zurück ziehen, ständig von allen beobachtet, ständig dem Lärm der Kühe, Schweine und Ziegen ausgesetzt und dem Klatsch und Tratsch der Nachbarn. Sie verstanden ja auch nicht, dass eine junge Frau wie Sanna ihre Zeit lieber mit ihrem Bogen als mit Weben und Kochen verbrachte. Dennoch schmerzte es Smertrios, dass die Frau, die sein Kind unter dem Herzen trug, sich mit seiner Art zu leben so schwer anfreunden konnte.

Lange überlegte Smertrios am nächsten Tag, was er alles mitnehmen sollte, doch im Ende packte er sein gesamtes Werkzeug und alle Rohlinge auf den Karren, mit einer Plane aus geöltem Leder vor Regen und Sonne geschützt. Kalandina wirkte ganz beschämt, dass er nur eine halbwegs ordentliche Camisia besaß und sie, als sein Weib, ihn mit einer fleckigen aus derber Wolle auf die Reise schickte. Die schöne packte er mit einer zweiten Braccae auf den Karren, er würde nicht gefährden, dass sie unterwegs dreckig wurde.

Die Kuh hatte den Tag an einen Baum gebunden verbracht und sich an den zarten Frühlingsblättern gütlich getan. Sie wirkte zufrieden mit der Abwechslung, als Smertrios sie am Nachmittag wieder anschirrte. Er warf einen letzten Blick in die Hütte. Sie hatten das Feuer gelöscht, alle Vorratsdosen gut verschlossen, die hölzernen Läden vor die Fenster gemacht. Wie lange würde er weg sein? Die Wegstrecke nach Bragnreica dauerte gute vier Tage, doch er hatte keine Ahnung, wie lange die Wettbewerbe und Feiern gehen würden. Einen halben Mond war er gewiss nicht hier.

Er half Kalandina auf das schmale Kutschbrett am Karren und führte die Kuh über den kaum erkennbaren Pfad durch den Wald. Kalandina plauderte die ganze Zeit darüber, was sie im Dorf alles tun würde, wen sie aller besuchen würde und wie viel Garn sie für Smertrios und das Kind spinnen würde. Die Spur eines Rehs kreuzte ihren Weg, sie war noch frisch und Smertrios sehr in Versuchung, seinen neuen Bogen zu erproben und dem Tier zu folgen. Die Eltern würden sich gewiss über frisches Wild freuen, die Bewohner des Dorfes gingen selten auf die Jagd, sondern ernährten sich lieber von den gehaltenen Nutztieren. Der Wald war gefährlich. Weshalb Kalandinas Eltern es Smertrios wohl auch übel nahmen, dass er ihre Tochter dorthin mitgenommen hatte.

Als er Kalandina beim Haus ihrer Eltern absetzte, wurde sogar er mit erfreuten Umarmungen begrüßt. Ihr Vatervater, der im Rat der Ältesten so vehement auf seine Verbannung gepocht hatte, nickte ihm zu, distanziert und sehr mit sich selbst zufrieden, als wäre es sein Verdienst, dass die Sohnestochter nun wieder daheim war. Die Verabschiedung von Kalandina verlief kurz. Sie wünschte ihm weder Glück noch eine baldige Rückkehr, war nur begierig, mit ihrer Mutter rasch ins Haus zu kommen. Ein wenig verloren blieb Smertrios vor der Türe stehen, als auch Kalandinas Vater und Vatervater hineingingen, ohne ihn zu bitten, mitzukommen. Erneut hoffte er, dass sich alles bessern würde, wenn das Kind geboren war.

Zumindest war seine eigene Familie erfreut, ihn zu sehen und eine Nacht lang bei sich zu haben. Mutter hatte gekocht, als würde er die nächsten Wochen nichts zu essen bekommen. Giamvailos betrachtete zufrieden die Töpfe und Schüsseln und fand, Smertrios könne öfter verreisen. Ehe sie speisten, bestand Vater jedoch darauf, dass sie in den Nemeton gingen, um ein Opfer darzubringen. Sie waren nicht die Einzigen. Die anderen Familien sahen ein wenig verwundert auf Smertrios, die Reiter und Kämpfer, die ebenfalls am nächsten Tag aufbrachen, machten gehässige Bemerkungen, dass sie den Feigling mitnehmen mussten. Nur Lachnall klopfte ihm grinsend auf die Schulter.

»Mein persönlicher Handwerker! Da muss ich meine Pfeile ja nicht suchen gehen, wenn ich dich mithabe, neue zu machen!«

Das ganze Dorf schwirrte vor Aufregung. Ihre fünfzehn besten Männer würden für einen halben Mond weggehen. Und ihr Stammesführer ebenso, sodass die Leitung des Dorfes ganz in den Händen des Druiden lag. Man konnte die Angst spüren, die viele nach dem letzten Überfall ergriffen hatte. Natürlich wussten sie, dass Barnario den Besuch bei Voccio nutzen wollte, um ein Beistandsversprechen des großen Reix für das Dorf zu erhalten, aber das milderte die Angst nicht. Darrach beruhigte sie mit einer Zeremonie und Barnario erwähnte die Körper der letzten Angreifer, die vor dem Dorf verwesten und wohl jeden anderen Stamm von einem Überfall abhielten. Mit dem Gestank zu leben war ein geringer Preis für die Abschreckung.

Nicht nur Giamvailos war froh, als sie endlich in ihrem Haus beim Essen saßen. Smertrios genoss die familiäre Stimmung, die er bei aller Liebe zum Wald doch manchmal vermisste.

Sanna war den ganzen Abend sehr still. Sie saß neben ihrem Bruder, lauschte den Gesprächen der anderen, aß wenig. Wenn Smertrios sie ansah, erschien ein gezwungenes Lächeln auf ihren Lippen. Selbst im Dämmerlicht der Hütte konnte er erkennen, dass sie blass war. Machte sie sich Sorgen? Er würde doch nicht allzu lange weg sein, er zog in keine Schlacht, nur zu einem Fest, beschützt von den besten Kriegern ihres Stammes.

Smertrios schlief mit dem Rest der Familie auf der Erhöhung, die ihnen mit Fellen bedeckt als Schlafstatt diente. Er konnte Sanna neben sich noch lange leise murmeln hören, ohne jedoch die Worte zu verstehen. Er wusste, dass sie mit den Göttern sprach.

Kapitel 6

Abreise

Noch ehe die Sonne aufging, versammelten sich alle beim Tor. Es war ein milder Morgen, die Götter waren ihnen gnädig und versprachen einen angenehmen Tag. Erleichtert stellte Smertrios fest, dass er nicht der Einzige mit einem Karren war, daher auch nicht der Schuldige am langsameren Tempo. Ein junger Bursche lenkte einen Wagen, dem ein Ochse vorgespannt war, beladen mit den Zelten, mit Vorräten für die Reise und Geschenken.

Kalandina war zur Verabschiedung gekommen und drückte Smertrios kurz an sich. Er schob seine Hand unter ihren Umhang und berührte ihren Bauch, der noch immer flach war. Er konnte es kaum erwarten, wenn er sich endlich runden würde.

»Pass auf dich auf. Und auf mein Kind«, flüsterte er ihr ins Ohr. Sie nickte.

Giamvailos sprang aufgeregt um den Karren herum und drückte der Kuh einen Kuss nach dem anderen auf die breite Schnauze. Er würde sie wohl mehr vermissen als seinen Bruder. Sanna warf sich Smertrios an die Brust, hängte ihm einen Talisman um den Hals – einen kleinen Beutel aus Leder –

und rannte dann weinend davon. Uinje schüttelte abfällig den Kopf darüber.

»Mögen die Götter mit dir sein und dir jenes Wissen zukommen lassen, das du benötigst.«

Vater vollführte segnende Gesten.

Als der Druide die Götter anrief und die Sonne über die Erdenkante kletterte, bestiegen die Reiter ihre Pferde. Trillernd und jubelnd stoben sie davon, während Smertrios und der andere Wagenlenker langsam folgten. Die Dorfbewohner winkten ihnen hinterher, stolz und ängstlich.

Bald nach dem Dorf galt es, eine Furt zu überqueren, dort warteten die Reiter auf die beiden Karren. Sie alle strahlten, voll Begeisterung über diese Reise. Auch Smertrios war voller freudiger Erwartung. Voccios Festung. Andere Bogenschützen. Wettbewerbe.

Am Wegesrand leuchteten Beinwell und Löwenzahn, blau und gelb, wie Himmel und Sonne. Die Luft war erfüllt von den Liebesliedern der Vögel. Smertrios hätte am liebsten in ihren Gesang eingestimmt.

Der Tross bewegte sich nun in ruhiger Reisegeschwindigkeit weiter. Auch den Pferden schien es zu gefallen, nach dem langen Winter endlich wieder länger marschieren zu können. Von Zeit zu Zeit stoben ein oder zwei Reiter voraus oder umrundeten ausgelassen den restlichen Trupp. Im Gegensatz zu Smertrios trugen die anderen prächtige Gewänder, Umhänge mit Pelzkragen, goldglänzenden Schmuck. Barnario hatte den Helm mit der Rabenfigur auf dem Kopf, den schon sein Vatervater getragen hatte. Wo auch immer sie vorbeikamen, erregte ihr Zug Aufsehen. Waren Reiter vorausgeprescht, so warteten junge Mädchen mit Krügen voller Bier und Wasser auf den Tross und boten ihre Getränke mit errötenden Wangen den Reitern dar.

Sie kamen an der Weggabelung vorbei, an der es zu dem Hof ging, auf dem Alauda und Rufius lebten. Smertrios fragte sich, was seine große Schwester wohl sagen würde, wenn sie ihn nun sähe, unterwegs zu Reix Voccio, gemeinsam mit den besten Kämpfern seines Dorfes. Rufius wäre wohl der Erste, der ihm anerkennend auf die Schulter klopfen würde.

Es war bereits Nachmittag, als sie eine längere Rast einlegten. Nicht lange genug, um die Kühe auszuspannen, aber Zeit, um vom mitgebrachten Speisenvorrat zu essen und sich ein wenig die Beine zu vertreten. Smertrios, ein Stück getrocknetes Fleisch in der Hand, an dem er genüsslich kaute, umrundete seinen Karren, um zu sehen, ob alles noch gut gesichert war. Am hinteren Ende, wo die Ladefläche keine Rückwand hatte, war die Plane nicht mehr festgebunden. Das fehlte ihm noch, dass er etwas von seinen Rohlingen oder gar von seinem Werkzeug verlor! Hastig band er die Schnürung noch weiter auf, um zu überprüfen, ob noch alles da war.

Als er die Plane zurückschlug, sah ihm ein völlig verschwitztes Gesicht entgegen.

Sanna.

Sie grinste ihn verlegen an.

»Den Göttern zum Gruße, Smertrios.«

»Was tust du hier?« Er starrte sie entsetzt an.

»Nach Bragnreica mitkommen.« Ihre Stimme klang ein wenig unsicher, doch ihr Lächeln reichte über das ganze Gesicht.

Smertrios zerrte sie am Arm vom Karren herunter.

»Bist du verrückt? Wie stellst du dir das vor?«

»Ich will an den Wettbewerben teilnehmen. Ich bin eine bessere Schützin als Lachnall. Wenn ich deine Bögen vorführe, dann ist Voccio bestimmt so begeistert, dass er dich zu seinem Bogenbauer macht.«

Smertrios versuchte, seine Stimme leise zu halten. Der Karren verdeckte sie vor den Kriegern, die es sich in der Wiese bequem gemacht hatten, aber er fühlte, dass manche bereits aufmerksam wurden.

»Ich bin nicht mit, um Voccios Bogenbauer zu werden, ich bin mit, um Hinweise für den Bau des Sulnatris zu bekommen!

Frauen haben bei den Wettbewerben nichts verloren, wie kommst du überhaupt auf den Gedanken, dich einfach im Karren zu verstecken? Mutter wird vor Sorgen umkommen und ich kann jetzt die Reise abbrechen, um dich heimzubringen!«

Mit einem wütenden, undeutlichen Laut wandte er sich ab, sonst würde er ihr noch ins Gesicht schlagen.

Da standen rund um ihn Barnario und seine fünfzehn Männer und starrten fassungslos auf Sanna.

Smertrios hob die Hände.

»Ich kann nichts dafür. Sie hat sich im Karren versteckt.«

Lachnall fand als Erster die Sprache wieder. »Wäre ja auch ein Wunder gewesen, wenn unsere Nani, unser Mütterchen, ohne ihr Kindchen das Dorf verlässt. Pass nur auf, irgendwann ist sie groß genug, dass sie dich an die Brust nimmt!«

Grölendes Lachen ertönte und zerriss die Verwunderung, die alle gepackt hatte.

Barnario gebot allen mit einer Handbewegung zu schweigen und trat einen Schritt auf Sanna und Smertrios zu.

»Was willst du hier, Sanna?« Er klang unerwartet milde.

Sanna wischte sich die schweißnassen Haare aus der Stirn. Ihre Wangen glühten rot von der stickigen Luft unter der Plane, doch ihr Lächeln war wie immer herzlich und bezaubernd und verfehlte nicht seine Wirkung. Die Lippen des Stammesführers zogen sich ein wenig in die Breite, man sah es an den Enden seines Schnurrbartes, die sich nach oben hoben.

»Ich will dem Dorf bei den Wettbewerben Ehre bringen. Und meinem Bruder helfen, Hinweise zum Bau des Sulnatris zu bekommen.«

Barnario nickte, doch die Männer um ihn herum waren entrüstet.

»Ein Weib! Wir werden doch kein Weib mitnehmen!«

»Wie sieht das aus, wenn die Rabenkrieger nicht Manns genug sind, ohne ihre Frauen aufzubrechen.«

»Die ist so kleinbrüstig, die taugt ja nicht mal als Hure etwas.«

Sanna richtete sich groß auf.

»Aber ich schieße besser als Lachnall.«

»Das will ich sehen!«, rief Lachnall.

»Gut«, antwortete Sanna, die Arme verschränkt. »Wenn ich besser treffe als du, darf ich mit. Du bestimmst das Ziel.«

Ehe Lachnall antworten konnte, trat Smertrios dazwischen.

»Darum geht es nicht. Du kannst nicht mit. Mutter käme vor Sorge um, wenn sie es nicht schon tut. Du kannst nicht einfach aus dem Dorf verschwinden.«

Sanna warf einen kurzen Seitenblick auf ihren Bruder.

»Ich habe Uinje gebeten, ihr Bescheid zu geben, sobald der Tross das Dorf verlassen hat. Zu sagen, dass Barnario mich gebeten hat, mitzukommen. Weil ich die beste Schützin im Dorf bin.«

Der Stammesführer zog die Augenbrauen hoch.

»Du hast behauptet, ich hätte dich gebeten? Allein dafür gehört dir die Peitsche verabreicht.«

Sanna lächelte Barnario an. »Du hast selbst gesagt, keine könne besser mit Pfeil und Bogen umgehen als ich. Und ich weiß, dass es dir und dem Stamm zur Ehre gereicht, wenn wir den Bogenbewerb gewinnen. Was wir mit Lachnall nicht schaffen werden.«

Täuschte Smertrios sich oder färbte sich das Gesicht des Stammesführers leicht rot? War es Wut oder Verlegenheit? Zum Glück mischte Lachnall sich wieder ein.

»Ich lass mich doch nicht von der Gör beleidigen! Los, zeig, was du kannst.«

»Nur wenn ich dann mitkann.«

Smertrios wusste nicht, ob er sich für seine Schwester in Grund und Boden schämte oder sie für ihren Mut bewunderte. Lachnall sah fragend zu Barnario. Der Stammesführer seufzte und nickte.

Sanna strahlte und nahm ihren Bogen vom Karren, während Lachnall den seinen vom Pferd losband.

»Dort drüben, der herausragende Ast der Eiche.«

Lachnall deutete auf einen einsam stehenden Baum, gute vierzig Schritte entfernt. Sannas Gesicht verriet ihre Freude und Siegessicherheit.

»Ihr könnt nicht auf eine lebende Eiche schießen«, warf Cavannus ein. »Ihr vergrämt die Götter.«

Ohne zu fragen, zog er einen Rohling von Smertrios' Karren, ging ein Stück damit und rammte ihn in den Boden. Die anderen jubelten, das Ziel war noch weiter weg als die Eiche.

Sie scharrten sich um Sanna und Lachnall, die beide die Sehne ihrer Bögen einspannten und sich bereit machten.

Smertrios wusste nicht, was er hoffen sollte. Natürlich wollte er, dass seine Schwester traf, dass sie allen zeigte, wie gut sie war. Aber was wäre die Folge? Würde Barnario sie tatsächlich mitreisen lassen, als einzige Frau? Er gönnte ihr, Bragnreica zu sehen und den großen Voccio, aber ihr Platz war im Dorf, nicht hier. Warum konnte sie nicht verstehen, dass die Welt nun einmal so war?

Die beiden Bogenschützen stellten sich nebeneinander auf, legten den Pfeil an die Sehne. Sanna hielt den Bogen zu Boden gerichtet und Smertrios wusste, dass sie daran dachte, dass das Holz für Bogen und Pfeil eine Gabe der Erde war. Sie würde, sobald Barnario das Zeichen gab, den Bogen beim Spannen in den Himmel heben, denn auch der Baum war in diese Richtung gewachsen und Pfeil und Bogen sollten sich der Natur entsprechend bewegen. Erst dann würde sie ihren Arm mit dem Bogen senken und den Pfeil lösen, in einer fließenden, ebenmäßigen Bewegung, die Smertrios jedes Mal in ihrer Schönheit das Herz aufgehen ließ. Es war, als müsse sie nicht zielen. Als tanze sie mit dem Pfeil.

Barnario hob die Hand. Alle verstummten und starrten auf Sanna und Lachnall. Der Krieger hatte seinen Bogen bereits gehoben, das Ziel ins Auge genommen und die Hand mit der Sehne zu seiner Wange gezogen, während Sanna noch dastand, das Ziel lächelnd ansah, den Bogen noch entspannt nach unten gerichtet.

Barnarios Hand gab das Zeichen. Zwei satte, knapp aufeinander folgende *Tocks* verrieten, dass beide getroffen hatten. Beide Pfeile steckten in dem Rohling, es schmerzte Smertrios, dass sie nicht einfach einen Ast eines Baumes genommen hatten.

Die Männer eilten zu dem Ziel. Sanna schlenderte neben Smertrios her, sah ihn an, als erhoffe sie sich seine Bewunderung. Er wusste noch immer nicht, was er sich wünschen sollte.

Die Krieger machten einen Schritt zur Seite, als Sanna bei den Pfeilen ankam. Lachnall hatte den Rohling fast verfehlt, sein Pfeil steckte am Rand, hatte einen Span abgespalten. Sannas steckte genau in der Mitte. Lachnall starrte die beiden Pfeile an, sein Kopf war dunkelrot bis unter seine schütteren Haare. Seine Faust würgte den Bogen in seiner Hand.

Schweigend sahen nun alle zu Barnario. Der Stammesführer nickte nachdenklich.

Ehe er etwas sagen konnte, erklang jedoch die Stimme des jungen Burschen, der den Vorratswagen lenkte.

»Auch wenn Sanna das Dorf bei den Wettbewerben besser vertreten kann als Lachnall, spätestens morgen treffen wir auf die Bärenkrieger. Eine Frau in einem Tross voller Männer – meint ihr, das ist wirklich klug?«

Gemurmel machte sich breit. Aber es ließ sich heraushören, dass die meisten meinten, es wäre wohl Smertrios' und Sannas Problem, wenn die Männer der Bärenkrieger sich auf die junge Frau stürzten.

»Es ist lächerlich«, warf erneut einer der Männer ein. »Eine Frau. Lachnall, du solltest dich schämen, besiegt von einer Frau. Der Tochter eines Handwerkers, mit einer Kuh vor dem Karren. Lächerlich.«

Sanna flüsterte zu Smertrios:

»Lieber eine Kuh vor dem Karren als selber ein Ochse.«

Zum Glück hörte es keiner außer ihm, denn Lachnalls Fäuste waren inzwischen weiß vor Anspannung. Smertrios wusste, dass eine Schlägerei bevorstand. Und das nur, weil Sanna wieder einmal ihre eigenen Vorstellungen vom Leben hatte. Doch Barnario trat dazwischen, ehe die Lage unbeherrschbar wurde, die Arme erhoben.

»Du hast dich darauf eingelassen, Lachnall. Ein Rabenmann steht zu seinem Wort. Mitkommen darf sie. Aber ich gebe mir gewiss nicht die Blöße, keiner hier tut das, dass eine Frau bei den Spielen des großen Voccio für unser Dorf antritt. Und nun lasst uns weiterreiten. Wir wollen bis zum Abend noch den Fluss erreichen.«

Smertrios hielt Sanna am Arm fest, während die Männer sich wieder auf ihre Pferde begaben. Er würde sie nicht aus den Augen lassen, wer weiß, wozu Lachnall in seiner Wut fähig war. Smertrios zog den Rohling aus dem Boden, ärgerte sich darüber, dass sein eines Ende nun voller schlammiger Erde war. Lachnall hatte seinen Pfeil beim Herausziehen vor Ärger abgebrochen, das Ende mit der Spitze steckte noch im Holz.

Sanna hatte den Kopf gesenkt. »Du bist wütend, nicht?«

»Ich halte es für keine gute Idee. Du wärst besser daheim geblieben. Aber was soll ich nun tun, ich kann dich schwer alleine zurückschicken. Und ich bin gewiss nicht bereit, deinetwegen umzukehren.«

Sie folgte ihm mit hängenden Schultern, als sie zu ihrem Karren zurückkehrten. Den Rest des Tages sprach Smertrios kein Wort mit ihr, saß schweigen neben ihr auf dem schmalen Kutschbrett. Sanna hockte zusammengesunken da, ihre Finger damit beschäftigt, Fäden aus dem Saum ihres Kleides zu ziehen und zu verflechten.

Je weiter sie ritten, umso mehr verflog Smertrios' Wut. Der Tag war so herrlich, sie waren unterwegs zu Voccio – und wenn er ehrlich war, so war es schön, dass Sanna neben ihm saß und dies mit ihm teilte. Wenn er sie nur beschützen könnte, vor Lachnall, vor den Bärenkriegern. Auch wenn sie kein vollbusiges Weib war, die Gegenwart einer jungen Frau in einem Tross voller aufgeregter Krieger …

Rechtzeitig vor der Abenddämmerung fanden sie neben der Straße einen geeigneten Platz zum Lagern. Ein Wäldchen war dicht genug, um Schutz zu bieten, aber klein und licht genug, um nicht Feinden oder Wegelagerern als Versteck zu dienen. Bald war ein Feuer entzündet worden und die Männer lagerten darum, schimpften über das getrocknete Fleisch und das harte Brot. Smertrios nickte Sanna zu. Sie strahlte ihn an. Die beiden entfernten sich und kamen kurze Zeit später mit vier Hasen vom nahegelegenen Feld zurück. Fünf Jahre im Wald hatten Smertrios gelehrt, sich Tieren zu nähern, ohne dass sie ihn bemerkten.

»Es ist eben doch gut, wenn Smertrios mitkommt.«

Barnario lachte über das ganze Gesicht. Ihm lag offenbar daran, dass die Männer die Geschwister gut aufnahmen.

Während die Hasen nun gehäutet und über dem Feuer gebraten wurden, kam der junge Bursche vom Vorratswagen auf Sanna und ihren Bruder zu. Sie waren gerade dabei, ihre Decken unter den Karren zu legen. Warum auf ein Dach verzichten, wenn man eines haben konnte?

»Es ist nicht gut, dass eine Frau mit ist.« Er kratzte sich an seiner Nase, während er sprach.

Sanna sah ihn durchdringend an. Smertrios konnte in ihrem Gesicht nicht lesen, was sie dachte, aber es schien nicht unbedingt etwas Freundliches zu sein.

»Barnario hat es entschieden.«

»Du wirst sie nicht beschützen können, wenn erst die Bärenkrieger zu uns stoßen. Mir ist es ja egal. Aber es ist gewiss kein schöner Anblick, wenn eine Horde Krieger über so ein hübsches Weibchen herfällt.«

So unvermittelt, wie er hergekommen war, ging er wieder zu den anderen ans Feuer zurück.

»Hat Vasos gerade lüstern geklungen, als er das sagte?«

Sanna sah ihren Bruder mit einer hochgezogenen Augenbraue an. Als sie sich bückte, um unter den Wagen zu kriechen, fasste Smertrios sie am Oberarm.

»Er hat aber nicht unrecht, Sanna. Und die Hälfte der Männer hier würde wahrscheinlich genüsslich zusehen, wenn ein Haufen fremder Krieger dich nimmt.«

»Und?« Ihre Augen blickten ängstlich.

Er hatte den ganzen Nachmittag schon darüber nachgedacht. Er wusste, sein Vorschlag würde ihr nicht gefallen.

»Du musst zu meinem Bruder werden.«

Ihre Augenbrauen zogen sich zusammen, ihr Mundwinkel zuckte leicht. Sie versuchte zu verstehen, was er meinte. Smertrios griff in ihre hüftlangen Haare, hielt ihr eine Strähne vors Gesicht. Sie verstand, und es gefiel ihr nicht. Ihre Augen weiteten sich und sie wich zurück.

»Immer noch besser als ein Haufen Schwänze zwischen deinen Beinen.«

Sie starrte Smertrios an, biss sich auf die Lippen. Er wartete ab, in der Hoffnung, dass sie selbst den ersten Schritt täte.

Als sie weiter schwieg, fügte er leise hinzu:

»Dann wärst du auch für die Wettbewerbe ein Mann.«

Endlich nickte sie. Sie zog ihr Messer aus dem Gürtel und reichte es ihrem Bruder. Er sah Tränen in ihren Augen, als er ihre prächtigen Haare abschnitt. So sehr er ihre zarte Schönheit am Vortag noch bewundert hatte, nun bemühte er sich, ihr Haar so struppig und jungenhaft wie möglich aussehen zu lassen. Sie zuckte zusammen, als lange Strähnen vor ihren Füßen zu Boden glitten. Nachdem Smertrios fertig war, war er selbst erstaunt. Das war keine zarte junge Frau mehr, das war ein Bürschlein, dessen fingerkurze Haare borstig in die Höhe standen. Nun war es gut, dass seine Schwester nicht zu den vollbusigen Weibern gehörte. Als Sanna seinen Blick sah, schossen erneut Tränen in ihre Augen. Sie bückte sich hastig und sammelte all die langen Haarsträhnen auf. Ehe sie sich unter den Karren verkroch, flocht sie aus ihrem Haar einen Gürtel, den sie sich um die Taille band.

Smertrios ging zu Barnario und Cavannus und erzählte ihnen von seinem Plan, Sanna als seinen Bruder mitzunehmen, um sie vor den Bärenkriegern zu schützen. Er erwähnte nicht, dass sie hoffte, so auch an den Wettbewerben teilzunehmen. Sie halfen ihm, das passende Gewand unter den Kriegern zu finden. Vasos, der junge Bursche vom Vorratswagen, war bereit, ihm eine seiner Braccae für Sanna zu leihen. Sein Gesicht färbte sich tiefrot, als er sie ihm reichte. Er war der Einzige, in dessen Beinkleidern Sanna wohl nicht völlig lächerlich aussehen würde.

Am nächsten Morgen war Sannas Gesicht durch ihre abendlichen Tränen völlig schmutzverschmiert. Smertrios packte ihren Peplos auf den Karren und schnitt ihr Unterkleid über ihrem Knie ab. Das war immerhin ein Vorteil, dass sich die Kleidung von Frauen und Männern fast nur in der Länge unterschied. Auch wenn es ihr schwerfiel, zwang Smertrios sie, ihren Zopf im Karren zu verstauen und ihren normalen Gürtel zu nehmen.

Sie begaben sich zu den anderen, die an der erloschenen Feuerstelle saßen und an hartem Brot kauten. Als Sanna die Blicke der Männer bemerkte, veränderte sich ihre Haltung. Sie stand breitbeiniger da, das Becken leicht vorgeschoben, die Schultern gerundet. Smertrios merkte, dass sie plötzlich Spaß daran empfand, sich wie ein junger Bursche zu benehmen. Selbst ihre Stimme wurde ein wenig tiefer.

»Guten Morgen. Ich bin Sanno, Smertrios' Bruder.«

Einige lachten, doch es war ein unsicheres, verlegenes Lachen. Lachnall verschluckte sich an einem Bissen, man musste ihm auf den Rücken klopfen.

Barnario und Cavannus nickten Sanna zu. Sie grinste zurück.

Kapitel 7

Die Bärenkrieger

Der Tag war noch nicht allzu weit fortgeschritten, als sie am vereinbarten Treffpunkt die Männer der Bärenkrieger trafen. Ihr Ehrentrupp war wesentlich größer als der der Raben, er fasste wohl an die fünfzig Mann, und Smertrios wurde klar, dass die Männer aus seinem Dorf sich wohl genau deswegen bereits für die Reise so prächtig gekleidet hatten – sie wollten sich vor den Bärenkriegern beweisen. Ja, ihm schien sogar, dass sie sich auf ihren Pferden aufrichteten, als die anderen Reiter in ihre Sichtweite kamen, nur Vasos auf dem Karren vor ihm sank in sich zusammen, gewiss säße er auch lieber auf einem Ross.

Die beiden Trosse hielten in kurzem Abstand voreinander an. Barnario und der Anführer der Bärenkrieger ritten die trennenden Schritte aufeinander zu und reichten sich vom Pferderücken aus die Hand. Der Anführer der Bärenkrieger war älter als Barnario. Er war ein großer und schlanker Mann, dessen graue Augen einen stechenden Blick hatten. Auf seinen Schultern ruhte der Pelz eines Bären, man hatte die Tatzen daran gelassen, die dem Herrscher vorne über die Brust hingen. Auf seinem Helm war der Kopf des Bären befestigt. Gegen ihn wirkte Barnario in seinem pelzbesetzten Wollumhang trotz seines goldenen Schmuckes bescheiden. Dennoch war die Begegnung herzlich. Die beiden Männer lachten und nickten anerkennend beim Anblick der Krieger des anderen.

Die Begrüßung dauerte nicht allzu lange, und schon ritten sie gemeinsam weiter. Die beiden Stammesoberhäupter nebeneinander vorneweg, in Gespräche vertieft. Dahinter mischten sich schnell Bären- und Rabenkrieger, man kannte einander von Sonnenfesten, manche der Männer hatten wohl auch schon gemeinsam gekämpft, so wie sie einander begrüßten. Auch die Bärenkrieger hatten einen Wagen bei sich, für Proviant und Geschenke, und so kam es, dass Smertrios sich bald hinter diesem am Ende des Zuges fand.

Die Stimmung war fröhlich und ausgelassen, bis zu Smertrios drang immer wieder das Lachen der Männer.

Sanna saß ganz hinten auf dem Karren zwischen all den Bogenrohlingen, Kisten und Körben, ließ die Beine baumeln und summte vor sich hin. Sie hatte wohl den Verlust ihrer Haare verkraftet und fühlte sich in ihren Braccae sicher.

Ein Bärenkrieger löste sich aus dem Tross und verschwand mit seinem Pferd im Wald, der sich neben der Straße hinzog. Bald danach schloss er wieder zu den anderen auf. Er zügelte sein Pferd, als er am Wagen der Rabenleute vorbei ritt.

»Beachtlich, ihr habt zwei Karren mit euch, so viele Geschenke für Voccio?«

Smertrios fühlte kurz Misstrauen. Ein Krieger, der seinen Trupp verlässt, um kurz darauf freiwillig den Schluss zu bilden? Doch als er dem Bärenkrieger in die Augen sah, lag kein Hauch von Bösartigkeit darin.

»Falls du wissen willst, auf welchem Karren die Vorräte sind – es ist der andere«, meinte Smertrios grinsend.

»Erwischt!« Lächelnd streckte der Bärenkrieger Smertrios seine Hand entgegen. »Ich bin Ferchar.«

Sein Lächeln war offen und freundlich. Er trug ein Leinenhemd, das mit kleinen Eisenringen bestückt war. Er zählte gewiss zu den hochgeborenen Reitern, auch wenn er nicht den Namen seines Vaters genannt hatte.

»Ich bin Smertrios, und das da hinten ist mein kleiner Bruder Sanno. Ich bin Bogenbauer, und dies ist meine gesamte Werkstatt – ein wenig viel für ein Ehrengeschenk, aber es hat sich so ergeben, dass wir mitreisen ...«

Ferchar warf einen Blick nach hinten zu Sanna und nickte ihr zu. Sie bemühte sich, möglichst ungezwungen zurückzunicken.

»Dann bist du wohl auch ein guter Schütze? Ich hätte nichts gegen etwas frisches Fleisch. Das, was unsere Frauen uns eingepackt haben, ist mir nicht besonders bekommen.«

Er griff sich mit der Hand auf den Bauch und verzog das Gesicht. Nun war Smertrios klar, warum der Bärenkrieger in den Wald geritten war.

»Sanno ist der Schütze, ich der Handwerker. Wir haben gestern einige Hasen geschossen, gewiss erwischen wir heute auch etwas.«

Ferchars Gesicht entspannte sich.

»Großartig. Ihr seid meine Rettung. Entweder können die Bärenfrauen Fleisch nicht haltbar machen, oder ich bin ihre Art zu würzen nicht mehr gewöhnt ... Aber mit euch beiden an meiner Seite werde ich die Reise wohl überleben!« Er grinste.

Sanna hatte neugierig den fremden Krieger beobachtet und erwiderte nun sein Lächeln.

»Sanno, oder?«

Sie nickte, räusperte sich dann und kratzte sich ein wenig übertrieben am Bauch. Smertrios musste ein Lachen unterdrücken, als er bei einem Blick über die Schulter sah, wie sehr sie sich bemühte, männlich zu wirken.

»Nimmst du an den Spielen teil?«

Ferchar hatte sein Pferd die zwei Schritte zurückfallen lassen, dass er nun gleichauf mit Sanna war.

Erneutes Kratzen, ein tiefes »Vielleicht.«

»Ich war noch nie in Bragnreica«, fuhr Ferchar fort. »Bin schon sehr gespannt.« Er schloss wieder zu Smertrios auf.

Im Nu waren die beiden Männer in eine anregende Unterhaltung verstrickt. Für Ferchar war es das erste Mal, dass er mit seinem Vater zu einem Besuch unter Herrschern ritt. Bis vor Kurzem war er, wie so viele hochgeborene Söhne, am Hof eines entfernten Verwandten aufgewachsen. Smertrios war verwundert, wie rasch er für diesen etwas jüngeren Mann freundschaftliche Gefühle empfand. Vielleicht, weil sie einander fremd waren. Für Ferchar war Smertrios kein Feigling, kein Mütterchen, sondern jemand, den sein Stamm wert empfunden hatte, an diesem Ehrentross teilzunehmen. Und sie stellten bald fest, dass sie denselben Humor teilten.

Gerne hätten sie am Abend nebeneinander am Feuer gelagert, doch Ferchars Vater, der Anführer der Bärenkrieger, verlangte, dass sein Sohn bei ihm saß.

Nachdem die Kuh versorgt war, half Sanna Smertrios, ein Reh zu erlegen – die Tiere waren nach dem Winter so hungrig, dass sie unvorsichtig wurden. Smertrios war selbst erstaunt, wie rasch sie Beute machten. Großer Jubel empfing sie, als sie zum Lager zurückkamen, wo inzwischen mehrere Feuer brannten. Sanna strahlte. Das gefiel ihr besser, als wenn man sie als Weibchen bezeichnete.

Ferchar klopfte ihr auf die Schulter, während einige der Rabenmänner sich daran machten, das Wild aufzubrechen und zu zerteilen. »Gut gemacht, Junge.« Er nutzte den Trubel, um sich zu ihnen ans Feuer zu setzen.

Cavannus reichte Smertrios das erste Stück Fleisch, wie es dem Jäger zustand. Er spießte es auf einen Stock, um es für Sanna und sich anzubraten. Bald saßen an allen Feuern die Männer, brieten ihre Rehstücke und streckten die Beine von sich, froh, aus dem Sattel zu sein.

Sannas Gesicht verriet deutlich, dass es ihr nicht gefiel, dass Ferchar sich zu ihnen ans Feuer setzte. Es war eine Sache, auf Abstand vor den fremden Kriegern einen Burschen abzugeben, eine andere, auf Armeslänge nebeneinanderzusitzen. Sie zog sich mit ihrem Brocken Fleisch auf den Karren zurück.

Smertrios jedoch freute sich. Viel lieber scherzte er mit dem Bärenkrieger, als sich Gehässigkeiten seiner Stammesmänner anzuhören. Auch wenn es ihm eigenartig vorkam, dass ein Hochgeborener wie Ferchar die Gesellschaft eines fremden Handwerkers der seiner Stammesmitglieder vorzog.

Ferchar wirkte verlegen, als Smertrios ihn danach fragte.

»Ich kenne die Leute von meinem Stamm kaum. Natürlich, das wäre erst recht ein Grund, bei ihnen zu lagern. Aber du – du erinnerst mich an den Ziehbruder, den ich hatte und nun verlassen musste. Wenn es dir jedoch unangenehm ist, mit einem Bärenkrieger am Feuer zu sitzen ...« Er deutete an, sich zu erheben. Smertrios zog ihn wieder ins Sitzen zurück.

»Nein, bleib. Auch ich bin fremd in meinem Stamm. Wir passen gut zusammen.«

»Wie Pfeil und Bogen.«

»Wie Ross und Reiter.« Smertrios lachte. »Aber wer ist was?«

Die Dunkelheit senkte sich über die Landschaft, die Funken der Feuer stoben in den Himmel, verkehrten Sternschnuppen gleich. Es wurde ruhiger, nun, wo alle satt waren, auch die Pferde, die in der Nähe gut bewacht grasten.

Über Ferchars Schulter hinweg fiel Smertrios auf, dass sich Vasos, dessen Braccae Sanna trug, ganz in ihrer Nähe niedergelassen hatte und sie fast unentwegt anstarrte. Auch Lachnall warf öfter als ihm lieb war einen Blick auf seine Schwester. Unauffällig veränderte Smertrios seine Haltung, um Sanna im Auge zu behalten. So ganz war er sich nicht sicher, wie weit er sich auf die Männer seines Dorfes verlassen konnte, dass sie Sannas Verkleidung nicht auffliegen ließen.

»Wieso setzt sich dein Bruder nicht zu uns?«, nuschelte Ferchar, den Mund voller Fleisch.

»Er ist schüchtern. Nicht gewöhnt an fremde Leute. Wir leben in einer kleinen Hütte im Wald, nicht im Dorf.«

Smertrios nahm einen Schluck aus der Schweinsblase, er hatte das Wasser darin mit gesäuertem Honig versetzt, dennoch schmeckte es schal und ein wenig brackig.

Ferchar lachte. »Ich werde ihn schon nicht beißen, so ein kleines Bürschlein liegt einem nur im Magen.«

Sie lachten beide.

Sanna begann, ihre Decke unter dem Karren auszubreiten. Sie warf Smertrios einen auffordernden Blick zu. Er schüttelte leicht den Kopf, er war noch nicht müde.

»He, Bursche, es ist eine sternenklare Nacht. Es wird bestimmt nicht regnen, du musst dich also nicht wie ein wasserscheues Kätzchen unter dem Wagen verkriechen.«

Ferchar klopfte aufmunternd auf den Platz neben sich.

Sanna sah unsicher zu ihrem Bruder. Dann räusperte sie sich, bemüht, mit tieferer Stimme zu sprechen:

»Eben, die Sterne. Weißt du denn nicht, dass die Sterne zwar unendlich weit weg sind, aber alles hier auf Erden bestimmen?«

Ferchar sah Sanna fragend an, als warte er auf weitere Erklärungen. Sie blickte erneut Hilfe suchend zu Smertrios, doch er war nicht bereit, sie zu unterstützen. Natürlich hatte sie recht, aber es war auch lächerlich, sich deswegen vor dem Nachthimmel zu fürchten. Es war schlimm genug, dass sie daheim Giamvailos mit ihrer Angst schon angesteckt hatte, aber hier, unter lauter Kriegern, wirkte es einfach erbärmlich.

Sanna schob die Daumen in ihren Gürtel, als würde ihr diese Haltung mehr Sicherheit geben.

»Also, die Sterne ... der Druide hat mir das erklärt. Sie bestimmen unser Leben, noch viel mehr als die Sonne. Deshalb ist ja auch der Druide so wichtig, weil er versteht, was der Lauf der Sterne bedeutet. Die Sterne sind wie deine Mutter.«

»Wie meine Mutter?«, fragte Ferchar Smertrios, wohl annehmend, dass er von Sanna keine sinnvolle Antwort erhalten würde.

Smertrios verzog den Mund zu einem schiefen Lächeln.

»Mutter sieht alles ...«

Ferchar grinste verstehend und wandte sich wieder Sanna zu, mit einem milden Tonfall. »Und du hast also Sorge, wenn du unter freiem Himmel schläfst, dann sehen die Sterne dich?«

Sanna nickte vorsichtig.

»Du weißt, dass Sterne auch tagsüber am Himmel stehen?«

Sannas Augen weiteten sich erschrocken. Sie sah Smertrios an, als könne er sie retten, doch er konnte nur nicken. Nachdenklich kaute sie an ihrer Lippe. Ferchar blickte sie abwartend an, freundlich, als könne er ihr mit dieser Erkenntnis helfen, ihre Angst zu überwinden. Smertrios hatte da seine Zweifel. Wie er Sanna kannte, würde sie sich nun auch tagsüber nicht mehr ins Freie begeben. Nach einer Weile zuckte sie die Schultern.

»Tagsüber leuchten sie nicht, da sind sie blind.«

Ferchar lachte. »Du gefällst mir, Junge!«

Sanna verzog den Mund zu einem schiefen Lächeln und kroch unter den Wagen. Lachnalls Blicke folgten ihr, er fuhr sich mit der Zunge über die Lippen. Mal wieder würde dies eine Nacht werden, in der Smertrios Wache hielt.

Drei Tage ging es so dahin. Das Wetter war ihnen gnädig, die Jagd am Abend auch. Alle waren guter Stimmung, nur Smertrios sorgte sich von Tag zu Tag mehr, wenn er die Blicke von Lachnall und Vasos sah, die diese seiner Schwester hinterherwarfen. Langsam taute Sanna Ferchar gegenüber ein wenig auf, Smertrios merkte deutlich, wie sie den Gesprächen der beiden neuen Freunde aufmerksam lauschte, aber sie blieb in sicherem Abstand.

Am vierten Tag waren alle noch zeitiger auf als sonst. Es war ein strahlend schöner Morgen und alle putzten sich heraus. Noch ehe die Sonne ihren höchsten Stand erreichen würde, wären sie an Voccios Hof. Alle wuschen sich im nahen Bach, einige rasierten sich die Wangen, ölten ihre Bärte oder flochten ihr Haar zu feinen Zöpfen.

Sanna war hinter der Biegung des Baches verschwunden, um sich hinter einem Gebüsch zu reinigen, und kam mit sauberem Gesicht und nassen Haaren zum Lager zurück. Sie sah nun noch jünger aus.

Ferchar reckte sich und klopfte den Staub aus seinen ledernen Stiefeln.

»Ah, ich kann es kaum erwarten, dass wir bei Voccio sind! Hast du schon gehört, dass er einen Kriegertrupp zusammenstellt, der in den Süden ziehen soll?«

Smertrios schüttelte den Kopf.

»Ja, das Ehrenfest nun ist die eine Sache, aber er hat diesem Caesar versprochen, eine Hilfsarmee aus seinem Stamm zu schicken. Und ich bin sicher, jene von uns, die sich bei den Spielen die nächsten Tage als besonders fähig erweisen, die wird er fragen, ob sie mitwollen. Und ja, ich will! Und ich werde beweisen, was ich kann! Ich werde nach Rom ziehen und mir Ruhm und Ehre erkämpfen! Und dann, wenn ich nächstes Jahr heirate, dann tue ich das nicht nur als meines Vaters Sohn, dann trete ich als Held in die Ehe!«

»Frauen mögen Helden«, warf Sanna ein.

»Eben. Wie ist's mit dir, Smertrios, wartet auf dich auch schon ein Weibchen, ein Liebchen?«

»Er hat sogar schon ein Weib«, antwortete Sanna für ihren Bruder. »Und bald ein Kind.«

»Hat sie dein Vater für dich erwählt?«

Ferchar zäumte sein Pferd, während Smertrios die Kuh vor den Wagen spannte. Er spürte Schwere in seinem Magen, weil er die letzten Tage kaum an Kalandina gedacht hatte. Er hatte während der Stunden, die die Kuh hinter den anderen Wagen hergetrottet war, über den Sulnatris gegrübelt, er hatte geträumt, wie er mit seinem Kind durch den Wald streifen würde, aber an sein Weib hatte er nur am Rande gedacht.

»Nein.« Er lachte, ein wenig gezwungen. »Ich bin nur ein Handwerker, meine Heirat ist von keinerlei Bedeutung für den Stamm gewesen.«

»Du Glücklicher!« Ferchar schwang sich auf den Pferderücken und Sanna machte rasch einige Schritte zur Seite. Sie fürchtete sich vor Pferden und jene Zeit am Morgen, wenn alle aufzäumten und aufstiegen, ängstigte sie sehr. Es kostete sie gewiss viel Beherrschung, nicht irgendwelche Figürchen aus Grashalmen zu flechten, um sich zu beruhigen.

Smertrios dachte über Ferchars Ausruf nach. War er ein Glücklicher? Ein bitteres Lachen drang aus seiner Kehle. Gewiss, er hatte ein Weib, das ihm auf einem Fest begehrenswert gewesen war. Aber glücklich?

»Wie ist sie, deine Frau?«

»Kalandina ist – nett.«

Nun lachte der Bärenkrieger lauthals auf, er trieb sein Pferd nahe an Smertrios, der soeben den Karren erklomm.

»Nett? Bei Bel, das lass sie besser nicht hören! Nett! Sanno, merke dir eines, nett ist kein nettes Wort für die eigene Frau!«

Sanna war gerade neben Smertrios auf das schmale Kutschbrett geklettert, sie lächelte verlegen, als Ferchar sein Pferd neben sie lenkte.

»Geben die Götter, dass ich andere Worte für mein Weib finde, wenn ich sie kennenlerne! Vater sagt, er hat mir eine gute Frau ausgesucht, jung und hübsch. Natürlich eine Verbindung, die für den Bärenstamm wichtig ist, aber egal wie mein Weib ist, ich werde sie nie nett nennen.«

»Schon gut.« Smertrios schnalzte, dass die Kuh sich in Bewegung setzte. »Ich habe verstanden. Aber was soll ich über sie sagen? Sie trägt mein Kind unter dem Herzen. Sie hasst den Wald und meine Hütte. Sie redet viel und sagt doch nichts.«

»Oh. Ich verstehe.« Für einen Moment blickte Ferchar ernst drein, doch dann schlich sich wieder ein Lachen in sein Gesicht. »So eine Heirat. Was war es? Das Bier? Der Met? Oder gar römischer Wein?«

Er ritt noch immer neben dem Karren her, während der Tross sich formte. Smertrios war verwundert über die Traurigkeit, die aus seiner eigenen Stimme klang.

»Der Met. Vollmond, Sonnwend. Weißt du, es könnte schön sein. Ich verlange ja nicht die große Liebe.«

Er dachte an jenes Gefühl, das sein Herz fast gesprengt hatte, als er Sanna erstmals in den Armen hielt. Er wusste nicht, ob man solch ein Übermaß an Liebe überhaupt für eine Frau empfinden konnte.

»Vielleicht wird es ja besser, wenn das Kind geboren ist. Vielleicht hat sie nur Angst.«

Sanna sah über Smertrios' Schulter zu Ferchar hin.

»Kalandina ist ...« Sie lachte. »Jetzt wollte ich nett sagen.«

»Nun, vielleicht findet sie dich ja begehrenswerter, wenn du als Held aus Voccios Feldzug heimkehrst!«

»Ich bin kein Krieger.«

»Aber ich! Und ich sage dir, das wird eine großartige Hochzeit geben, wenn ich erst als großer Held vor meinem Weib stehe!«

Smertrios räusperte sich, bemüht, Ferchar nicht anzusehen.

»Aber was, wenn du diesen Feldzug nach Rom nicht überlebst?«

Er wusste nicht warum, doch plötzlich hatte sich ein dunkler Schatten über sein Herz gelegt.

Ferchar lachte. »Natürlich überlebe ich ihn. Ich werde als Held zurückkehren, so sicher, wie deinem kleinen Bruder eines Tages ein Bart wachsen wird.«

Sannas Blick zu Smertrios sprach von unterdrücktem Lachen.

»Na, dann bete besser um dein Leben.«

Ferchar sah verwirrt von ihr zu ihrem Bruder. Smertrios zuckte die Schultern, bemüht, zu grinsen, obwohl ihm so gar nicht fröhlich zumute war.

Die anderen riefen zum Aufbruch. Ferchar klopfte Smertrios auf den Rücken. »Wir sehen uns bei Voccio.« Smertrios sah ihm nach, wie er sein Pferd antrieb und neben seinem Vater einherritt.

Voccios Duron war schon von Weitem zu sehen. Hoch oben auf einem Hügel prangte eine weiß getünchte Verteidigungsanlage, deren Mauer den gesamten oberen Teil der Kuppe zu umfassen schien. Von den Gebäuden dahinter war nur der Rauch zu sehen, der sich über die Strohdächer erhob. Dafür waren die Geländestufen des Hügels hinter den Wällen übersät mit Zelten, Menschen und Fahnen. Smertrios konnte überhaupt nicht abschätzen, wie viele Leute hier lagerten. Mehr, als er je auf einem Haufen gesehen hatte. Auch Sanna staunte mit offenem Mund. Wie bunt es hier war! Rechts und links des breiten Weges, der zum Tor der Anlage führte, prangten Fahnen in allen Farben.

Die beiden Trosse hatten sich nun getrennt, die Bärenkrieger ritten voraus, bejubelt von all den Menschen, die neben der Straße standen. Smertrios' Stamm folgte mit etwas Abstand. Er war der Letzte im Tross, oben auf seinem Karren, dennoch jubelte man auch ihm zu. Was für ein berauschendes Gefühl!

Direkt vor dem Tor wurden sie von den Wächtern angehalten. Nur Barnario mit zwei Gefolgsleuten – Cavannus und zu Smertrios' Erstaunen Lachnall – wurden in die innere Anlage gebeten, dem Rest des Trosses wurde mit einer vagen Handbewegung ein Platz am Hang zugewiesen.

Sie bauten das geräumige Zelt, das sie auf dem Wagen mitführten, auf einer möglichst ebenen Stelle auf. Smertrios und Sanna halfen mit, obwohl sie weiterhin unter dem Karren schlafen würden.

Aufregung zitterte in der Luft.

»Morgen beginnen die Wettbewerbe.«

»Den Siegern winkt ein Empfang bei Voccio. Ehre, Ruhm und ein Haufen Gold.«

»Sieh dir den Kerl dort drüben an, meinst du, den kannst du im Speerwerfen schlagen?«

Ferchar gesellte sich zu Smertrios und die beiden spazierten gemeinsam durch das Lager.

»Ist alles in Ordnung mit dir?«

Ferchar sah ihn von der Seite her an.

»Aber ja.«

»Man könnte meinen, du suchst etwas.«

»Nein. Ja. Ich sehe mir nur alles an. Es ist das erste Mal, dass ich an so einem großen Treffen teilnehme. Dreizehn Stämme!

79

Und von jedem Stamm einige Sippen! Und alle haben sie Krieger zu Ehren eines Mannes geschickt!«

Ferchar schob seine Hände unter seinen Gürtel.

»Ja. Er ist ein bedeutender Mann, Voccio. Es gibt Gerüchte, dass die Stämme sich eines Tages unter seiner Herrschaft wieder zusammenschließen könnten.«

Smertrios lachte. »Also der Mann muss wohl erst geboren werden, der Norikum zu einem Reich vereint! Mit wem würden die Krieger denn dann streiten, wenn nicht mit ihren Nachbarsippen?«

»Mit den Dakern?«

»Die hat Voccio doch schon besiegt. Nur mit seinem Stamm und ein paar Verbündeten.«

»Sie können wiederkommen. Oder die Boier. Die Römer. Die Nordmänner.«

»Schon gut, schon gut.«

Smertrios hatte eine Gruppe Männer entdeckt, die mit Langbögen auf Strohscheiben schoss. Er blieb stehen und sah den Männern eine Weile zu. Sie waren gute Schützen.

»Meinst du, du hast Aussichten gegen die?« Ferchar stieß ihn in die Seite.

»Ich nicht, aber Sann...o.« Fast hätte er sich versprochen. »Ich bin kein schlechter Schütze, aber ich verbringe meine Tage mit anderen Dingen als ewigem Üben.«

»Das wäre schon was, hm? Mit dem großen Voccio an einer Tafel sitzen! Was würde ich dafür geben! Ach was, was werde ich dafür geben! Mein Bestes. Du hast ja keine Ahnung, aber ich bin gut. Bei den Geschicklichkeitsrennen kann mir wohl kaum wer das Wasser reichen.«

Smertrios glaubte dem jungen Mann aufs Wort. Allein schon an der Art, wie Ferchar sich bewegte, wie er sein Pferd bestieg oder auf den Wagen geklettert war, hatte Smertrios deutlich sehen können, dass sein neuer Freund ihm körperlich weit überlegen war. Nicht, dass er ungeschickt wäre. Er war großartig darin, sich lautlos im Wald zu bewegen, Bäume zu fällen, Holz zu bearbeiten, aber er hatte nicht diese energiegeladene Geschmeidigkeit. Er war ruhiger und bedächtiger. Vielleicht auch nicht so darauf aus, jeden mit seinem Körper zu beeindrucken.

Als sie weiterspazierten, bemerkte Smertrios einen schlanken Mann mit für einen Noriker ungewöhnlich kurzen Haaren. Das Herz wollte Smertrios fast stehen bleiben, als er den Bogen des Mannes sah. Geschwungene Enden wie ein Frühlingsfarn, kurz wie ein Pferdebein.

Smertrios packte Ferchar am Arm, um ihn am Weitergehen zu hindern. Sein Puls jagte.

»Was ist?« Ferchar sah sich neugierig um.

»Dort! Dieser Bogen!«

Sein Freund zuckte die Schultern. Er war kein Bogenschütze, schon gar kein Bogenbauer. Für ihn hatte dieser kurze Bogen nicht mehr Bedeutung als die Farbe eines Pferd für Sannas Angst hatte.

»Das verstehst du nicht.«

Smertrios trat näher, die Augen auf den Bogen gerichtet. Der Schütze hatte ihn noch nicht bemerkt. Smertrios saugte die Bewegung, die Biegung des Bogens in sich auf, wie nasse Erde den fruchtbaren Regen. Er konnte die Kraft fühlen, die sich in den geschwungenen Bogenarmen aufbaute, als der Fremde die Sehne bis zu seinem Ohr auszog, die Wucht, die der Bogen im Abschuss dem Pfeil mitgab.

Der Schütze senkte den Arm, bereit, zu einem neuen Pfeil zu greifen, als er die fremden Blicke merkte.

»Das ist ein großartiger Bogen, den du da schießt«, sagte Smertrios, die Stimme wollte ihm vor Aufregung brechen.

Der Schütze nickte.

Smertrios trat ein paar Schritte näher. Ferchar folgte ihm nicht, sondern blieb stehen, die Arme verschränkt.

»Hast du ihn selbst gebaut?«

»Nein.« Die Hoffnung, die Smertrios so pochend empfunden hatte, schwand jäh wie die Sonne hinter einer Wolke.

»Woher -« Seine Augen flogen über die Kleidung des Schützen und das Zelt hinter ihm. Doch er konnte nicht erkennen, welchem Stamm er angehören könnte.

Der Schütze zuckte die Schultern.

»Mein Vater hat ihn gebaut.« Der gewiss nicht mehr lebte, denn der fremde Krieger war selbst schon grauhaarig.

»Weißt du, ich habe selbst … sieh hier.« Smertrios zog den in ein Tuch gewickelten Bogenrest des Sulnatris aus seinem Köcher. Er trug ihn immer bei sich, nichts Schlimmeres könnte passieren, als dass ihm dieses heilige Stück abhanden kam.

Der fremde Schütze trat zu ihm hin und auch Ferchar reckte neugierig den Hals, um zu sehen, was Smertrios da herzeigte.

»Damit wirst du nicht mehr viel treffen«, sagte der Bogenschütze trocken.

»Ich habe ihn – in einem verbrannten Haus gefunden. Und seitdem lässt es mir keine Ruhe mehr. Ich will so einen Bogen bauen. Genau so einen.«

Smertrios drehte den Bogenrest in seinen Händen, als der Fremde danach greifen wollte.

»Siehst du hier? Man erkennt die Lagen. Horn, Holz, Sehnen und Rohhaut.«

»Er hat eine ähnliche Biegung, doch meiner hat kein Horn. Nur Holz und Sehnen.«

»Es ist eine ungewöhnliche Form. Ich kenne keinen hier in Norikum, der solch einen Bogen hat.«

Der Fremde kratzte sich am Hals, dann lächelte er, dass man seine Zahnlücken sah. »Mein Vater war aus dem Osten. Weit aus dem Osten. Kam als Sklave hierher.«

Aus dem Osten. Dann war er nun in der völlig falschen Richtung unterwegs.

Ferchar war herangetreten und mischte sich ein.

»Mein Ziehvater war in Flavia Solva, bei uns kamen oft Römer vorbei. Die hatten auch so Bögen, so kurz und krumm.«

Wütende Blicke trafen ihn von zwei Seiten. Es war der Fremde, der zuerst sprach:

»Nenn das nicht krumm. Krumm ist ein buckliger Mann, aber bestimmt nicht solch ein Prachtstück!«

Smertrios nickte.

Der Fremde fuhr fort: »Aber das mit den Römern kann schon stimmen. Die haben auch lausiges Holz da im Süden.«

»Was hat schlechtes Holz damit zu tun?«, fragte Ferchar nach.

Smertrios verstand. »Es ist aus der Not entstanden. Damit das Holz nicht bricht. Du meinst also, so ein Bogen ist vielleicht gar nicht besser?«

Der Fremde lachte. »Oh, er ist besser, glaube mir. Siehst du die geschwungenen Enden? Sie geben dem Pfeil noch ordentlich Schwung mit. Und der Sehnenbelag macht ihn stärker, obwohl er kurz ist. Keine Ahnung, ob das Horn auf deinem verkohlten Rest ihn nicht zu träge macht, aber meiner – der kann mehr als das Ding, das du in der Hand trägst.«

Wie gerne würde Smertrios den Bogen des Fremden ausprobieren, doch er wagte nicht zu fragen.

»Das kann jeder behaupten«, sagte Ferchar. »Da müsste Smertrios ihn schon einmal selber schießen, um den Vergleich zu sehen.«

»Von mir aus. Er wird's schon merken.«

Smertrios konnte es nicht glauben, der Fremde reichte ihm tatsächlich seinen Bogen. Das wäre ihm nie im Leben in den Sinn gekommen. Das war, als würde man sich die Hand abhacken, damit ein anderer sich damit kratzen konnte. Er wollte seinen eigenen Bogen ablegen, fühlte sich dann aber verpflichtet, den Gefallen des anderen zurückzugeben. So tauschten sie die Bögen. Der Geschwungene fühlte sich leicht an. Wie konnte man nur so einen kurzen Bogen weit genug ausziehen? Die beiden Männer stellten sich nebeneinander auf. Smertrios hatte kein Auge mehr für all die Krieger und Zelte ringsum, er sah nur die Strohscheibe und fühlte den Bogen in den Händen. Fremd, wie eine Frau, die man erstmals berührte. Wie würde sie sein? Wies sie einen ab oder gab sie sich willig hin? Wollte sie es zärtlich oder fest?

»Der hält schon was aus«, sagte da der Fremde. »Keine Angst, der bricht nicht.«

Smertrios legte einen Pfeil ein. Wie Sanna senkte er den Bogen erst dem Boden zu, dann hob er ihn zum Himmel. Er fühlte Aufregung – war es seine eigene oder die des Bogens? Die Kraft, die die geschwungenen Enden speicherten, ließ den Bogen so empfindlich werden wie ein junges Pferd, das erstmals den Zaum spürt. Sein Schuss traf daneben. Ferchar ließ ein enttäuschtes Schnauben hören, doch Smertrios war nicht verwundert. Jeder Bogen war anders, beim ersten Schuss zu treffen meist Glück. Und dann erst solch ein Bogen! Ihm lief es kalt über den Rücken. Wie sollte Sanna damit die Sonne vom Himmel schießen? Sie, die selbst wie ein Vögelchen war, keinen Augenblick in Ruhe, mit einem Bogen, der auf die kleinste Bewegung antwortete?

Er strich mit den Fingern über die Birkenrinde, die den Sehnenbelag bedeckte. Der Fremde hatte mit Smertrios' Bogen einen sauberen Schuss gemacht, zumindest den Rand der Scheibe getroffen.

»Das ist ein guter Bogen, den du da hast«, sagte der Fremde mit einem zufriedenen Nicken. »Hast du den selbst gebaut?«

»Ja, ich baue Bögen für mein Dorf.«

»Nun, so einer könnte mir auch gefallen. Was Ruhigeres als der meines Vaters. Vielleicht kannst du mir ja auch so etwas bauen?«

»Ja. Natürlich.«

Smertrios reichte ihm seinen Bogen zurück.

»Der verlangt einem einiges ab, nicht?«

Wieder zeigte der Fremde seine Zahnlücken.

»Ja, das tut er.«

Sie sahen beide auf die Bögen in ihren Händen. Ferchar räusperte sich.

»Na gut. Sehen wir einander beim Wettbewerb?« Der Fremde hob die Hand zu einem Abschiedsgruß.

»Möglich.«

Smertrios wollte sich schon zum Gehen wenden, da rief ihm der Fremde noch nach: »Ich würde es dir raten. Wer den Wettbewerb gewinnt, der speist in der Halle mit Voccio, der hat Zugang zum Inneren der Duron. Und man sagt, Voccios Bogenbauer ist weit gereist. Ich könnte mir vorstellen, dass der dir helfen kann.«

Nun hatte Smertrios es eilig. Er musste Barnario eine Nachricht zukommen lassen. Sanna musste einfach am Wettbewerb teilnehmen. Die Wache am Tor sandte auf seine Bitte einen Boten in die Festung. Ferchar wartete mit ihm, in der Hoffnung, dass Barnario sich die Mühe machen würde, mit Smertrios zu sprechen.

»Ich verstehe nicht, wieso sollte dein Bruder nicht an dem Wettbewerb teilnehmen? Du sagst, er ist ein hervorragender Schütze.«

»Weil Sann...o -« Wann käme ihm der Name ohne Nachdenken über die Lippen? »- noch jung ist. Und Lachnall gewiss nicht will, dass er auch für unser Dorf antritt. Lachnall ist unser Schütze. Sanno ist nur mit, weil … weil er sich dazugeschmuggelt hat. Und ich bin nur mit, weil Lachnall gerne seine Bögen vor Wut zerbricht.«

»Ihr seid ja ein komischer Stamm. Aber gut, ich bin mit, weil mein Vater sich erhofft, dass Voccio mich in sein Gefolge aufnimmt, denn wenn ich ein Kriegerheld bin, dann kann Vater mehr Mitgift vom Vater meiner Braut verlangen.«

»Und mein Stamm ist hier, weil wir uns Gefolgsschutz für unser Dorf von Voccio erhoffen.«

Ferchar lachte. »Also aus diesem Grund ist wohl jeder Stamm hergekommen!«

Smertrios konnte es kaum glauben, doch durch den Hof kam tatsächlich Barnario selbst auf das Tor zu.

»Ferchar, tust du mir einen Gefallen und suchst Sanno? Er soll herkommen.« Er wollte den Bärenkrieger nicht neben sich stehen haben, wenn er mit Barnario sprach.

Ferchar nickte und marschierte pfeifend zum Zeltlager.

Barnario hatte leicht gerötete Wangen, als er vor Smertrios stand, und sein Atem roch nach Wein. Die Verhandlungen mit dem Herrn von Bragnreica liefen offenbar gut, denn seine Augen glitzerten erfreut und nicht verärgert über die Störung.

»Was ist, mein Freund? Gibt es Probleme?«

»Ich muss mit Voccios Bogenbauer reden.«

»Oh, Voccio ist sehr eigen, mit allem, was sein ist. Er sagt, nur wir Stammesführer. Und die Sieger der Wettbewerbe. Sonst darf keiner in die Duron.«

»Vielleicht kann sein Bogenbauer ja herauskommen?«

War es unverschämt, darum zu bitten?

Barnario lachte. Was war daran so witzig?

»Du verstehst das nicht, Smertrios. Voccio ist ein großer Mann. Gewiss auch gütig. Aber gewiss nicht so freundlich, wie es den Anschein hat durch dieses Fest. Er liebt das Bogenschießen, aber seinen Bogenbauer, den hält er wie alle seine Handwerksherren schwer unter Verschluss.«

»Du meinst, sie sind Sklaven und Gefangene?«

»Nein, das meine ich nicht. Er lässt nur nicht zu, dass sie mit Leuten anderer Stämme reden. Nur mit den Stammesführern und den Siegern der Wettbewerbe. Vielleicht hat er Sorge, dass sie irgendetwas verraten könnten, oder dass man ihnen etwas verraten könnte, keine Ahnung.«

So ganz vertrug Barnario den Wein wohl nicht, den sie getrunken hatten. Aber wie dem auch war, auf diesem Weg würde er also nicht an den Bogenbauer herankommen.

»Dann muss Sanna am Wettbewerb teilnehmen.«

»Smertrios, sie ist ein Weib.«

»Sie sieht aus wie ein Bursche. Niemand hat bis jetzt gemerkt, dass sie keiner ist.«

»Lachnall weiß es.«

»Lachnall ist dein Mann und mit dir in der Festung. Wenn er dir treu ergeben ist, wird er den Mund halten. Es geht um die Ehre des Dorfes, der Rabenleute. Er wird doch nicht seinen eigenen Stolz über das Dorf stellen? Es geht um den Sulnatris, ich habe gerade erfahren, dass Voccios Bogenbauer mir wichtige Hilfe sein kann.«

Barnario strich sich über den Bart. Lange sah er Smertrios an, die eintönige Bewegung der Hand an den Kinnhaaren machte den Bogenbauer schon ganz kribbelig.

»Nun gut. Sei morgen mit ihr auf der Festwiese. Ich werde dafür sorgen, dass Lachnall verhindert ist und sie statt ihm ...«

Barnario sah an Smertrios vorbei. An dem Lächeln, das sich in seinem Gesicht ausbreitete, wusste Smertrios, dass Sanna angelaufen kam. Im nächsten Moment stand sie neben ihm, ein wenig keuchend, ihr kurzes Haar stand wirr vom Kopf ab.

»Du hast mich rufen lassen, Smertrios?«

Barnario straffte sich, sein Lächeln wurde noch breiter.

»Ich habe gute Neuigkeiten für dich, Sann...o.« Smertrios freute sich, dass auch Barnario Probleme hatte, Sanna richtig anzureden. »Du wirst morgen unser Dorf bei den Bogenbewerben vertreten. Lachnall ist leider – krank.«

»Wirklich?« Sie hüpfte aufgeregt auf und ab, klatschte in die Hände. Die Wache am Tor hinter ihnen sah verwundert her.

Smertrios stieß sie in die Seite. »Bruder! Bursche!«

Sanna biss sich auf die Lippen, doch das Strahlen im Gesicht konnte sie nicht verbergen. Am liebsten wäre sie Barnario wohl um den Hals gefallen und das hätte ihm wohl sogar gefallen.

»Danke! Du wirst es nicht bereuen, Barnario! Ich werde siegen! Ich freu mich so! Also – ich meine – der arme Lachnall. Ich hoffe, es ist nichts Ernstes?«

Barnario klopfte ihr auf die Schulter. »Keine Sorge.«

Sanna rannte davon. Gewiss, um ihren Bogen zu holen und bis zur Dunkelheit Pfeile fliegen zu lassen.

»Sie ist etwas Besonderes«, schmunzelte Barnario.

»Oh ja, das ist sie.«

»Nun gut, dann werde ich dafür sorgen, dass Lachnall morgen früh gewiss nicht aus dem Bett kommt. Mit dem Wein hier sollte das nicht allzu schwierig sein.«

Kapitel 8

Der Wettbewerb

Man hatte eine große Wiese hinter der Befestigungsanlage für die Wettkämpfe hergerichtet. An einer der Längsseiten befand sich eine hölzerne Tribüne, auf der leicht erhöht in zwei Reihen alle Stammesführer und hinter ihnen ihre Vertrauten saßen. Smertrios, der mit Sanna an einer Schmalseite des Feldes darauf wartete, dass sie an der Reihe waren, konnte Barnario ausmachen, Cavannus und den Anführer der Bärenkrieger, aber er hatte keine Ahnung, welcher der Männer der große Voccio war. Ja, Voccio war wohl ein kluger Mann, der sich selbst nicht vor den anderen Stammesführern hervortat, obwohl die Feiern in seiner Duron stattfanden. Lachnall war nirgends zu sehen, weder auf der Tribüne noch bei den Schützen, die zum Wettbewerb antraten. Die anderen Seiten der Wiese waren von fast all den Männern belegt, welche die Lager an den Hängen bevölkerten. Abzüglich derer, die gestern so ausgiebig gefeiert hatten, dass sie zu diesen ersten Wettbewerben des Tages noch nicht wieder aufgekommen waren.

Sanna sah sich neugierig um. Sie hatte ihren schlanken Bogen gestern Abend noch geölt, hatte unter Gebeten ein schmales

Band aus Gras gewebt und um den Griff geschlungen. Smertrios hoffte, dass die Anmut, mit der sie nun dastand, den Bogen auf ihren bloßen Fuß gestützt, sie nicht verriet. Er gönnte ihr diesen Tag von ganzem Herzen, doch sein Herz flatterte. Er war froh, dass er sich entschieden hatte, das Schießen ihr zu überlassen. Für ihn ging es hier nicht nur um den Sieg in einem Wettkampf. Gut vierzig Bogenschützen standen neben Sanna und ihm. Sie war die Kleinste. Der Kleinste. Smertrios hatte ihr Haar in der Früh noch mit Kalkwasser zu steifen Zacken geformt, damit sie zumindest ein wenig größer und gefährlicher wirkte. Sie betrachtete jeden ihrer Gegner mit großer Aufmerksamkeit, aber er konnte keine Angst in ihrem Gesicht erkennen. Sie wandte den Kopf zu ihrem Bruder und meinte lächelnd:

»Ist das nicht großartig?«

Smertrios nickte, nicht sehr überzeugt. »Gib dein Bestes. Und verrate dich nicht. Du musst denken wie ein Mann.«

Sie sah ihn fragend an. »Wie denkt ein Mann?«

»Männer wollen siegen.«

Verächtlich stieß sie die Luft aus. »Frauen etwa nicht?«

Der durchdringende Ton einer Carnyx erklang, ehe er darauf antworten konnte. Smertrios entdeckte den Drachenkopf auf dem langen Blechhals gleich neben den Sitzplätzen der Stammesführer. Die Menschenmenge rund um die Wiese verstummte. Unter den Männern auf der Tribüne erhob sich einer, schlank, mit dunklem Haar und einem erstaunlich milden Gesicht. Dies war also der große Voccio.

»Mögen die Götter diesen Tag mit uns in Freude verbringen und uns alle segnen! Es bereitet mir großes Vergnügen zu sehen, wie viele von euch von nah und fern zu diesen Feierlichkeiten gekommen sind. Lauter großartige Krieger!« Begeistertes Gegröle erklang. »Wir wollen uns die nächsten Tage in Wettbewerben messen und im Feiern verbünden. Lasst uns sehen, was ihr alle könnt! Wir wollen mit den Bogenschützen beginnen, damit wir sie danach in den Wald schicken können, für uns frisches Wild zu besorgen – auf dass uns die Festessen nicht ausgehen!«

Allgemeines Lachen erscholl als Antwort.

Smertrios spürte, wie seine Hände feucht wurden. Liebend gerne wäre er nun im Wald auf der Jagd, statt hier zu stehen, ohne etwas tun zu können, falls Sanna scheiterte.

Erneut dröhnte die langhalsige Carnyx über den Platz, als Voccio sich wieder setzte. Smertrios klopfte seiner Schwester noch aufmunternd auf die Schulter, ehe sie mit den anderen Schützen vor die Tribüne schritt und er in die erste Reihe der Zuseher zurücktrat. Ferchar stand bei den Männern des Bärenstammes, nickte ihm aber aufmunternd zu.

Die Bogenschützen verbeugten sich. Smertrios konnte sehen, wie Barnario Sanna zuzwinkerte. Wenn sie ihn nur nicht beschämte! Er murmelte ein Gebet an den Gott der Jäger, er möge Sanna beistehen. Sie war gut, aber war sie so gut wie die anderen? Konnte sie gegen einen wie den Fremden mit dem geschwungenen Bogen bestehen?

Die Schützen hatten sich achtundvierzig Schritte entfernt von einer Reihe von Strohscheiben aufgestellt. Sanna drehte den Kopf und sah zu Smertrios, als empfände sie die kurze Entfernung als Beleidigung.

Smertrios' Augen glitten über die verschiedenen Bögen. Er entdeckte noch einen recht kurzen, der aber ebenso gerade war wie die Langbögen. Unter den Schützen, fände er also keine Hilfe für den Sulnatris. Er brauchte Voccios Bogenbauer.

Erneut erklang die Carnyx und die Schützen legten ihren ersten Pfeil ein. Ein Schwirren und Surren, gefolgt von einer Reihe von satten Einschlägen. Die Menge jubelte, wenn auch nicht besonders begeistert, schien es Smertrios. Alle hatten getroffen, so gut wie alle sehr nahe der Mitte ihrer Scheibe.

Man ging zwölf Schritte zurück, legte den nächsten Pfeil ein, schoss. Die ersten Schützen schieden aus, jene, deren Pfeil viel weiter außen in der Scheibe steckte als die der anderen. Runde für Runde ging es weiter, zwölf Schritte, Schuss, Ausschluss.

Sanna war keinerlei Anspannung anzusehen. Jedes Mal, wenn sie die zwölf Schritte zurück ging und dabei Smertrios ansah, lächelte sie. Je mehr sich die Zahl der Schützen verringerte, umso mehr wurden die Übrigen von ihren Sippen angefeuert. Smertrios bemerkte, dass Ferchar für Sanna jubelte, nicht für den Mann seines Stammes. Als nur noch sechs Männer auf der Wiese standen, erklang die Carnyx, diesmal mit zwei schauderhaften Tönen. Alle sahen zu Voccio, der sich erhob.

»Ihr seid gute Schützen, Männer. Es wird wohl Zeit, es spannender zu machen! Ein bewegtes Ziel!«

Die Menge klatschte begeistert.

»Lasst Gefangene los!«, schrien einige.

»Ihr könnt die Mutter meiner Frau haben!«, dröhnte eine besonders laute Stimme.

Voccio verschaffte sich mit einer Handbewegung Ruhe.

»Ich will einen gerechten Wettkampf. Bei so einem Gefangenen weiß man nie, in wessen Richtung er läuft. Und die Mutter deiner Frau musst du schon selbst erlegen, wenn du den Mumm dazu hast!«

Gelächter erklang.

Voccio gab zwei Männern einen Wink, die neben der Tribüne standen. Eilig trugen sie ein großes hölzernes Gestell auf die Wiese, gewiss zwei Mannlängen breit. In dem hohen Rahmen hing an einem dicken Seil eine Strohscheibe. Als die Männer das neue Ziel vor den anderen Scheiben aufgestellt hatten, sagte Voccio: »Auf mein Zeichen.«

Smertrios verschränkte die Arme. Er musste sich an etwas festhalten, und wenn es nur er selbst war. Sanna befand sich ganz außen in der Reihe der Bogenschützen, nicht die beste Position. Der Fremde mit dem geschwungenen Bogen stand neben ihr, sie hatte Smertrios mit einer Kopfbewegung auf ihn aufmerksam gemacht. Als könnte ihm so etwas entgehen! Ihm entging auch nicht der Schweiß, der dem Fremden auf der Stirn stand, die Trippelschritte, die er zwischendurch vor Aufregung machte. Die Schützen legten ihre Pfeile ein. Die

Zuseher warteten gespannt. Voccio nickte dem Mann neben dem Gestell zu, er versetzte die Scheibe in Bewegung. Schlingernd drehte sich das Strohziel um sich selbst, schräg hin und her schwingend. Als der Mann sich ein paar Schritte von dem Ziel entfernt hatte, schrie Voccio: »Jetzt!«

Sechs Pfeile schwirrten durch die Luft. Nur vier schlugen in die Scheibe ein, alle in etwa dem gleichen Abstand zur Mitte.

Die vier Schützen wiederholten ihre Aufgabe, erneut schieden zwei aus, diesmal auch der Fremde mit dem geschwungenen Bogen. Es schien Smertrios, als striche er sich erleichtert mit der Hand über die Stirn.

Nun standen nur noch Sanna und ein großer Mann dort vorne. Smertrios war froh, dass die beiden nicht auf die größte Entfernung gegeneinander antreten mussten, denn Sannas Gegner war nicht nur groß, er hatte Arme so lang wie andere Beine. Gegen die Kraft, die der in seinen Auszug legen konnte, hätte Sanna keine Chance. Aber hier ging es ums Zielen.

Sanna wandte den Kopf zu Smertrios. Ihr Lächeln wirkte nun verkrampft. Er nickte ihr zu.

Die Zuschauermenge schwieg gespannt. Nur eine einzelne Stimme klang klar und laut über den Platz: »Sanno! Sanno!« Es war Ferchar. Bei aller Anspannung musste Smertrios doch ein wenig schmunzeln.

Die beiden legten ihre Pfeile ein. Sanna hielt den Bogen noch zu Boden gerichtet, während ihr Gegner ihn bereits leicht spannte. Als Voccios »Jetzt« ertönte, hob sie in einer zügigen Bewegung den Arm, spannte und schoss. Smertrios wollte gar nicht hinsehen. In die Stille der Zuseher waren zwei satte Einschläge zu hören gewesen. Getroffen hatte sie also. Nun brach Jubel aus, grölend und laut.

Smertrios hob den Kopf. Sanna lachte ihn an. Hinter ihr, in mehr als hundert Schritt Entfernung auf der immer noch schaukelnden Zielscheibe sah er zwei Pfeile, einer hatte die Scheibe nahe dem Rand durchschlagen, einer saß in der Mitte.

Ein Strahlen eroberte sein Gesicht.

Sanna wurde von einem Krieger vor die Tribüne geschoben. Barnario hatte sich erhoben, ebenso Cavannus hinter ihm, und die beiden klatschten mit einem breiten Lächeln im Gesicht. Auch Voccio stand von seinem Stuhl auf. Schweigen breitete sich wieder unter den Zusehern aus.

»Du hast meinen eigenen besten Schützen geschlagen, ich bin beeindruckt, dabei bist du noch ein Knabe, ein halbes Kind! Wie ist dein Name?«

Sanna warf einen kurzen Blick in Smertrios' Richtung. Sie bemühte sich, ihre Stimme tief zu halten.

»Nun, ich bin gewiss nicht mehr lange ein Knabe, auch wenn ich jung aussehe … Und mein Name ist Sanno, vom Stamm der Raben.«

Voccio wandte sich Barnario zu.

»Sohn eines deiner Krieger?«

Barnario schien einen Moment verlegen zu sein.

»Nein. Eines Handwerkers.«

Voccio nickte bedächtig.

»Das ist ein prächtiger Bogen, den du da schießt. Darf ich ihn mir ansehen?«

Sanna reichte den Bogen dem Stammesführer hinauf. Während er ihn betrachtete, sah sie strahlend zu ihrem Bruder. Smertrios jedoch war zu sehr beschäftigt, Voccios Gesicht zu beobachten, als dass er es gemerkt hätte. Er wünschte, er hätte auch für Sanna einen neuen Bogen gefertigt, dieser zeigte neben all den Zeichen, die Sanna in der Mitte eingeritzt hatte, deutliche Gebrauchsspuren. Aber es war ein sehr guter Bogen, sorgfältig gearbeitet wie all seine Stücke.

»Nun sag bloß, den hast du auch noch selbst gebaut?«

»Aber nein! Das war mein Bruder!«

Lachen ertönte, obwohl Smertrios nicht verstand, warum.

Barnario deutete ihm, näher zu kommen.

»Ich nehme an, das ist dein Bruder?«, fragte Voccio, als Smertrios neben Sanna stand.

Mit einem großen Lächeln hob sie den Kopf zu ihm. »Ja, der beste von allen.« Wieder wurde gelacht.

Voccio nickte Smertrios freundlich zu und reichte Sanna den Bogen zurück.

»Ihr sollt beide heute meine Gäste in der Halle sein. Dein kleiner Bruder hat sich Ruhm und Ehre verdient, trotz seines jungen Alters, und über deine Bögen müssen wir heute noch reden. Er gefällt mir gut, du wirst mir so einen bauen müssen. Ich mag die Art, wie du die Wurfarme flach gestaltest.«

»Herr«, Smertrios verbeugte sich, »Ich habe in unserem Gepäck bereits einen als Geschenk für dich.«

»So!«, lachte Voccio, »Dann hoffe ich, den heute Abend zu erhalten. Und nun«, wandte er sich an alle rund um die Wiese, »ein Jubel für Sanno, den Sieger der Bogenschützen!«

Ein ohrenbetäubendes Gegröle brach aus. Der Krieger von vorhin, der wohl für die Einhaltung der Regeln zuständig war, überreichte Sanna einen Lederbeutel, der schwer wirkte. Das Gegröle wurde noch lauter. Nur gut, dass es bei den Wettkämpfen den Zuschauern verboten war, Waffen zu tragen, die Schläge der Schwerter gegen Schilde hätten den Lärm noch ins Unermessliche gesteigert.

Der Krieger führte Smertrios und Sanna an der Tribüne vorbei zu den Zelten der Wettkämpfer.

Sanna hüpfte aufgeregt auf und ab und wäre ihrem Bruder wohl am liebsten um den Hals gefallen.

»Sei ein Mann«, murmelte ihr Smertrios zwischen den Zähnen hindurch zu. Sie bemühte sich.

Alle Sieger der heutigen Wettkämpfe wurden am Abend gemeinsam in die große Halle geführt. Ferchar schritt neben Smertrios und Sanna. Er hatte, wie angekündigt, in einem der vielen Geschicklichkeitsbewerbe gewonnen, hatte sich aber mehrere Siege erhofft. Smertrios und Sanna hatten ihm zugesehen, sie verstanden seine Enttäuschung. Sanna hatte sich die Lunge aus dem Leib geschrien, um ihn anzufeuern, doch ein Stolpern hatte ihn den zweiten Sieg gekostet. Nun klang Sannas Stimme heiser, was ihrer guten Laune aber keinen Abbruch tat.

Während sie vor dem großen Tor zur Halle warteten, gab Smertrios dem Bärenkrieger einen Stoß in die Seite:

»Schau nicht so traurig. Die große Halle! Wir werden bei Voccio sitzen!« Er war so glücklich, dass er seinen neuen Freund einfach nicht traurig sehen konnte.

Ferchar rang sich ein Lächeln ab.

Das schwere Tor öffnete sich und sie traten ein.

Fackeln erleuchteten den großen Raum, dessen Wände weiß verputzt waren und mit edlen Teppichen verziert. Im Duftstroh, das voller wohlriechender Kräuter den Boden bedeckte, waren niedrige Tische aufgestellt, an denen alle Sippenherren mit ihren Vertrauten auf Fellen saßen. Beim Eintritt der Sieger klatschten sie und trommelten mit ihren Fäusten auf die Tische, dass die Becher darauf hüpften.

Am anderen Ende der Halle war ein großer Tisch, hinter dem nur Voccio stand. Er deutete den Eintretenden, neben ihm Platz zu nehmen. Mit einer Verbeugung reichte Smertrios dem Stammesführer jenen Bogen, den er für ihn ausgesucht hatte. Voccio betrachtete die Waffe mit einem zufriedenen Lächeln und übergab sie dann einem Diener.

»Unsere heutigen Sieger! Männer, ihr habt euch heute die besten Stücke vom Essen verdient! Wir haben Bier, Wein und auch Frauen, die euch danach gerne zu Willen sind. Nehmt Platz, eure Leistungen haben den Göttern heute gewiss Vergnügen bereitet – und uns erst recht!«

Kaum saßen sie, trat ein Barde in die Mitte der Halle und sang ein Lied über jeden einzelnen Sieger. Kein Wunder, dass Voccio bei allen beliebt war, wenn er so großzügig mit Anerkennung umging.

Währenddessen gingen einige Frauen mit Schüsseln voll Wasser von Mann zu Mann und reichten ihnen nach dem Händewaschen ein Tuch zum Abtrocknen.

Bald standen große Tonschüsseln voll heißem Rinderfleisch vor ihnen, Krüge mit Bier und Wein, beides nur wenig gewässert. Wann immer der Becher die Runde machte, nippte Sanna nur, Smertrios konnte sehen, dass sie sich nach Wasser zum Verdünnen sehnte.

Aus dem Augenwinkel bemerkte Smertrios, dass Lachnall neben Barnario und Cavannus saß, ein wenig blass und mit geringer Lust am Essen. Smertrios würde sich davon nicht den Abend verderben lassen. Das Essen war köstlich, das Fleisch, die Brote, die Linsen – alles. Bald troffen Smertrios' Finger und Lippen vor Fett.

Als die Tafel abgeräumt war und nur noch die Becher mit Bier und Wein ihre Runde machten, begannen die Männer, sich in kleinen Gruppen zusammenzufinden. Barnario, Cavannus, und viele andere klopften Smertrios auf die Schulter. Selbst Lachnall ließ seine Hand schwer auf Smertrios' Rücken fallen.

»Hauptsache, einer der Raben, nicht? Das kleine Biest wird sich wohl gefreut haben, dass ich mir die Seele aus dem Leib gespuckt habe.«

Smertrios nickte, was sollte er es leugnen. Sanna stand mit Ferchar etwas abseits, der Bärenkrieger hielt sie lachend bei den Schultern.

Barnario reichte Smertrios eine kunstvoll gearbeitete Fibel, die er sich an seinen Umhang steckte.

»Gut gemacht, Smertrios. Wusst ich doch, dass deine Bögen uns zur Ehre gereichen. Voccio ist angetan, er hat uns zugesagt, für die Raben einzustehen, wenn wir Hilfe benötigen.«

Smertrios' Kopf wurde immer leichter. Er meinte zu schweben. Wie gut das tat!

Bald deutete Voccio ihm, sich neben ihn zu setzen. Das Lob, das der Stammesführer für Smertrios' Bögen äußerte, umschlang seine Seele wie süßer Honig. Oh könnte das Leben immer so sein!

»Du wirst noch berühmt werden, Bogenbauer. Du und dein kleiner Bruder. Deine Bögen sind herausragend gut gearbeitet.

Dein Gespür für das Holz ist außergewöhnlich, und die Zielsicherheit deines Bruders auch. Pass nur auf, es dir nie mit ihm zu verscherzen!« Lachend klopfte Voccio auf den Tisch.

Zwei Männer näherten sich, der eine ein Druide, wie man an der grünen Borte an seiner langen Robe erkannte.

»Herr, verzeih«, unterbrach der andere Voccios Gespräch mit Smertrios. »Wir müssen morgen schon zeitig abreisen, zurück nach Ardudunum, und hätten gerne heute noch mit dir alles besprochen.«

»Nehmt nur Platz!«

Der Druide und sein Gefährte – dem Schmuck nach ein Hochgeborener – setzten sich gegenüber von Smertrios auf die ausgelegten Felle.

»Kennst du Aonghas und Goraid, Smertrios? Goraid ist einer der geschicktesten Stammesführer, den ich kenne. Seit zehn Jahren steht er an der Spitze eines Dorfes, und dieses Dorf ist in dieser Zeit gediehen wie kein anderes, ohne auch nur einen Kampf zu führen.«

Goraid verneigte sich. Smertrios beschlich der Verdacht, dass in Voccios Meinung so ziemlich jeder der Beste, Geschickteste oder sonst wie Herausragendste war.

Der Druide betrachtete Smertrios, dass diesem ganz eigenartig wurde. Er fühlte sich, als könne dieser ernste Mann seine dunkelsten Geheimnisse sehen. Doch dann lächelte der Weise, wirkte belustigt.

»Du und dein – Bruder habt uns alle erstaunt. Das war eine beachtliche Leistung.« Hatte Smertrios recht gehört, und der Druide hatte vor dem Wort Bruder kurz gestockt?

»Voccio, nun sag. Sind wir einander im Wort? Mein Sohn Centigern ist jetzt fünf, in zwei Sommern würde ich ihn zu dir zur Ausbildung bringen.«

»Er ist mir willkommen, Goraid. Ich werde einen großen Krieger und Stammesführer aus ihm machen.«

Aonghas, der Druide, seufzte leise. Goraid lächelte zufrieden. Wie viele Stammesführer sich wohl darum bemühten, ihren

Sohn bei dem großen Voccio als Ziehkind unterzubringen? Und wie viele er wohl annahm?

Als hätte Voccio seine Frage gehört, wandte er sich Smertrios zu, nachdem er einen Schluck Wein genommen hatte.

»Mein jetziger Geiselsohn wird bald erwachsen. Auch viele meiner obersten Krieger nehmen Kinder anderer Stammesführer auf, ich selbst aber immer nur einen. Daran siehst du, wie sehr ich Goraid schätze.«

Wieder verneigte sich Goraid, leicht verlegen lächelnd.

Oh ja, Voccio wusste wirklich, wie er sich Menschen zu treuen Verbündeten machte!

Voccio erhob sich und deutete dem Barden, zu schweigen. Es dauerte nicht lange, bis im ganzen Saal Ruhe eingekehrt war.

»Männer! Mögt ihr und die Götter meine Zeugen sein! Soeben habe ich Goraid aus Ardudunum und seinem Druiden Aonghas mein Wort gegeben, in zwei Sommern seinen Sohn Centigern als Geiselkind aufzunehmen. Wie einen Sohn werde ich ihn aufziehen und als großen Krieger und Stammesführer seinem Vater zurückgeben. Da ich selbst kein Kind habe, das ich im Austausch für diesen Bund gebe, so verpflichtet sich Goraid, solange sein Sohn bei mir weilt, den zehnten Teil der Einkünfte seines Dorfes an mich zu liefern. So sei es!«

Er hob seinen Becher und nahm einen großen Schluck, reichte ihn an Goraid, der ebenfalls trank und ihn dann dem Druiden weitergab. Dieser hob den Becher hoch in die Luft.

»Wer diese Vereinbarung bricht, soll auf ewig von den Göttern gestraft werden. So sei es!« Er spritze einige Tropfen aus dem Becher in jede Himmelsrichtung und trank ebenfalls.

Die Männer in der Halle riefen im Chor: »So sei es!« ehe sie sich wieder setzten und ihre Gespräche aufnahmen.

Als Smertrios etwas später alleine mit Voccio auf den Fellen saß, meinte dieser:

»Ich habe beschlossen, dass du bei mir bleibst, Bogenbauer. Und dein Bruder auch. Männer wie euch kann ich brauchen.«

Smertrios meinte, vor Stolz zu zerbersten.

»Mit Barnario habe ich bereits gesprochen, es ist ihm eine Ehre, dich mir zu überlassen. Dafür werde ich euch Rabenleute unter jene Sippen aufnehmen, die ich persönlich beschütze.«

Oh, das konnte Smertrios sich vorstellen, dass Barnario ihn unter diesen Bedingungen nur allzu gerne Voccio überließ. An den Sonnenschuss dachte der Stammesführer wohl nicht bei diesem Handel. Nun, vielleicht hatte er ja vereinbart, dass Smertrios zur Herbst-Tagundnachtgleiche die Rabenleute besuchen würde. Er würde das mit ihm noch klären, aber nun wollte er sich einfach freuen, dass er Zugang zu Voccios Bogenbauer bekam.

Smertrios warf einen Blick zu seinem Stammesführer, der gerade mit einigen Männern im Gespräch dastand. Barnario nickte ihm zu. Die Lösung war ausgezeichnet für sie beide.

Gerade als Smertrios meinte, es könne nicht mehr besser werden, ertönte aus der Nähe der Türe ein lauter Schrei, gefolgt von einem zweiten, fluchenden.

Der Saal verstummte, doch gleich darauf erklangen erste Anfeuerungsrufe und dann plötzlich kurze Stille, grölendes Gelächter.

Smertrios erhob sich wie die anderen auf dieser Seite der Halle, um zu sehen, was vor sich ging. Er sah nur den Rücken eines Kriegers und daneben Aonghas' braune Haare, die wegen der Größe des Druiden über die anderen ragten. Doch dann teilte sich die Menge und der Druide führte den Krieger auf Voccios Tisch zu. Es war Lachnall, der sich mit leidendem Gesicht seine Wange hielt. An der anderen Hand zog der Druide Sanna hinter sich her. Ihr Gesicht war hochrot und sie hielt sich krampfhaft ihre zerrissene Camisia über der Brust, um sich zu bedecken.

Smertrios sank das Herz in die Hose. Im Moment des größten Glücks nun dies. Nie würde Voccio ihm verzeihen, dass er ihn über seinen Bruder angelogen hatte.

Mit gesenktem Kopf stand Sanna nun vor ihm. Smertrios musste sich beherrschen, sie nicht anzuschreien. Er biss die

Zähne zusammen. Aus dem Augenwinkel nahm er Ferchar wahr, der Sanna mit großen Augen anstarrte. Die Männer ringsum schwankten zwischen gehässigen Bemerkungen und Verwirrung.

»Herr, mir kommt vor, unser kleiner Bogenschütze ist nicht ganz, was es scheint«, meinte Aonghas und die Belustigung darüber war ihm anzuhören. Smertrios warf einen vorsichtigen Blick auf Voccio, der mit ernstem Gesicht dastand.

Doch ehe der Stammesführer etwas sagen konnte, polterte Lachnall los:

»Die Hurensau hat mich gebissen! Sperrt sie ein! Oder überlasst sie mir, dass ich sie bestrafe!« Der Blick, den er auf Sanna warf, verhieß nichts Gutes.

»Nur die Ruhe, Lachnall. Warum hat dich unser Sieger der Bogenschützen gebissen?«

»Weil – verdammt, sie ist eine Frau, seht ihr das nicht! Sie hat euch alle an der Nase herumgeführt!«

»Sie hat dich gebissen, weil sie eine Frau ist?«

Voccios Blick war nun belustigt.

Lachnall brüllte weiter, sodass alle in der Halle es hörten:

»Eine Frau, und eine Verrückte noch dazu, genau wie ihr Bruder! Ich werde diese lachhafte Spiel nicht mitspielen! Das Dorf wollte ihn verbannen, weil er ein Feigling ist, aus einem Kampf geflohen wie ein kleines Mädchen, und nun sitzt er neben dir und diese kleine Sau hat mir meinen Sieg genommen!«

»Er dachte, ich wäre ihm zu Willen«, ließ Sanna sich nun hören. »Und gegen deinen Schützen hätte er nie gewonnen.«

Voccios Augen blitzten sie an.

»Ich habe dich nicht gefragt. Barnario!«

Der Stammesführer der Raben trat hinter seinen Männern hervor. »Ja?«

»Wusstest du davon?« Voccios Stimme war so ruhig, dass man ihm keinerlei Gefühle anhören konnte. Die Menge rund um sie verstummte.

Barnario sah zu Smertrios. Keine Spur mehr von zufriedenem Lächeln.

»Ja.«

»Und du hast zugelassen, dass ich bei den Wettbewerben betrogen werde?«

»Verzeih, Voccio. Es diente nur zu Sannas Schutz. Eine Frau, alleine in einer Gruppe Krieger ...«

Voccio schwieg. Im Saal war es so still, dass man Lachnalls Schnaufen hören konnte. Langsam tropfte Blut unter seiner Hand an der Wange herunter. Sanna musste fest zugebissen haben. Es war, als hielten alle die Luft an.

Dann drang plötzlich lautes Lachen durch den Raum. Es war Voccio, der sich nicht mehr halten konnte. Auch die Lippen des Druiden Aonghas verzogen sich zu einem Grinsen. Verblüfft sahen alle anderen den Stammesführer an.

»Eine Frau hat meinen besten Bogenschützen besiegt! Bei Bel, welch Blamage für meinen Stamm!« Immer noch lachte er. »Großartig. Großartig. Geschieht dir recht, Lachnall. Du warst deinem Herrn gegenüber untreu und du hast versucht, dir eine Frau zu Willen zu machen, die dir offensichtlich überlegen ist.«

Nun lachten fast alle rund um Lachnall, ein schadenfrohes Lachen. Auch Sannas Mundwinkeln schoben sich ein wenig nach oben. Nur Smertrios konnte absolut nichts Unterhaltsames an der Situation finden.

Voccio wurde nun wieder ernst.

»Barnario, ich erwarte dich mit deinem Bogenbauer und seiner Schwester nebenan. Das wird nicht folgenlos bleiben.« Er wandte sich an Lachnall: »Und du geh dich versorgen lassen. In dieser Halle ziemt es sich nicht, dass Blut fließt.«

»Ich übernehme das«, lächelte der Druide Aonghas.

Kapitel 9

Bestrafung

Wenig später saßen sie in einem Raum neben der großen Halle. Eine eiserne Feuerschale voller kalter Kohlen verbreitete einen rauchigen Geruch. Gegenüber dem breiten Schlaflager mit den Bärenfellen standen mehrere Hocker, auf denen Voccio ihnen deutete, Platz zu nehmen. Er selbst blieb stehen. Den Gesichtern nach fühlte sich nicht nur Smertrios auf dem niedrigen Schemel unwohl wie ein kleiner Junge.

Lange Zeit schwieg Voccio und sah nur musternd von einem zum anderen. Barnario wollte ansetzen, etwas zu sagen, doch eine Handbewegung des Herrn von Bragnreica ließ ihn schweigen. Sanna versuchte immer noch krampfhaft, ihre zerrissene Camisia über ihrem kleinen Busen geschlossen zu halten. Ihr Haar stand wild in die Höhe.

Endlich sprach Voccio.

»Ich verstehe, warum. Auch ich würde versuchen, meine Schwester zu schützen in so einer Lage. Sie zu Hause zu lassen kam wohl nicht infrage, oder?«

Smertrios schüttelte den Kopf.

»Eine Frau die Männer besiegt … das ist beachtlich. Aber -«

Ein bedrohliches Schweigen folgte. »Viel mehr trifft mich, dass ihr vom Dorf hättet verbannt werden sollen. Dass er dich Feigling nannte, ohne dass jemand widersprach. Wie soll ich damit umgehen? Verbrecher, die ein anderer Stamm ausstößt, als Sieger eines Wettbewerbs bei mir?«

»Verzeih.« Barnario erhob sich von der erniedrigenden Sitzhaltung und gewann etwas seiner herrschaftlichen Ausstrahlung zurück. »Smertrios geriet im Zuge des Überfalls, von dem ich dir berichtet habe, in eine Lage, die man ihm als Feigheit ausgelegt hat – obwohl es sich um Bruderliebe handelte. Ja, es gibt Leute in meinem Dorf, die den Wunsch haben, ihn zu verbannen. Aber das wurde abgewendet. Und er ist gut, das musst du selbst zugeben. Willst du sein Können verlieren? Wegen einer verständlichen Lüge?«

Voccio sah Smertrios an, dann Sanna. Ein Lächeln überzog seine Lippen. Was war es nur, dass Männer eines bestimmten Alters immer lächeln mussten, wenn sie Sanna ansahen?

»Es zeugt von Mut, und ich mag Mut. Ich mag auch geschickte Kämpfer. Aber ich kann euch nach dieser Sache nicht so aufnehmen, wie ihr das vielleicht verdient. Ihr werdet euch mit dem Rang eines Gefangenen begnügen müssen.«

Sanna sog erschrocken die Luft ein.

»Herr!«, stammelte sie, »Wir wollten dich nicht hintergehen. Aber Smertrios ist einfach nicht so gut mit dem Bogen wie ich, und wir wollten dich doch beeindrucken!«

Wieder lächelte Voccio.

»Und das hast du auch. Aber wie stehe ich vor meinen Kriegern da, wenn ich einen Lügner ebenso würdevoll aufnehme, wie den Sohn eines Reix? Ich werde manche der Sieger dieser Wettbewerbe bitten, sich meinen Truppen anzuschließen. Das ist der Sinn, unter anderem, dieses Festes. Ich will die besten Leute Norikums um mich geschart haben. Meinst du, Sanna, dass der Anführer der Bärenkrieger mir bedingungslose Treue schenkt, wenn ich seinen Sohn und einen feigen Lügner als gleichwertig aufnehme?«

Sanna senkte den Kopf. Smertrios versuchte, auf dem Hocker eine angenehmere Position zu finden. Ferchar sollte also auch bleiben. Das freute ihn. Weniger, dass er nun vor dem Freund und dem großen Voccio als Feigling und Lügner galt.

»Nun denn«, richtete Voccio sich auf, »So soll es sein. Ich werde euch als Gefangene einsperren lassen.«

»Aber Herr!«, sprang Sanna auf. »Ich will alles tun, um dir zu Willen zu sein, nur sperr uns nicht ein, wie elende Verbrecher!«

»Schweig!« Smertrios blitzte seine Schwester zornig an. »Verdammt noch mal, musstest du Lachnall über den Weg laufen? Seit Tagen schlafe ich nicht, um über dich zu wachen, und kaum habe ich nicht meine Augen auf dich, gerätst du schon in Schwierigkeiten! Konntest du dir nicht ausrechnen, dass er wütend wäre, nachdem er nicht am Wettbewerb teilnehmen konnte? Hast du nicht von Anfang an gemerkt, dass er am wenigsten bereit war, dich zu decken?«

Barnario neben ihm grinste plötzlich.

»Bereit, sie zu decken ...« Doch dann wurde er ernst. »Voccio, lass mich sie in Gewahrsam nehmen.«

Voccio hatte wieder dieses belustigte Lächeln im Gesicht.

»Oh, wie ich es liebe, wenn Leute voreilige Schlüsse ziehen! Es ist nur bis zum Ende der Feierlichkeiten. Alle sind zufrieden, die Schmach ist gesühnt. Wenn die anderen Stammesführer wieder abgezogen sind, seid ihr frei. Soweit ihr als meine Gefolgsleute eben frei seid. Man wird dir deine Werkzeuge in dein Gefängnis bringen, und du wirst sofort anfangen, Bögen für mich zu bauen. Es ist auch zu eurem Schutz. So ein gedemütigter Mann kann zu vielem fähig sein. Ich habe keine Lust auf weitere blutige Auseinandersetzungen. Und ich möchte, dass du deine Aufmerksamkeit darauf richtest, solch feine Bögen zu bauen, statt Tag und Nacht deine Schwester zu bewachen, damit sie nicht ermordet wird.«

Während Smertrios noch verdaute, was er da hörte, öffnete Voccio die Tür einen Spalt und sprach kurz mit jemandem davor. Dann wandte er sich wieder an die Geschwister.

»Man wird euch gleich holen. Und du, Barnario, wirst den Mund halten. Das kannst du ja, wie wir gesehen haben. Und wenn ich zufrieden bin mit dem, was Smertrios für mich tut, entziehe ich deinem Stamm auch nicht meinen persönlichen Schutz. Nun lass uns in die Halle zurückgehen.«

»Was geschieht mit Lachnall?«, fragte Sanna schüchtern. Smertrios rempelte sie unsanft in die Seite.

Voccio ignorierte ihre Frage, doch Barnario brummte:

»Das soll meine Sache sein.«

Gleich darauf waren sie alleine.

»Verdammt noch einmal, Sanna. Dies hätte der schönste Tag meines Lebens sein können. Wieso musste das passieren?«

»Was kann ich dafür, wenn Lachnall mich in die Ecke drängt und mir das Gewand vom Leib reißt?«

Tränen schossen in Sannas Augen. Smertrios wandte sich von ihr ab, sah zur Fensteröffnung hinaus. Außerhalb der Festungsmauer konnte man die vielen Feuer der Kriegerlager sehen. Er hätte besser auf Sanna aufpassen müssen. Hatte sich vom Siegestaumel hinreißen lassen, wo er doch wusste, wie gefährlich Lachnall sein konnte.

Alle glaubten jetzt, dass er ein Lügner war. Hielten ihn für einen Feigling. Und nun war er ein Gefangener Voccios. Er hatte nicht nur ungenügend auf seine Schwester aufgepasst, er ließ auch sein Kind im Stich und den Stamm, sollte Voccio ihn nicht den Sulnatris bauen lassen. Oder rechtzeitig in sein Dorf zurück lassen. Weil es sich so gut angefühlt hatte, gelobt zu werden, weil Voccios Worte ihn eingelullt hatten.

Die Türe wurde geöffnet und zwei Männer traten herein.

Der Ältere riss Sanna am Arm von ihrem Hocker hoch, ihre Hand verlor den Griff an ihrer Camisia und sie stand barbusig da. Ein schäbiges Grinsen glitt über das Gesicht des Wächters. Sanna sah zu Smertrios, doch er beachtete sie nicht. Er wäre nicht wahnsinnig, sich in seiner jetzigen Lage auch noch mit einem von Voccios Männern anzulegen. Unsanft wurden sie zur Tür hinausgestoßen.

Sie mussten durch die Große Halle, um das Langhaus zu verlassen. Sanna hielt den Kopf gesenkt, als sie an allen geladenen Gästen vorbeigezerrt wurden. Smertrios versuchte, die gehässigen Bemerkungen zu überhören und aufrecht zu gehen. Er war es ja gewohnt, hatte jahrelange Übung, solche Dinge nicht an sich heranzulassen. Doch er konnte nicht verhindern, dass er sich wie der kleine Junge fühlte, der mit Sanna vor den Bauch gebunden durch das Dorf geht und feststellen muss, dass selbst seine alten Freunde ein riesiges Vergnügen daran empfinden, ihn zu schmähen und mit Worten zu verletzen.

Kurz vor dem Tor der Halle sah er Aonghas, den Druiden Ardudunums, der Lachnall festhielt, damit dieser sich nicht auf Sanna stürzte. Der Druide lächelte zufrieden Sanna an, Lachnall spuckte nach ihr.

Man führte sie in die Nacht hinaus. Innerhalb der Umfriedung brannten ein paar Feuer, an denen Menschen standen. Wohl jene, die darauf hofften, noch etwas von den Resten der Feierlichkeiten abzubekommen. Grob zerrten die beiden Wächter sie weiter, an neugierigen Blicken vorbei. Dabei gingen sie willig mit, die Grobheit wäre nicht nötig.

Sie wurden in eine gemauerte Hütte gestoßen. Es war finster darin, nur durch eine kleine Öffnung in der Wand, die mit zwei Eisenstäben versehen war, drang ein wenig vom Feuerschein herein. Eisen, um ein Loch eines Verlieses zu schützen, das ohnehin zu klein war, dass ein Mann hindurchkäme. Voccio war tatsächlich ein reicher Herrscher. Die Türe wurde hinter ihnen verriegelt, sie waren alleine.

Es dauerte einen Moment, bis sich Smertrios' Augen an die Dunkelheit gewöhnt hatten. Besser als im Loch seines Dorfes war es hier wohl. Allein schon, weil frische Luft durch die kleine Lichtöffnung hereindringen konnte. Und es gab einen Haufen Stroh in einer Ecke, neben dem ein Krug mit Wasser und ein hölzerner Kübel standen.

Sanna drückte sich an Smertrios. Ihre Angst war fühlbar wie kalter Schnee. Dennoch stieß Smertrios sie von sich. Er war so aufgewühlt, dass er am liebsten geschrien hätte.

»Bist du wütend auf mich? Es tut mir so leid.«

In ihrer Stimme klangen unterdrückte Tränen.

Smertrios ließ sich auf das Stroh fallen, stützte den Kopf in die Hände und starrte auf den Boden.

»Ja. Nein. Der Plan war von Anfang an schlecht. Und nun … nun werde ich vielleicht den Sulnatris nicht bauen können, weil ich dich nicht beschützt habe.«

Sanna kniete sich vor ihm nieder. In dem schwachen Licht konnte er erkennen, dass ihre Finger nach einzelnen Strohhalmen griffen und zu flechten begannen. Wie immer, wenn sie angespannt war.

»Voccio lässt uns bestimmt frei. Er ist immer nett zu mir, so wie Barnario. Und dann werden wir mit dem Bogenbauer Voccios reden und er wird dir sagen können, wie du diesen Bogen baust. Hast du den Schützen neben mir gesehen? Der hatte auch einen geschwungenen.«

»Mit dem habe ich schon geredet. Er war keine große Hilfe. Und auch wenn Voccio dich freundlich anlächelt – Sanna, ich habe meine Zweifel, dass er uns freilässt. Wieso sollte er? Er hält schon seine angesehenen Handwerker wie Gefangene, warum nicht uns erst recht. Er mag freundlich reden, aber seine Augen waren kalt. Was, wenn er uns so lange hier in diesem Loch festhält, dass ich es nicht mehr schaffe, rechtzeitig den Sulnatris zu bauen?«

»Die Götter helfen uns gewiss. Sie müssen uns doch helfen, weil du tust das doch nur, um die Sonne zu nähren.«

»Es gibt wohl genügend Götter, denen es gefiele, wenn die Sonne an Macht verliert. Wir sind nur ein Spielball.«

Smertrios legte seinen Umhang um sie und drückte sie fest an sich, da sie zitterte.

»Es tut mir leid, Sanna. Du solltest besser daheim sitzen, als da hineingezogen zu werden.«

Nein, daheim konnte er sie auch nicht beschützen. Wenn er nicht wiederkäme, und Darrach sie den Göttern opferte ...

Sanna schwieg. Nach einer Weile drang ihre feste Stimme an seine Brust.

»Das nächste Mal beiße ich ihn, ehe er mir das Gewand herabreißen kann.«

Zeitig am Morgen öffnete sich die Tür ihres Gefängnisses. Eine Schüssel wurde am Boden abgestellt, dann folgten Smertrios' Werkzeug und seine Rohlinge. Die Tür schloss sich wieder.

Smertrios rührte sich nicht. Er stand weiterhin an der kleinen Fensteröffnung und wartete auf den Sonnenaufgang. Er verspürte keinen Hunger. Statt neben Voccio in der großen Halle war er hier in diesem kalten, stinkenden Loch. Welch Elend. Und auch wenn es angeblich nur für ein paar Tage war. Wer weiß, vielleicht würde Voccio sie für immer hier eingesperrt lassen. Wen würde es kümmern? Nicht einmal Barnario, sein Stammesoberhaupt. Dann opferten sie eben jemand anderen, um die Götter zu besänftigen. Bruder und Schwester, das hatte dem Druiden doch so gefallen. Was, wenn sie Uinje nahmen? Oder Giamvailos? Er lehnte die Stirn gegen die kalten Eisenstäbe der Lichtöffnung, um der Übelkeit Herr zu bleiben, die über ihn schwappte.

Sanna, die zusammengerollt auf dem Stroh gelegen war, kroch zu der Schüssel, die die Wache abgestellt hatte, und kam mit ihr zu ihrem Bruder ans Licht. Ein grauer, schleimiger Brei, von dem keinerlei Wärme ausging. Kein Vergleich mit den Genüssen des Vorabends. Für ein Schauspiel der Gerechtigkeit, das Voccio den anderen Stammesführern bieten wollte, achtete er sehr auf die Einzelheiten.

Als die Sonne aufgegangen war und von der Wettbewerbswiese am Fuße des Hügels immer wieder Jubelschreie heraufschallten, hörte Smertrios Stimmen vor der Türe. Gleich darauf stand Ardudunums Druide, Aonghas, vor ihm in ihrem Verlies. Sein Blick glitt über den düsteren Raum, blieb an dem Strohlager und dem stinkenden Holzkübel in der Ecke hängen. Sanna drückte sich gegen die Wand, verlegen. Sie hatte ihre Camisia umgewendet, sodass der lange Riss nun an ihrem Rücken war.

»Guten Morgen. Mögen die Götter euch segnen.«

War er hier, sie freizulassen?

»Ich wollte nur nach euch sehen, ehe Goraid und ich uns auf den Heimweg machen.«

»Danke«, sagte Sanna tonlos. »Was macht Lachnall?«

Ein Lächeln umspielte die Lippen des großen Druiden.

»Er wird eine Narbe behalten. Du hast fest zugebissen.«

Sanna warf trotzig den Kopf in den Nacken.

»Geschieht ihm recht. Ich lasse mir nicht alles bieten.«

»Ja, das gefällt mir an dir. Barnario hat es sich auch nicht bieten lassen, dass Lachnall ihn damit vor Voccio bloßgestellt hat. Er hat ihm die Zunge abgeschnitten und ihn verbannt. Es sollte mich wundern, wenn er lange am Leben bleibt.«

Sannas Augen wurden groß. Smertrios erkannte Mitleid darin, statt dass sie sich gefreut hätte. Das war eben Sanna.

Aonghas zwirbelte seinen braunen Bart, in den Glasperlen geflochten waren.

»Ich wollte auch nur nach euch sehen und euch sagen, dass ihr in Ardudunum willkommen seid. Wir liegen zwei Tagesreisen nordöstlich von hier, also auf eurem Heimweg. Wir sind kein Kriegervolk, aber leidenschaftliche Jäger, alle würden sich freuen, von euch zu lernen oder Bögen zu erstehen.«

»Mal sehen«, brummte Smertrios.

Aonghas nahm Sanna sanft bei den Schultern.

»Du wirst deinen Weg gehen, mein Mädchen. Verzweifle nur nicht.«

Sanna wich einen Schritt zurück. »Natürlich gehe ich meinen Weg. Wessen sonst? Fragt sich nur, wo mein Weg hinführt!«

Aonghas lachte, ein Lachen, zu jung für den fast vierzigjährigen Mann.

»Eine gute Antwort! Wahrlich!«

Nun wandte er sich Smertrios zu.

»Ich würde mich freuen, dich bei uns wiederzusehen. Auch, um herauszufinden, ob du findest, was du suchst.«

Smertrios schnaubte. »Was weißt du schon.«

»Oh, man muss nicht immer alles wissen.« Kichernd klopfte der Druide an die Türe, der Wächter ließ ihn hinaus. Noch einmal drehte er sich zu den beiden Gefangenen um: »Noreia schütze euch.«

Es dauerte nicht lange, und die Türe öffnete sich erneut. Ein Krieger mit einer Lanze in der Hand steckte den Kopf herein: »Was ist? Ich höre dich nicht arbeiten!«

Die schlechte Laune war ihm anzumerken. Kein Wunder, alle anderen standen nun bei den Wettbewerben der Hochgeborenen, nur er musste hier Wache schieben.

Smertrios nahm einen der halbfertigen Bögen in die Hand. Zumindest wäre er beschäftigt. Soweit man in diesem dämmrigen Raum sinnvoll arbeiten konnte. Besser, als wie Sanna dazuhocken und Löcher in die Luft zu starren. Er hatte keine Schnitzbank, musste sich den Bogen im Sitzen zwischen den Beinen einklemmen. Das eintönige Schaben der Zugklinge auf dem harten Holz tat seinen Nerven gut. Es würde nicht sein bester Bogen werden, und es brachte ihn nicht am Sulnatris weiter, aber es war ein Hauch von Normalität.

»Smertrios, psst!«

Ein Gesicht erschien in der kleinen Lichtöffnung. Sanna wandte sich ab, als sie Ferchar erkannte, während Smertrios ans Fenster trat. Die beiden Männer schwiegen. Smertrios wusste nicht, was er mit dem Bärenkrieger in dieser Lage reden sollte. Er schämte sich, dass Ferchar ihn nun wohl verachtete, wollte sich aber auch nicht verzweifelt verteidigen. Ferchar musste nicht wissen, wie wertvoll ihm seine Freundschaft in den wenigen Tagen geworden war.

Der Bärenkrieger starrte in ihr Gefängnis, als fände er darin irgendwelche Antworten auf schwerwiegende Fragen.

»Ich … dein Bruder ist eine Frau?«

Eine höhnische Bemerkung lag Smertrios auf den Lippen, aber er nickte nur.

»Jetzt verstehe ich.«

»Was?«

»Das mit dem Bart. Dass Sanno ... Sanna mir viel Glück wünschte, weil ich doch so sicher war, siegreich zu sein, so sicher, wie dein Bruder einen Bart kriegen würde.«

»Und?«

Was wollte Ferchar hier? Wieso begab er sich in Gefahr, im Gespräch mit ihnen ertappt zu werden?

»Das hieße also, dass ich nicht lebend von dem Feldzug zurückkehre, oder? Also noch hat Voccio mich nur gefragt, ob ich seinem Gefolge beitreten will und mein Vater hat Ja gesagt, aber wenn die Gerüchte stimmen, dass Voccio diesem Caesar Hilfstruppen versprochen hat ...«

»Vergiss es. Das ist kein Omen gewesen. Der Bart meiner Schwester wird nicht über dein Leben entscheiden.«

Ferchar schien erleichtert. Dann wandte er den Kopf nach hinten, er sah wohl jemanden sich der Hütte nähern.

»Ich komme wieder!« Und er verschwand.

Smertrios zuckte die Schultern. Er wurde nicht schlau aus Ferchar. Er schob etwas von dem Stroh in die andere Ecke und setzte sich nieder. Sanna hatte inzwischen einen Teil des Breis hinuntergeschlungen, nun machte er sich ein wenig widerwillig mit den Fingern über den Rest her. Zumindest hatte er jetzt Zeit, nachzudenken. Er seufzte.

Mit einem Plumps landete ein kleines Päckchen vor seinen Füßen. Der Duft vertrieb den Gestank, der sich in dem Loch breit gemacht hatte. Während Sanna den kalten Braten aus dem Tuch wickelte, sah Smertrios zum Fenster. Ferchar stand erneut dort, grinste.

»Ich kann euch doch nicht verhungern lassen.«

Smertrios fragte sich, ob der Bärenkrieger vor lauter Verwunderung darüber, dass Sanna eine Frau war, nicht mitbekommen hatte, dass man Smertrios als Feigling, Lügner und fast Verbannten bezeichnet hatte, oder ob es ihm egal war. Aber ehe er etwas sagen konnte, war das Gesicht zwischen den Gitterstäben schon wieder verschwunden.

Der Tag verging schleppend langsam. Smertrios wanderte unruhig in dem kleinen Raum auf und ab. Die Siegesschreie, das Gegröle, das immer wieder die Stille zerriss, ließ Sanna jedes Mal zusammenzucken. Sie sprachen kein Wort miteinander. Irgendwann stieß sein Fuß gegen etwas Hartes, er bückte sich. Es war ein kleines Messer, kürzer als seine Hand. Die Klinge aus Bronze statt Eisen, im Griff feine Einlegearbeiten. Darrach verwendete ein ähnliches Messer zum Kräuterschneiden. Dieses musste wohl Aonghas verloren haben, als er sie besuchte. Smertrios rief nach der Wache, das Messer war wertvoll, man musste es dem Druiden zurückgeben. Doch keiner antwortete. Sanna betrachtete es neugierig, sah ihren Bruder fragend an.

»Ich werde es Voccio geben, wenn man uns freilässt.«

Vielleicht hatte Aonghas ja auch den Verlust bemerkt und kam noch einmal zurück, ehe er abreiste. Smertrios steckte das Messer in seine Gürteltasche.

Er versuchte, Pläne zu schmieden. Doch wie sollte er? Vielleicht kamen sie ja in zwei Tagen, wenn die Spiele vorbei waren, wieder in Voccios Gefolge zurück, wie er gesagt hatte. Dann musste er nur irgendwie wieder die Gunst des Stammesführers für sich gewinnen. Und wenn nicht? Wenn Voccio sie für den Rest seines Lebens oder solange es ihm eben gefiel, hier gefangen halten würde? Ihn zwang, Bögen zu bauen wie ein Sklave? Dann musste er erst recht wieder seine Gunst erlangen, koste es, was es wolle. Nicht, dass ihm so viel daran lag, dann in seinem eigenen Dorf geopfert zu werden, weil er es nicht geschafft hatte, den Sulnatris zu bauen. Wie viel einfacher wäre es, wenn er Voccio sagen könnte, was auf dem Spiel stand. Aber niemand durfte wissen, dass sein Dorf eines seiner Heiligtümer verloren hatte, nicht unter dem Schutz der

Götter stand. Lieber sollte sein Kind eines Tages hören, dass Vater zu den Göttern gegangen war, um das Dorf zu beschützen, als dass er in einem dreckigen Verlies in Bragnreica als Sklave schuftete. Oder sie mussten fliehen. Smertrios fühlte sich zu müde, um Fluchtpläne zu schmieden, klammerte sich an die Hoffnung, dass Voccio nicht gelogen hatte und er bald frei wäre.

Sein Blick wanderte zu Sanna, die am Boden kauernd mit dem Finger Muster in den Staub des Lehmbodens zeichnete. Sie summte vor sich hin. Mal wieder lag es an ihr, dass er die Gunst der anderen verlor. Und sie summte.

Gegen Abend wechselte die Richtung, aus der die Jubelschreie kamen. Nun erklang Musik aus dem Langhaus und von jenseits der Wehrmauer hörte man die unterschiedlichsten Melodien und Gesänge aus den Lagern der Kämpfer. Wie herrlich es wäre, nun dort draußen zu sein, mitzufeiern. Es musste nicht einmal in der Großen Halle sein, er wäre schon zufrieden, an einem der Feuer zu stehen und sich die Prahlereien der anderen anzuhören. Und nicht seinem Kind eines Tages sagen zu müssen: »Ja, wir waren bei den großen Feiern zu Ehren Voccios, doch ich saß mit deiner Vaterschwester im Verlies.« Falls er sein Kind je zu Gesicht bekam.

Übelkeit krampfte Smertrios' Magen zusammen. Gestern hatte er noch gefeiert … und nun konnte er nur warten. Sanna schlief bereits und er fühlte sich unendlich einsam. Einsamer, als er sich je in seiner abgeschiedenen Waldhütte gefühlt hatte.

Er war nicht müde, wovon auch. Grübelnd verbrachte er die Nacht, und es schien ihm, als dauere sie ewig. Gegen Morgen erst schlief er ein. Die nächsten beiden Tage zogen sich dahin, am liebsten hätte er den Kopf gegen die Wände geschlagen und seine Ungeduld hinausgeschrien. Aber er ertrug die quälend langsam vergehende Zeit still, um Sanna nicht zu verschrecken. Sie saß den ganzen Tag da, vor und zurück wippend, das schimmlige Stroh zu unzähligen Figürchen flechtend. Freudenschreie von der Festwiese, Lagerfeuerschein vom Zeltlager am Abend, grauer Essensbrei und zwei kurze Momente, in denen Ferchar am Fenster aufgetaucht war, um irgendwelche freundlichen Worte zu flüstern.

Zu arbeiten erwies sich als sinnlos. Eine Weile versuchte Smertrios, einen Jahresring freizulegen, doch das Licht war in dem fast fensterlosen Raum viel zu düster, als dass er etwas erkennen konnte. Erstmals seit Jahren empfand er keinerlei Lust, auch nur das Holz seiner Bögen anzugreifen. Er schob das Zugmesser beiseite, sah zu Sanna hinüber, die zusammengerollt auf dem Stroh lag und den Spalt unter der Türe anstarrte. Sein gesamtes Werkzeug hatten sie ihm gelassen. Er könnte ein Zugmesser nehmen und damit der Wache, wenn sie die Tür öffnete, die Kehle durchschneiden. Und dann? Aus dem ummauerten Hof kämen sie nicht hinaus, das Tor in der Palisade war bewacht, und er kannte die Örtlichkeiten nicht, um sich irgendwo zu verstecken. In einem Wald wäre es ihm ein Leichtes, aber hier? Und wozu auch? Aufs Spiel setzen, dass Voccio Wort hielt und ihn ohnehin demnächst wieder bei sich aufnahm? Nein, er musste einfach ausharren. Ein, zwei Tage noch. Wenn alle abgereist waren und sie dann noch immer nicht befreit wurden, dann konnte er sich Gedanken über eine Flucht machen.

Der Regen, der einsetzte, war ihm willkommen. Er passte zu seiner Stimmung. Sanna rollte sich auf die andere Seite, starrte nun die Wand an und rührte sich nicht. Auch dieser Tag verging. Und der nächste ebenso.

Schreie, Rufe und Räderrollen weckten sie am Tag darauf. Das Fest war vorbei, die Stämme zogen ab. Je stiller es wurde, umso größer wurde Smertrios' Ungeduld. Auch Sanna begann nun, unruhig in dem kleinen Raum auf- und abzutigern. Wie lange würde es noch dauern?

Gegen Mittag öffnete sich die Türe. Sie sprangen auf, voller pochender Hoffnung.

Barnario stand vor ihnen, den pelzbesetzten Umhang über die Schulter zurückgeschlagen. Die Sonne hinter ihm ließ die feinen Härchen des Fuchskragens leuchten.

»Wir reiten nun heimwärts. War ein prächtiges Fest, schade, dass ihr … Voccio lässt sagen, ihr müsst noch etwas warten. Besonders angenehm hat er es euch ja nicht gemacht.« Sein Blick schweifte durch den Raum. »Ja, bei Lügen ist er empfindlich. Nun, du wirst das schon gut machen, Smertrios, ich vertraue darauf. Und du, Sanna -«, das übliche Lächeln huschte über sein Gesicht, »- pass auf dich auf. Zumindest warst du hier vor Lachnalls Wut sicher. Der Kerl hätte dich sonst vielleicht umgebracht, dort draußen.«

Sanna nickte. Sie sah blass und schwach aus im hellen Licht, das hereindrang. In den letzten Tagen war nicht viel übrig geblieben von der stolzen, kämpferischen Bogenschützin.

»Aber er lässt uns hier wieder raus, oder?«

Ihre Stimme war voller Angst.

Schien Barnario verlegen? Er sah Sanna nicht an, blickte zu Smertrios. »Ich nehme es doch an. Er ist als ein Mann bekannt, der sein Wort hält. Sagt man. Er hat mir versprochen, dass ihr zur Herbst-Tagundnachtgleiche zu uns kommen könnt.«

Smertrios nickte. Diese Zusage alleine bedeutete weder, dass Voccio sie halten würde, noch, dass Smertrios davor die Möglichkeit erhielte, den Sulnatris zu bauen.

Barnario lächelte. »Wird schon werden. Eines Tages werden die Händler uns noch von eurem Ruhm verkünden! Von der großen Bogenschützin und ihrem Bruder, der die besten Bögen der Welt baut. Wir sehen uns beim Sonnenschuss. Spätestens.«

Er klopfte Smertrios auf die Schulter, väterlich und doch auch verlegen. Dann ging er.

Smertrios sah zu Sanna. Er fühlte sich unendlich müde.

Kapitel 10

Wieder frei

Am nächsten Tag führte man sie tatsächlich aus ihrem Gefängnis. Sie konnten es im ersten Moment fast nicht glauben. Zuerst brachte man sie in ein Badhaus, wo bereits ein großer Zuber mit warmem Wasser bereitstand. Es war herrlich, die letzten Tage abzuwaschen. Die Erleichterung war riesig. Zuversicht und fast so etwas wie ein Glücksgefühl machten sich in Smertrios breit. Voccio hatte Wort gehalten, nun würde alles so werden, wie er gedacht hatte, ehe Sanna als Frau aufgeflogen war. Lange saß er mit Sanna in dem Zuber. Sie schrubbte mit einem rauen Tuch an sich herum, als wolle sie sich die ganze Haut herunterreiben. Er legte seine Hand auf ihre, wartete, bis sie den Blick zu ihm hob.

»Es ist gut, Sanna. Lass noch etwas dran an dir!«

Sie sah ihn verwundert an, dann das Tuch in ihrer Hand. »Ich habe erst den Dreck des Lochs heruntergewaschen, noch nicht Lachnall.« Sie schrubbte weiter.

Smertrios stieg aus dem Zuber, ließ sie alleine sich im warmen Wasser ausstrecken. Das frische Gewand fühlte sich wie eine zärtliche Berührung auf seiner Haut an. Er betrachtete sein Gesicht in der Bronzescheibe, die an der Wand hing. Eine

Rasur würde ihm nicht schaden. Doch ehe er sein Messer nehmen konnte, trat ein Diener ein. Sanna fuhr erschrocken in die Höhe, griff hastig nach einem großen Tuch, das neben dem Zuber lag, und hüllte sich ein. Smertrios bat den Burschen, draußen zu warten, bis seine Schwester angekleidet war.

Er erwartete, dass man sie nun zu Voccio führen würde, doch der junge Bursche brachte sie nur in eine Hütte, die innen an die Palisade gebaut war. Smertrios' Karren stand vor der Türe und er nahm an, dass seine Kuh sich im großen Stall befand. Zärtlich fuhr Sanna mit ihren Fingern über das Holz des Wagens, als träfe sie einen verlorenen Freund wieder. Auch Smertrios war erstaunt, dass Barnario ihnen ihr gesamtes Habe hiergelassen hatte, denn in der Hütte befanden sich neben einem Bett und einer Kohlepfanne Smertrios' Werkzeug und Bogenmaterial, samt der wackeligen Werkbank.

Der Bursche ging und schloss die Türe hinter sich. Nach einem Moment des Zögerns stürzten Smertrios und Sanna zugleich zu ihr hin – sie war nicht abgesperrt. Erleichtert lachten sie einander an.

»Was jetzt?« In dem schlichten hellbraunen Kleid sah Sanna noch blasser aus als in dem dunklen Verlies, wo zumindest der Staub ihr etwas Farbe gegeben hatte.

»Wenn ich es recht verstehe, sollen wir erst einmal hier bleiben. Und es wäre wahrscheinlich kein Nachteil, wenn ich an einem Bogen weiterarbeite.«

Sanna nickte und sah sich in ihrem neuen Heim um. Sie entdeckte auf einem Hocker Kienspäne und entzündete einen an der glühenden Kohle in der Pfanne. An einer Wand war eine eiserne Halterung, der weiße Putz dahinter schwarz vom Ruß. Sie steckte den brennenden Kienspan hinein, doch Smertrios schüttelte den Kopf.

»Ich will verdammt sein, wenn ich freiwillig hier herinnen arbeite, wenn ich es auch im Freien tun kann!«

Er packte die Bank und sein Werkzeug und saß bald darauf in der Frühlingssonne, erst einmal überwältigt von ihrer

Wärme. Es war ein göttliches Wesen, das solch großartige, jeden Knochen und jede Pore des Körpers wohlig durchwärmende Strahlen schickte – wäre er nicht zu träge von all dieser freien Herrlichkeit, er würde aufspringen, um ein Opfer darzubringen.

Sanna trat vorsichtig zu ihm, sah sich um, als erwarte sie, dass man sie jeden Moment wieder in die Hütte hineinscheuchen würde. Doch niemand beachtete sie. Ein Mann, der zwei Hütten weiter damit beschäftigt war, Lederriemen zu flechten, nickte ihnen zu, als sich ihre Blicke trafen. Sanna atmete auf.

»Sieht so aus, als wären wir wieder frei«, lächelte Smertrios.

»So frei, wie man als Gefolgsmann von Voccio eben ist«, zitierte Sanna, was der Stammesführer gesagt hatte. »Mir wäre wohler, jemand würde mir sagen, was sie von uns erwarten.«

»Das kann geschehen.«

Sanna fuhr herum. Unbemerkt war Voccio an sie herangetreten. Er lachte auf, als er Sannas Schrecken sah, nickte seinen beiden Begleitern zu, die in einiger Entfernung von ihm stehen geblieben waren.

Dann wurde sein Gesicht wieder ernst. »Nun, habt ihr gelernt, mich nicht zu belügen?«

Sanna nickte eifrig. »Ja, Herr. Ganz gewiss.«

»Und du, Bogenbauer?«

Smertrios nickte ebenfalls, wenn auch zögerlich. Es widerstrebte ihm, den gefügigen Untertanen zu geben. Er war kein kleiner Junge.

Voccio lächelte. »Wir werden ja sehen. Ich denke, was ich von deinem Bruder erwarte, ist klar. Gute Bögen, möglichst viele davon. Ab morgen kannst du in unserer Bogenwerkstatt mitarbeiten. Ich rate dir, dich mit meinem Bogenbauer Cotuco gutzustellen.«

Smertrios bemühte sich, seine Freude nicht zu offensichtlich zu zeigen. Er war am Ziel, er hatte es doch geschafft! Voccios Bogenbauer, er würde ihn morgen treffen. Oh, er wollte für Voccio so viele Bögen bauen, wie er schaffen konnte, er wollte auf jede Stunde Schlaf verzichten, wenn er nur von diesem Cotuco erfuhr, wie er den Sulnatris bauen konnte. Er würde das nötige Horn beschaffen, er würde den Göttern einen Bogen schenken, mit dem Sanna die Sonne vom Himmel schoss, um die Sonne zu nähren. Und dann würde man seinem Kind davon erzählen, dass sein Vater ein Held war. Man würde ihn reich belohnen, wenn sie die Sonne vom Himmel holten, sodass auch Kalandina damit zufrieden wäre, sein Weib zu sein und das Zusammenleben mit ihr schöner würde. Ein erleichterter Seufzer versteckte sich in der nächsten Bewegung, die er mit dem Messer auf dem Bogen ausführte.

»Und ich, Herr?« Sanna sah Voccio mit großen Augen an.

Schon wieder dieses Lächeln, mit dem der Herr von Bragnreica sie bedachte. Smertrios sagte es, ehe er wollte: »Du willst meine Schwester als deine Geliebte, nicht?«

Voccios Augen weiteten sich, dann zog er die Brauen zusammen. »Nein. Wie kommst du darauf?«

»Die Art, wie du sie ansiehst, jedes Mal.«

Der Stammesführer blies die Luft durch die Nase aus, warf einen kopfschüttelnden Blick zu seinen beiden Kriegern, die gelangweilt in der angemessenen Entfernung warteten.

»Smertrios, ich kann verstehen, dass du deine Schwester für die großartigste Frau der Welt hältst. Und was ihre Künste als Bogenschützin betrifft, stimme ich dir vielleicht sogar zu. Aber als Geliebte? Wirklich nicht! Sieh sie an – klein, kaum Brüste, mit einer Sinnlichkeit wie ein Holzscheit. Nein, da wartet wahrlich Besseres in meiner Kammer!«

Smertrios versuchte, seine Schwester mit den Augen Voccios zu sehen. Er selbst fand Holz durchaus sinnlich. Aber natürlich, eine Frau, die sich mühelos als junger Bursche ausgeben konnte, war wohl nicht der Inbegriff einer verheißungsvollen Bettgefährtin.

»Warum dann immer dieses eigentümliche Lächeln, wenn du sie betrachtest? Du, Barnario, eigentlich alle Männer eines bestimmten Alters?«

»Sie erinnert mich an die Tochter, die ich nie hatte.« Voccio lächelte Sanna noch einen Moment an, dann wurde seine Stimme harsch. »Als ob dich das etwas anginge. Kümmer dich um deine Bögen. Und du, Sanna, zieh dieses Kleid aus und Braccae an. Du sollst mit meinen jungen Bogenschützen gemeinsam üben. Ich bürge für deine körperliche Sicherheit«, fügte er hinzu, als er ihren ängstlichen Blick sah.

Ein Lächeln überzog ihr Gesicht und eilig lief sie in die Hütte, sich umzuziehen und ihren Bogen zu holen.

Voccio sah ihr nach. »Beweise mir, dass ich euch vertrauen kann. Ich hätte Großes mit dir vor, wenn ich mir deiner Ergebenheit sicher wäre.«

Noch lange dachte Smertrios über seine Worte nach.

Die Werkstatt des Bogenbauers lag in der Nähe der Palisade. Sie bestand aus nicht mehr als zwei Wänden und einem großen Dach, unter dem mehrere Männer an Schnitzbänken saßen. Fünf Sklaven, gewiss waren sie Sklaven, zu fremdartig ihr Aussehen, zu demütig ihre Haltung. Smertrios war nervös, als er sich näherte. Würde er von Cotuco, dem Bogenbauer Voccios, Hilfe beim Bau des Sulnatris erhalten?

Cotuco ragte über seinen Arbeitern auf wie ein Bär. Schultern so breit, dass man meinte, er müsse wohl in jedem Türrahmen stecken bleiben.

Smertrios straffte sich, hob den Arm zum Gruß.

»Mögen die Götter mit dir sein, Cotuco. Ich bin Smertrios vom Stamme der Raben, Voccio schickt mich.«

Cotuco musterte ihn von oben bis unten, mit verengten Augen. »Er sagt, du bist gut. Dann zeig mal.«

Der große Mann gab einem der Arbeiter einen Stoß gegen die Schulter, dass er von seiner Schnitzbank rutschte. In dem Moment, wo sein Fuß nicht mehr auf dem Bügel stand, der den Bogen festhielt, glitt dieser zu Boden. Cotuco fing den Bogen auf, ehe er auf dem Lehm landete und zog ihn mit einer raschen Bewegung dem Sklaven über den Kopf.

»Pass gefälligst auf! Rüber mit dir, mach Sehnen.«

Mit gesenktem Kopf eilte der Sklave an einen der Tische, die hinten an der Wand standen. Da war Smertrios ja an einen besonders angenehmen Menschen geraten. Seine Hoffnung auf Hilfe zerplatzte wie ein schlecht getöpferter Krug im Feuer.

Auf Cotucos herrische Geste hin nahm er auf der Schnitzbank Platz, bemüht, seine Haltung zu bewahren. Voccios Bogenbauer ging zu einem großen Vorrat an Rohlingen und suchte einen aus, den er Smertrios reichte. Dann wandte er sich ohne ein weiteres Wort ab und schimpfte mit einem anderen Sklaven.

Smertrios betrachtete den bereits mit einer Axt bearbeiteten Rohling. Es war eines jener Stücke, das man wegwarf, wenn man Besseres zur Auswahl hatte. In sich leicht gewunden, ein Astloch dort, wo die Mitte des Wurfarmes wäre. Aber die Freude würde er Cotuco nicht machen. Er sollte seinen Bogen bekommen. Denn das Holz hatte Kraft, der Baum hatte viel Leben gesammelt.

Er merkte die Blicke, die Cotuco ihm immer wieder zuwarf, erwartete die ganze Zeit, dass der Bogenbauer zu ihm käme und ihn wie die Sklaven zurechtwies, doch er ließ ihn in Ruhe. Offenbar hatte Voccio ihn doch nicht als Sklaven hierher geschickt. Hoffentlich. Er wollte nicht mit solch stumpfem Gesichtsausdruck enden.

Während er den Rohling bearbeitete, bemühte er sich, über die Werkstatt zu lernen. Er sah, wo die Sklaven jene Sehnen aufbewahrten, mit denen der halbfertige Bogen gespannt wurde. Er sah die Halterung an der Wand, in die man die Bögen einspannen konnte, um zu prüfen, ob sie sich gleichmäßig bogen. Er war der Meinung gewesen, nur er wäre auf die Idee für solch ein Hilfsmittel gekommen. Der Bogenbauer in seinem Dorf, von dem er gelernt hatte, hatte immer ihn gebeten, den Bogen zu beurteilen, während er in auszog. Aber offenbar war solch eine Wandhalterung nicht nur für einen einsamen Handwerker im Wald die einzige

Möglichkeit, die Form des ausgezogenen Bogens zu beurteilen, sondern auch in einer Werkstätte gebräuchlich. In einer Ecke entdeckte er zwei weitere Sklaven, sie waren damit beschäftigt, Pfeile zu bauen. Noch nie hatte Smertrios so viele Männer unter einem Dach gesehen, die alle nichts anderes taten, als Bögen herzustellen. Benötigte Voccio so viele für die Jagd alleine? Oder zählte er zu denen, die wie die Stämme aus dem Osten den Bogen auch im Kampf einsetzten?

Später am Tag, nach einer Pause, in der man ihnen den gleichen grauen Brei servierte, den er schon im Verlies kennengelernt hatte, betrachtete Smertrios den Bogen, an dem er arbeitete, und war recht zufrieden. Gewiss, das schlechte Ausgangsmaterial war nicht zu leugnen. In dem einen Wurfarm hatte er das Astloch umrunden müssen, was ihn knorrig aussehen ließ, und die leichte Windung des Holzes machte ihn nicht zu einem optischen Prachtstück. Aber er hatte es hinbekommen, dass er Pfeile gut werfen würde. Gerade, als Smertrios zu der Holzkiste trat, um sich getrockneten Schachtelhalm für den letzten Schliff des Holzes zu holen, stellte sich Cotuco ihm in den Weg. Fordernd streckte er die Hand nach dem Bogen aus. Smertrios reichte ihn ihm, den Kopf hoch erhoben.

Voccios Bogenbauer nahm den Bogen in die ausgestreckte Hand, begutachtete seine Form. Ein Lachen ertönte von einem der Sklaven, doch ein Blick Cotucos ließ ihn sofort verstummen. Cotuco zog an der Sehnenschnur, noch war es nicht die Sehne, die zu diesem Bogen passte, aber gut genug für den Arbeitsvorgang. Das gleichmäßige Raspeln, das den ganzen Tag durch die Werkstatt schallte, war abgeebbt, alle Sklaven beobachteten gespannt, was ihr Herr sagen würde. Lange sah Cotuco Smertrios an. Dann nahm er drei Pfeile aus einem niedrigen Fass und verschwand hinter der Werkstatt. Smertrios folgte ihm neugierig.

Auf dem Stück freier Fläche zwischen Werkstatt und Palisade standen zwei Strohscheiben. Wie Smertrios erwartet hatte, ließ sein Bogen die Pfeile kraftvoll fliegen. Er eilte zu den anderen zurück, ehe Cotuco ihn sah.

Voccios Bogenbauer kehrte mit einem undurchdringlichen Gesichtsausdruck zurück. Seine Abneigung gegen Smertrios war von Anfang an fühlbar gewesen und Smertrios wusste, dass Cotuco nichts lieber täte, als ihn als unfähigen Stümper zu beschimpfen. Deswegen hatte er ihm ja auch diesen schlechten Rohling gegeben. Doch als dieser Hüne von Mann nun vor ihm stand, die Lippen aufeinandergepresst, da sah Smertrios bei allem Widerwillen in seinem Gesicht auch die Anerkennung, die Cotuco für ihn oder zumindest für seinen Bogen empfand.

»Brauchbar«, quetschte Cotuco zwischen den Lippen hervor. »Keine Schönheit, aber für einen Blinden reicht's.«

Smertrios nickte.

»Schon mal Sehnenbelag gemacht?«

»Manchmal.« Smertrios' Herz begann zu klopfen.

»Über Dampf gebogen?«

»Damit Versuche gemacht, ja.« Das konnte doch nicht sein! Nirgends in der Werkstatt hatte er etwas anderes als Langbögen gesehen, und nun diese Fragen! Er bemühte sich, seinen Atem ruhig zu halten.

»Hornbelag?« Cotucos Blick schien ihn zu verbrennen.

Smertrios schluckte. »Noch nicht. Aber bereit, es zu lernen, jederzeit.«

Die Spannung löste sich, Cotuco drückte ihm den Bogen in die Hand. »Na immerhin etwas. Vielleicht bist du ja wirklich so brauchbar, wie Voccio behauptet.«

So euphorisch Smertrios nach jenem ersten Tag gewesen war, seine Hoffnung erfüllte sich nicht. Er baute Langbögen. Mit keinem Wort erwähnte Cotuco wieder Horn und Sehnen, nirgends tauchte auf wundersame Weise ein kurzer, gebogener Bogen auf. Aber zumindest ließ Cotuco ihn in Ruhe. Er brüllte mit Smertrios nicht herum wie mit den anderen Sklaven, er ließ ihn arbeiten, schüttelte vielleicht ein wenig den Kopf, weil

Smertrios' Bögen flachere Wurfarme hatten als jene aus seiner Werkstatt, aber zumeist ignorierte er ihn.

Erst nach einiger Zeit wagte Smertrios es eines Abends, ihn anzusprechen. Sie waren die Letzten in der Werkstatt, vielleicht war nun ja ein guter Zeitpunkt, wo Cotuco nicht vor den Sklaven den großen Herren geben musste. Er reichte Cotuco den Bogen, den er heute gefertigt hatte, zur Kontrolle.

Während der Bogenbauer den Bogen ein paar Mal auszog und kritisch von allen Seiten begutachtete, räusperte Smertrios sich. »Du hast erwähnt – wegen Sehnenbelag und Horn … aber nirgends sehe ich etwas in dieser Art hier.«

»Hm. Voccio träumt von Bögen, wie sie die Römer schießen.«

Die Römer. Sehnenbelag und Horn.

»Um sie hier zu bauen?«

»Natürlich. Was sonst. Braucht halt Leute dafür, die das können.«

»Kannst du es?« In banger Erwartung krampften sich Smertrios' Hände zusammen.

»Hab's mal gelernt. Im Süden. Nicht gut genug für das, was Voccio will.«

Cotuco reichte ihm den Bogen zurück. Nickte. Er wollte sich schon abwenden, doch Smertrios hielt ihn zurück: »Ich versuche schon seit einiger Zeit, solch einen Bogen zu bauen. Kurz, gebogen, mit Sehnen- und Hornbelag.«

Jeden Abend, wenn er aus der Werkstatt gekommen war, hatte er in der Hütte, die er mit Sanna teilte, sich bemüht, weiterzukommen. Einige Rohlinge warteten nun über Dampf gebogen auf die Weiterarbeit, doch er hatte keinerlei Horn. Und er war sich sicher, dass er erst das Horn benötigte, ehe er auf der Außenseite des Bogens den Sehnenbelag anbringen konnte.

Cotuco hielt in der Bewegung inne. »Versuchen? Schon geschafft?«

Smertrios senkte den Kopf, hob ihn dann aber stolz wieder. »Nein. Ich habe kein Horn.«

»Was für eines brauchst du?«

Genau das war das Problem. Er hatte keine Ahnung. Er war sich sicher, dass das Stück Horn, das auf dem verkohlten Sulnatris noch vorhanden war, nicht von einer Kuh stammte. Kuhhorn hob sich in Schichten ab, dieses hier war viel fester. Aber es stammte auch nicht von einem Tier, das er aus seinen Wäldern kannte.

»Nun?«

» … Was ihr habt. Solange es lang genug ist.«

Cotuco schnaubte verächtlich. »Du weißt es also nicht. Stümperst da wohl vor dich hin, weil du mal wo so einen Bogen gesehen hast. Nimmst minderwertigen Leim statt Fischleim, hast in Wirklichkeit keine Ahnung. Und Voccio glaubt, du wärst der Rechte.«

Kopfschüttelnd verließ Cotuco die Werkstatt. Smertrios legte den fertigen Bogen zu den anderen, warf die Holzspäne, die rund um seine Schnitzbank lagen ins Feuer.

»Nehmt dies, ihr Götter, als das Opfer, das jener Baum euch bringt. Er gab einen Teil von sich, dass ein Bogen aus ihm wird, schenkt ihr ihm dafür Stärke und Ziel.«

Noch während er das gewohnte Gebet sprach, ging ihm nur eines durch den Kopf.

Fischleim.

Kapitel 11

Die Auswahl

Eines frühen Nachmittags kam Ferchar zu Smertrios. Die Tage waren inzwischen schon warm und der Bogenbauer hatte sich einen Platz im Schatten einer Linde gesucht, um Sehnen zu bauen. Wütend war er, Sehnen konnte wohl auch der geringste Sklave drehen, solange er die rechte Anzahl an Umdrehungen zählen konnte. Aber Cotuco hatte die Arbeit ihm aufgetragen. Seit dem Gespräch am Abend war Voccios Bogenbauer gehässig geworden.

Ferchar ließ sich neben Smertrios ins Gras fallen.

»Es ist soweit.«

»Was?«, brummte Smertrios missmutig.

Ferchar sah ihm ins Gesicht. »Schlechte Laune?«

»Aber nein, ich liebe es, meine Fähigkeiten für Arbeiten einzusetzen, die mich geistig besonders herausfordern.«

Ferchar runzelte die Stirn. Smertrios wusste, dass der junge Bärenkrieger nicht besonders gut darin war, Ironie und Sarkasmus wahrzunehmen, Ferchar war eben ein durch und durch ehrlicher Kerl. Das mochte er ja an ihm.

»Ich dachte immer, die Sehne ist eine der leichteren Arbeiten im Bogenbau«, sagte Ferchar nun.

Smertrios strich sich die Haare aus dem Gesicht, die ihm in die Augen fielen. »Eben. Ich bin mindestens so gut wie Voccios Bogenbauer Cotuco, besser als jeder Einzelne in seiner Manufaktur – aber ich stehe hier und drehe Sehnen.«

»Oh. Aber man braucht nun einmal eine Sehne. Und ich schätze, daheim hast du auch Sehnen für deine Bögen gemacht.«

»Ja, aber ... Egal. Du wolltest mir etwas erzählen, los, ich kann Ablenkung gebrauchen.« Smertrios legte die soeben fertiggestellte Sehne zu den anderen und streckte sich. Er stand schon seit dem Morgen hier.

»Er hat mich gefragt! Voccio hat mich gefragt, ob ich an dem Auxiliartrupp, also dem Hilfstrupp für Caesar, teilnehmen würde! Smertrios! Ruhm und Ansehen! Die Römer, die wissen Leistung zu schätzen. Was meinst du, wenn ich erst als Held zurückkehre!« Er grinste schief. »Auch wenn deiner Schwester nie ein Bart wachsen wird.« Es war zu einem immer wiederkehrenden Scherz zwischen ihnen geworden.

»Wann geht es los?«

»Bald schon. Ich bin sicher, Voccio kommt auch noch zu dir.«

»Darauf würde ich nicht wetten. Ich kann mir nicht vorstellen, dass Cotuco Gutes über meine Arbeit berichtet. Oder dass nicht er selbst für Ruhm und Ehre in den Süden will, um Caesars Bogenbauer zu werden.«

»Caesars Bogenbauer, das wäre schon was, nicht? Immerhin hat der Mann den ganzen Westen erobert. Aber selbst wenn Cotuco selbst nach Süden will, dann braucht Voccio dich hier, an seiner Seite, statt Cotuco, und dann bist du ihn los, dann kann er dich nicht mehr zum Sehnenbauen abkommandieren.«

»Voccio geht nicht mit nach Süden?«

»Aber nein. Der hat ganz andere Pläne. Die Römer auf seine Seite bringen, indem er sie mit Hilfstruppen unterstützt, ist das eine. Und währenddessen will er die Stämme Norikums vereinen und sich zu ihrem Hochkönig machen, ich habe darüber reden hören. Nicht von Voccio selbst natürlich, Voccio

127

würde so etwas nie zugeben. Aber man munkelt, dass die Stämme einen gemeinsamen König brauchen, und dass Voccio der richtige wäre.«

Smertrios kümmerte es wenig. Das einzige, das ihn beschäftigte, war der Sulnatris. Er hatte inzwischen Fischleim aufgetrieben, auch einige Rückensehnen, und hatte sich daran gemacht, einen der gedämpften Rohlinge damit zu belegen. Ja, er wusste, dass es die falsche Reihenfolge war, aber er ertrug es nicht, untätig herumzusitzen, während die Zeit verstrich. Und der Fischleim war tatsächlich besser als der Sehnenleim, den er daheim benützte. Auch wenn es noch dauern würde, bis er genügend getrocknet war, dass Smertrios das Ergebnis tatsächlich beurteilen konnte.

Irgendwie musste er es schaffen, mit Voccio zu reden. Ohne zu verraten, dass er ein zerstörtes Heiligtum seines Dorfes wiedererschaffen musste. Aber so kam er zu langsam weiter. Er wusste, dass Cotuco ihm noch viel mehr verraten könnte, aber dazu nicht bereit war.

Ferchar unterbrach seine Gedanken. »Hast du übrigens Sanna gesehen?«

Smertrios schüttelte den Kopf. Seine Schwester traf er meist nur abends, wenn sie müde in ihre Hütte kam und mit einem seligen Lächeln einschlief. Er war so mit der Arbeit in der Werkstatt und an dem Sulnatris beschäftigt, dass er schon zufrieden war, wenn es ihr gut ging.

»Man könnte meinen, Voccio interessiert sich für sie«, fuhr Ferchar fort. »Jeden Tag sehe ich sie, hinten bei der Übungswiese. Voccio ist sehr oft dort, wenn deine Schwester Pfeile fliegen lässt. Gestern hat sie ihn geschlagen, ihn, den großen Voccio. Aber ich bin mir nicht sicher, ob er seinen letzten Schuss nicht absichtlich danebengesetzt hat. Wer weiß, vielleicht wirst du noch der Brautbruder Voccios!« Ferchar lachte über das ganze Gesicht.

»Wenn es vor dem Herbst geschieht, soll es mir recht sein. Doch Voccio begehrt Sanna nicht. Zumindest sagt er das.«

128

Aber es wäre natürlich eine wunderbare Lösung. Seinem Brautbruder konnte Voccio wohl keinen Wunsch abschlagen. Dann bekäme er alles, um den Sulnatris zu bauen. Nein. Voccio würde dann wohl kaum seine Braut losschicken, den Sonnenschuss zu machen und dabei vielleicht zu sterben. Außerdem war es ohnehin ein unsinniger Traum. Voccio und Sanna! Er musste selbst darüber lachen.

In diesem Moment kam Sanna angelaufen. Sinnlich wie Holz. Selbst nun, wo sie sich nicht bemühte, männlich zu wirken, sah sie mit ihren kurzen Haaren und den Braccae wie ein Knabe aus. Einer wie Voccio nähme so eine nie zur Frau. Höchstens zur Geliebten für eine Nacht.

»Ich habe ein gutes Gefühl!«, sagte Sanna, als sie lächelnd vor ihnen stand.

»Weswegen?« Smertrios schob die fertigen Sehnen zu einem Bündel zusammen.

»Ich habe ein Opfer im Nemeton dargebracht. Die Götter werden uns führen, ich spüre es.«

Ferchar grinste Sanna neckisch an. »Ich dachte, die Sterne machen das? Nachts, wenn man unter freiem Himmel schläft ...«

Sanna stieß ihn freundschaftlich in die Rippen. »Du pass nur auf, wenn du nach Süden gehst, ich werde mir deinetwegen keinen Bart wachsen lassen!«

Sie lachten beide, und Ferchars Blick ruhte lange in Sannas. Zu lange, fand Smertrios. Der Bärenkrieger würde doch nicht etwa seine kleine Schwester begehren? Was fiel ihm ein, schließlich war er einer anderen versprochen, ehrbar konnten seine Absichten also nicht sein. Musste er seine Augen auch hier offen halten. Smertrios schüttelte den Kopf über seine eigenen Gedanken. Das stupide Sehnendrehen hatte ihn wohl schon ganz verrückt gemacht.

Sanna sah ihn erstaunt an. »Findest du nicht?«

»Was?«

»Du schüttelst den Kopf.«

»Nur eine lästige Fliege ...«

Ferchar würde nach Süden gehen, dann erledigte sich zumindest dieses Problem von selbst. Dann musste er es nur noch schaffen, dass er und Sanna sich hier an Voccios Hof etwas freier bewegen konnten, um im Umkreis Nachforschungen über den Bau eines römischen Bogens anzustellen.

»Ich muss zurück zur Wiese.« Schon lief Sanna wieder davon.

»Ist sie nur hergekommen, um dir zu sagen, dass sie ein gutes Gefühl hat?« Ferchar sah ihr kopfschüttelnd nach.

»Ja, das ist Sanna. Unberechenbar. Nicht ungefährlich.« Er lächelte freundlich. Wenn Ferchar auch Ironie nicht verstand, vielleicht hatte er ja ein Ohr für Andeutungen.

Schon von Weitem sah Smertrios den Stammesführer an den Zaun gelehnt die jungen Schützen beobachten. Hinter ihnen übten sich andere Burschen mit dem Schwert, doch Voccios Blick galt alleine den Bogenschützen. Ja, es stimmte wohl, dass der Herr von Bragnreica das Bogenschießen liebte. Smertrios stellte sich neben ihn an den Zaun und beobachtete wie er die Übenden, vor allem aber seine Schwester. In den Tagen, die sie nun wieder frei waren, war die Blässe aus ihrem Gesicht verschwunden. Aber ebenso waren die Leichtigkeit und die entspannte Freude gewichen, mit der sie noch den Wettbewerb gewonnen hatte. Und es schien Smertrios nicht, als wäre sie besser geworden. Voccio bellte Anweisungen über den Platz, offenbar übernahm er die Ausbildung seiner Bogenschützen zumindest zeitweilig gerne selbst. Smertrios hatte noch nie gehört, dass ein Stammesführer dem Bogen, der doch eigentlich eine Jagdwaffe war, auch im Kampf solche Bedeutung zumaß. Nun, ihm sollte es recht sein. Wer weiß, vielleicht würden eines Tages ganze Schlachten von Pfeil und Bogen entschieden werden. Vielleicht sogar mit kurzen, gebogenen. Die Stämme im Osten unterjochten schließlich damit ganze Völker.

Voccio wandte sich ihm zu. »Sie kann ihre Kunstfertigkeit nicht halten.«

Smertrios sah erneut zu seiner Schwester. »Sie schießt auch nicht mehr, wie Sanna schießt. Sie versucht so zu schießen, wie es deine Männer tun.«

Voccio betrachtete Sanna, nun mit einem anderen Blick. Er nickte nachdenklich. »Vielleicht. Aber das ist auch egal. Als Frau ist sie immer noch herausragend.«

»Hm.« Smertrios verkniff sich, dass sie auch immer noch besser als so mancher Mann schoss. »Ich habe gehört, dein Trupp für Caesar bricht bald nach Süden auf.«

Voccio drehte ihm den Kopf zu. »Und?«

»Nun, ich habe mich gefragt … wird Cotuco mitziehen?«

Voccio sah ihn einen langen Augenblick schweigend an. »Cotuco sagt, dass auch dein Können nachlässt.«

Smertrios wollte aufbrausen. Er zwang sich, ruhig zu antworten. »Das glaube ich.«

Voccio blickte ernst und nachdenklich, dann schlich ein Lächeln auf seine Lippen. »Ich verstehe. Ja, der gute Cotuco. Da hab ich wohl zu viel Lob für dich ausgesprochen ...« Das Lächeln schwand wieder und seine Stimme wurde hart. »Ich will die Bögen sehen, die du gemacht hast.«

Er stieß sich vom Zaun ab und stieg mit flotten Schritten den Hang hinauf. Wie immer folgten in gebührendem Abstand zwei Krieger. Smertrios war sich nicht sicher, ob Voccio sie nur brauchte, um seinen Rang herauszustreichen, oder ob er sich in seiner eigenen Festung nicht sicher fühlte.

In der Manufaktur war niemand anwesend. Es war die Zeit, wo die Handwerker ihr spätes Mittagsmahl einnahmen, bei dem schönen Wetter draußen unter den Bäumen. Smertrios reichte Voccio die letzten beiden Bögen, an denen er gearbeitet hatte.

Kritisch betrachtete der Stammesführer die Werkstücke aus allen Richtungen.

»Ja, das ist deine Arbeit, wie ich sie erwartet habe, ausgezeichnet. Es missfällt mir, dass du und Cotuco ... Du wärst gewiss fähig, gemeinsam mit Cotuco jene Bögen zu bauen, nach denen ich mich sehne, aber so ...«

»Ich will nichts lieber, als solch kurze Bögen bauen zu lernen, die mit Horn und Sehnen belegt sind.«

Voccio sah überrascht auf. »Du weißt davon?«

Smertrios nickte.

»Sieh an. Nun, ich will darüber nachdenken. Du kannst heute in der Halle mit uns zu Abend speisen, dann werde ich dir meinen Entschluss mitteilen.«

Smertrios musste sich beherrschen, nicht aufzujauchzen.

Er saß mit Sanna am unteren Ende der Tische. Auch für sie war es das erste Mal seit dem Siegermahl, dass sie wieder hier war. Nervös sah sie sich um, als erwarte sie, dass Lachnall auf sie lauerte. Die Halle war heute nicht so prächtig geschmückt wie bei den Spielen, doch allein durch ihre Größe war sie beeindruckend. Die Stämme, die das hohe Dach hielten, stammten von mächtigen Bäumen, die Muster, die in sie geschnitzt waren, zeugten von hoher Kunstfertigkeit. Und voll war die Halle heute, viel mehr Männer saßen darin als an jenem Abend, an dem sie als Sieger hier geladen gewesen waren.

Die Speisen waren um einiges besser als jene, die er als Handwerker sonst erhielt. Smertrios genoss jeden Bissen.

Ferchar, der wesentlich weiter oben in Voccios Nähe saß, kam zu ihnen, als er sie entdeckte. Er klopfte Smertrios auf die Schulter und ließ sich, trotz der Blicke der anderen am Tisch, neben ihm auf dem Ziegenfell nieder.

»Ich seh schon, wir drei werden gemeinsam bei den Römern zu Ruhm kommen! Ich habe deine Schwester bereits gebeten, mir auch den Umgang mit dem Bogen beizubringen. So wie sie es kann, nicht so stümperhaft, wie ich es tue. Dafür will ich sie lehren, mit dem Stock zu kämpfen.«

Sanna strahlte Smertrios an.

»Das lass nur meine Aufgabe sein, Ferchar. Zumal ich vorhabe, hierzubleiben. Ich habe das Gefühl, Voccio will mir die Möglichkeit geben, kurze Bögen zu bauen.« Er sah zu Sanna hin. Verstand sie, was er meinte?

»Oh, ich bleibe gewiss nicht hier!«, fuhr Sanna auf.

»Aber Voccio will genau solche Bögen, wie ich sie bauen will, ich denke, er weiß jemanden, der mir helfen kann …«

»Das glaube ich nicht. Sonst würden sie doch längst solche hier herstellen. Ich will mit den Kriegern mit!«

»Was willst du auf einem Kriegszug? Frauen haben auf solchen Unternehmungen nichts verloren.«

»Ach, es gehen genug Frauen mit!«

»Ja, manch Eheweib, hinten, im Versorgungstross als Köchin. Und sonst noch Huren, Marktweiber. Du bist keines davon!«

»Ich bin eine Kriegerin!« Ihre Wangen hatten sich gerötet.

»Du bist keine Kriegerin, beileibe nicht. Frauen sind einfach keine Krieger.«

»Sie ist ausgezeichnet mit dem Bogen und hat sich diesen zudringlichen Kerl vom Leib gehalten«, warf Ferchar ein.

»Sie ist keine Kriegerin. Sie hat ihn gebissen, wie ein kleines Mädchen, obwohl sie ihr Messer im Gürtel stecken hatte.«

»Es wäre dir lieber gewesen, ich hätte ihn getötet?«

»Nein, aber es zeigt nur, dass du keine Kriegerin bist.«

»Ich bin eine, du wirst schon sehen.«

»Ich werde nicht sehen, denn wir bleiben hier. Bis ich im Süden bin und bei all den Kämpfen jemanden finde, der mir hilft, ist es Winter. Wir haben nur bis Herbst!«

Ruckartig drehte Sanna sich zu Ferchar. »Heirate mich. Dann kann ich als dein Weib mit.«

Der Bärenkrieger sah sie völlig perplex an, dann brach er in Lachen aus.

»Siehst du, zur Ehefrau taugst du auch nicht. Du hättest Vasos nehmen sollen, der dir seine Braccae geliehen hat, dem hast du wohl gefallen, so rot, wie der immer wurde.«

»Aber der hockt daheim, der ist nicht von Voccio gebeten worden, zu bleiben, und schon gar nicht, mit den Kriegern zu diesem Caesar zu ziehen.«

Keiner der Männer aus ihrem Dorf war hiergeblieben. Barnario hätte daheim auch keinen entbehren können – außer ihn, den beinahe Verbannten.

»Unser Ziel ist der Bogen, nicht, uns für irgendeinen fremden Herrscher abschlachten zu lassen. Wir können es uns für das Dorf nicht leisten, schon vor dem Herbst getötet zu werden«, versuchte Smertrios sie zu überzeugen.

»Als ob ich das vorhätte!«, warf Ferchar entrüstet ein.

Sanna gab nicht auf. »Du hast hier schon alles in Erfahrung gebracht, was du konntest. Glaubst du, ich habe mich nicht auch umgehört, unter all den Bogenschützen? Du wirst diese Kunst hier nicht lernen. Sie können es genauso wenig wie du.«

Inzwischen wurde ihre laute Diskussion von allen anderen am Tisch neugierig belauscht. Mal wieder brachte Sanna ihn in eine unangenehme Lage, allein durch die Tatsache, dass er sich die Widerrede seiner kleinen Schwester gefallen ließ.

Ehe er mit ihr nach draußen flüchten konnte, um den Blicken der anderen zu entgehen, verstummte der Barde in seinen Gesängen und Voccio erhob sich.

»Männer!«, rief er, »Genießt diesen Abend! Es wird euer letzter in dieser Halle sein! Morgen früh werdet ihr alle, die ihr hier versammelt seid, gen Süden aufbrechen, um in Caesars Heer zu dienen!«

Lautes und freudiges Gegröle antwortete ihm.

»So soll jeder von euch, egal welchem Stamm er angehört, noch diese Nacht als mein Mann vereidigt werden. Ihr geht als meine Krieger, dem Heerführer Caesar beizustehen in seinem Krieg gegen sein eigenes Volk. Ich verlasse mich auf euch, Männer, dass ihr den Ruhm der norischen Krieger nach Süden tragt, dass ihr denen zeigt, aus welchem Holz wir nördlich der Alpen geschnitzt sind! Ja, Caesar wird eure Kampfeskraft nutzen, seine Interessen durchzusetzen und seinen eigenen Ruhm zu mehren, gleichzeitig wird er es sich zweimal überlegen, unsere Heimat anzugreifen, wenn er erst sieht, was für mächtige Krieger hier leben!«

Wieder wurde gejubelt.

»Der wird schon sehen, wir metzeln alles nieder!«

»Und saufen die Römer unter den Tisch!«

»Verneigen wird er sich vor dir, Voccio, der große Caesar, denn solche Krieger hat er noch nicht gesehen!«

Sanna strahlte Smertrios an, leise sagte sie: »Alle, die hier versammelt sind ...«

»Er sagte Männer«, flüsterte Smertrios zurück. Mehr beschäftigte ihn aber, dass Voccio auch ihn in den Süden schickte. Hatte er nicht Großes mit ihm vorgehabt, wie er gesagt hatte? Und nun, nach Süden? Was sollte er in einem Kriegertrupp machen, er war kein Krieger und könnte unterwegs höchstens Langbögen bauen, das war nichts *Großes*. Und dann auch noch Sanna – wollte Voccio wirklich eine Frau als *seinen Mann* vereidigen?

»Wir klären das später.«

Doch es klärte sich nicht zu Smertrios' Zufriedenheit. Denn als Voccio jeden Einzelnen vortreten ließ, um vor dem Stammesführer die Treue zu schwören, da stand auch Sanna in der Reihe und Voccio nahm ihren Schwur und gab ihr seinen, ohne einen Moment zu zögern.

Als Smertrios an der Reihe war, grinste der Stammesführer.

»In den Süden, Bogenbauer. Du und deine Schwester. Dieser Caesar wird Augen machen, was in meinem Reich die Handwerker leisten und selbst die jungen Frauen. Ihr werdet berühmt werden. Und Caesar wird es sich gut überlegen, ob er Norikum angreift, wo selbst Mädchen besser schießen als jeder Römer. Du wirst ihm deinen besten Bogen schenken, in meinem Namen. Staunen wird er, ja, das wird er.«

Smertrios nickte mit zusammengebissenen Zähnen. Wie sollte er so bis zum Herbst den Sulnatris bauen und in sein Dorf zurückkehren? Wenn er oder Sanna ums Leben kamen und nicht den Sonnenschuss machten, dann würde Darrach jemanden aus ihrer Familie den Göttern opfern. Und sein Kind vielleicht gleich noch dazu.

Kapitel 12

Allosglastos

Bereits am nächsten Tag, als sie sich zum Aufbruch bereit machten, erwies sich, dass es vielleicht doch nicht so eine gute Idee war, eine Frau wie Sanna als Kriegerin mitzunehmen. Niemand hatte offenbar bedacht, dass die junge Bogenschützin kein Pferd besaß. Und noch viel weniger, dass sie nicht reiten konnte und sich auch standhaft weigerte, sich einem Pferd nur zu nähern. Smertrios sah die Blicke, welche die anderen Krieger einander zuwarfen. Und er sah Voccio, der mit Nammonius flüsterte, jenem Mann, der der Anführer ihres Trupps war.

Smertrios war schon seit den frühen Morgenstunden auf den Beinen, um all seine Bögen und Rohlinge wieder auf dem Wagen zu verstauen. Es gefiel ihm gar nicht, dass er seine wertvollen Materialien andauernd Sonne, Wind und Regen aussetzen musste, selbst unter der großen Lederplane würden sie leiden. Es war eine Idiotie, ihn mit dem Trupp in den Süden zu schicken. Er brauchte einen Lehrmeister, kein Herumgehetze von Schlacht zu Schlacht. Brauchte einen Ort, wo der Leim für den Sehnenbelag in Ruhe trocknen konnte. Einzig, dass er vielleicht unbekannten Tieren begegnete, die geeignete Hörner trugen. Wenn sie erst einmal im Süden waren.

Seine Kuh hatte in der Zeit hier auf der Festung zugenommen, schneller war sie dadurch gewiss nicht geworden. Aber da er nicht der Einzige war, der einen Karren mitführte, und da der Speermacher nur einen Esel als Zugtier hatte, fühlte er sich nicht ganz so schlecht, was das betraf. Er dachte an Mutters Spruch, dass man sich dem Willen der Götter fügen sollte. Etwas anderes blieb ihm ohnehin nicht übrig.

Sanna strahlte, sie war gewiss überzeugt davon, dass die Götter sie nun, nach dem Opfer im Nemeton, auf den rechten Weg führten. Auch wenn dieser im Moment darin bestand, dass alle sie missmutig ansahen.

Viel mehr Krieger, als Smertrios in der Halle gesehen hatte, standen nun mit ihren Pferden vor der Festung versammelt. Ihm wurde bewusst, dass Voccio am Vorabend nur jene geladen hatte, die von anderen Stämmen zu ihm gekommen waren. Sie sollten wohl das Gefühl haben, etwas Besonderes zu sein, die Auserwählten Voccios. Nur um heute festzustellen, dass sie bloß ein Drittel des Auxiliartrupps ausmachten. Zweihundert Krieger in voller Ausrüstung standen ihnen nun gegenüber, alles jene Kämpfer, die zu Voccios Stamm gehörten. Ferchar und die anderen, sie dienten nur dazu, Voccios Männer auf die geforderten dreihundert aufzustocken.

Manche der fremden Krieger schrumpften förmlich, als sie Voccios Männer sahen, denen der hünenhafte Nammonius vorstand. Andere reckten trotzig die Brust. Es war absehbar, dass es außerhalb der Festung einiges an Zwistigkeiten und Machtspielchen geben würde. Smertrios seufzte. Wie viel einfacher war es doch, wenn man alleine war, sich niemandem unterordnen musste, sich niemandem beweisen musste.

Sanna war von Nammonius zu sich gerufen worden. Sie reichte ihm gerade bis zu seiner Brust, hatte aber den Kopf gesenkt und starrte den großen Gürtelhaken an, neben dem ein Schwert in einer kunstvoll verzierten Scheide hing. Smertrios konnte nicht hören, was Nammonius seiner Schwester sagte, aber es war ganz eindeutig nichts Freundliches.

Wortlos kletterte sie danach zu Smertrios auf den Karren und legte ihr Bündel hinter sich auf den Stapel an Bogenholz und Werkzeug.

Sie starrte geradeaus.

Smertrios sagte nichts.

Der Tross setzte sich in Bewegung. Juchzend und trillernd stoben die berittenen Krieger davon, langsam ordneten sich die Karren zu einem Zug. Smertrios' Kuh folgte unaufgefordert dem Wagen vor ihnen, auf dem Lebensmittel gelagert waren.

Die Reise verlief eintönig. Sanna schwieg, starrte vor sich hin. Ihre Kuh trottete mit gesenktem Kopf dem Proviantwagen nach, Smertrios könnte genauso gut spazieren gehen. Der Wald zu ihrer Rechten lockte ihn sehr. Seinen Bogen nehmen, sich durch die Büsche schleichen, den Wind im Gesicht, die Sonne im Rücken … Innehalten, den Rhythmus des Waldes spüren. Den modrigen Geruch des alten Laubs, das leise Summen der wilden Bienen. Erst jetzt spürte er, wie sehr er den Wald vermisst hatte. Wie leblos und steinern alles in Voccios Festung gewesen war. Smertrios warf einen Blick zu Sanna. Vermisste auch sie den Wald? Sie hatte nie wie er darin gelebt, hatte all die Jahre innerhalb der Palisade verbracht. Außer sie hatte ihn besucht. Meist hatte sie still in seiner Nähe gesessen, bis er sich an ihre Anwesenheit wieder gewöhnt hatte. Und dann war irgendwann immer der Moment gekommen, wo sie ihren Bruder freundschaftlich in die Seite stieß. Oder eine Grimasse schnitt. Er hatte nie verstanden, wie sie das machte, aber sie brachte ihn jedes Mal zum Lachen. Und dann schlichen sie gemeinsam durch den Wald. Den Bogen in der Hand, genügend Pfeile im Köcher. Und mit Jagdbeute wieder heim.

Nun jedoch blickte Sanna nicht auf den Wald. Sie starrte die vielen Pferdehintern an, die sich gefühlt bis zum Horizont vor ihnen schaukelnd bewegten. Sanna und Pferde, das waren zwei Dinge, die schon seit Ewigkeiten nicht zusammenpassten.

Nach vier langweiligen Tagen sahen sie kurz vor Einbruch der Dunkelheit Allosglastos vor sich, jene Stadt, die selbst die Kelten hier nur noch bei ihrem römischen Namen Virunum nannten. Auf den ersten Blick schon konnte man erkennen, dass es eine reiche Stadt war. Ein gemauerter Schutzwall, Hütten und kleine Läden entlang der Straße. Von Ferchar, der seit einer Weile neben Smertrios' Wagen ritt, erfuhr er, dass hier Smaragde abgebaut und verkauft wurden. Sie schlugen ihr Lager auf einer großen Wiese auf, die sich neben der Straße erstreckte. Der Weg in die Stadt hinein war gesäumt von kleinen Ständen, in denen Händler ihre Waren feilboten. Smertrios hatte die Kuh noch nicht aus dem Karren ausgespannt, da lief Sanna schon davon, dem ersten Stand zu. Smertrios wollte sie aufhalten, aber als er sah, dass die Händler ohnehin gerade dabei waren, ihre Waren zu verräumen und die Planen der Stände herabzulassen, ging er davon aus, dass sie gleich zurückkäme. Er brachte die Kuh zu den anderen Zugtieren und Pferden, die alle mit zusammengebundenen Vorderbeinen grasten, gut bewacht von jungen Kriegern. Zelte wurden errichtet, Feuer entzündet. Bald mengte sich der Duft von gegrilltem Fleisch mit den Essensgerüchen, die von den Tavernenständen herüberwehten.

Smertrios überprüfte seine Bögen und Rohlinge, die auf dem Karren lagen. Er zog die Schnüre fester, die verhinderten, dass all sein Werkzeug in den Ledersäcken herumrutschte.

Er musste an Vater denken, dessen Karren dies war. Von ihm hatte er gelernt, sorgsam mit Werkzeug umzugehen. Nun lernte wohl Giamvailos von Vater, was er konnte. Er vermisste seinen kleinen Bruder, auch wenn er ihn nie oft gesehen hatte. Hoffte, dass sein Kind einst auch so wäre, neugierig und geschickt. Dass er es erleben würde, mit seinem Kind wie einst mit Sanna durch den Wald zu schleichen, ihm alles beizubringen, wie Vater es getan hatte.

Sanna war immer noch nicht zurück. Unruhig sah Smertrios sich um. Er würde sie suchen müssen.

139

Er fand sie bei einem der Tavernenstände. Einen mageren Hund zu Füßen saß sie auf einer hölzernen Bank unter einer weinberankten Laube, neben ihr einige fremde Männer – und Ferchar. Smertrios war erleichtert, gleichzeitig aber verspannten sich seine Schultern. Wollte Ferchar etwa doch etwas von seiner Schwester? Warum sah er sie mit lachenden Augen an? Es ließ sich wohl nicht mehr leugnen, dass dem Bärenkrieger die junge Bogenschützin gut gefiel.

»Smertrios!«, rief sie strahlend, als sie ihn erblickte. Ihre Hand winkte ihn aufgeregt zu sich. »Komm, sieh, was ich für nette Leute kennengelernt habe!«

Ihre Stimme klang glockenhell. Trotz der Braccae und der kurzen Camisia, trotz ihrer struppigen Haare, man müsste schon sehr kurzsichtig und dumm sein, sie nicht als Frau zu erkennen, wenn man neben ihr saß. Von den vier Fremden am Tisch trugen zwei römische Tracht und ein glatt rasiertes Gesicht – aber nur einer von ihnen hatte die typisch römischen dunklen Haare. Der andere konnte mit seinen blonden Locken und den hellblauen Augen bei allem römischen Gewand den Nordmann nicht leugnen. Die beiden anderen waren wohl aus der Gegend, Bärte, Zöpfe, karierte Braccae und Camisia.

Sanna rutschte ein wenig zur Seite – nahe an Ferchar heran – damit Smertrios noch neben ihr auf der Bank Platz fand.

»Mögen die Götter deine Familie segnen«, sagte der eine Noriker, mit den Fingern seine Bartspitze zwirbelnd. »Du hast da eine prächtige Schwester.«

Smertrios nickte, wenn auch nicht lächelnd.

»Ihr seid ja auf einem richtigen Abenteuer unterwegs«, meinte nun der blonde Römer lächelnd.

Was hatte Sanna ihnen schon alles erzählt? Smertrios griff zu dem derben Tonbecher, der vor seiner Schwester stand, und nahm einen Schluck. Wein. Süßer, römischer Wein. Unverdünnt. Kein Wunder, dass Sannas Wangen schon rot leuchteten wie ein Sonnwendfeuer.

Ferchar nickte ihm zu, als wollte er sagen: »Keine Sorge, ich passe schon auf sie auf.«

»Nun«, meinte Smertrios, »ich schätze, ihr habt auch schon genug Abenteuer in eurem Leben erlebt. Warum erzählt ihr nicht etwas?«

»Aber nein!«, unterbrach Sanna ihn. »Ich war gerade dabei, sie zu fragen, ob sie mit Bögen handeln! Sie sind nämlich alle vier Händler, weißt du?«

Lächelnd beugte sich der Älteste der vier Fremden zu ihr vor. »Was für Bögen meinst du denn, Knabenfrau?«

»Ich meine nicht die langen geraden, die alle hier haben, sondern kurze, gebogene.«

Die Männer lachten, es war ein dreckiges Lachen.

»Ich kenne viele Händler, die kurze, gebogene haben. Aber keine Bögen.«

Sanna senkte enttäuscht den Kopf. Ferchar, der selbst schon rote Wangen vom ungewohnt starken Wein hatte, schenkte ihr nach.

Smertrios nahm den Becher, ehe Sanna danach greifen konnte. »Sie meint römische Bögen, im Gegensatz zu den norischen Langbögen.«

»Bögen sind nicht gerade das, womit viel Handel betrieben wird«, meinte der ältere Noriker.

»Im Süden gibt es Manufakturen, die für die römische Armee arbeiten«, sagte der dunkelhaarige Römer mit einem Nicken.

»Ja, ich hab mal einen erstanden, von einem Händler aus Gallia Cisalpina, wie sie die Gegend nennen.« Der jüngere Noriker strich mit dem Finger über den Rand seines Weinbechers. Seine Stimme war ein wenig in der Luft hängen geblieben, abwartend. Smertrios schenkte ihm nach, gespannt, ob er weiterreden würde. »Wenn du magst, ich würde ihn verkaufen. Ich dachte damals, ich könnte ihn brauchen. Ist ein sehr schönes Stück.«

Smertrios schluckte. Ein Bogen wäre noch nicht die Anleitung, ihn zu bauen, aber ein vollständiger Bogen bot ihm gewiss mehr Hilfe als das verkohlte Reststück in seinem Köcher. Er bemühte sich, nicht zu viel Interesse zu zeigen.

»Vielleicht. Ich müsste ihn erst sehen, ob es das ist, was wir suchen.«

Die beiden Noriker tauschten einen Blick aus. »Jetzt gleich?«

»Am besten. Ich weiß nicht, wann wir weiterziehen.«

Die beiden Händler erhoben sich. Smertrios sah zu Ferchar, der nickte. Ja, er würde auf Sanna achtgeben.

Es war nicht weit zum Haus des jungen Norikers. Smertrios war ein wenig beunruhigt, weil auch der ältere Mann mit ihnen mitkam, unwillkürlich legte er seine Hand an den Messergriff in seinem Gürtel.

»Komm rein.« Der junge Händler hielt die Türe auf. Das Haus war schäbig, der Raum hinter dem Eingang vollgestopft mit Holzkisten. Smertrios hatte kein gutes Gefühl.

»Ich warte heraußen, geh du ihn nur holen. Die frische Luft ist mir lieber, nach dem Wein.« Er hatte kaum einen Schluck getrunken, aber sollten sie nur glauben, dass sie ihn über den Tisch ziehen konnten. Der Jüngere nickte und verschwand im Haus, während der Ältere neben Smertrios stehen blieb.

»Man sagt, so ein römischer Bogen ist mindestens so viel wert wie drei norische.«

Smertrios bemühte sich um ein Lächeln. »Das glaube ich nicht. Sie sind so schwierig zu schießen, dass kaum einer sie für die Jagd haben will. Vielleicht, dass die römischen Soldaten – da geht es weniger ums genaue Zielen, mehr darum, einen kräftigen Pfeilregen auf den Feind loszulassen.«

»Warum willst du ihn dann? Du hast einen Bogen.«

Der Noriker deutete mit dem Kinn auf den Bogen in Smertrios' Hand.

»Neugierde. Mehr nicht.«

»Da klang deine Schwester anders. Sie sprach davon, dass es um Leben und Tod ginge, wenn ihr nicht das Rechte fändet.«

»Ja, meine Schwester. Sie wird dir auch erzählen, dass uns der Himmel auf den Kopf fällt, wenn sie nicht kleine Figuren aus

Gras flicht. Welche Frau würde sich schon freiwillig ihr langes Haar abschneiden lassen?«

Nachdenkliches Nicken war die Antwort.

Der Jüngere brachte den Bogen und einen leuchtenden Kienspan. Im Schein des Feuers betrachtete Smertrios das Verkaufsstück. Er zwang seinen Atem zur Ruhe. Es war ein Bogen, wie er ihn suchte. Alle Elemente des Sulnatris waren hier vorhanden – der Hornbelag, die geschwungene Form und eine Schutzschicht aus Rohhaut, unter der sich gewiss ein Sehnenbelag befand. Er war ein wenig länger, als er annahm, dass der Sulnatris gewesen war, und hatte eine andere Farbe. Er würde die Götter nicht täuschen können, indem er behauptete, er hätte ihn gebaut. Aber es gab solche Bögen. Und die Römer fertigten sie.

»Und, gefällt er dir?«

Smertrios war froh über das schwache Licht des Kienspans. Sonst hätten die beiden Händler gewiss in seinem Gesicht den begierigen Kunden erkannt.

»Sieht nicht so schlecht aus. Und ihr sagt, das ist ein typischer römischer Bogen?«

»Ja«, sagte der Jüngere.

»Also typisch würde ich ihn nicht nennen«, widersprach der Ältere. »Der ist schon ein besonders guter. Hast du mir nicht erzählt, dass er aus einer der besten Bogenbau-Manufakturen des römischen Reichs käme?«

»Ja. Aus der Nähe von Massilia in Gallia Cisalpina. Der Händler sagte, aus der Manufaktur eines Publius Tiberinus irgendwas, die auch für den großen Caesar persönlich baut.«

»Schon gut«, unterbrach Smertrios, ehe die beiden dies noch einen Bogen der Götter sein ließen. »Was wollt ihr dafür?«

Es wurde ein zäher Handel, doch schlussendlich erhielt er das römische Werkstück im Tausch für den Bogen in seiner Hand. Der in Smertrios' Reden zu einem Bogen des besten Bogenbauers Norikums geworden war, zu einem Stück, das Voccios besten Schützen besiegt hatte. Sanna würde das gefallen, dass er seinen Bogen für ihren ausgegeben hatte und mit dieser Lüge den Handel gewonnen hatte.

Smertrios eilte zurück zur Taverne. Die Öllampen waren erloschen, niemand saß mehr vor dem Stand. Er fand Sanna unter ihrem Karren, Ferchar hatte es sich quer vor der Deichsel bequem gemacht. Er sprang auf, als Smertrios sich im schwachen Licht der Feuer ringsum näherte. »Wer da?« Seine Stimme klang verschlafen.

»Ich bin's.«

»Ich hab sie hergebracht. Sie wäre fast mit dem blonden Römer mitgegangen, weil er ihr Wissen versprochen hatte.«

»Danke.« Smertrios war ihm von ganzem Herzen dankbar, weil Ferchar sich tatsächlich immer wieder als Freund erwies. Mehr Freund, als irgendein Mann in seinem Dorf die letzten Jahre für ihn gewesen war.

»Gute Nacht.« Ferchar rollte sich wieder unter seiner Decke zusammen. »Dieser Wein ...«, murmelte er noch.

Smertrios kroch unter den Karren. Sannas Augen leuchteten ihm entgegen, einen Hauch des Mondlichts reflektierend.

»Wo warst du?«, flüsterte sie.

»Publius Tiberinus aus Gallia Cisalpina«, erwiderte er stolz.

Ein fragendes Brummen war die Antwort.

»Willst du wissen, wer das ist?«

»Ein Zuhälter?«

»Sanna!« Er musste fast lachen. Seine naive Schwester, die noch nie aus ihrem Dorf draußen gewesen war, aber den Begriff Zuhälter hatte sie bereits aufgeschnappt.

»Ich dachte nur ...« Ihre Stimme lallte ein wenig vom ungewohnten Wein. »Ferchar sagte sowas. Er ließ mich nicht mit dem netten Blonden mit. Dabei hat der gesagt, er könne mir wichtige Dinge zeigen ... Nein, große Dinge ... Nein, ein großes Ding. Sein großes Ding?«

»Ich erzähl es dir morgen. Wenn dein Kopf wieder denken kann. Aber es sind gute Neuigkeiten.«

»Dem Blonden sein Ding sind gute Neuigkeiten?«

Smertrios seufzte. »Nein. Das, was ich erfahren habe.«

»Was?«

»Vergiss es. Schlaf jetzt.«

Es war augenscheinlich, dass Sanna sich elend fühlte. Grau und eingesunken kauerte sie auf dem Kutschbrett. Gewiss war ihr das eine Lektion, sich vom Wein fernzuhalten. Smertrios wartete mit seinem Bericht über sein Treffen mit den beiden Händlern, bis sie wieder ein wenig Farbe im Gesicht hatte und Interesse an ihrer Umgebung zeigte. Ihre Stimmung verbesserte sich schlagartig, als er ihr den neuen Bogen hinhielt.

»Aus dem Süden! Wer weiß, Smertrios, vielleicht befindet sich dieses Massilia nur ein kurzes Stück vor uns! Ich wusste doch, die Götter sind uns wohlgesinnt!«

Es kostete sie Mühe, den Bogen zu spannen, doch das hinderte sie nicht daran, es immer wieder zu tun.

»Kann ich einen Pfeil fliegen lassen? Einfach so?«

»Du musst warten, bis wir Rast machen. Sonst glauben alle noch, wir werden überfallen.«

Es freute Smertrios, dass sie sich freute. Und vielleicht hatte sie ja recht. Auch wenn er Sorge hatte, dass sie dies viel zu weit von ihrem Dorf fortführte, im Moment sah es so aus, als wären sie auf dem rechten Weg. Wenn der Sulnatris nicht nur kein Geschenk der Götter war, sondern ein gewöhnlicher Bogen des römischen Heers, dann standen die Chancen gut, dass er jemanden treffen würde, der so etwas bauen konnte. Und der bereit war, es ihm beizubringen. Schließlich würden sie ja als Voccios Auxiliartruppen Teil der römischen Armee sein. Sie mussten dies alles nur überleben, dann konnte er eines Tages seinem Kind davon erzählen, wie sie ins römische Reich gereist waren, um den Sulnatris zu bauen und damit das Dorf gerettet hatten. Er träumte vor sich hin, während die Kuh dem Wagen des Speermachers hinterhertrottete. Er sah sich in seinem Dorf, als Held gefeiert, weil er den Sulnatris neu gebaut hatte, weil Sanna die Sonne vom Himmel geholt hatte. Man überschüttete sie mit Geschenken, mit Schmuck und Gold, Kalandinas Familie schätzte sich glücklich, dass ihre Tochter sein Kind erwartete. Die Söhne der besten Männer im Dorf buhlten um Sanna und von nah und fern kamen die Menschen angereist, um bei ihm solche Bögen nach römischem Vorbild zu bestellen. Sein Kind wuchs nicht als das Kind eines Mannes auf, den man als Mütterchen und Feigling bezeichnete, sondern als Sohn des Retters des Dorfes. Und Kalandina würde ihn vielleicht wieder ebenso begehren wie in jener Sonnwendnacht.

Sanna starrte ihn wohl schon eine Weile lang an, als er es merkte. Fragend sah er zu ihr.

»Du grinst. Über das ganze Gesicht. Nur wegen des Bogens?«

»Kann sein.«

»Also war das gestern doch eine gute Idee, dass ich zu den Händlern gegangen bin. Ferchar hat erst geschimpft.«

»Ja, Sanna, es war eine gute Idee.«

»Ich mag Ferchar. Auch wenn er beim Bogenschießen sich anstellt wie ein Mädchen. Aber mit dem Schwert kämpfen kann er ...« Ihre Gedanken wanderten offenbar zu dem Bild des schwertschwingenden Ferchar, denn sie lächelte.

»Er ist versprochen, vergiss das nicht.«

»Als ob es dich stören würde, wenn er mich heiratet.«

»Das wird er nicht tun. Er kann es gar nicht tun. Er ist der Sohn eines Stammesführers. Und ich wiederhole: Er ist bereits einer Frau versprochen.«

»Schade. Ich dachte immer, Männer sind blöd und eklig. Außer du natürlich. Oder Vater. Aber all das Getue immer, das die aufführen. Wie wichtig die sich immer nehmen und dann machen sie sich lustig über mich, weil ich weiß, wie man einen Bogen schießt. Oder weil ich keine Schuhe tragen mag. Und wehe, man sagt etwas zurück! Aber Ferchar ... Wenn ich einmal heirate, dann einen wie ihn. Obwohl ich glaub ich gar nicht heiraten will. Wenn das geht. Kann ich unverheiratet bleiben, Smertrios?«

»Können wir uns darüber Gedanken machen, wenn wir wieder heimgekehrt sind und alles wieder im Lot ist? Im Moment wäre es mir sehr recht, wenn du alles, was männlich ist, weit von dir weg hältst.«

»Du bist froh, dass Lachnall nicht mit ist, oder?«

»Sehr froh!«

»Ich auch.«

»Aber unter den dreihundert Kriegern hier sind sicher einige wie Lachnall. Selbst die, die ihre Frauen mithaben … also bleib immer in meiner Nähe.«

»Oder in Ferchars.«

Smertrios sah sie an. »Besser in meiner.«

Kapitel 13

Ein Überfall

Der Weg führte seit einigen Tagen über Kuppen und Pässe, durch Täler und Schluchten. Sie mussten öfter rasten und jedes Mal nutzte Sanna diese Momente, um mit dem Bogen zu üben, den Smertrios dem Händler abgekauft hatte. Es kam Smertrios so vor, als fände sie zu ihrem eigenen Stil zurück, und das beruhigte ihn. Mochte Voccio sie nach Süden schicken, um vor Caesar anzugeben, für ihn zählte mehr, dass sie im Herbst die Sonne traf. Sie liebte den neuen Bogen. Smertrios durfte ihn nur betrachten, wenn sie auf dem Karren fuhren, sobald die Möglichkeit bestand, Pfeile fliegen zu lassen, gab sie ihn nicht mehr aus der Hand. Ihr alter Bogen lag unbenützt hinten auf dem Wagen. Fast war Smertrios ein wenig beleidigt, dass sie dieses fremde Teil seinem mit Liebe für sie gebauten Bogen vorzog, aber sie hatte natürlich recht – bis zum Herbst musste sie lernen, mit so einem kurzen Bogen ebenso gut umzugehen.

Der Tross hatte inzwischen zu einer Routine gefunden. Smertrios hatte sich selbst auch einen neuen Bogen gefertigt, den zweiten in so kurzer Zeit. Er verbrauchte sie schneller, als er sich an sie gewöhnen konnte, kam ihm vor. Und es würde nicht der letzte sein, denn sobald er herausfand, wie man den Hornbelag fertigte, wollte er auch für sich solch einen römischen Bogen.

Ferchar schlief jede Nacht neben ihrem Karren. Aus Freundschaft zu Smertrios? Oder weil er hoffte, eines Nachts Sanna alleine zu erwischen? Smertrios schätzte den Bärenkrieger sehr, aber er würde gewiss nicht zulassen, dass er seine Schwester anrührte. Um keinen Preis.

Die Strecke wurde noch steiler. Die Wagen wurden langsamer. Esel und Ochsen, die die schweren Lasten von Proviant, Speeren, Zelten und anderen Materialien zogen, mussten sich immer mehr anstrengen. Vorneweg die berittenen Krieger, voller Tatendrang und Unruhe. Der Tross teilte sich. Die Reiter stoben davon, um den Weg zu erkunden und einen Platz für ein Nachtlager zu suchen. Nur ein paar blieben bei den Karren zurück, um ihnen Geleitschutz zu geben. Ferchar ritt neben Smertrios' Wagen. Er scherzte mit Sanna, zog sie damit auf, dass sie immer noch Angst vor seinem Pferd hatte. Smertrios war das nicht so unrecht, sonst würde der Bärenkrieger sie noch zu sich in den Sattel holen, und er wollte gewiss nicht, dass Sanna mit dem einer anderen versprochenen Mann dasselbe geschah wie Kalandina mit ihm.

Plötzlich hörten sie Donnergrollen. Zumindest hielten sie es für Donner. Doch dann stoben aus den steilen Waldhängen zu beiden Seiten Reiter hervor. Nur einen Augenblick lang hielt Smertrios sie für die Männer Voccios, die ihren Übermut ausleben wollten. Als die ersten Pfeile und Speere flogen und der Kutscher des Proviantwagens vor ihm schreiend zusammenbrach, ließ er die Zügel fallen. Der Karren vor ihm versperrte den Weg, hinter sich hörte er Schreie und Panik. Sie waren eingekesselt, leichte Beute inmitten der steilen Hänge. Ferchar hatte sein Pferd herumgerissen, das Schwert aus dem Gürtel gezogen und galoppierte auf die Angreifer zu.

Smertrios packte den Bogen und Pfeile, die hinter ihm griffbereit auf dem Karren lagen. Im nächsten Augenblick

149

hatte er sich neben dem Wagen in Deckung geworfen und legte den ersten Pfeil ein. Er konnte nicht erkennen, wie viele Reiter sie angriffen. Sie schienen aus allen Richtungen zu kommen, trillernde Schreie ausstoßend.

Sanna ließ sich vom Kutschbrett zwischen die Rohlinge und Bögen auf die Ladefläche des Karrens fallen. Den Bogen in der Hand kauerte sie in eine Ecke gedrückt, unfähig vor Angst, auch nur einen einzigen Schuss abzugeben.

Nicht einmal zehn Krieger begleiteten die acht Wagen, die sich durch die Panik ihrer Zugtiere nun zu einem verworrenen Haufen schoben.

Smertrios' erster Schuss ging daneben, verfehlte den Reiter um Handbreite. Schwerter schlugen gegeneinander, Pfeile spießten sich in die Seitenwände der Karren, die Frau des Speermachers wurde von einem fremden Krieger an den Haaren davongezerrt.

Sein zweiter Schuss traf einen der Angreifer, lautlos fiel dieser vom Pferd.

Dann sah er Ferchar. Die Augen glänzend im Blutrausch hieb er um sich, streckte mehrere Angreifer nieder. Ja, das war der Held, der Ferchar zu sein hoffte. Smertrios legte einen neuen Pfeil ein. Ferchar wandte sich um, sah ihm nun entgegen, das Gesicht in tiefster Kampfekstase. Aus dem Augenwinkel nahm Smertrios den Angreifer wahr, der sich von der Seite dem Bärenkrieger näherte. Smertrios schoss. Rettete Ferchar das Leben. Der Angreifer brach zusammen, sein Pferd raste an Ferchar vorbei in den Wald. Der Sohn des Stammesführers hatte wohl gemerkt, was geschehen war, sein Blick traf Smertrios und er verbeugte sich leicht, ehe er in gestrecktem Galopp einem weiteren Angreifer nacheilte.

Die Feinde wurden nicht weniger, immer noch kamen frische Männer auf ihren kleinen Pferden aus dem Wald geschossen. Bald hätte Smertrios keine Pfeile mehr, um sich zu verteidigen. Wie bitter, wenn sie nicht einmal in den Süden kämen, hier bereits enden würden, niedergemetzelt von Bergkriegern.

Da änderten sich die Schreie und Smertrios brauchte einen Moment, um zu realisieren, dass ein Teil der Männer, die nun auf die Lichtung stürmten, ihre eigenen waren. Offenbar hatte der Kampfeslärm Voccios Krieger alarmiert und zurückgeholt.

Bald darauf war der Kampf zu Ende. Stille breitete sich aus, nur unterbrochen vom Stöhnen der Verletzten und dem schmerzerfüllten Wiehern verwundeter Pferde.

Sanna kam blass und zitternd aus ihrem Versteck unter ihrem Umhang auf dem Karren hervor und blickte mit entsetzten Augen auf das Grauen, das sich ihr bot. Smertrios selbst hatte nichts abbekommen, hatte sich mit seinen Pfeilen den Feind weit genug vom Leib halten können.

Doch es gab Tote. Die Frau des Speermachers, sie fanden sie etwas tiefer im Wald, geschändet und mit aufgeschlitzter Kehle. Der Kutscher des Proviantwagens, drei von den Kriegern, die erst in Bragnreica Voccio angelobt worden waren. Vier der Zugtiere waren tot oder so schwer verwundet, dass man sie erlösen musste. Ferchar fehlte.

Voccios Männer bildeten einen Kreis um die Lichtung. Sie wussten nicht, ob die Angreifer nicht zurückkämen.

Nammonius rief ein paar der Krieger zu sich, sie berieten sich. Niemand wollte hier lagern, doch die Toten mussten bestattet werden, die Verletzten versorgt. Weiter südlich, das hatten die Krieger beim Vorausreiten entdeckt, gab es auch kein geeigneteres Gelände, keine Ebene, kein Plateau. Es würde ihnen nichts anderes übrig bleiben, als Wache zu halten und bis zum nächsten Morgen hier zu bleiben. Sie waren fast dreihundert Mann. Das sollte einen kleinen Stamm an Bergmännern doch hoffentlich abhalten, sie hatten doch schon gezeigt, dass sie nicht zu besiegen waren.

Die Toten wurden rasch begraben. Währenddessen zerlegten andere die jüngeren der getöteten Tiere, entfachten Feuer und brieten das Fleisch, solange es noch hell war. Man wollte ein Festessen haben, ehe man dann einige der Kriegerpferde als Zugtiere verwenden musste.

Smertrios würde beim Aufbrechen der Tiere helfen, nachdem er seine Pfeile wieder eingesammelt, und den Speer und die Pfeile der Feinde aus der Karrenwand gezogen hatte. Die Pfeilspitzen waren groß, mit seitlichen Zacken. Er würde sie benützen, es wäre schade darum.

Sanna hockte noch immer zwischen den Bögen und dem Werkzeug auf der Ladefläche. Eindeutiger hatte sie wohl nicht beweisen können, dass sie keine Kriegerin war. Smertrios wusste nicht, was er zu ihr sagen sollte.

Als er half, einen Ochsen zu zerlegen, merkte er eine gewisse Unruhe in sich. Ja, sie waren gerade knapp dem Tod entgangen. Ja, dies war sein erster richtiger Kampf gewesen und er wagte zu sagen, dass er sich nicht schlecht geschlagen hatte. Er lebte. Er war unverletzt. Er hatte Feinde getötet. Vielleicht steckte ja doch ein Krieger in ihm. Aber sein Blick streifte über die Lichtung. Der, der ein Krieger war und nicht nur zufällig, der fehlte. Ferchar war noch immer nirgends zu sehen.

Smertrios steckte sein Messer zurück in den Gürtel und machte sich auf die Suche. Vielleicht lag Ferchar ja irgendwo im Wald, tot.

Er musste nicht lange suchen. Hinter einem Baum sah er Ferchars Pferd, grasend. Der Bärenkrieger lag daneben, halb aufrecht an den Stamm gelehnt. Sein Gesicht war schweißnass, doch er grinste, wenn auch gequält, als er Smertrios sah.

»Schlimm?« Smertrios hockte sich neben Ferchar nieder.

Der schüttelte den Kopf. »Nein. Nur auf komm ich nicht.« Er deutete auf sein Bein. Die Braccae war über dem Knie zerrissen, darunter zeigten sich Blut und zerfetzte Haut.

»Na dann komm.«

Smertrios half dem Bärenkrieger auf, dass dieser auf ihn gestützt zu seinem Pferd hüpfen konnte. Mit Smertrios' Hilfe saß er kurz darauf im Sattel.

Im Lager half Smertrios dann Ferchar auf die Ladefläche seines Karrens. Sofort rutschte Sanna heran.

»Lass sehen. Ich kann das.«

Sie riss die Bracca weiter auf, sodass nun die ganze Verletzung zu sehen war. Das Knie war dick geschwollen, die Kniescheibe leuchtete weiß aus all dem Blut heraus.

Ferchar wandte den Blick ab.

»Nicht so schlimm«, meinte Sanna tröstend. »Paar Tage bei uns auf dem Karren und du läufst wieder wie ein Hase.«

»Das trifft sich gut, dann kann dein Gaul unseren Wagen ziehen.« Smertrios klopfte Ferchar auf die Schulter.

Sanna sprang in die Wiese.

»Bin gleich da. Brauch nur paar Kräuter.«

Smertrios hielt sie am Arm fest. »Halt. Du gehst nicht alleine. Keine zwei Schritte. Wer weiß, was noch im Wald lauert.«

Sie verdrehte die Augen.

»Dann komm halt mit. Aber erst lass mich vom Proviantwagen Honig holen, ehe die anderen allen schnappen.«

Sie lief zu dem Wagen vor ihnen. Smertrios sah ihr nach, da spürte er Ferchars Hand auf seinem Arm. Er sah zu dem Bärenkrieger.

»Danke.« Seine Stimme war warm und ernst. Es war ein großes Danke.

Smertrios nickte.

Als die Sonne unterging, wurden die Feuer gelöscht. Sie wollten kein hell erleuchtetes Ziel abgeben, sollten noch Angreifer im Wald lauern. Nammonius hatte Reitertrupps ausgesendet, sie hatten noch an die zwanzig Gefangene gemacht. Am Morgen würden sie entscheiden, was mit ihnen geschehen sollte. Es hieß, die Römer zahlten viel Wein für Sklaven.

Sie lagen in dieser Nacht zu dritt unter dem Karren, eng aneinander, Ferchars Knie, unter dessen dicken Verband Honig, Spitzwegerich und Schafgarbe für Heilung sorgen sollten, auf einem Sack voller Lederreste, die Smertrios für die Griffe seiner Bögen benutzte. Sanna lag verkehrt herum, damit ihre Hand auf Ferchars Knie ruhte. Ihre nackten Zehen zappelten zwischen den Gesichtern der beiden Männer.

»Sanna, das ist komisch so. Leg dich normal zwischen uns.«

»Nein. Ferchars Knie braucht meine Hand. Es soll doch schnell heilen.«

Smertrios seufzte. »Reichen nicht die ganzen geflochtenen Figürchen, die du auf seinem Bein aufgelegt hast?«

»Nein!« Es war sinnlos. Wenn sie sich etwas in den Kopf gesetzt hatte, konnte man sie nicht umstimmen.

Über ihnen an der Seitenwand des Karren hingen drei Köpfe. Die jener zwei Angreifer, die Smertrios getötet hatte, und einer derer, die Ferchar erlegt hatte. Smertrios hatte alle drei von den Toten abgeschnitten und zum Ausbluten aufgehängt. Man konnte das leise Tropfen hören. Auch Ferchar schien gerade darauf geachtet zu haben.

»Mein erster Kopf«, meinte er, ein wenig nachdenklich. »Zu dumm, dass ich so lange im Wald lag. Ich bin sicher, dass ich mehr als den einen getötet habe.«

Smertrios hatte nur den einen Krieger unter den Toten erkannt, den er Ferchar hatte töten sehen. Eine Trophäe war besser als keine.

»Vielleicht waren sie noch nicht tot, und dann hat ein anderer Krieger ihnen ein Ende bereitet und ihre Köpfe genommen«, warf Sanna ein.

»Möglich. Es wäre ein Frevel, den Kopf eines Mannes zu nehmen, den man nicht selbst getötet hat.«

Smertrios dachte an all die Köpfe, die vor Voccios großer Halle hingen. Er konnte sich schwer vorstellen, dass der so nobel wirkende König all diese Krieger tatsächlich eigenhändig besiegt hatte.

»Was ist eigentlich mit dir, Sanna?« Ferchar veränderte seine Position ein wenig, um Sanna anzusehen, stöhnte aber, als sein Knie schmerzte. »Unsere Bogenschützin muss doch gewiss reiche Beute gemacht haben.«

Sanna schwieg.

»Nun sag schon, ich kann es ertragen, wenn du mehr Köpfe erbeutet hast als ich.«

»Sie hat bewiesen, dass sie keine Kriegerin ist. Wie ich gesagt habe«, erklärte Smertrios. Er meinte trotz der Dunkelheit fast sehen zu können, wie Ferchar die Augenbrauen hochzog.

»Wie das?«

»Sie hat keinen einzigen Schuss abgegeben. Hat sich unter ihrem Umhang versteckt.«

Sanna schwieg noch immer, doch ihr Ellbogen traf Smertrios unsanft zwischen den Beinen. Er stöhnte auf. Aber immerhin ließ sie nun Ferchars Knie los und drehte sich um, sah ihren Bruder böse an.

»Na, dann stehe ich mit meinem einen Kopf gar nicht so schlecht da«, meinte Ferchar. »Wartet nur ab, wenn ich nächstes Jahr heimkehre, da werden die Trophäen nur so an meinem Pferd hängen. Vater wird stolz sein. Und meine größte Trophäe wird dann die Tochter eines wichtigen Mannes, die Vater für mich erwählt hat. Ist es nicht komisch? Ich kann mich an meine Heimat, an unser Stammesgebiet, kaum erinnern. Ich war gerade sieben, als ich als Geiselkind fortgebracht wurde. Ich habe mehr von den Schlangenleuten als von den Bärenkriegern, kenne mehr Menschen dort und ihre Gebräuche besser. Und kaum bin ich zurückgekehrt, ziehe ich nun in den Süden, zu den Römern, um Ruhm zu erlangen. Und dann heirate ich als Sohn des Stammesführers der Bärenkrieger die Tochter des Stammesführers der Hirschleute und werde, wenn mein Vater stirbt oder mir das Amt überträgt, die Bärenkrieger anführen – einen Stamm, den ich nicht kenne, mit einer Frau an meiner Seite, die ich ebenfalls nicht kenne.«

»Redet von allem, als wäre es ein Spaziergang. Jetzt überleb einmal diesen Kriegszug, ehe du große Reden führst. Wer von uns hat denn ein verletztes Knie? Der hochgeborene Krieger oder der schlichte Handwerker?«

»Du hattest auch nur Glück«, mischte Sanna sich ein. Ihre eigene Feigheit in der Schlacht musste sie wohl mit Bösartigkeit gegen ihren Bruder ausmerzen. »Außerdem machen ein paar Narben einen Mann erst richtig begehrenswert.«

155

»Du redest so viel Blödsinn, Sanna, wenn die Nacht lang ist. Schlaf jetzt endlich.«

Smertrios drehte ihr den Rücken zu, um das Gespräch zu beenden. Doch sie konnten alle nach den Ereignissen des Tages nicht schlafen und Ferchar sprach, nun ganz leise, weiter zu Sanna: »Es ist ein gutes Gefühl zu wissen, dass eine Frau auf einen wartet, wenn man in die Schlacht zieht. Selbst wenn man sie nicht kennt. Sie soll mir viele Kinder gebären. Weißt du, als Sohn des Stammesführers ist es wichtig, wer meine Frau ist. Für die Leidenschaft kann einer wie ich vielleicht eine Zweitfrau haben, aber für die Erben, da muss schon jenes Weib herhalten, das für den Stamm ausgewählt wurde.«

»Und, wartet außer deiner unbekannten Ehefrau auch noch eine der Leidenschaft auf dich?« Hörte Smertrios da Angst in Sannas Flüstern? Sie würde doch nicht anfangen, an dem Bärenkrieger ernsthaft Gefallen zu finden!

»Nicht, dass ich wüsste«, flüsterte Ferchar zurück. »Aber das kann ja noch werden.«

Genug. »Sanna, lass Ferchar in Ruhe schlafen.«

»Was hat er denn?«, fragte Ferchar leise.

»Gewiss keine Frau der Leidenschaft daheim, nur ein schwangeres Eheweib, das ihm nicht einmal Ruhm bringt.«

Ferchar lachte, doch zumindest schwiegen die beiden.

Smertrios war in Versuchung, doch wieder ein Gespräch anzufangen. Er wollte seine Ehe mit Kalandina rechtfertigen, ihnen sagen, dass es auch für ihn ein schönes Gefühl war, dass jemand daheim auf ihn wartete. Aber dann wurde ihm bewusst, dass Sanna gar nicht so unrecht hatte. Kalandina wartete nicht sehnsüchtig. Im Gegenteil. Stürbe er, wäre sie frei, einen anderen zu heiraten, einen Mann, zu dem sie nicht nur der Met und die Trommeln einer Nacht zogen, sondern die Zustimmung ihrer Familie. Er spürte einen bitteren Geschmack hochsteigen, wie von verdorbenem Fleisch. Dennoch sehnte er sich nach ihr, schließlich war sie nun einmal sein Weib. Und nach dem Kind in ihrem Leib, da sehnte er sich noch mehr.

Die Ruhe, die sich über der Lichtung ausbreitete, war quälend. Man hörte die Wachen herumgehen, nie sicher, ob es tatsächlich die Wachen waren, deren Schritte über den steinigen Boden schlichen. Erst jetzt, in Dunkelheit und Stille, kamen die Bilder der Schlacht zurück. Ferchar im Blutrausch. Das Gesicht der Speermacherfrau, als die fremden Krieger sie davonzerrten. Das befriedigende Gefühl, als sein Pfeil ein Feindesleben nahm.

Dennoch war er kein Krieger. Aber sie waren unterwegs auf einem Kriegszug. Man erwartete von ihm, dass er in behelfsmäßigen Lagern Bögen baute und bei Angriffen ebenso kämpfte wie die anderen. Gleichzeitig hatte er Sanna zu beschützen, die noch viel weniger für das Kriegshandwerk taugte als er, egal, ob sie eine ausgezeichnete Bogenschützin war oder nicht. Einen Hasen auf der Jagd zu schießen oder in einem Wettkampf als Sieger hervorzugehen, war eben ganz etwas anderes als ein Kampf auf Leben und Tod.

Und neben all dem sollte er noch den Sulnatris bauen.

Die Sonne war noch nicht aufgegangen, als bereits alle im Lager munter waren. Niemand hatte gut geschlafen. Selbst wenn viele von ihnen Krieger waren, die steilen, unübersichtlichen Hänge ringsum machten sie nervös.

Ferchars Bein ging es besser. Sanna legte frische Kräuter auf und erneuerte den Verband aus den zerrissenen Stoffstreifen. Es kam Smertrios so vor, als schäme sie sich.

Ferchar blickte sie lächelnd an. »Es fühlt sich schon viel besser an, danke.«

»Du darfst heute noch nicht auftreten. Erst morgen.«

Ferchar sah zu Smertrios. Der nickte, half ohne weitere Worte dem Bärenkrieger, an den Waldrand zu humpeln. Sie erleichterten sich beide, mussten darüber lachen, wie sie da standen, Ferchar auf Smertrios gestützt, wie betrunkene Zechbrüder. Smertrios biss sich auf die Lippen. Ihm lag die ganze Zeit der Satz auf der Zunge: »Halt dich von meiner

Schwester fern, sie ist für dich caddos, tabu, heilig. Niemand rührt sie an, schon gar nicht einer, der sie nicht heiraten kann.« Aber er sagte es nicht.

Smertrios ging das Pferd einspannen. Ferchars Tier war ein gutmütiges Ross, klein und kräftig. Gewiss stärker als ihr altes Zugtier, dessen Fleisch nun mit auf dem Proviantwagen lag. Er würde den Eltern eine neue Kuh mitbringen müssen. Es war nicht ganz einfach mit dem Pferd, es bedurfte einiges Zuredens, bis das Tier das Brustgeschirr und die Deichsel ertrug. Zweifelnd warf es immer wieder den Kopf herum, um nach seinem gewohnten Gebieter, Ferchar, zu sehen, der beschwerlich auf das Kutschbrett kletterte.

Nammonius war auf einen der Karren gestiegen, eine Carnyx ertönte mit ihrem metallischen Dröhnen.

»Männer! Lasst uns über die Gefangenen entscheiden, ehe wir weiterreiten! Wollen wir sie als Sklaven den Römern verkaufen oder töten?«

Aus dem Gebrüll der Krieger war keine Präferenz herauszuhören. Die etwa zwanzig Männer, die eng gefesselt am Boden lagen, riefen Schmähwörter, was ihnen Fußtritte einbrachte.

Ferchar zählte zu jenen, die »Töten« schrien. Smertrios war es gleich. Hauptsache, sie ritten bald weiter.

Mittels Handzeichen wurde entschieden, sich der Männer zu entledigen. Es würde noch eine Weile dauern, bis sie römische Handelsorte erreichten, wo Sklaven verkaufbar wären. Und auch wenn sie nun einiges an Fleisch von den getöteten Zugtieren hatten, wozu die Männer durchfüttern?

Es dauerte nicht lange, da hatten Nammonius und einige seiner Krieger allen zwanzig Gefangenen die Kehle aufgeschlitzt. In einer riesigen Blutlache lagen kurz darauf die kopflosen Körper da. Sanna blickte angestrengt auf ihre Hände. Ferchar nickte zufrieden. Unter den Kriegern entbrannte ein Streit, wem die Köpfe zustanden. Jenen, die nun das Schwert geführt hatten? Oder jenen, die gestern die

Männer gefangen genommen hatten? Zwei Krieger begannen, sich zu prügeln.

Erneut ertönte die Carnyx. Ihr schepperder, durchdringender Klang schmerzte in den Ohren, mehrfach zurückgeworfen von den Steilhängen, die die Lichtung umgaben. Sanna zuckte zusammen.

»Niemand soll sie haben!«, rief Nammonius.

»Dann werden sie wiederkehren! Solange der Kopf deines Feindes nicht in deinem Besitz ist, hast du ihn nicht besiegt!«, brüllte ein Krieger, der nicht zu Voccios Männern gehörte.

Ruhig wiederholte Nammonius, seine ganze Größe ins Gewicht werfend: »Niemand soll sie haben. Auch nicht die Götter oder die Krähen. Legt Feuer, verbrennt die Köpfe.«

Er gab zwei Kriegern ein Zeichen, dann sprang er vom Karren herab und bestieg sein Pferd. Ohne einen Blick zurück ritt er langsam an die Spitze des Zuges. Die Kriegerschar folgte ihm, teils murrend, teils zustimmend murmelnd. Die beiden auserwählten Männer sammelten eilig trockenes Reisig und Äste zusammen, häuften es zu einem hohen Berg über die zusammengetragenen Köpfe und entfachten ein großes Feuer. Rasch griffen die Flammen um sich. Während Ferchar sich mit dem Karren in den Zug einordnete, sah Smertrios zurück. Bald würde von den Angreifern nichts mehr übrig sein als jene Köpfe, die Voccios Kriegertrupp mitführte, und ein paar kopflose Leichen. Und wenn Wind aufkäme, stünde bald der ganze Wald in Flammen. Dreihundert Mann auf dem Weg in einen Krieg hinterließen eben nicht nur Spuren auf den Wegen und Lagerplätzen, sie setzten auch ihre Zeichen, dass mit ihnen nicht zu spaßen war.

Kapitel 14

Livia

Am Nachmittag begannen die engen Täler sich zu weiten, sie ließen die Berge hinter sich. Alle atmeten auf. Keine bedrohlichen Hänge mehr, sondern weite Flächen, wo zwischen kleinen Wäldern große Herden von Wild ein Aufkommen von Bäumen verhinderten. Wie es Smertrios juckte, sich den Kriegern gleich auf ein Pferd zu schwingen und jagend über die Steppe zu preschen! Es wären sinnlose Tode, denn sie hatten genug Fleisch, aber als Opfer an die Götter für die glückliche Durchquerung der Berge könnte man es wohl rechtfertigen …

Sanna, die bis jetzt mit dem Blick nach rückwärts am hinteren Rand des Karren gesessen hatte, stand auf und sah mit großen Augen auf die Weite vor ihnen. Sie kannte fast nur die Wälder rund um ihr Dorf, die kleinen Wiesenflächen neben der Bernsteinstraße.

»Sie stehen da, als wollten sie, dass man auf sie schießt!«, flüsterte Sanna, als könnten die Tiere weiter unten in der Ebene sie hören. »So viele!«

Smertrios verstand ihre Ehrfurcht. Auch er konnte sich an der Weite und der großen Anzahl an Tieren kaum sattsehen.

Bis zum Abend erreichten sie ein römisches Militärlager. Nammonius hatte Order, sich hier zu melden und auf einen Auxiliartrupp aus dem Osten zu warten, mit dem sie gemeinsam weiter nach Süden zögen. Man teilte ihnen eine Fläche vor den Lagermauern zu, auf der sie ihre Zelte errichten konnten. Sie würden wohl einige Tage hier verbringen.

Smertrios musste kein Zelt errichten, er würde weiterhin unter dem Karren schlafen. Aber zumindest fände er nun Zeit, an den Bögen weiterzuarbeiten. Einerseits an seinen Versuchen, einen römischen Bogen zu bauen, andererseits an normalen Langbögen, um sie zu verkaufen. Aber erst morgen, bald würde es dunkel werden. Die Luft war viel wärmer als in den Bergen, trotz der späten Tagesstunde.

Gemeinsam mit Sanna erkundete er die Umgebung. Man verwehrte ihnen den Zutritt in das Militärlager, aber alleine der Blick zum Tor hinein ließ sie anerkennend nicken. Das war ganz etwas anderes als der ungeordnete Haufen an Zelten, Feuerstellen und Kriegern, der sich bei ihnen darbot! Sämtliche Zelte hier waren genau gleich, standen ordentlich in Reih und Glied. Um das Lager war ein Graben gezogen und eine hölzerne Palisade errichtet. Es gab Koppeln für die Pferde, Latrinen und eine Garküche. Soldatengruppen bewegten sich zielstrebig in Zweierreihen zwischen den Zelten, auf einem freien Platz übten sich Kämpfer mit dem Schwert – selbst dies wirkte diszipliniert und fast einem Tanz gleich, nicht das wilde Gehaue, das ihre Krieger oft Übung nannten.

Und hiervon sollten sie nun ein Teil sein? Die beiden Geschwister sahen von dem römischen Lager zu den Zelten ihrer Leute, vor denen bereits um die besten Feuerstellen und die Verteilung des Ochsenfleisches gestritten wurde. Sie mussten beide lachen.

»Ob die Römer wirklich so glücklich sein werden, wenn unsere Männer ihre ganze Ordnung durcheinanderbringen?«

Sannas Augen funkelten allein bei dem Gedanken, was Voccios Krieger von dieser Disziplin halten würden.

161

»Warum glaubst du, verwehren sie uns den Zutritt? Wir werden die Männer fürs Grobe sein. Die Hilfstruppen schickt man, die Drecksarbeit machen. Aber man hält sie möglichst fern, damit sie keinen schlechten Einfluss haben. Das da drinnen sind doch keine Männer, das sind Sklaven. Willenlose, unselbstständige Sklaven.«

Erneut wechselte Sannas Blick zwischen dem Römerlager und ihrem eigenen hin und her. »Da sind mir die Unseren schon lieber. Das da drinnen sieht aus wie die Schafe, die die Bauern auf ihrer Koppel halten. Naja, so panisch rumrennen wie die Schafe tun die Soldaten hoffentlich nicht.« Sie lachte.

Vergessen war wohl ihre Schmach bei dem Überfall am Vortag. Gegen diese kleinen Männer – denn sie waren alle klein im Vergleich zu den Norikern – fühlte sie sich wieder sicher und stark mit ihrem Können. Ob sie sich da nur nicht täuschte. Denn wenn Smertrios den Schwertkämpfern zusah, konnte er an ihnen keinerlei Schwäche entdecken. Und so schlecht konnten die Römer nicht sein, immerhin hatte dieser Caesar den ganzen Westen innerhalb kurzer Zeit mit Männern wie diesen erobert.

Die Torwache scheuchte sie von ihrem Beobachtungsplatz weg. Sie umrundeten das Lager. Dahinter, durch eine kurze Straße verbunden, befand sich eine kleine Stadt, ungeschützt ohne Palisade.

»Wollen wir auf den Markt?« Sanna liebte Märkte.

»Nein. Es wird bald dunkel. Ich will noch an meinen Bögen weiterarbeiten.«

Sanna zuckte die Schultern. »Na gut. Vielleicht geht Ferchar mit mir. Vielleicht gibt es dort Händler, die sich mit solchen Bögen auskennen.«

»Ferchar kann nicht gehen, den müsstest du tragen. Und über die Bögen wissen sie im Römerlager gewiss mehr als auf dem Markt. Es sind römische Bögen.«

Sanna blickte sehnsüchtig zu der kleinen Stadt. »Ferchar käme sicher gerne mit. Er hat ja sein Pferd.«

»Das hat Zeit bis morgen. Wenn du heute und mit Ferchar gehst, landest du nur wieder mit weinschwerem Kopf bei einem Römer, der dir sein Ding zeigen will.«

Sie senkte den Blick und lief beleidigt davon.

Die nächsten Tage, während sie auf die Auxiliartruppen aus dem Osten warteten, boten willkommene Ruhe. Endlich konnte Smertrios an seinen Bögen weiterarbeiten. Von dem bei dem Überfall getöteten Ochsen und seiner Kuh hatte er sich die Bein- und Rückensehnen gesichert und konnte so nun Sehnenleim herstellen, da ihm sein Fischleim auszugehen drohte. Um für den Sulnatris zu üben, machte er auch einen Sehnenbelag auf zwei Bögen, doch er war sich nicht ganz sicher, ob er gut werden würde. Momentan konnte er nur warten, bis der Leim trocknete und er die Bögen wieder aus den Stoffstreifen wickeln konnte. Er hasste es zu warten, vor allem, wenn es sich um Wochen handelte.

Er verbrachte alle hellen Stunden damit, so viele neue Bögen vorzubereiten, wie er nur konnte. Seine Arme lechzten nach der Anstrengung, Jahresring für Jahresring freizulegen, das Zugmesser über das harte Holz zu ziehen. Die Tage auf dem Karren gaben ihm das Gefühl, als wäre er krank gewesen. Vielleicht war es auch die Angst des Überfalls, die ihm noch in den Knochen saß. Es tat auf alle Fälle gut, auf der Schnitzbank zu sitzen und das Holz unter den Händen zu spüren.

Da Ferchar wieder halbwegs gehen konnte, sandte Smertrios ihn mit Sanna in die Stadt, sich umzusehen, ob es vielleicht einen Markt gäbe, wo er seine Bögen verkaufen konnte, und einen Pfeilmacher. Das würde ihm viel Arbeit ersparen. Die beiden fanden zwar keinen Pfeilmacher, kamen aber gut gelaunt vom Markt zurück. Ferchar hatte Sanna ein hübsches rotes Band gekauft, das sie nun stolz in ihrem kurzen Haar trug. Smertrios verzog verächtlich das Gesicht, als er es sah. Er wäre wohl besser selbst mit Sanna gegangen. Es gefiel ihm nicht, wie gut sich die beiden verstanden. Ferchar verstand sich mit jedem gut, aber Sanna sollte nur nicht auf den Gedanken kommen, der Bärenkrieger wäre ein Mann für sie. Es war zwar nie die Rede davon gewesen, dass sie als Schützin, die die Sonne vom Himmel holt, unberührt sein muss, aber gewiss ließe Darrach sie nicht den Schuss machen, wenn sie schwanger wäre. Es lief Smertrios kalt über den Rücken, wenn er sich vorstellte, dass er schießen müsste. Er sah es vor sich, die hohen Bäume, dazwischen die kleine, goldglänzende Scheibe, an ihren Schnüren hin und her schaukelnd. Und rund um ihn die Dorfbewohner, die gebannt auf ihn blickten. Unter ihnen Kalandina, vielleicht schon mit seinem Kind auf dem Arm, vielleicht noch mit dickem Bauch. Er wusste, dass er diesen Schuss nicht schaffen würde. Er brauchte Sanna. Und sie brauchte ihn, brauchte den perfekten Bogen. Brauchte seine Nähe – da war dieser letzte Blick von ihr gewesen, bei den Wettbewerben bei Voccio. Als es galt, die schwingende Scheibe zu treffen. Es war der Blick eines kleinen Kindes gewesen, das vor einer schwierigen Aufgabe die Zuversicht des Vaters benötigte, um genügend Mut zu finden.

Er sollte Ferchar klarmachen, dass er sich von Sanna fernzuhalten hatte. Smertrios scheute sich davor. Er hatte doch selbst so viel Spaß mit dem Bärenkrieger, genoss die langen Plaudereien am Abend, die Gespräche tagsüber. Er wollte nicht, dass Ferchar am Feuer seines Stammes lagerte, ihnen nicht die Stunden auf dem Karren mit lustigen Geschichten verkürzte. Vielleicht musste er ihm einfach vertrauen. Oder seine Augen ständig auf Sanna haben. Was schwierig war, denn sie verzog sich jeden Morgen mit dem geschwungenen Bogen auf eine Wiese hinter dem Römerlager. Ferchar folgte ihr auf seinem Pferd – noch schmerzte sein Knie beim Gehen – und berichtete Smertrios, dass sie die Zeit damit zubrachte, die gewagtesten Schüsse zu üben. Sannas Fähigkeiten mit dem Bogen beeindruckten den Bärenkrieger nach wie vor. Smertrios nickte nur. Es war schon gut, wenn Sanna ein paar Kunststückchen konnte – in die Luft geworfene Äpfel mit dem

Pfeil aufspießen, solche Sachen. Auf ihr Können als Kriegerin war ja nicht zu zählen. Vielleicht fand Caesar Gefallen an solchen Possen.

Ferchar saß dann meist den Rest des Tages bei Smertrios und erzählte von seiner Kindheit bei den Schlangenkriegern oder von seinen Plänen für die Zukunft. Smertrios hörte meist zu, lachte und genoss den Klang von Ferchars Stimme, während er an seinen Bögen arbeitete. Über sich hatte Smertrios noch wenig erzählt, aber das schien den Bärenkrieger nicht zu stören. Und über die Aufgabe des Sonnenschusses würde er gewiss kein Wort verlieren, auch Sanna schwieg hierzu eisern.

Manchmal, wenn Smertrios abends hinten auf dem Karren saß und Sannas Bogen mit dem verkohlten Sulnatris verglich, dann setzte sie sich zu ihm und sie schwiegen. Es war beinahe wie daheim, wenn sie ihn im Wald besucht hatte. Aber nur beinahe. Es gab nichts zu sagen. Sie saßen im Moment hier fest. Und die Zeit verrann.

Er hatte mehrmals versucht, in das Römerlager zu kommen, um vielleicht deren Bogenbauer zu finden, doch die Wache hielt ihn jedes Mal auf. Noch immer wusste er nicht, von welchem Tier das Horn war. Ob er das Horn dann kochen musste oder nicht, und wenn, wie lange. Er hatte noch nie mit Horn gearbeitet. Das machte ihm am meisten Sorgen.

Eines Mittags kam Sanna zurück zum Karren, doch sie war nicht alleine. Hinter ihr trugen zwei dunkelhäutige Männer eine Sänfte, die sie behutsam neben Smertrios absetzten. Sannas Wangen glühten tiefrot und Smertrios sah irritiert von seiner Arbeit auf. Hatte sie sich wieder einmal Ärger eingehandelt?

Der Vorhang der Sänfte öffnete sich und heraus stieg eine Frau – eine Römerin – mit kunstvoll aufgestecktem Haar, ihren nicht mehr ganz jungen Körper in ein blaues Kleid aus edlem Leinen gehüllt. Sie war schlank und gewiss einmal sehr hübsch gewesen, nun gaben feine Linien um ihre rot angemalten Lippen ihr ein herbes Aussehen.

Smertrios erhob sich, wischte seine Hände in das Stück Stoff, mit dem er gerade einen Bogen eingeölt hatte, und verbeugte sich leicht.

Egal, wer die Frau war, der Schmuck an ihren Armen verriet Reichtum und einen angesehenen Stand.

»Smertrios! Das ist Livia.«

»Mögen die Götter dich segnen. Was kann ich für dich tun, edle Römerin?«

Die Fremde musterte ihn von oben bis unten und ein feines Lächeln spielte auf ihren Lippen. »Das ist also der Künstler.«

Smertrios sah fragend zu Sanna.

»Nicht so bescheiden, mein Lieber. Ich habe deine Schwester beobachtet, wie anmutig sie den Bogen zu schießen vermag. Ich weiß so etwas zu schätzen.«

Ihre Stimme war ein melodischer Singsang, ein wenig klang sie, als hielte man ihr die Nase zu. Smertrios war erstaunt, dass sie seine Sprache sprach, wenn auch mit einem Akzent, nicht so kehlig wie er und die anderen.

»Oh, da muss ich dich enttäuschen, das ist kein Bogen von mir, den sie zurzeit schießt.«

»Doch!«, protestierte Sanna, und sie hob ihren alten Langbogen hoch. »Ich hatte heute beide mit, wegen der Abwechslung.«

Die Römerin nickte. »Ja, sie hat mir schon erzählt. Ich erkenne wahres Können, wenn ich es sehe. Die Art, wie du das Holz seinen natürlichen Bestrebungen nach in die rechte Form bringst, wie der Bogen ausbalanciert ist und schwingt, das zeigt einen Mann, der mit dem Material zu sprechen weiß, der sich hineinfühlen kann.«

»Vielen Dank. Die meisten sehen das nicht.«

»Oh, ich liebe die Bogenkunst. Welch wunderbarer Zeitvertreib, durch den Wald zu streichen und dem edlen Wild aufzulauern. Die Erregung der Jagd, die Befriedigung des Erlegens ...« Ihr Blick weilte immer noch auf Smertrios. Er bemühte sich um ein Lächeln, war sich aber nicht ganz sicher, was die Römerin wirklich wollte. Er schob seinen Gürtel ein wenig zurecht, stützte die Hände auf die geschwungene Schnalle.

»Ich möchte euch beide einladen. Euer Besuch in meiner bescheidenen Reiseunterkunft wäre mir eine Freude. Ihr müsst mir erzählen – ich will alles wissen, über euch, über euer Können … Ich erwarte euch heute Abend, einer meiner Diener wird euch geleiten.«

Sie stieg wieder in ihre Sänfte hinein, in einer anmutigen, oft geübten Bewegung. Lächelnd beugte sie sich noch einmal heraus. »Es soll euer Schaden nicht sein.«

Sie schloss den Vorhang und die beiden Sklaven hoben die Sänfte und machten sich auf den Weg zurück in die Stadt.

Sofort war Smertrios umringt. Man klopfte ihm auf die Schulter, man pfiff. Ein Krieger griff ihm scherzhaft zwischen die Beine, ein anderer machte obszöne Gesten. Smertrios grinste gequält und zog Sanna mit sich, weg von den anderen.

»Wer ist das?«

»Ich weiß es nicht. Sie stand plötzlich in meiner Nähe, hat mir ewig zugesehen. Sie hat geklatscht und Dinge gesagt, dass ich denke, sie ist eine gute Bogenschützin. Dann hat sie sich ganz genau meinen alten Bogen angesehen und gefragt, wer den gebaut hätte und schon wollte sie mit hierher.«

»Eigenartige Frau.«

»Vielleicht kauft sie dir einen Bogen ab?«

»Das will ich hoffen.«

Ferchar gesellte sich zu ihnen. »Na, du suchst dir auch gleich die Wabe mit dem Honig! Wie kommt einer wie du zu so einer Bekanntschaft?«

Smertrios warf sich in Pose. »Sie hat eben einen guten Blick. Erkennt sofort den wahren Künstler.«

Nun, wo die imposante Erscheinung nicht mehr neben ihm stand, verspürte er Stolz. Ja, sie hatte ihn einen Künstler genannt. Sie hatte die Form seiner Bögen gelobt. Gewiss konnte er ihr heute einen verkaufen. Einer Frau zwar, aber bestimmt hatte sie einen Mann ... vielleicht war er ebenso jagdbegeistert wie sie ...

Auch Sanna war aufgeregt. Sie hüpfte hin und her wie ein hungriger Spatz, verfluchte ihr Aussehen mit den kurzen Haaren, band Ferchars Haarband bald so, bald so um ihren Kopf, zog erstmals wieder ihr Kleid an.

Smertrios ging sich im nahen Bach waschen und band sein Haar im Nacken zusammen. In einer flachen Pfütze neben dem fließenden Wasser konnte er sein Spiegelbild erkennen. Es war lange her, dass er seinen Bart gestutzt hatte. Seine Augen hatten wie immer einen etwas traurigen Ausdruck, er mochte das nicht. Er war kein trauriger Mensch. Nun gut, er war auch nicht einer, der fröhlich auf Festen Lieder grölte oder einen Witz nach dem anderen erzählte. Er mochte die Ruhe, er mochte die Töne des Waldes, die Farben des Laubs. Aber deswegen war er nicht traurig. Kalandina sagte, ihr hatte gefallen, dass er nicht so war wie die anderen. Dass er nicht andauernd damit angab, wie großartig er war. Dass er zuhörte und dass er ein wenig so aussah, dass man ihn umarmen wollte. Ihr gefiele es gewiss nicht, dass er nun abends zu einer fremden Frau ging. Zu einer Römerin, deren Kleid an den Seiten so wenig geschlossen war, dass man die Ansätze ihrer Brüste sehen konnte. Es zog in seinem Bauch. Was beunruhigte ihn? Eine reiche Römerin, die sich für seine Bögen interessierte, was war da dabei. Nur weil sie eine Frau war?

Seine Camisia hatte Flecken. Er hatte keine andere zur Verfügung. Beim Abtrennen der Köpfe der Angreifer war Blut auf ihn gespritzt. Zum Glück war die Römerin – Livia hatte Sanna sie genannt – auf der anderen Seite des Karren gestanden und hatte die Trophäen nicht gesehen. Römische Frauen fanden so etwas vielleicht nicht so anregend. Was auch egal wäre. Sie sollte schließlich nur einen Bogen kaufen. Seinen ersten an einen Römer verkauften Bogen. Nun gut, an eine Römerin. Damit stieg er zu einem im römischen Reich begehrten Handwerker auf ...

Sanna rief nach ihm. Er eilte zurück zu seinem Karren, wo bereits ein junger Bursche wartete. Er trug eine schlichte Tunika, doch selbst der Stoff dieses Dieners war edler als seine eigene Camisia aus speckiger, blutbefleckter Wolle.

Die Unterkunft, zu der der Diener sie führte, war einfacher als erwartet. Gleich am Eingang der kleinen Stadt gelegen, eine Taverne, in der wohl abends all jene verkehrten, deren Wohnung zu klein war, um Freunde zu empfangen. Oder um eine Feuerstelle zu besitzen. Hinter dem Schankraum gab es noch ein Zimmer mit Tischen und Bänken, in dem niemand saß. Der Diener hieß Smertrios und Sanna hier zu warten.

Neugierig strich Sanna im Raum umher, fuhr mit den Fingern über das raue Holz der Tische, betrachtete die eingeritzten Inschriften an den Wänden.

»Was glaubst du steht da?«

Smertrios zuckte die Schultern. Er hatte sich auf eine Bank gesetzt, die mitgebrachten Bögen neben sich gelegt. Er war nervöser, als ihm lieb war. Er fühlte, dass dieser Abend wichtig war. Wichtiger als ein verkaufter Bogen, auch wenn er das Geld gut brauchen konnte, denn den Siegesbeutel von Voccios Spielen hatte Barnario für den Stamm mit sich genommen. Vielleicht waren die Götter ihm endlich gnädig? Oder war auch dies wieder eines ihrer Spiele mit ihm? Man hätte meinen können, dass bei Sannas früher Geburt die Sterne schlecht standen, doch sie empfand sich als einen Liebling der Götter, allein wegen der Tatsache, dass sie lebte. Er, als erstgeborener Sohn, war das Glück seiner Eltern gewesen. Anfangs. Denn was war aus ihm geworden? Er war fünfundzwanzig, lebte im Wald, mit einem Weib, das nur wegen einer einzigen Nacht sein Weib war, vom Dorf als Mann verachtet … Und dann hatte diese Römerin ihn angesehen, als wäre er etwas Besonderes …

Livia betrat den Raum, als Sanna gerade mit schief gelegtem Kopf vor einer in die Wand geritzten Zeichnung stand. Sanna fuhr herum.

Nein, Livia betrat den Raum nicht, sie erschien. Ihr weich fließendes Kleid wehte hinter ihr her, ihre beiden dunklen Sklaven blieben mit versteinerter Miene neben der Türe stehen.

Smertrios erhob sich, senkte den Kopf zur Verbeugung.

Livia setzte sich auf eine Bank, den Rücken zum Tisch dahinter, die Arme auf der Tischplatte ausgestreckt wie Weinranken, die zur Seite streben. Wie eine Göttin auf ihrem Thron. Sie nickte den Sklaven zu und beide verließen den Raum, schlossen die Türe hinter sich.

»Wie schön, dass ihr hier seid. Nehmt Platz und verzeiht diese minderwertige Unterkunft. Mein lieber Mann ist nach Virunum aufgebrochen und hat mich bei seiner Schwester zurückgelassen, um auf ihn zu warten – die Reise durch die Berge ist beschwerlich und gefährlich, doch im Hause meiner Mannschwester sind sie alle erkrankt, sodass ich Zuflucht in dieser Deversoria, in dieser Absteige, nehmen musste. Lieber ein wenig Dreck ertragen, als dem Fieber zum Opfer fallen, nicht?« Sie lachte, ein helles, klingendes Lachen.

»Hoffentlich passiert deinem Mann nichts. Wir wurden am Weg hierher in den Bergen überfallen«, platzte Sanna heraus. Sie stand immer noch vor den Wandkritzeleien, knetete aber nervös ihre Hände.

»Ach, wie reizend von dir, meine Kleine, dass du dich sorgst. Doch mein Mann macht diese Reise oft, er ist als Händler mit allen Stämmen am Weg befreundet – man muss nur wissen, wie man sich die Leute zu Freunden macht, dann ist es ihnen eine Freude, einen sicher zu geleiten. Aber jetzt nehmt doch endlich Platz, seid nicht so ungemütlich. Mein Diener wird gleich Wein bringen, dann redet es sich leichter.«

Wie auf Stichwort öffnete sich die Türe und der römische Bursche trat ein, eine glasierte Karaffe und tönerne Becher tragend. Er stellte sie neben seiner Herrin auf dem Tisch ab. Smertrios und Sanna nahmen auf den Bänken anderer Tische Platz, um Livia weiterhin ins Gesicht sehen zu können. Sie lehnte immer noch mit dem Rücken zum Tisch, ihre Beine elegant überschlagen, als wolle sie, dass Smertrios sie ja in ihrer ganzen Schönheit sehen könne. Der Diener teilte den Wein aus und verließ das Zimmer. Smertrios sah Sanna durchdringend an. Hoffentlich hielt sie sich beim Trinken zurück.

Livia erhob ihren Becher, ein wenig verächtlich schien ihr Blick auf das tönerne Gefäß. »Baccho! Möge dies der Beginn großer Dinge sein!« So wie seine Mutter es auch täte, tupfte sie ihren Finger in den Wein und spritzte einige Tropfen in jede Himmelsrichtung. Die Römer waren den Norikern wohl doch ähnlicher als gedacht.

»Und nun erzählt! Wie kommt es, dass du solch exquisite Bögen baust und du so fantastisch damit umgehen kannst?«

Sanna kaute auf ihren Lippen und deutete Smertrios, er solle beginnen. Er räusperte sich. »Ich … nun, ich baue schon viele Jahre. Langbögen, wie sie jeder baut, wie sie jeder Jüngling in meinem Dorf zu bauen lernt. Aber ich war immer schon besser darin. Es ist, als würde das Holz zu mir sprechen.«

Livia nickte. »Ja, das sieht man, dass du ganz ein besonderer Mensch bist.«

Hoffentlich errötete er nicht. »Ich weiß, sie sind flacher als die meisten norischen Bögen, aber so ganz verstehe ich die Besonderheit nicht, die du in ihnen siehst …«

»Oh, sie zeigen von meisterlichem Handwerk, dafür habe ich ein Auge. Und Sanna hat mir erzählt, du bist nun bestrebt zu lernen, unsere römischen Bögen zu bauen, du bist also bereit, Neues zu lernen, ruhst dich nicht auf deinen Lorbeeren aus.«

Er verstand die Bemerkung mit den Lorbeeren nicht, wusste nicht, was Lorbeeren waren – wer würde sich auf irgendwelchen Beeren ausruhen, das gäbe doch nur Flecken auf dem Gewand. »Ja … seit ich einen zufällig gefunden habe … diese kurze Form, sie muss unschlagbar sein, vom Pferd aus geschossen. Ideal für die Jagd.«

»Aber schwer zu schießen«, warf Sanna ein. »Empfindlich wie Uinje, wenn Mutter sie schief anschaut. Unsere kleine Schwester«, fügte sie erklärend hinzu.

171

»Schwer zu schießen, das denke ich mir. Und auch herzustellen. Und für das Auge weniger harmonisch.«

Smertrios kniff die Lippen zusammen. »Ja.«

Livias Blick traf ihn, durchdringend. Verlegen nahm er einen Schluck aus seinem Becher. Zumindest war dieser Wein verdünnt. Dennoch wäre ihm Bier lieber gewesen.

»Und du, Sanna, wie kommt es, dass du besser mit dem Bogen umgehst als mein Jäger?«

Sanna zuckte die Schultern. »Keine Ahnung, ich kenne deinen Jäger nicht.«

Livia lachte. »Du weißt schon, dass du ungewöhnlich geschickt bist mit dem Bogen, oder?«

»Ich mag es, Pfeile fliegen zu lassen. Es macht Spaß. Als flöge ich mit ihnen.«

Livia wandte sich wieder Smertrios zu, aber ihr Blick streifte noch einmal kurz über Sanna, lächelnd. »Wie viele Bögen kannst du fertigen?«

»Wie viele? Das hängt vom Holz ab – ich habe noch einige gute Rohlinge auf meinem Karren, aber dann muss ich erst an trockenes Holz kommen.«

»Ich hätte gerne einen mitgenommen.«

Smertrios hob die Bögen neben sich in die Höhe. »Nun, ich habe drei fertige bei mir. Nicht viel, aber … unsere Abreise war ungeplant … normalerweise …«

Livia erhob sich und trat dicht vor ihn hin. So dicht, dass er nicht aufstehen konnte und nun sitzend genau auf ihre Brüste blickte. Ihr Kleid war aus so feinem Leinen, dass er ihre Brustwarzen durchscheinen sah.

Er räusperte sich erneut. »Ich fürchte nur, dass sie dir zu stark sein werden. Ich habe sie für Männer gedacht.«

Sie gluckste. »Was mir zu stark ist, weiß ich wohl besser.«

Sie beugte sich zu den Bögen, sodass ihr Kleid sein Gesicht streifte. Ihr Duft verweilte auch danach noch in seiner Nase, blumig und fruchtig. Mit geübtem Blick wählte sie jenen der drei Bögen, den auch Smertrios ihr gegeben hätte. Er war aus einer Esche gefertigt, die Smertrios vor drei Jahren im Winter gefällt hatte, der Griff war schmal, die Wurfarme verbreiteten sich dann, ein wenig wie ein Blatt einer Trauerweide.

Sie stellte sich in die Mitte der freien Fläche und zog den Bogen aus. Nicht ganz mühelos, aber leichter, als Smertrios bei ihrer Figur erwartet hatte. Ihre Haltung war aufrecht und makellos. Lächelnd ließ sie den Bogen sinken. »Er ist nicht ideal, aber für den Anfang wird er es tun. Du wirst mir einen weiteren fertigen, ein wenig leichter.«

»Gerne«, er sprang auf, Sanna strahlte ihn an. »Aber ich bin Teil von Voccios Auxiliartruppen für Caesar, sobald die Truppen aus dem Osten eintreffen, ziehen wir weiter.«

»Keine Sorge, ich kümmere mich schon darum, dass ich zu meinem Bogen komme.«

Sie klatschte in die Hände und flüsterte dem eintretenden Diener etwas zu. Er verschwand wieder.

»Ich hätte euch gerne noch schießen gesehen, beide, aber nun ist es schon zu dunkel draußen. Ich hoffe, dich morgen wieder auf der Wiese zu treffen, Sanna?«

»Gewiss. Also, außer wir müssen schon weiterziehen.«

»Du gefällst mir, Mädchen. Was gäbe ich dafür, so leben zu können wie du, ganz meiner Kunst hingegeben.« Livia seufzte. Dann lächelte sie Smertrios an. »Du gefällst mir auch. Ich mag Männer, die ihr Handwerk verstehen.«

Der Diener trat wieder ein und reichte Livia einen kleinen Lederbeutel. Ohne auch nur einen Blick hineinzuwerfen, gab sie ihn Smertrios.

»Hier, als Anzahlung. Nun entschuldigt mich, ich bin müde.«

Sie schwebte zur Türe, warf beiden noch ein Lächeln zu.

»Gute Nacht, meine Lieben. Träumt etwas Schönes.«

Kapitel 15

Sklaven

Smertrios konnte es immer noch nicht glauben. Er hatte zu Nammonius gehen müssen, denn der Wert der Münzen in dem Beutel war ihm fremd. Nammonius war mit dem römischen Geld vertraut und es war genug, dass Smertrios davon ein gutes Pferd und eine Kuh kaufen könnte. Und das war nur die Anzahlung! Immer wieder musste er die Münzen zählen. Er saß mit Sanna und Ferchar am Feuer neben ihrem Karren und Sanna berichtete dem Bärenkrieger genau, was die Römerin gesagt hatte.

»Ihre Haare glänzen und sie bewegt sich – ich habe noch nie gesehen, dass eine Frau sich so bewegt. So – als hätte sie noch nie etwas Schweres tragen müssen. Als bewege sie sich nur, um ihr Umfeld mit ihrer Bewegung zu erfreuen. Sie hat eigenartige Fragen gestellt. Smertrios, warum fragte sie, warum ich besser bin als ihr Jäger?«

Er zuckte die Schultern. »Lass sie komische Fragen stellen. Sie hat uns Geld gegeben. Sie will noch einen Bogen, sie wird uns noch mehr Geld geben.«

Er würde von diesem ersten römischen Geld ein Schmuckstück für Kalandina kaufen. Abgesehen von den

Dingen, die sie wirklich nötig brauchten. Wie eine Camisia für ihn, die nicht fleckig war. Er hatte nicht die Zeit, nun eine Rehhaut zu gerben und sich eine neue zu nähen. Außerdem sollte er wohl langsam besser darauf achten, etwas herzumachen. All die anderen hatten ihre fein gewebten Oberteile, Wollumhänge mit kostbaren Borten, Helme und auch Satteldecken für ihre Pferde. Er war mit einem geliehenen Gaul unterwegs, sein Umhang schlicht und voller Grasflecken vom Schlafen darin.

Ferchar stocherte mit einem Ast im Feuer. »Du wirst dein Glück machen, da bin ich sicher. Pass nur auf, wenn wir erst bei Caesar sind! Du der berühmte und reiche Bogenbauer und Händler, ich der ruhmreiche Krieger! Vielleicht wollen wir dann gar nicht zu unseren norischen Bräuten zurück, vielleicht suchen wir uns dann hübsche römische Frauen.«

»Norische sind besser. Wie bei den Fischen«, sagte Sanna.

»Verstehst du, was sie meint, Smertrios?«

»Nun … vielleicht meint sie, weil Römerinnen und Norikerinnen gar so unterschiedlich sind, ist das, als vergleiche man Forellen mit Karpfen.«

Ferchar nickte. »Ich bevorzuge Karpfen, schön fett und mit Kümmel gebacken.«

»Siehst du«, lächelte Smertrios, »Ich mag Forellen lieber.«

»Und was sind nun die Römerinnen? Forellen oder Karpfen?«, fragte Sanna.

»Ganz egal«, erklärte Ferchar. »Ich bin sowieso der Tochter der Hirschkrieger versprochen und die verheißt mir Ansehen in Norikum. Und du hast deinen Fisch schon, und wenn deine Frau keine Forelle ist, dann ist das dein Pech.« Er stieß Smertrios zwinkernd in die Seite.

Aus dem Zelt hinter ihrem Karren war ein wirres Streitgespräch zu hören.

»Kein norisches Lager, in dem nicht jeden Abend gestritten wird!«, wechselte Smertrios das Thema. Er wollte nicht über Kalandina reden.

175

»Vielleicht suche ich mir ja auch einen römischen Mann«, meinte Sanna nun. Ihre Finger webten mal wieder an ein paar Grashalmen.

Smertrios sagte milde: »Ich dachte, du willst gar nicht heiraten?«

»Will ich auch nicht. Zumindest hätte ich bis jetzt keinen Mann getroffen, der mir gefiele. Aber was weiß man, vielleicht sind die Römer ja anders.«

»Sie sind kleiner.« Ferchar stützte sich auf seine Ellbogen auf, lächelte Sanna an.

»Und? Wer sagt, dass größer besser ist?«

Ferchar lachte lauthals. An Sannas Blick sah Smertrios, dass sie den Witz nicht verstand, den sie selbst gemacht hatte. Sie war eben doch ein unschuldiges Mädchen, er lächelte, beruhigt.

»Ich wünschte, ich hätte dich gesehen, als du noch lange Haare hattest. Ich vergesse immer wieder, dass du eine Frau bist. Obwohl heute, in deinem Kleid ...« Ferchar schnalzte mit der Zunge.

»Vergiss es, Ferchar. Selbst mit langen Haaren ist Sanna Sanna. Schießt Pfeile, flicht Figürchen, hasst Pferde und lebt in ihrer eigenen Welt. Und sie ist meine Schwester.« Der letzte Satz hatte scharf geklungen, zischend wie ein Pfeil, der durch die Luft saust.

Ferchars Kopf zuckte einen Moment erschrocken zurück, dann setzte er sich auf, sein übliches, entwaffnendes Lächeln im Gesicht. »Smertrios, das weiß ich. Meinst du, ich bin verrückt? Du hast mir das Leben gerettet, du bist mir näher als ein Bruder.«

Sanna stieß ein Holzscheit ins Feuer und unterbrach so den Moment der Eintracht zwischen den beiden Männern. »Vielleicht heirate ich ja diesen Caesar. Voccio hat gesagt, ich soll ihn mit meiner Bogenkunst überwältigen.«

Nun lachten beide Männer lauthals. Nach einer Weile stimmte Sanna mit ein.

Am nächsten Morgen trat Nammonius zu Smertrios, während er Pfeile befiederte. Die Morgensonne schien strahlend auf die metallenen Beschläge auf dem Oberteil des Anführers. Wozu er es trug, wo sie doch nur den ganzen Tag wartend im Lager verbrachten, war Smertrios nicht ganz klar. Eine bequeme Camisia hätte es auch getan.

»Pack deine Sachen zusammen. Und hol deine Schwester.«

»Wieso?«

»Ihr verlasst uns.« Unter dem dichten Bart machte sich ein zufriedenes Grinsen breit.

»Wieso sollten wir?« Smertrios legte den fertigen Pfeil vor sich ab. Er spürte eine gefährliche Ruhe in sich. Nammonius war nie begeistert gewesen, ihn und Sanna mitzunehmen. Genaugenommen mochte er keinen der Krieger, die nicht aus Voccios Stamm kamen. Er sah sie bestenfalls als seine Diener an, als die, die für seine Männer die Drecksarbeit machten. So, wie die Römer den gesamten Auxiliartrupp sahen. Aber Smertrios würde sich keine Spielchen gefallen lassen.

»Ihr verlasst uns, weil dein römisches Püppchen euch gekauft hat.« Das Grinsen unter dem Bart wurde noch breiter.

Smertrios vergaß, Luft zu holen. »Wie kann sie uns kaufen? Wir sind keine Sklaven.«

»Ihr habt Voccio eure treue Gefolgschaft geschworen. Geschworen, ihm, oder in seiner Vertretung mir, unbedingten Gehorsam zu leisten. Damit bist du kein freier Mann mehr. Und wenn ich befinde, dass der Betrag, den diese Römerin für euch geboten hat – weiß Bel, was die an euch findet! - wenn also dieser Betrag meinen Truppen mehr bringt als euer Leben, tja, dann schlage ich ein.«

Smertrios erhob sich. Aufrecht stellte er sich vor Nammonius hin. »Voccio will, dass ich Caesar Bögen bringe. Voccio will, dass Sanna ihn mit ihrer Kunst beeindruckt. Er wird nicht wollen, dass du uns wie Sklaven verkaufst.«

Nammonius spuckte aus. »So ein Kriegszug ist gefährlich. Vor allem für Männer, die keine Krieger sind.«

177

»Ich habe zwei Köpfe erbeutet. Mehr als manch anderer.«

Ein verächtliches Schulterzucken war die Antwort. »Du bist trotzdem kein Krieger. Du bist ein Feigling, beschimpfen dich deine eigenen Leute. Nur ein dahergelaufener Handwerker. Du magst ein Mann der Künste sein, aber ich gebe nichts darauf. Dies ist ein Kriegszug. Und Frauen, die vielleicht ein paar Pfeile schießen können, aber die Hosen voll haben, wenn es zu einem Kampf kommt, brauchen wir schon gar nicht. Bestenfalls als Dirne, aber deine Schwester will keiner. Also, wer sagt denn, dass ihr diesen Überfall in den Bergen überlebt habt? Es gab schließlich Tote. Und es wird noch mehr Tote geben, bis unser Einsatz für Caesar vorbei ist ...«

Nicht nur hatte Nammonius sie verkauft, er würde auch noch das Geld dafür für sich einstreichen, statt seinem Herrn zu geben. Wie schön war doch sein Leben in seiner Hütte im Wald gewesen! Smertrios schien, je mehr Menschen er begegnete, desto weniger mochte er sie.

»Also, ich denke, du weißt, wo du deine neue Herrin findest. Vor der wirst du noch knien lernen. Das würde ich doch glatt gerne sehen ... Ehe die Sonne im Zenit steht, bist du mit deiner Schwester hier weg.«

Nammonius wandte sich ab und stolzierte davon.

Sie hatte ihn gekauft. Wie einen Sklaven. »Ich kümmere mich schon darum, dass ich zu meinem Bogen komme.« Nun, so konnte man das natürlich auch angehen. Fehlte nur noch, dass sie ihm dann vorwarf, er hätte das Geld in dem Lederbeutel gestohlen. Niemand würde so mit einem Krieger umgehen. Aber wer war er schon.

Wütend packte er seine Sachen auf den Karren. Er fand Ferchar etwas abseits vom Lager, wo er sich gerade im Schwertkampf übte. Er kämpfte mit der Luft, sein verletztes Knie probierend. Ein wenig steif und vorsichtig, und auch nicht besonders motiviert.

»Du musst uns dein Pferd leihen und mir meinen Karren in die Stadt ziehen.«

Mit fragendem Blick kam Ferchar zu ihm. »Sind die Truppen aus dem Osten eingetroffen? Ich habe gar nichts gehört.«

»Nein.« Smertrios erzählte Ferchar, was geschehen war.

Der Bärenkrieger schüttelte ungläubig den Kopf. »Das lässt du dir gefallen?«

»Was soll ich tun? Gegen Nammonius kämpfen, dass er mich zurückkauft? Nicht dein Ernst, oder?«

»Und ich sah uns schon gemeinsam an Caesars Triumphzug teilnehmen.«

Und Smertrios hatte sich schon gesehen, wie er mithilfe eines römischen Bogenbauers den Sulnatris herstellte, sobald ihr Auxiliartrupp mit dem römischen Heer vereint war. Er zuckte die Schultern. Es zermürbte ihn, dass egal welchen Plan er fasste, es immer anders kam.

Sie spannten das Pferd vor den Karren und umrundeten das Römerlager, um Sanna auf der Wiese abzuholen, wo sie ihre Pfeile fliegen ließ. Sie lief ihnen entgegen, als sie den Wagen nähern sah.

»Ziehen wir weiter? Ich hab gar nicht mitbekommen, dass die Truppen aus dem Osten gekommen sind.«

»Sind sie nicht. Nur wir ziehen weiter.«

Als Smertrios ihr erzählte, was geschehen war, reagierte sie zu seinem Erstaunen nicht so wütend und enttäuscht, wie er erwartete hatte und wie er sich fühlte.

»Dann wirst du diesen Kriegszug zumindest überleben, fernab der Kämpfe.«

»Ja, als Sklave einer römischen Frau. Sehr ruhmreich. Das hilft uns sicher weiter. Wir sitzen in irgendeinem Dorf, weit weg von jedem Handelsort, wo wir die für uns nötigen Informationen bekommen könnten und fernab jeder Möglichkeit, rechtzeitig zur Herbst-Tagundnachtgleiche daheim zu sein. Ganz toll.«

»Dann lass uns fliehen.«

»Gute Idee, Sanna. Wir zwei, gesucht wie entlaufene Sklaven, vogelfrei. Das ist sicher eine gute Lösung.«

Ferchar kratzte sich am Kopf, unsicher, was er von den Worten halten sollte. »Das könnt ihr immer noch machen, oder? Ich würde erst einmal zu dieser Livia gehen. Einfach schauen, was geschieht.«

Smertrios seufzte. »Was anderes wird uns wohl nicht übrig bleiben. Sie hat uns gekauft.« Er reichte Sanna die Hand, um ihr auf das Kutschbrett zu helfen. Plötzlich wirkte sie klein und zerknirscht neben ihm. Als Ferchar das Pferd antrieb, lächelte sie Smertrios traurig von unten herauf an. »Ich vermisse Mutter. Und Giamvailos. Sogar Alauda.«

Smertrios nickte. Auch wenn er es nicht gerne zugab, auch ihm fehlte sie. Und seine einsame Hütte, die Stille und die Beständigkeit. Insofern war es vielleicht nicht so schlecht, nicht mehr mit den Kriegern unterwegs zu sein. Es würde hoffentlich wieder mehr Ruhe einkehren. Nächte, die nicht von grölenden Gesängen am Lagerfeuer begleitet wurden. Heimkehren, ja, das wäre fein. »Wer weiß, vielleicht sind die Götter uns ja hold. Dich lieben sie ja.«

Die beiden dunklen Sklaven traten aus der Taverne heraus, als sie mit dem Karren davor hielten. Einer wollte das Pferd am Zügel nehmen, um es in den Stall zu führen, doch Smertrios winkte ab. »Das Pferd gehört uns nicht.«

Sie verabschiedeten sich von Ferchar. Er drückte Sanna fest an sich, fuhr ihr mit der Hand durch die struppigen Haare. »Mach's gut, Kleine. Zeig's ihnen. Wenn ich erst Anführer der Bärenkrieger bin, komme ich dich mit meinem Weib besuchen.«

»Vielleicht lass ich mir ja bis dahin einen Bart wachsen«, grinste sie.

»Und du«, sagte Ferchar, als er Smertrios umarmte, »werde berühmt! Ich will meiner Braut einen Bogen von dir zur Hochzeit schenken. Zu der du natürlich kommen musst!«

Smertrios presste die Lippen aufeinander. »Mögen die Götter dich den Weg führen, der dir bestimmt ist.«

Ferchar stieg auf sein Pferd auf und ritt davon, immer wieder zurückblickend und winkend. Smertrios hatte den Arm um Sanna gelegt. Wer von ihnen wohl noch leben würde, wenn es Zeit für Ferchars Hochzeit war? Würde der Bärenkrieger den Kriegszug überleben? Sie beide den Sonnenschuss? Und würden die Götter sie mit einem grauenvollen Tod strafen, wenn sie zur Herbst-Tagundnachtgleiche nicht mit einem neuen Sulnatris in ihrem Dorf erschienen?

Die Sklaven führten sie in eine kleine Kammer. Auf dem Bett lagen frische Kleider – ein feines Leinenkleid für Sanna, das sie mit dem Gürtel hochraffen musste, damit es nicht zu lang war, und eine Tunika für Smertrios. Auch wenn die Sklaven und Livias Diener keine Hosen trugen, er würde gewiss nicht dieses kurze Ding ohne seine Braccae anziehen.

Frisch umgezogen warteten sie. Sie konnten eine Maus unter dem Bett nagen hören. Sonst war es still in der Gaststätte. Gestern schon war ihnen aufgefallen, dass im Schankraum keine Gäste gesessen waren. Langsam drang der Duft von Essen herauf. Sanna lachte verlegen, als ihr Magen laut knurrte. Smertrios legte ihr den Arm um die Schulter, drückte sie an sich. Zumindest waren sie beisammen. Der Diener kam sie holen und führte sie in das Nebenzimmer, in dem sie schon am Vortag mit Livia geredet hatten.

Sie thronte an einem gedeckten Tisch, kleine Teller mit den verschiedensten Speisen vor sich.

»Da seid ihr ja! Nehmt Platz und greift zu. Wir haben vieles zu besprechen.«

Sie setzten sich gegenüber der Römerin und der Diener schenkte ihnen Wein in die tönernen Becher. Sanna starrte die vielen Speisen an, Smertrios der Römerin ins Gesicht.

»Auch wenn Nammonius vielleicht anderes behauptet hat, aber ich bin nicht zu kaufen.«

Livia lächelte. »Ihr seid hier, die Details sind doch unwichtig. Greift zu, ich bin sicher, es wird euch schmecken.«

Smertrios ignorierte ihre Aufforderung, während Sanna sich vorsichtig ein paar Stücke auf ihren Teller häufte und zaghaft von den unbekannten Speisen kostete.

»Was willst du von uns?«

»Ich sagte doch schon, ich habe Großes vor mit dir. Ich bin ganz verliebt in deine Bögen. Ihr sollt mit uns mitkommen, sobald mein Mann wieder da ist, reisen wir ab. Ich will dir eine Werkstatt einrichten. Du wirst Bögen fertigen. Meine Freundinnen und ich huldigen der Diana, der Göttin der Jagd. Deine Bögen werden unsere Treffen zieren und Sanna wird – und du vielleicht auch – bei Wettkämpfen für mich viele Siege erringen.«

»Meine Bögen sind Waffen, kein Spielzeug für Frauen.«

Livias Blick verfinsterte sich. »Wir spielen nicht. Das wirst du schon noch sehen. Lass dich nicht täuschen, von dem, was du nun siehst.«

»Ich bin gut in Wettkämpfen«, warf Sanna ein.

Livia lächelte sie an. »Da bin ich ganz sicher, Liebes. Ich kaufe immer nur das Beste. Ich erwarte meinen Mann noch heute zurück, dann werde ich euch ihm vorstellen. Morgen brechen wir dann auf. Ich habe gehört, du benötigst ein Pferd für deinen Karren, Smertrios?«

Er nickte.

»Dann kümmere dich darum. Geld genug solltest du ja noch haben, ich nehme doch nicht an, dass du bereits alles ausgegeben hast. Und nun iss endlich, niemand in meinem Haushalt verlässt hungrig den Tisch.«

Zögerlich speisten sie. Livia erzählte ihnen kleine Geschichten, berichtete über ihre Mannschwester und deren verzogene Kinder, darüber, dass sie nun die ganze Taverne gemietet hatte, da die betrunkenen Gäste nicht zu ertragen gewesen waren, und dass ihr Mann in Virunum Smaragde besorgte, die er teuer als Lesehilfen verkaufte.

Kokett meinte sie: »Wer weiß, bald brauche ich vielleicht selbst so einen Stein als Lupe.«

Ihrem Blick nach erwartete sie, dass Smertrios ihr widersprach, sagte, dass sie doch noch viel zu jung sei. Doch Smertrios reagierte nicht, sondern Sanna: »Du kannst lesen?«

»Aber natürlich, Kind.«

»Kannst du es mir beibringen?«

Livia lächelte. »Dafür müsstest du aber erst Latein lernen. Oder Griechisch. Es gibt keine norischen Schriftstücke und auch keine Schrift, in der man schreiben könnte.«

»Dann will ich Latein lernen. Dafür gewinne ich auch in den Wettkämpfen für dich.«

Livias glockenhelles Lachen erklang.

Sanna deutete auf die Ritzereien an der Wand, die sie schon am Vortag betrachtet hatte. »Ist das Latein?«

Die Römerin warf einen kurzen Blick darauf. »Ja.«

Sanna erhob sich und ging nahe an die Wand heran, ihr Finger fuhr die geritzten Linien nach. »Was steht da?«

Auch Livia stand nun auf und trat dicht hinter Sanna, sah ihr über die Schulter. Sie schien Smertrios fast wie eine Mutter, die sich hilfreich über ihr Kind beugt, und doch schwang da etwas anderes in der Luft. Sie nahm Sannas Hand in ihre und unterstrich mit ihr gemeinsam jedes Wort, während sie es aussprach. »Cena pessima copa fututrix.«

Sanna wiederholte die fremdartigen Laute, ließ sie über ihre Zunge gleiten wie ungewohnte Kost. »Cena pessima copa fututrix. Und was bedeutet das in meiner Sprache?«

Die Römerin lachte und nahm wieder ihren Platz am Tisch ein, mit einem belustigten Blick auf Sanna übersetzte sie: »Das Essen ist schlecht, aber die Wirtin eine Hure. Ein Satz, den du gewiss oft benötigen wirst, kleine Sanna, nicht?«

Unbeeindruckt wiederholte Sanna die lateinischen Worte. Smertrios war erstaunt, dass sie es sich so rasch gemerkt hatte.

Sanna klatschte begeistert in die Hände. »Ich lerne Latein!«

Livia wandte sich lächelnd Smertrios zu. Die feinen Linien um ihre Lippen verschwanden, wenn sie lächelte, und sie wirkte jünger und sehr attraktiv. »Sie lernt schnell, deine Schwester.«

»Ja. Man muss aufpassen, was man ihr beibringt.« Er steckte ein wenig geräucherten Fisch in den Mund. Langsam konnte er sich ein Bild von Livia machen. Das Wirtshaus verzerrte natürlich vieles. Sie war eine reiche, gelangweilte Ehefrau. Eine Frau, die zu wenig zu tun hatte. So etwas kannte er nicht aus seinem Dorf. Aber dennoch würde er bei Livia erreichen, was er wollte, hoffte er. Seine eigene Werkstatt. Sollte sie seine Bögen für ihre Dianaspielchen wollen. Sie und ihre Freundinnen hatten Männer. Männer, die man für die Jagd begeistern konnte, wenn sie es nicht schon waren.

Er spürte, wie er sich zu entspannen begann. Ja, das war zwar anders als geplant, aber vielleicht nicht so schlecht. Gewiss weniger Lebensgefahr als auf dem Kriegszug, mehr Ruhe. Sie mussten nur dafür sorgen, dass Livia nicht das Interesse an ihnen verlor. Und ihm genügend Freiheit gab, den Sulnatris zu bauen und im Herbst das Dorf zu besuchen. Kalandina wäre stolz. Er lächelte die Römerin an.

Sie tunkte etwas von dem geräucherten Fisch in ein Schüsselchen mit einer dunklen Sauce und reichte es dann an Smertrios. »Damit muss man den Fisch essen, damit er wirklich schmeckt.«

Er kostete, unter ihrem aufmerksamen Blick. Sein Mund verzog sich, ohne dass er es verhindern konnte.

Livia lächelte. »Das ist Garum. Du wirst dich daran gewöhnen, es ist Teil der römischen Küche wie Kümmel der norischen.«

»Ist dein Mann Noriker, dass du dich so auskennst?« Sanna setzte sich wieder zu ihnen, tauchte nun auch etwas Fisch in die Sauce. Vorsichtig schleckte sie mit der Zunge die salzige Fischtunke wieder ab.

»Aber nein, Liebes. Mein Mann ist Römer, durch und durch. In Rom geboren, Sohn einer bedeutenden Familie in Rom, und nun in Gallia Cisalpina daheim. Ich bin die Norikerin. Er hat mich auf einem Handelszug meinen Eltern abgekauft, da war ich zwölf. Er hat mich zu dem gemacht, was ich bin.«

Was auch immer das bedeutete. Ihre Stimme hatte einen eigenartigen Klang, als sie es sagte.

Sie erhob sich.

»Nun denn, es wird Zeit. Wenn du noch ein Pferd erstehen willst, solltest du nun gehen, Smertrios. Gehe mit ihm, Sanna, denn das Pferd soll schließlich auch dir gefallen.«

»Dann wird es ein Ochse«, lachte Smertrios, der ebenfalls aufgestanden war.

Livia sah fragend von einem zum anderen.

»Sie hat panische Angst vor Pferden.«

Livias Blick ruhte auf Sanna. Kurz schwieg sie, ernstlich betrübt. »Wie schade.«

Spät am Abend hörten sie Livias Mann in der Taverne ankommen. Smertrios und Sanna saßen in ihrer kleinen Kammer, das neue Pferd stand im Stall und Smertrios drehte eine Sehne für einen der Bögen. Sanna hockte auf dem schmalen Bett und fettete im schwachen Licht der kleinen Öllampe ihren Armschutz ein. Sie lauschten beide angestrengt, als sie durch das offene Fenster die Stimmen der beiden Sklaven und eines fremden Mannes hörten. Sie konnten kein Wort verstehen. Als die Tür der Wirtsstube zuschlug, zuckte Sanna die Schultern. »Also da ging es weder um schlechtes Essen noch um Huren.«

Wenig später wurden sie von dem Diener in die Gaststube geholt. Neben Livia saß nun ein kleiner Mann am Tisch, gewiss nicht größer als sie. Sein Haar war bereits etwas schütter und grau, doch seine Augen jung und wach. Er musterte die beiden Eintretenden von oben bis unten.

»Wie ich höre, ist meine Frau äußerst begeistert von euch.« Er hatte einen starken Akzent, wie jemand, der eine Sprache schon seit vielen Jahren spricht, aber sich nie mit ihrer Melodie und ihren besonderen Lauten hatte anfreunden können. Er legte Livia die Hand auf den Arm, der auf dem Tisch ruhte, nickte. »Sie sehen Erfolg versprechend aus.«

Livia lächelte ihm zu, dann Smertrios. »Mein lieber Mann erkennt auf einen Blick, ob etwas ein gutes Geschäft war. Auch er sieht euer Potenzial.«

»Das freut mich«, sagte Smertrios. »Denn ich bin ehrgeizig.«

»Sehr gut«, erwiderte Livias Mann. »Ehe wir morgen abreisen, werden wir noch einen Vertrag aufsetzen. Ich regle Geschäfte gerne schriftlich.«

»Wir können aber nicht lesen«, warf Sanna ein.

»Wir werden es euch vorlesen«, meinte der Händler milde.

»Ihr werdet uns eben vertrauen müssen«, lächelte Livia.

»Und nun lasst uns alleine.«

Mit einer Handbewegung scheuchte er Smertrios und Sanna davon, und noch ehe sie das Zimmer verlassen hatten, beugte er sich bereits über Livia und küsste sie geräuschvoll.

Kapitel 16

Eine lange Reise

Beim Frühstück reichte Livias Mann ihnen eine Rolle, die sie unterzeichnen sollten. Ehrfürchtig strich Sanna mit dem Finger über die stoffartige Bahn.

»Was ist das?«

»Unser Vertrag miteinander.«

»Nein, das Material. Ist das Gras?«

Smertrios musste lächeln. Sanna und ihre Liebe zu Gras. Es war, als hätte sie soeben etwas entdeckt, das schöner war, als alles, was sie bisher kannte. Die Sonnenscheibe im Nemeton hatte ihr nicht solch ehrfürchtiges Staunen entlockt.

Livias Mann nickte milde, auch er hatte diesen Ausdruck im Gesicht, den alle Männer in einem bestimmten Alter bekamen, wenn sie Sanna ansahen: »Ja, eine Form von Gras, sehr gut erkannt. Man nennt es Papyrus.«

»Aber es ist nicht geflochten, oder?«

»Nein, nicht ganz. Die Halme werden in kreuzweisen Lagen übereinandergelegt und dann geklopft und gepresst, dadurch tritt der Saft aus und verklebt die Schichten, wenn sie trocknen. Es ist ein besonderes Gras und man benützt diese libelli, diese Rollen, um wichtige Ereignisse und Gedanken darauf festzuhalten. Das ist etwas, das ihr Noriker nicht versteht, aber wir schreiben Dinge nieder. Es gibt libelli, die haben Menschen geschrieben, die schon lange tot sind, und noch immer können wir ihre Gedanken lesen.«

Sanna starrte noch immer den Papyrus an. Smertrios war sich sicher, dass sie die nächste Zeit damit verbringen würde, auszuprobieren, ob man aus normalem Gras auch solche Stoffbahnen herstellen konnte. Er musste sie in die Seite stoßen, damit sie ihre Aufmerksamkeit wieder der momentanen Situation zuwandte.

Der Diener erklärte ihnen den Inhalt des Vertrags. Sie würden ab heute zum Haushalt der Livia gehören.

Smertrios fragte nach: »Zu ihrem Besitz? Nicht zu seinem?«

Der Diener nickte. »Ja, ihr seid ihr Eigentum. Die beiden trennen das sehr genau. Dafür, dass ihr nun Livia gehört, verpflichtet sie sich, als eure Förderin aufzutreten. Sie verpflichtet sich, dir eine Werkstatt einzurichten und dich zu unterstützen, und sie verpflichtet sich, Sanna zu beschützen.«

Smertrios starrte die ihm so unbekannten Zeichen auf dem Papyrus an. »Und wozu verpflichten wir uns?«

Ein schiefes Lächeln zeigte sich im Gesicht des Dieners. Vom Nebentisch antwortete Livias Mann: »Das lob ich mir. Ein Mann, dem klar ist, dass so ein Vertrag nicht einseitig ist. Das findet man nicht überall jenseits der Alpen.«

Der Diener fuhr fort: »Nun, ihr verpflichtet euch, ihr Gehorsam zu leisten. Jederzeit zu tun, was eure Herrin von euch verlangt, eure Herrin, die immer euer Wohlergehen im Auge hat.«

Oder das, was Herrinnen unter dem Wohlergehen ihrer Untergebenen verstanden, dachte Smertrios.

»Wir werden also ihre Sklaven?«

»Aber nein!«, ertönte Livias helle Stimme. »Meine Schützlinge. Ich werde euch protegieren, in ganz Gallia Cisalpina wird man von dir reden, dem keltischen Bogenbauer, und seiner kleinen Schwester, die besser schießt als ein Mann.«

»Was hast du davon?«

Smertrios war immer noch misstrauisch, obwohl ein Teil von ihm ihre Worte nur zu gerne vernahm.

»Unterhaltung. Dein Ruhm, euer Ruhm, wird auf mich als eure Herrin zurückfallen.«

»Und wenn wir eines Tages gehen wollen?« Er dachte an die Herbst-Tagundnachtgleiche.

Livia lachte. »Ich bezweifle, dass ihr das wollt, wenn ihr erst unser Heim gesehen habt. Du darfst nicht glauben, dass diese schäbige Unterkunft auch nur im Geringsten mir entspricht. Aber wenn – solltet ihr eure Familie besuchen wollen, so werden wir Wege finden, mein lieber Mann ist oft genug in Norikum unterwegs … und solltet ihr mich ganz verlassen wollen …« Für einen Augenblick huschte ein dunkler Schatten über ihr Gesicht. »Nun, ihr habt natürlich die Möglichkeit, mir meine Investitionen in euch zurückzuzahlen.«

Sanna zupfte ihren Bruder an seiner Tunika. »Komm schon. Eine eigene Werkstatt. Bestimmt kannst du da den Bogen bauen. Fernab der Kriegskämpfe.«

Ja, dass sie froh war, nicht noch einmal in ein Scharmützel wie in den Bergen zu geraten, das verstand er nur zu gut. Aber sollten sie das wirklich tun? Er hatte keine Ahnung, wo dieses Gallia Cisalpina war. Obwohl ihm der Name vertraut vorkam – war das nicht die Gegend, aus der Sannas neuer Bogen kam? Sollte es dort nicht die beste Bogenmanufaktur geben – wenn das nicht nur so von den Händlern in Virunum dahergesagt gewesen war?

Sanna warf einen kurzen Blick zu dem Tisch, an dem Livia und ihr Mann saßen, dann näherte sich ihr Kopf Smertrios' Ohr. Ihr kurzes Haar kitzelte ihn.

»Ich habe ein gutes Gefühl. Erinnerst du dich, wie dieser Druide bei Voccio sagte, ich werde meinen Weg gehen? Ich spüre, dass das der Weg ist. Und ich bin ganz sicher, dass die Götter uns auf diesem Weg zurück in unser Dorf führen, mit dem Sulnatris.«

Sie nickte ihm noch einmal ernsthaft zu. Smertrios sah in ihre grünen Augen. Er hatte überhaupt kein Gefühl dafür, ob dies nun der richtige Weg war oder nicht. Ein Teil von ihm lechzte nach dem, was Livia sagte – eine eigene Werkstatt, Ruhm, Protektion. Doch ein anderer Teil fühlte sich unbehaglich. Sollte er sich wirklich unter die Herrschaft dieser Frau begeben? Dieser Frau, die ihre Mittel zielführend einzusetzen wusste, so viel war ihm bereits jetzt bewusst. Livia war niemand, der auf etwas verzichtete, das sie wollte. Wie sehr würde sie ihm diktieren, was er wann zu tun hatte?

Als hätte sie seine Bedenken gehört, lächelte die Römerin zu ihm herüber, Honig von ihrem Finger schleckend. »Natürlich werde ich mich nicht in deine Bogenbaukunst einmischen, denn ich verstehe nichts von diesem Handwerk. Ich liebe es, anderen zu helfen, ihre Ziele zu erlangen – und ich habe die Mittel dazu. Du wirst es nicht bereuen. Setze dein Zeichen unter das Schriftstück, damit wir aufbrechen können. Ich bin diese Taverne so etwas von leid.«

Ihr Mann legte beschwichtigend die Hand auf ihren Arm.

»Du hättest nicht zulassen dürfen, dass meine Schwester dich in solch einem Schandloch unterbringt. Ich werde dafür sorgen, dass so etwas nicht wieder vorkommt. Und was deine zwei Noriker betrifft – mir gefällt es, dass dein Bogenbauer genau überlegt. Ich mag keine Hitzköpfe, ich mag keine Dummköpfe. Vielleicht werde ich ihn dir eines Tages abkaufen. Ein kluger Kopf, genügend Sklaven für die Arbeit, und seine Bögen – wenn sie denn so gut sind, wie du sagst – also, seine Bögen ließen sich bis nach Rom verkaufen, dort haben sie ja teilweise ein Faible für alles von jenseits der Alpen. Vielleicht lernt er ja auch noch, unsere Art von Bögen zu bauen.«

Es wurde Smertrios ganz warm. Er wäre ein Idiot, wenn er nicht unterschriebe. Der Diener reichte ihm einen Gänsekiel, dazu ein Fässchen mit einer schwarzen Flüssigkeit. Vorsichtig malte Smertrios sein Symbol auf den Papyrus, jenes Zeichen, das auch all seine Pfeile und Bögen zierte.

»Wunderbar!«, klatschte Livia in die Hände. »Und nun du, Sanna, setzte dein Zeichen einfach daneben.«

»Ich habe kein Zeichen«, meinte Sanna verlegen.

Livia erhob sich und trat an ihren Tisch. Sie legte den Federkiel in Sannas Hand und nahm diese in ihre. »Dann will ich dich lehren, deinen Namen in Latein zu schreiben.«

Sanna strahlte Smertrios an, während Livia Sannas Hand über den Papyrus führte. Sie starrte auf die schwarzen Zeichen, die dort erschienen. »Und das heißt Sanna?«

Livia nickte.

Sanna wollte mit dem Finger über die Schrift fahren, doch Livia riss ihre Hand zurück. »Nanana, das lass lieber. Die Tinte muss trocknen, sonst hast du nur einen verschmierten Fleck.«

Sanft blies Livia über die nasse Schrift, den Blick auf Smertrios gerichtet. »Wie ich mich freue, dass ihr beide nun Teil meines Haushalts seid. Wir werden wunderbare Dinge miteinander erleben.«

»Gut.« Ihr Mann erhob sich von seinem Platz. »Hätten wir das nun auch geregelt, ehe wir aufbrechen. Wir treffen uns in Kürze draußen, es wird Zeit, dass wir heimwärts fahren.«

Nachdem Smertrios sein neues Pferd vor den Karren gespannt hatte und feststellen musste, dass außer ihnen noch drei weitere Lastenkarren und Livias geschlossene Reisekutsche zu ihrem Tross gehörten, stand plötzlich einer der beiden dunklen Sklaven vor ihm.

»Ich lenke deinen Wagen. Die Herrin wünscht, dass du und deine Schwester mit ihr reisen.«

Smertrios reichte ihm die Zügel und warf einen Blick zu Sanna, die gerade ihr Bündel hinten auf den Karren legte.

»In dem geschlossenen Wagen?«, fragte sie.

Der Sklave nickte und kletterte auf das Kutschbrett.

»Ich bin noch nie in einem geschlossenen Wagen gefahren.«

Sie griff den Gurt ihres Köchers, als müsse sie sich daran festhalten. Ohne sie weiter zu beachten, lenkte der Sklave ihr

Pferd an Livias Wagen vorbei, um sich den anderen Lastkarren anzuschließen. Smertrios sah seinem Karren hinterher. All sein Besitz lag darauf. Auch er fasste sich an den Gurt seiner Rückentasche, als er sich dem Reisewagen näherte. Bequemer war es wahrscheinlich in dem geschlossenen Wagen, aber entspannter wäre es auf seinem eigenen Karren, wo er nicht jedes Wort auf die Waagschale legen musste. So war das nun also. Er hatte zu tun, was seine Herrin wollte.

Er öffnete die schmale Türe und ließ Sanna zuerst hineinklettern. Der Wagen war geräumig, auf der gepolsterten Bank in Fahrtrichtung saßen Livia und ihr Mann, er ritzte gerade etwas in eine Wachstafel, während sie gelangweilt aus der kleinen Luke gegenüber der Türe blickte. Beide sahen auf, als die Geschwister hereinkamen. Mit einem abwesenden Kopfnicken deutete Livias Mann ihnen, ihnen gegenüber Platz zu nehmen.

Sie legten ihre Bögen ab und setzten sich vorsichtig auf die gepolsterte Bank, die gegen die Fahrtrichtung gerichtet war. Verstohlen wippte Sanna auf den Polstern auf und ab.

»Das Reisen ist oft so langweilig, so können wir die Zeit nützen, uns besser kennenzulernen.« Livia wirkte nicht so souverän wie sonst. Kleine Schweißperlen standen ihr auf der Stirn und ihre Finger spielten nervös mit den prunkvollen Ketten um ihren Hals.

»Es ist das erste Mal, dass ich in so einem Wagen fahre«, wiederholte Sanna.

Livia lächelte gequält. »Glaube nur nicht, dass es so ein großes Vergnügen ist.«

Ihr Mann sah von seiner Wachstafel auf. »Es tut mir leid, Liebling, aber es ist nun einmal nicht möglich, von meiner Schwester bis zu uns in einer Sänfte zu reisen.«

In dem Moment setzte der Wagen sich in Bewegung. Der Ruck kam unerwartet und Livia hielt sich erschrocken am Arm ihres Mannes an. Es fühlte sich ungewohnt an, mit dem Rücken voran zu reisen, aber die weichen Polster waren entschieden bequemer als das Kutschbrett auf Smertrios' Karren. Er versuchte, nach draußen zu blicken, doch die beiden Luken in der Türe und ihr gegenüber waren zu klein, um von seiner Position aus viel zu sehen.

»Du musst diesen Wagen umbauen lassen«, meinte Livia gerade. »Er braucht größere Öffnungen, mehr Licht und Luft. Man fühlt sich ja eingesperrt wie in einer Kiste, als wäre man eine Ware und kein Mensch.«

Ihr Mann nickte, erneut vertieft in seine Wachstafel.

Smertrios gab sich alle Mühe, Livia zu unterhalten. Er war nicht der große Erzähler, aber ein Thema gab es, bei dem er doch ins Plaudern kam, und das waren seine Bögen. So erzählte er Livia genau, wie seine Art der Bögen gebaut wurde, worauf bei der Qualität der Materialien zu achten sei, er erzählte von seinen Fehlschlägen, von Bögen, die so viel Spannung gehabt hatten, dass sie ihm fast um die Ohren geflogen waren, von anderen, die beim ersten Schuss gebrochen waren. Smertrios konnte sehen, wie Livia sich langsam entspannte. Sie hörte aufmerksam zu, stellte Fragen, lachte an den richtigen Stellen und ließ sich an Smertrios' Bogen genau die einzelnen Teile zeigen. Langsam sah auch ihr Mann von seiner Schreibarbeit auf und wirkte interessiert.

»Wir werden sehen müssen, wo wir die nötigen Materialien für deinen Bogenbauer herbekommen.«

»Für dich als Händler, lieber Publius, sollte es doch nicht schwer sein, zu erhalten, was Smertrios nicht selbst in unseren Bergen findet.« Livias Augen sahen ihren Mann treuherzig an.

Smertrios spürte, wie Sanna neben ihm zusammenzuckte.

»Du heißt Publius?«

»Ja, gefällt dir mein Name nicht?« Sein Mund verzog sich zu einem Lachen. »Mir auch nicht.«

Sanna sah ihren Bruder an, als müsste sie ihn um Erlaubnis bitten. Erst als sie weitersprach, verstand er, was sie so unter Spannung versetzt hatte. Natürlich. Ein Händler namens Publius aus Gallia Cisaplina.

»Publius Tiberinus mit der Bogenmanufaktur?«

Livia legte ihrem Mann die Hand auf das Knie. »Siehst du, lieber Mann, sogar diese beiden haben schon von dir gehört!«

Publius beugte sich zu Sanna vor, seine Augen blitzten ein wenig schelmisch. »Ja. Publius Tiberinus Moron. Der bin ich.«

Sannas Hände krampften sich in den Stoff ihres Kleides. »Und du baust römische Bögen?«

Noch immer mit einem belustigten Lächeln im Gesicht, aber nun mit einem misstrauischen Blick, lehnte Publius sich wieder zurück. »Ich selbst nicht. Ich bin nur Teilhaber einer Manufaktur in Massilia. Wieso fragst du?«

»Ist mein Bogen aus deiner Manufaktur?« Hastig hob sie ihn vom Boden auf und hielt ihn Publius hin. Im gedämpften Licht des Reisewagens betrachtete er ihn nachdenklich.

»Gut möglich. Es gibt einige, die für die Armee produzieren. Ehrlich, ich habe damit nicht viel zu tun, außer, dass ich Geld investiert habe, als mein Kompagnon die Manufaktur aufgebaut hat.« Er lachte ein wenig verlegen. »Ich kann nicht einmal besonders gut damit umgehen. Livia hat eine Vorliebe für die Bogenjagd, ich sehe nur den finanziellen Gewinn.«

Smertrios ließ den Kopf nach hinten gegen die Wagenwand fallen. Publius Tiberinus, Teilhaber der Bogenmanufaktur, die für ihre Bögen selbst jenseits der Alpen bekannt war. Er könnte weinen vor Freude. Sein Blick traf Sanna. Sie lächelte ihn an.

Doch nun brachte Livia sich in das Gespräch ein. »Ach, mit der Manufaktur haben wir eigentlich nichts zu tun, die ist uninteressant, furchtbar aufwendig, diese Bögen. Viel mehr gefällt mir die Art, wie du Bögen baust, Smertrios. So rein und ursprünglich! Lass dir ja nicht einfallen, etwas daran zu ändern! Ich finde sie furchtbar, diese empfindlichen römischen Bögen mit Steinbockhorn und Rohhaut, so barbarisch – reines Holz! Das ist es!«

»Nun«, versuchte Smertrios das Gespräch in eine von ihm gewünschte Richtung zu bringen, »ich fände es schon sehr interessant, zu sehen, wie diese römischen Bögen gebaut

194

werden. Du hast selbst gesehen, Livia, wie gut Sanna damit umgeht, ich würde das sehr gerne lernen.«

»Blödsinn.« Livia funkelte ihn wütend an. »Dieses hochtechnische Zeug. Wir – also meine Freundinnen und ich – huldigen der Diana, der Göttin der Jagd. Ich will reine Bögen dafür, nur aus Holz, in bester Qualität. Sanna wird sie vorführen und ach, was werden sie alle staunen! Oh, wir werden wunderbare Wettkämpfe ausrichten, und du, Smertrios, wirst für jede einen Bogen bauen, der genau zu ihr passt, so elegant und lang, so harmonisch in der Form. Die anderen sind doch verkrüppelt. Und Massenware. Lieblos von Sklaven gearbeitet, nicht Kunstwerke eines Mannes, der sich wahrlich auf das Material versteht.«

Smertrios schluckte und sah zu Publius – vielleicht ein wenig verzweifelt, denn der Römer lächelte mitfühlend. So nahe am Ziel, und als Besitz dieser Frau doch so weit weg davon. Nun, noch hatte er etwas Zeit. Vielleicht konnte er sie ja mit Geduld und sanfter Beharrlichkeit dazu bringen, dass er die Manufaktur besuchen konnte. Er schluckte die Bitterkeit hinunter, dass er nun Bögen für Frauen bauen würde. Immerhin für den Kult einer Göttin. Aber trotzdem.

Lange Zeit schwiegen sie, lauschten dem Rumpeln der eisenbeschlagenen Räder. Irgendwann begann Livia, von ihrem wunderbaren Haus und all seiner Pracht zu erzählen. Smertrios hörte kaum zu.

Nach ein paar Tagen des Reisens hatte auch Smertrios den geschlossenen Wagen mindestens so satt wie Livia und sehnte sich nach seinem Karren mit dem harten Kutschbrett, von dem aus man zumindest die Landschaft sah, durch die man fuhr, und auf dem die Luft frisch und nicht stickig war. Er wusste, dass sie auf viel befahrenen Straßen unterwegs waren, denn er konnte die anderen Wagen und die vielen zu Fuß gehenden Reisenden hören, doch in ihrer Kutsche waren sie ähnlich eingesperrt wie in Voccios Verlies. Hier und da, wenn er sich vorbeugte und durch die schmalen Luken sah, blickte er auf Getreidefelder, deren ins Gelb wechselnde Grün von Fruchtbarkeit und ausreichend Regen zeugte. Die Gegend war flach, gerne hätte er sie in Ruhe betrachtet, denn er ahnte, dass sie durch eine Ebene fuhren, wie er sie noch nie gesehen hatte. Aber vielleicht würde einem solch ein Anblick auch langweilig werden, fehlte ihm doch die Abwechslung, die sein gewohntes Hügelland hinter jeder Biegung versprach.

Bald waren ihre Gespräche versiegt und sie verbrachten die eintönigen Reisetage dösend. Smertrios gab sich Tagträumen hin, die ihn mit seinem Kind durch die Wälder streichen ließen. Sanna zupfte bei jeder Rast einige Grasbüschel aus und flocht Bänder und Figuren, die sie dann aus den kleinen Luken hinausfliegen ließ. Als hinterließe sie eine Spur, damit man sie fände … Dachte sie an Ferchar?

Auch wenn Livia sie wie Gäste in ihrer Kutsche reisen ließ und nicht wie Sklaven dem Wetter ausgesetzt, so war dennoch offensichtlich, dass sie Untergebene waren, deren Anwesenheit Dienern gleich einerseits ignoriert oder bei Bedarf und Laune benutzt wurde. Publius hatte ein Brett mit, in dem eine Rundmühle eingeritzt war, und hier und da spielten sie, das Brett auf den Knien balancierend. Dafür war die gerade Straße von Vorteil, doch oft genug fielen die flachen Steine zu Boden, wenn sie über eine Unebenheit rumpelten.

Die meisten Nächte verbrachten sie in Tavernen entlang der Straße, wo Smertrios und Sanna mit den Dienern und Sklaven ein Zimmer teilten, meist auf dem Boden schlafend. Die Häufigkeit der Gaststätten und die vielen Reisenden dort machten Smertrios ebenfalls klar, dass sie sich auf einer der Hauptrouten des römischen Reichs befinden mussten. Zumindest hoffte er das, denn wenn dies keine Hauptroute war und dennoch so reich befahren, dann war Rom noch viel mächtiger und einschüchternder als gedacht. Vor allem war es noch viel größer. Ihre Reise schien kein Ende zu nehmen. Wann fände er endlich wieder die Möglichkeit, sich zu bewegen? An seinen Bögen zu arbeiten? Ungestört mit Sanna zu reden? Er vermisste Ferchar und das Lachen, das sie oft zu dritt so herzhaft geteilt hatten.

Am zwölften Tag jedoch änderte sich die Luft. Durch die kleinen Luken drang der Geruch von Fisch und von Salz. Als sie mittags zu einer Rast anhielten und ausstiegen, bot sich ihnen ein unbekannter Anblick. Unbekannter als alles bisherige.

Statt Wiesen, Hügel und Wälder blickten sie von einem erhöhten Felsweg auf eine riesige Fläche Wasser. Kleine Wellen, wie bei Wind auf einem Teich, schlugen gegen die Küste. Die Weite war unglaublich. Es gab nichts, woran sich das Auge bis zum Horizont festhalten konnte, nur diese unendliche blaue Fläche. Waren sie am Ende der Welt angekommen?

Sanna stand neben ihm, die Augen weit aufgerissen, den Mund leicht geöffnet. Sie starrte das riesige Wasser an, wandte dann kurz den Blick Livia zu, die sie gespannt beobachtete, nur um sogleich wieder in die Weite hinauszustarren. »So viel Wasser! Das muss eine mächtige Göttin sein! So viel Wasser!«

Smertrios zwang seinen Blick von der überwältigenden Aussicht weg auf Livia, die vor der Reisekutsche stehend lachte. Sie betrachtete seine Schwester mit einem freudigen Blick, amüsiert und berührt von Sannas kindlichem Staunen.

»Das ist das Meer, Liebes.«

»Das Mehr. Oh, es ist ganz gewiss mehr. Es ist – das Größte! Kann man – darf man in seine Nähe?«

»Natürlich! Fischer fahren mit Booten darauf. Es ist nichts anderes als ein großer See. Es ist gewiss nicht das Größte. Nur das Mare Nostrum, unser Meer, das römische Meer. Weiter im Westen gibt es einen viel größeren Ozean.«

»Noch größer? Aber – aber man kann nicht einmal das Ende sehen! Gibt es denn ein Ende?«

Nun trat auch Publius heran. »Aber natürlich gibt es ein Ende. Es ist nur eine Schiffreise von etwa vier Tagen, ehe man in Afrika landet.«

»Afrika ...« Sanna ließ das fremde Wort auf ihrer Zunge zergehen. Dann sank sie plötzlich vor Livia auf die Knie. »Oh Herrin, ich danke dir. Das zu sehen! Niemand in meinem Dorf wird mir das glauben! Ein Wasser, so riesig, dass man kein Ende sieht!«

Livia zog sie in die Höhe. »Komm, lass uns hinunter gehen. Möchtest du deine Füße ins Meer stecken?«

Verwirrt und ängstlich starrte Sanna auf das weite Wasser. »Das geht?«

»Aber ja! Es frisst dich schon nicht. Komm!«

Die beiden Frauen liefen einen schmalen Steilweg hinab. Smertrios folgte, da nahm Publius ihn am Arm. »Vielleicht nicht das, was man einem Untergebenen sagen sollte, aber nicht Sanna hat Livia zu danken. Euch zu finden hat mein Weib wohl gerettet. Wisse, es herrscht Bürgerkrieg. Livia musste unsere beiden Söhne, gerade zum Mann geworden, meinem Verwandten geben, denn das war schon seit Jahren vereinbart. Gewiss, er hat versprochen, auf sie aufzupassen, doch die Sorge um ihre Söhne hat sie fast umgebracht, befinden sie sich doch dort, wo Caesars Truppen bestimmt bald auf seine Feinde treffen. Deine Schwester tut ihr gut. Und du auch – sie braucht immer etwas zu tun, jemanden, dessen Leben sie gestalten kann. Und ich bin sehr froh, wenn es nicht meines ist!« Er lachte, während sie den beiden Frauen folgten.

Sanna stand im sandigen Grund, die Hände vor den Mund geschlagen. Livia hatte ihr feines Kleid in die Höhe gerafft, dass man ihre schlanken Beine sehen konnte, und griff nach Sannas Arm. »Komm! Komm schon!«

Sie zog Smertrios' Schwester mit sich, die aufgeregt quietschte, als ihre bloßen Füße das Meer berührten. Publius blieb am Ufer stehen und betrachtete das Schauspiel mit Wohlwollen. Bald schon hüpften und sprangen die beiden Frauen im seichten Wasser herum, spritzten und planschten. Die Tage, eingesperrt in der Kutsche, brachen nun als unbändige Energie aus ihnen heraus.

»Smertrios, komm! Es ist herrlich!« Sanna fiel auf die Knie, fasste Wasser mit ihren hohlen Händen und ließ es sich über den Kopf rinnen. Ihre Zunge schleckte nach den Tropfen, sie verzog das Gesicht, sprang auf. »Salz!« Mit Staunen betrachtete sie die riesige Wasserfläche erneut. »Es schmeckt nach Salz!«

Livia nickte.

»Ja, das Meer ist salzig. Man kann es nicht trinken.«

Verwirrt zog Sanna sich aus dem Wasser zurück, trat neben Smertrios, wie um Schutz zu suchen. »Das ist verrückt. Wasser, das man nicht trinken kann. Und zugleich ein unermesslicher Reichtum. Lauter weißes Gold, aber nichts zum Trinken!« Sanna schüttelte erschüttert den Kopf.

Ein Diener eilte auf Livia zu, die nun ebenfalls an den Strand kam, und reichte ihr ein Leinentuch zum Abtrocknen.

Smertrios legte seinen Arm um Sannas Schultern. Ihre kurzen Haare standen struppig in die Höhe, er konnte das Salz an ihr riechen. »Leben und Tod. Reichtum und Verderbnis. Immer beieinander, nicht? Es ist beeindruckend.«

Sanna nickte. »Können wir jetzt weiterfahren? Ich muss darüber nachdenken.«

Schweigend machte sie sich auf den Weg zurück zum Karrentross hinauf. Als Smertrios ihr nachging, hatte er das Gefühl, seine Schwester hätte sich in diesem Moment ebenso verändert, als hätte ein Mann sie genommen. Die Welt hatte ihr wieder einmal bewiesen, dass sie noch unglaublicher war als ihre eigenen Vorstellungen.

Kapitel 17

Gallia Cisalpina

Es vergingen noch weitere fünf Tage, die sie in der Reisekutsche verbrachten. Sanna hatte mit Smertrios Platz getauscht, damit sie vorgebeugt aus der kleinen Luke auf das Meer sehen konnte. Aufgeregt berichtete sie immer wieder, wie nahe oder wie hoch darüber sie sich gerade befanden.

Doch endlich kamen sie an. Am frühen Nachmittag eines strahlend sonnigen Tages erreichten sie die Villa von Publius und Livia. Sie fuhren durch ein großes Tor in einer hohen Mauer, an deren Außenseite sich einige kleinere und größere Häuser schmiegten und das von einem bewaffneten Mann bewacht wurde.

Smertrios meinte, dass dies also nun das Dorf wäre, in dem Livias Haus stünde.

Sie lachte. »Nein, das ist unsere Villa. Am Rand befinden sich die Lagerhäuser, einige Geschäfte, die wir angesiedelt haben. Aber es gehört alles Publius.«

Sie fuhren weiter einen gewundenen Weg den steilen Hang hinauf, durch einen prächtigen Park. Büsche blühten in den leuchtendsten Farben, dazwischen klammerten sich kleine Obstbäume in die karge Erdschicht. Gärtner in kurzen Tuniken jäteten Unkraut, eine junge Frau mit einem riesigen Blumenstrauß im Arm eilte an der Kutsche vorbei, wohl um der Herrin im Haus einen hübschen Empfang zu bereiten.

Der Wagen hielt. Sie standen vor einer imposanten Villa, größer als Smertrios je ein Haus gesehen hatte. War schon Voccios große Halle beeindruckend gewesen, dies hier war damit nicht zu vergleichen. Kein Wunder, dass Livia damals gesagt hatte, er solle sie nicht nach der Taverne beurteilen, in der sie nächtigte.

Smertrios fragte leicht misstrauisch: »Warum nächtigt jemand, der so eine Villa besitzt, in einer Taverne wie der, wo wir dich kennengelernt haben?«

Livia wandte sich mit einem leicht nervösen Lächeln an ihn: »Ach, das hat sich als Missverständnis herausgestellt. Mein lieber Mann hat das noch am Abend seiner Ankunft durch einen Boten klären lassen. Als im Haus seiner Schwester alle an einer dieser Seuchen erkrankten, die in manchen Gegenden immer wieder auftreten, da hat sie ihrem Diener befohlen, mich und mein Gefolge woanders unterzubringen. Der dumme Kerl aber hat den Namen missverstanden – vielleicht hat auch Publius' Schwester im Fieber ihn undeutlich ausgesprochen – und hat uns in diese erbärmliche Kaschemme gebracht.«

Sie warf einen Blick zu ihrem Mann, der in ein Gespräch mit dem Major Domus vertieft war.

»Oder zumindest behauptet sie das.«

Livia zuckte die Schultern, einen bitteren Zug um den Mund. Die lange Reise nach Westen hatte ihr viel an Frische und Jugendlichkeit genommen, staubig und erschöpft von der Kutschenfahrt konnte sie nicht leugnen, dass sie bereits junge Männer zu Söhnen hatte.

Die Packwagen wurden bereits von einer Gruppe Sklaven abgeladen und Smertrios eilte zu seinem. Er wusste nicht, was nun weiter mit seinen Sachen geschehen würde. Jeden Abend hatte er seine Materialien auf dem Wagen kontrolliert, selbst unter der dicken Lederplane hatte ihnen die Hitze der Sonne ein wenig zugesetzt. Er hoffte, dass er bald an neues Rohmaterial herankäme.

Ein kleiner stämmiger Mann schlug Smertrios auf die Finger, als er seine Plane heben wollte, um nach seinen Sachen zu sehen. Wütend redete er auf ihn ein, Smertrios verstand kein Wort. Der Bogenbauer fühlte müden Ärger in sich hochsteigen.

Livia, die das Ganze beobachtet hatte, trat hinzu. Der stämmige Mann verbeugte sich vor ihr und zog den Kopf ein, als sie in der fremden Sprache offensichtlich mit ihm schimpfte. Mit einer kleinen Verbeugung sagte er auch etwas zu Smertrios, was wohl eine Entschuldigung sein sollte, dann machte er ein paar Schritte zur Seite.

»Ich sehe schon, du musst rasch Latein lernen. Auch wenn mein Mann durch seine Handelsreisen des Norischen sehr gut mächtig ist, die meisten unserer Diener und Sklaven sind es nicht, sprechen nur ihren Heimatdialekt und Latein. Publius findet das auch gut so – es ist immer von Vorteil, wenn man sich vor dem Personal unterhalten kann, ohne verstanden zu werden. Aber dich müssen sie verstehen, und du sie. Nun, ich werde dir und Sanna schon das Nötigste beibringen.«

Sie drehte sich zu dem stämmigen Sklaven um und gab ihm wohl ein paar Anweisungen, denn er nickte.

»Er wird deinen Karren in einen der Schuppen bringen. Noch heute werde ich dafür sorgen, dass wir eine Werkstätte für dich finden. Fürs Erste warte hier, bis man dort alles für dich bereitet hat, doch nun komm mit ins Haus, du sollst sehen, wer deine Herrin ist, damit du mich nie wieder unterschätzt.«

Sanna war hinzugetreten und warf ihrem Bruder einen Blick mit hochgezogenen Augenbrauen zu. Hatten sie möglicherweise gedacht, in den letzten Wochen ihre Herrin kennengelernt zu haben, diese Villa änderte ihr Bild erneut.

Sie betraten die Eingangshalle. Böden aus weißem Marmor, mit kunstvollen Mosaiken verziert, die sonderbare Fische darstellten. Ein Eingangsbereich, größer als das Langhaus in

Smertrios' Dorf. Livia seufzte und sah sich um, Smertrios wurde das Gefühl nicht los, dass sie Tränen unterdrückte.

»Es ist gewiss gut, wieder daheim zu sein«, versuchte er Konversation zu führen.

Livia schüttelte den Kopf. »Nein, das ist es nicht. Es ist nur … Normalerweise kommen mir hier meine Söhne entgegen, oder sie warten bereits vor dem Tor auf mich, wenn ich einmal weg war. Sie lieben ihre Mutter. Und nun, nun sind sie in Massilia.« Sie zog ein dünnes Tüchlein aus den Falten ihres Reisekleides und schnäuzte sich dezent. »Publius mag es nicht, dass ich weine. Aber … nun, ihr habt beide keine Kinder, ihr könnt es nicht verstehen. Mein lieber Mann ist Eques, das ist ein hoher gesellschaftlicher Rang. Oder sagen wir, ein reicher Rang, denn Geld ist das Einzige, dessen es dafür bedarf. Unsere Söhne – ich habe euch schon erzählt, dass sie Zwillinge sind, und allein dadurch etwas Besonderes – nun, ihnen steht eine hohe Ämterlaufbahn bevor, die sie nun begonnen haben. Und wenn, dann in Rom, hat mein Mann von Anfang an gesagt. Im Herzen der Welt, im Herzen der Macht. Aber dann wurde es doch Massilia, was mir nicht unrecht war, denn es ist näher, wenn auch nicht ganz so prestigeträchtig. Er hat Verbindungen, er hat schon vor einigen Jahren alles genau abgemacht. Und es ist ja nicht so, dass ich meinen Söhnen im Weg stehen will, ihren Laufbahnen, aber …« Sie schnäuzte sich erneut. »Nun ist Bürgerkrieg dort. Weil Caesar das Heer in die Stadt gebracht hat, weil er seinen alten Freund Pompeius verfolgt, die Herrschaft alleine haben will … Und meine beiden kleinen Knaben … sie sind noch nicht einmal Männer … mitten im Krieg nun … Zumindest sind wir ihnen hier nun wieder näher, ich konnte es kaum erwarten, daheim zu sein, statt so weit weg, bei Publius' Familie.«

Sanna sah zu Smertrios und zuckte verständnislos die Schultern. Sie brauchte nichts zu sagen, und Smertrios hoffte, dass sie nichts laut sagen würde, denn er wusste, was sie dachte. Irgendwo war immer Krieg. Seit Jahren hörte man von diesem

Caesar doch nichts anderes als Schlachten und Feldzüge, selbst in ihrem Dorf hatte man gewusst, dass er eine Vielzahl von Stämmen ausgerottet hatte. Da war es doch nur gerecht, wenn er sich auch gegen die eigenen Leute wandte. Und jemand, der in solchem Luxus lebte wie Livia und ihre Familie, der hatte doch auch gewiss dafür gesorgt, dass die Kinder selbst im Krieg nicht leiden mussten, sondern sicher und vielleicht bloß von ein paar Unannehmlichkeiten verärgert das Ganze beobachteten.

Smertrios schüttelte leicht den Kopf. Laut sagte er: »Auch wenn ich keine Kinder habe, ich habe kleine Geschwister. Ich verstehe deinen Kummer.« Zumindest teilweise. Nur dass er wohl versucht hätte, etwas zu unternehmen. Hätte er? Und wenn er sich schon nicht sicher war, was er täte, wie ginge es da erst Livia, einer Frau? Wie sollte sie gegen ihren Mann und die römischen Sitten und Verträge siegen?

Livia lächelte inzwischen gequält. »Lassen wir das. Jetzt müssen wir uns um euch kümmern.«

Sie klatschte in die Hände und zwei junge Frauen erschienen. Livia redete mit ihnen, Sanna schien an ihren Lippen zu hängen, als wolle sie allein dadurch diese fremde Sprache erlernen. Die Frauen verschwanden mit einem Nicken durch eine der vielen Türen.

»Ich werde nun ein Bad nehmen und mich umkleiden. Sanna, du wartest hier, gleich wird jemand kommen – die junge Frau mit dem blauen Band um die Brust, die du gerade gesehen hast – sie wird dich in deine Kammer führen. Und du Smertrios, du wartest am besten draußen, dass der Diener, mit dem du vorhin bei unserer Ankunft schon Bekanntschaft gemacht hast -« Sie lächelte amüsiert. »- dich zu deiner Werkstätte bringt.«

Sanna und Smertrios sahen einander erstaunt an.

»Ich wohne nicht mit Smertrios?«

»Aber nein, Liebes. Du sollst meine Gesellschafterin sein, die Tochter, die ich nie hatte. Ich will dich in meiner Nähe. Und soweit ich verstanden habe, verstehst du auch nichts vom

Bogenbau, sodass dein Bruder deiner Hilfe nicht bedarf – zumal er Sklaven bekommen wird.«

Sannas Blick zu Smertrios war ängstlich. Er nickte ihr aufmunternd zu.

Livia sah von einem zum anderen.

»Natürlich kannst du ihn besuchen, wann immer du willst und Zeit hast. Ihr werdet euch rasch daran gewöhnen, ist ja nicht das erste Mal, dass ihr nicht zusammenlebt, nicht wahr?«

Smertrios hatte ihr erzählt, dass er die letzten Jahre im Wald verbracht hatte – was Livia sehr aufregend fand und Gesprächsstoff für eine lange Reisestrecke gegeben hatte. Vor allem über die Jagd wollte sie alles wissen.

Sanna nickte. »Wer schläft dann bei mir? Nur die weiblichen Dienerinnen oder alle?«

Livia ließ ihr glockenhelles Lachen ertönen. »Niemand, Kindchen! Du bekommst ein Zimmer ganz für dich, gleich neben dem meinen. Es war einst das Zimmer meiner Söhne, als sie noch klein waren.« Ihre Stimme kippte.

»Ich … ich habe noch nie alleine in einem Zimmer geschlafen.« Smertrios war sich nicht sicher, ob Sanna sich fürchtete oder das aufregend fand. Wenn er darüber nachdachte, hatte sie wohl auch noch nie alleine in einem Bett geschlafen, man teilte immer das Nachtlager mit allen Geschwistern, oft auch den Eltern. Was im kalten Winter in ihrer Heimat eine Frage des Überlebens sein konnte.

Sah er ein Blitzen in Livias Augen? »Mach dir keine Sorgen, Kleines. Du wirst Gefallen daran finden.«

Inzwischen hatte die junge Frau mit dem blauen Band unter der Brust die Halle wieder betreten. Livia schob Sanna sanft in deren Richtung. »Nun geh. Man wird dich säubern und dir frisches Gewand geben.«

Sanna warf einen letzten Blick zu Smertrios, er nickte. Alles würde gut werden. Hatte sie das nicht selbst gesagt?

Kapitel 18

Lateinunterricht

Es dauerte zwei Tage, ehe Smertrios seine Schwester wiedersah. Er war damit beschäftigt, die ihm zugeteilten Räume neu herzurichten – mit Händen und Füßen versuchte er den Sklaven, die Livia ihm geschickt hatte, klar zu machen, was er noch benötigte. Nur einer von ihnen war des Norischen teilweise mächtig.

Der alte Pfeilbauer hatte sich seufzend in eine Ecke des großen Raumes zurückgezogen und dort seine Strohmatratze, seinen Schemel und seine Werkzeuge aufgebaut. Einst war die ganze Werkstatt seine gewesen, doch da Livia fand, er sei nun zu alt, musste er sie an Smertrios abtreten und durfte gnadenhalber bleiben.

Der Raum war auf der einen Seite – auf Smertrios' Seite – durch die Türe recht hell, es gab auch ein Fenster. Die Mauern waren aus Stein, was den Raum kühl hielt, trotz der brennenden Sonne draußen. Am ersten Tag war Smertrios den ganzen Abend nur dagesessen, der Alte hatte längst geschnarcht, und hatte ungläubig den vielen Platz angestarrt, der ihm zur Verfügung stand. Man hatte bereits Werkbänke aufgestellt, damit in Kürze mehrere Sklaven unter seiner

Anleitung arbeiten konnten. Es gab genügend Wandfläche und Regale, um die nötigen Materialien zu lagern, in einer hinteren Ecke stand ein großes Bett, dessen Strohsack frisch gefüllt war und nach herben Kräutern duftete.

Es gab eine eigene Küche neben der Villa, in der alle Diener und Handwerker Essen erhielten, und er hatte bereits festgestellt, dass Livia es ernst meinte damit, dass niemand in ihrem Haushalt hungrig vom Tisch aufstand. Die Kost war einfach, aber voller frischem Gemüse und Kräutern und man hatte ihm bereits erzählt, dass es zumindest einmal die Woche Fleisch gab.

Abends im Bett dachte er an Sanna, wie es ihr wohl weiter oben in dem riesigen Haus ging, aber mehr noch dachte er an daheim. Sie müssten ihn nun sehen, seine Eltern und all die anderen, die ihn wegen Sanna immer belächelt hatten. Er hatte seine eigene Werkstätte, und was für eine! Er, der Kelte, baute Bögen für Römer. Oder würde sie bald bauen, sobald alles fertig vorbereitet war. Und er würde Sklaven haben! Mehr Sklaven, als Barnario selbst besaß. Nun gut, es waren nicht seine Sklaven, und wenn man ganz genau war, so war er selbst nicht mehr als ein Sklave, der anderen Sklaven vorgesetzt worden war. Aber so genau musste man es schließlich nicht nehmen, oder?

Nun musste er nur noch beweisen, dass er Livias Protektion wert war. Er durfte sie nicht enttäuschen. Dann standen seine Chancen gut, zur Herbst-Tagundnachtgleiche mit Publius nach Norikum zu reisen und die Gunst der Götter für sein Dorf zu retten. Bis dahin musste er neben all den Bögen, die seine Herrin wollte, nur noch herausfinden, wie er den Sulnatris baute. Steinbockhorn, hatte Livia auf der Reise erwähnt. Er musste jemanden finden, der ihm sagte, was Steinböcke waren und wo er sie fand. Und dann, wenn das Dorf gerettet war – würde er zurückkehren? Dieser Luxus hier war sehr reizvoll. Alles war so ganz anders – der Wald, die steilen Hänge, das Meer, auf das die Villa hinabblickte. Er würde die dunklen

Wälder, das feuchte Moos vermissen. Doch allein diese Werkstatt war Entschädigung genug dafür! Vielleicht würde auch Kalandina hier ein wenig auftauen. Und sein Kind könnte das Meer sehen, das Sanna so verwirrt hatte.

Als Sanna zu ihm in die Werkstatt kam, erkannte er sie kaum wieder. Sie trug ein Kleid aus feinem Leinen, in der Taille gerafft und ohne Ärmel. Plötzlich hatte sie wieder lange Haare, wie früher, es brauchte einen Augenblick, bis Smertrios klar wurde, dass sie ihren eigenen, abgeschnittenen Zopf kunstvoll um den Kopf geflochten hatte. Aber das Auffälligste war, dass sie Schuhe trug. Smertrios konnte sich nicht erinnern, Sanna je mit Schuhen gesehen zu haben, wenn nicht Schnee lag.

Verlegen sah sie auf ihre Füße. »Es fühlt sich eigenartig an. Aber Livia will es so.«

Ihr Blick schweifte durch den nach Holz duftenden Raum und ihre Augen weiteten sich.

»Smertrios! Wenn das unsere Leute daheim sehen könnten! Mutter wäre so stolz auf dich!«

»Auf dich auch. Du siehst wie eine feine Herrin aus.« Sie sah jetzt schon wie die Heldin aus, die sie nach dem Sonnenschuss hoffentlich sein würde.

Sanna strahlte über das ganze Gesicht. »Puella pulchra est.«

Smertrios schüttelte den Kopf. »Ich habe keine Ahnung. Ich habe gerade einmal gelernt, dass mensa der Tisch ist und dass manche der Sklaven ebenso wenig Latein können wie ich – aber auch nicht norisch ...« Er seufzte. »Der alte Mann, mit dem ich meine Werkstatt teile, dem sie früher gehört hat, er redet fast gar nichts. Sitzt nur da, arbeitet an seinen Pfeilen und sieht mich missmutig an. Vielleicht hat Livia angenommen, er würde mir helfen, mich mit den Sklaven zu verständigen, aber da hat sie sich geirrt.«

Sanna errötete leicht und sagte: »Das Mädchen ist schön. Puella pulchra est. Livia hat es mir beigebracht. Dabei wüsste ich nicht, wem ich das sagen sollte.« Sie lachte. »Besser wäre gewesen, sie hätte mir als Erstes beigebracht, ›Wo ist der Abort‹ zu sagen, das hätte ich am ersten Tag gut brauchen können!«

Smertrios lachte mit. Als er seine Schwester so ansah, die Röte auf ihren Wangen, die kunstvolle Frisur, da meinte er schon ernster: »Vielleicht hat sie es ja zu dir gesagt.«

»Geh bitte!« Das Rot ihrer Wangen wurde noch dunkler, verlegen drehte sie sich im Kreis. »Das Kleid ist schön, nicht? In meiner Kammer liegen noch mehrere davon, eines feiner als das andere. Livia sagt, es sind alte Kleider von ihr.« Sie stockte, trat an Smertrios heran. »Warum ist sie so nett zu uns?«

»Weil sie ihre Söhne vermisst. Und einer Frau in ihrer Position vielleicht langweilig ist. Was weiß ich, ich will einfach genießen, dass sie das alles hier bietet.«

»Oh ja! Du wirst berühmt und lernst diese Bögen bauen – ich weiß, dass du das schaffst, auch wenn Livia so komisch geredet hat! Warum sonst hätten die Götter uns hierher geführt? Habe ich dir nicht immer gesagt, dass die Götter mich lieben? Sieh nur, wie sie für uns sorgen! Ach Smertrios, ich habe richtig ein schlechtes Gewissen. Denk nur an Ferchar, der zieht nun in den Krieg, erkämpft sich den Ruhm unter Lebensgefahr. Und wir leben hier wie in der Götter Schoß. Stell dir vor, in der Villa gibt es warme Fußböden. Also, nicht jetzt, aber Livia hat mir erzählt, dass sie im Winter unter dem Boden heizen. Obwohl es hier keinen Schnee gibt. Und ich habe erstarrtes Wasser gesehen, Livia nennt es Glas und sie hat gelacht, weil ich nicht wusste, was das ist.«

»Du kennst Glas, Sanna. Die Armreifen, die Barnarios neue Frau trägt, sie sind aus Glas.«

»Aber das ist anderes Glas! Das ist nicht dunkelblau und gelb, das ist – durchsichtig! Wie eine Eisplatte im Winter. Aber es schmilzt nicht. Sie machen Becher daraus! Stell dir vor, man kann daraus trinken, aus erstarrtem Wasser! Oh Smertrios, es ist alles wie ein Wunder hier! Ich könnte den ganzen Tag nur auf das ›Mehr‹ hinausschauen, und immer noch mehr sehen wollen. Ich wünschte, ich könnte all das hier malen, sie haben hier bemalte Wände, kannst du dir das vorstellen? Die sehen aus, als wäre es echt, was man da sieht! Ich wünschte, ich könnte so malen, aber auf diesem Papyrus aus Gras, und diese Bilder dann mit einem Boten nach Hause schicken. Niemand wird es uns daheim je glauben.« Ihre Begeisterung wandelte sich innerhalb eines Augenblicks in Traurigkeit.

Smertrios deutete dem Sklaven, der bei der Türe hereinkam, den großen Kessel, den er trug, auf die Feuerstelle zu stellen. Er musste zwar für sich kein Essen kochen, aber er würde nicht aufgeben, Holz für den Sulnatris über Dampf in die rechte Form zu biegen.

»Vielleicht wirst du ja noch zu malen lernen. Und wenn nicht, dann werden wir einfach so ein Trinkglas mit nach Hause nehmen. Und Muscheln vom Meer, wie sie hier überall als Zierde herumliegen.«

»Ja.« Sanna strahlte. Dann fiel ihr etwas ein. »Ach, ich soll dir ja sagen, dass du heute Abend zu uns in die Villa kommen sollst, wegen des Lateinlernens. Und morgen, lässt Livia sagen, hat sie den Jäger beauftragt, dich in die Wälder mitzunehmen, um dir alles zu zeigen. Und übermorgen ist Markt, unten in der Nähe vom ›Mehr‹, da sollst du mit Publius mitgehen, um die Händler kennenzulernen, von denen du möglicherweise Material brauchst.«

Livia verschwendete keine Zeit.

Sanna holte ihn ab, als es dunkel geworden war. Sie trug einen dünnen Umhang und eine Laterne, obwohl es eine mondhelle Nacht war. Sie hatte den Umhang über den Kopf gezogen, als könne sie damit die Sterne davon abhalten, sie zu sehen. In der Stille des Abends klang das Rauschen des Meeres weit unter ihnen empor. Es war so ganz anders als das Rauschen seines Waldes. Smertrios ahnte, dass es nicht allzu lange dauern würde, bis er den kühlen Schatten der Bäume um seine Hütte vermissen würde, das Dunkelgrün der weiten Wälder, die sanften Hügel. Hier war alles steil und schroff und von Hitze glühend. Man konnte Wälder sehen, noch weiter den Hang hinauf, doch sie waren mager, saftlos. Zu ihren Füßen diese Wassermassen, doch kein Wasser, die Bäume saftig und grün zu machen.

Auch im Haus war abendliche Ruhe eingekehrt. Sie betraten die große Eingangshalle, in der Fackeln für Licht sorgten. Die zuckenden Schatten ließen die Mosaike am Boden wie lebendig wirken. Fremdartige Tiere tanzten da auf dem Boden.

»Publius hat andere Männer da, sie speisen gerade. Stell dir vor, sie haben ein eigenes Zimmer zum Essen! Tri-cli-nium nennen sie es.« Sanna kicherte. »Und stell dir vor, die Römer liegen beim Essen! Ich frage mich, wie da das Essen in den Bauch rutschen soll. Und alle reden sie Publius mit irgendwelchen komischen Namen an, ich schätze, es sind Rangtitel, nur ich soll wie alle Sklaven weiterhin Publius sagen, weil Sklaven nur den Vornamen benützen dürfen, nicht die wirklich bedeutenden Namen. Ist das nicht unlogisch? Manches hier ist schon sehr kompliziert.«

Aber es schien Sanna zu gefallen. Sie sprühte vor Begeisterung.

»Diesen Gang entlang geht es zur Küche, dort gibt es immer etwas, wenn ich Hunger habe. Und hier durch geht es zu Livias Gemach. Und meinem.«

Sie führte ihren Bruder durch das Atrium. In dem großen Innenhof war ein kleiner Teich angelegt und sie blieb an seinem Rand kurz stehen. »Du kannst es jetzt nicht sehen, aber es sind Fische darin. Aber glaub nicht, dass die zum Essen wären! Nur zum Ansehen!« Lächelnd schüttelte sie den Kopf.

Sanna klopfte sanft an eine hohe Tür. Aufgeregt wippend wartete sie, Smertrios mit einem Lächeln bedenkend, das neue Überraschungen verkündete.

Von drinnen erklang ein leises »Intrate!«

Ja, Smertrios staunte tatsächlich, als er in den von Öllampen erleuchteten Raum trat. Glänzender Marmor, hohe Fenster, gepolsterte Sitzgelegenheiten und auf der anderen Seite des

Raumes eine Erhöhung, auf der ein breites Bett stand, voller Polster und seidiger Decken.

Barnarios große Halle, in der er fremde Stammesoberhäupter empfing und wichtige Feste gefeiert wurden, war nicht so prunkvoll wie dieses Schlafgemach.

Natürlich zierten auch Livias Zimmer Wandmalereien, liebliche Landschaften, wie es schien, im flackernden Licht der Öllampen waren die Details nicht zu erkennen. Kleine goldglänzende Statuetten standen auf kunstvoll geschnitzten Kisten, auf einem Tischchen entdeckte Smertrios eine Karaffe und drei der gläsernen Becher. Sie funkelten im Schein der Lampen und Smertrios konnte Sannas Begeisterung für dieses erstarrte Wasser verstehen.

Livia, wie immer in ein feines Kleid gehüllt, das ihre Figur umschmeichelte, lehnte neben einem der Fenster an der Wand, als hätte sie gerade sehnsüchtig über das weite Meer geblickt.

»Salve, Smertrios.« Sie löste sich von ihrem Platz und trat zu den Sesseln und ließ sich anmutig in einen sinken.

»Nehmt Platz, meine Lieben. Sanna, schenk uns bitte Wein ein.« Sie lächelte. »Der Wein löst die Zunge, dann kommen die lateinischen Wörter leichter über die Lippen.«

Smertrios, der eine der Tuniken trug, die man ihm in seine Werkstätte gebracht hatte – er hatte die schönste genommen, um Livia zu schmeicheln – setzte sich auf den Hocker gegenüber der Römerin, Sanna zwischen die beiden.

Livia fragte ihn nach der Werkstatt und wie es ihm ginge, und gab ihm die Gelegenheit, zu erzählen. Er fühlte sich unwohl, das Gefühl des Meisters, der seine Arbeitsstätte herrichtete, schwand und wurde zu dem des Sklaven, der seiner Herrin Bericht erstatten muss. Doch Livias Freundlichkeit und vielleicht auch der Wein ließen es bald zu einem Gespräch unter Freunden werden, denn sie zeigte echtes Interesse und Anteilnahmen an seinen Problemen mit der Verständigung. Sie lehrte ihn einige Wörter, sehr darauf bedacht, welche wichtig für ihn waren, welche er für die Arbeit benötigte.

Der Wein, das Rauschen des Meeres und die Wärme im Zimmer ließen eine wohlige Müdigkeit entstehen, trotz der angeregten Gespräche und dem Versuch, sich die neuen Wörter zu merken.

Livia erhob sich und holte einen dünnen Schal von ihrem Bett, den sie sich über die Schultern warf. Doch statt sich erneut zu setzten, trat sie hinter Sanna, die aufrecht und ganz aufmerksame Schülerin auf ihrem Hocker saß.

»Nun«, meinte Livia, ihre Stimme warm wie Winterwein, »es gibt gewiss noch andere Wörter, lieber Smertrios, die du gerne lernen möchtest.«

Sie legte sanft ihre Hände auf Sannas Schultern, und ehe Smertrios sich bewusst wurde, was geschah, hatte sie sich vorgebeugt und Sanna sanft in die Mulde zwischen Schulter und Nacken geküsst, den Blick dabei auffordernd auf Smertrios gerichtet. »Das nennen wir collum, Hals. Und das -«

Mit einer fließenden Bewegung öffnete sie die Fibel an Sannas Schulter, sodass ihr Kleid hinabrutschte und ihre kleinen runden Brüste freigab, zu denen nun Livias Finger hinunterglitten und sie streichelten.

»- mamma, Busen.«

Sanna saß starr da, die Augen geweitet. Ein Stöhnen entwich ihren Lippen und Smertrios war sich nicht sicher, ob es Furcht oder Lust war, doch zu seinem eigenen Schrecken stellte er fest, dass ihm dieses Stöhnen heiß in die Lenden fuhr.

Er starrte Livia an. Wütend, dass sie ihn in diese Lage brachte. Die Römerin bedeckte nun Sannas Schulter mit kleinen Küssen, ihr Finger noch immer an ihrer Brust, die sich aufgerichtet hatte, den Blick jedoch mit einem Funkeln in den Augen auf Smertrios gerichtet.

»Es gefällt dir, nicht?«

Bemerkte er ein zartes Nicken von Sanna? Sie konnte nicht sehen, dass Livia die Frage an ihn gerichtet hatte.

»Du bist verheiratet«, sagte Smertrios.

Als wäre dies eine Antwort.

213

Livia lachte, ihr Lachen noch glockenheller als sonst, die Erregung darin hörbar. »Ja, und ich habe Publius geschworen, niemals einen anderen Mann zu berühren. Ein Schwur, den ich halte, mein lieber Smertrios. Aber zu meinem Glück finde ich auch Vergnügen an Frauen.«

Ihr Mund drängte sich an Sannas Ohr. »Und sie an mir.«

Sanna stöhnte erneut, den Blick ängstlich auf Smertrios gerichtet, doch den Mund leicht geöffnet, wie Kalandina, als er sie berührt hatte und sie zwischen Wollust und der Angst vor Entdeckung schwankte.

»Aber«, fuhr Livia mit ihrer warm rollenden Stimme fort, »ich finde noch mehr Vergnügen daran, wenn ein Mann zusieht. Wie gut es sich da trifft, dass du wohl gerne ein Auge auf deine kleine Schwester hast, damit ihr nichts zustößt … Es ist Teil eures Vertrages, ein kleiner Zusatz. Mir zu Willen zu sein. Möglich, dass wir vergessen haben, das genau vorzulesen, ehe ihr unterzeichnet habt. Ich werde dich nicht berühren und du mich nicht, und doch werden wir viel Spaß miteinander haben, wir drei. Sieh sie nur an, deine Sanna, sie spürt erstmals, was Lust ist.«

Livia beugte sich vor und küsste Sanna auf die Brust. Seine Schwester bog sich nach hinten, ihr Kopf von Livias Hand gestützt, und es war ganz offensichtlich, dass dies Stöhnen nun eines der Wollust war. Smertrios schloss die Augen, doch es nützte nichts. Die Situation erregte ihn.

»Aber nun«, sagte Livia und Smertrios sah, dass sie einen Schritt von Sanna weg gemacht hatte, als er die Augen öffnete und seine Schwester ihn entsetzt anstarrte, »nun ist genug für heute. Sanna, ich denke, du möchtest heute bei deinem Bruder übernachten, damit ihr euch mit diesem Teil des Vertrages anfreunden könnt. Ich freue mich auf alle Fälle schon auf eure nächste Lateinstunde, dann werden wir etwas mehr in die Tiefe gehen.« Sie lächelte, sich der Zweideutigkeit bewusst.

Mit einer Handbewegung deutete sie den beiden, zu gehen.

Verwirrt stolperten sie den Weg durch den Park zu Smertrios'
Werkstatt. Sie sprachen kein Wort. Ein wenig verloren standen
sie in der Türe seiner Hütte, in deren Dunkel schwach die Glut
der Feuerstelle einen roten Schein gab. Der alte Pfeilmacher in
seiner Ecke schnarchte. Dennoch wollte Smertrios hier nun
nicht reden. Wer wusste, ob der Alte nicht doch seine Sprache
verstand. Oder wie tief er schlief. Er zog Sanna mit sich, fort
von dem Ort, der ihm nun gar nicht mehr nach einem Schritt
in seiner Ruhmesbahn erschien, sondern wie ein Scherz der
Götter. Gerade hatte er wieder angefangen, Pläne zu machen,
da warfen sie ihm erneut einen Brocken vor, der so schwer zu
verdauen war wie das Fleisch eines greisen Hirschen.

Sie fanden ein Plätzchen im Park, eine Steinbank, im Rücken
umgeben von hohen Rosmarinhecken, nach vorne den Blick
auf das Meer, das weit unter ihnen unbeirrt der Geschehnisse
gegen die Küste schlug. Der Ausblick auf die vom Mond
beschienene Endlosigkeit beruhigte ihn. Schweigend saßen sie
eine Weile da. Sanna starrte vor sich hin, hatte offenbar ganz
ihre Angst vor den Sternen vergessen, während Smertrios' Hirn
sich im Kreis drehte wie ein Ochse in der Mühle.

Endlich hatte er seine Gedanken geordnet und einen
Entschluss gefasst. Doch im Endeffekt würde es alles von
Sanna abhängen und nicht von ihm.

Er sah sie an, bis sie den Blick von der Weite des Meeres weg
ihm zuwandte.

»Bereitet es dir Angst? Oder Qual?«

Sanna senkte den Kopf. Im Dunkel war nicht zu erkennen,
ob sie errötete. »Es – es macht etwas mit mir. Ich habe noch
nie … es ist ein eigenartiges Gefühl … wie ein Bissen von
einem herrlichen Essen, wenn man hungrig ist … es war … es
macht Sehnsucht. Ich … oh, ich muss nur daran denken und
mir wird … ist es das, was Frauen sonst mit Männern fühlen?«
Sie sah fragend zu ihm.

»Zumindest, was sie mit Männern fühlen sollten.« Er meinte
beides, dass Frauen wohl oft keinen Mann fanden, der ihnen

Lust verschaffte, aber dass es ein Mann sein sollte, der es tat.

»Aber es gefällt dir?«, fragte er nach.

Sie nickte nur, ihr Kopf ein dunkler Schatten vor dem Sternenhimmel, der ihr heute nicht einmal bewusst war. »Es ist anders schön als Pfeile fliegen zu lassen, aber es ist furchtbar schön. Ist das schlimm?«

»Nein. Nur – nun, auch wenn wir alle meist neben Mutter und Vater schliefen, während sie weitere Kinder machten – das hier ist doch – also dass ich dir … Es ist – nun, gehen wir einfach davon aus, dass es römisch ist. Und für uns nützlich. Wir werden ihr Spiel spielen. Zumindest solange sie nicht fordert, dass ich dich anrühre. Ich weiß nicht, wie das bei den Römern ist, aber ich habe gewiss nicht vor, meine eigene Schwester zu berühren wie eine Geliebte. Eigenartig genug, dich anzusehen dabei. Du bist caddos, tabu. Aber wir müssen sie bei Laune halten, damit sie mich in die Bogenmanufaktur lässt. Damit ich den Sulnatris bauen kann und sie uns im Herbst in unser Dorf reisen lässt. Kannst du damit leben?«

Erneut senkte Sanna den Kopf. »Ich denke schon. Wird sie mir wehtun?«

»Wie kommst du darauf?«

»Mutter sagte es. Dass es wehtut, wenn ein Mann seine Frau erstmals nimmt.«

»Ich habe keine Ahnung, wie das ist, wenn eine Frau eine Frau … ich denke nicht, dass es wehtut.«

Er verschwieg, dass er Sorge hatte, Livia könnte Sanna noch ganz andere Schmerzen zufügen, als ein Mann, der eine Frau entjungferte. Ja, die Römerin hatte recht, es war ihm nur lieb, dass er auf seine kleine Schwester achtgeben konnte. Er würde lernen, mit der Situation umzugehen. Es war gegen jedes Gebot, mit der eigenen Schwester sexuelle Lust zu erfahren, aber was sollte er tun. Sanna war offenbar von diesen neuen Gefühlen so überwältigt, dass ihr seine Anwesenheit nichts ausmachte. Vielleicht gab seine Anwesenheit ihr sogar ein Gefühl von Sicherheit. Er würde einfach an andere Dinge denken. Livia konnte ihn dazu zwingen, zuzusehen, aber nicht, mit seinem Herzen hinzusehen. Er würde lernen, mit offenen Augen blind zu sein, so wie er damals, als Sanna ein Säugling gewesen war, durch die Hänseleien seiner Kameraden gelernt hatte, taub zu sein. Sie glaubte vielleicht, sie hätte Macht über die Geschwister, aber nicht, wenn er ihr Spiel bewusst nutzte. Sie würde es sein, die abhängig von ihnen war, nicht umgekehrt.

Smertrios streckte sich. Livias Überraschungsangriff war vorbei, ihr Pfeil hatte ins Leere getroffen. Sie konnte ihm nichts anhaben. Er hatte daheim ein Weib, das Kind in ihrem Bauch und seinen tiefen Respekt vor Dingen, die caddos waren. Auch wenn der angeblich von den Göttern geschenkte Sulnatris sich als Menschengebilde entpuppt hatte, das war eben Ritualzauber. Aber die Beziehung zu seiner Schwester, das war heilig, unantastbar. Mochte Livia vor seinen Augen machen, was sie wollte, sein Inneres war in Sicherheit. Und Sanna? Was würde Mutter sagen, wenn sie davon erfuhr?

Als hätte sie seine Gedanken erraten, meinte seine Schwester leise: »Ja, wir werden ihr Spiel spielen. Und so an das Wissen für den Sulnatris kommen und dann triumphierend heimkehren. Der Stamm ist wieder geschützt, weil wir die Sonne vom Himmel schießen, und niemand im Dorf muss je wissen, was hier geschieht.« Wie um sich selbst zu bestätigen, nickte sie heftig.

Sie schwiegen.

Sanna stieß Smertrios grinsend in die Seite, wie sie es oft tat, wenn sie ihn aufmuntern wollte. »Ich kribbel am ganzen Körper. Ich hoffe, Kalandina ging es bei dir genauso. Und weißt du was? Wenn das nach heute Abend nicht komisch wäre, würd ich dich jetzt gerne umarmen – weil ich so froh bin! Und weil wir hier in Sicherheit sind und ich nicht Angst haben muss, dich in einer Schlacht zu verlieren.«

Er nickte. Er wusste, sie dachten beide kurz an Ferchar. Und er dachte an Kalandina. Und ein wenig schlich sich Sorge bei ihm ein, dass diese Nacht seine Beziehung zu Sanna grundlegend verändert hatte.

Sie saßen noch ein Weilchen schweigend da, die laue Luft und den salzigen Duft genießend, dann gingen sie in seine Werkstatt, wo Smertrios es aber nicht zuließ, dass Sanna sich im Bett an ihn schmiegte, wie sie es als kleines Kind getan hatte.

Kapitel 19

Der Pfeilbauer

Smertrios kam kaum dazu, an jenen Abend bei Livia zu denken. Er verbrachte einen Tag mit Publius' Jäger in den Wäldern und stellte fest, dass er einiges lernen musste. Das Holz hier war anders als daheim, und als er es angriff, da sprach es nicht in gleichem Maße mit ihm wie in Norikum. Die salzige Luft und die steilen Hänge ließen alles karger wachsen als in den flachen Hügeln seiner Heimat. Ja, es würde wichtig sein, Livia bei Laune zu halten, denn er musste damit rechnen, dass die ersten Bögen aus den hiesigen Rohstoffen nicht seinen Ansprüchen entsprachen.

Zumindest sprach der Jäger ein paar Brocken in Smertrios' Sprache. Als sie eine kurze Rast machten, ehe sie die steilen Hänge wieder hinabstiegen, wagte Smertrios, ihn zu fragen, ob es hier Steinböcke gäbe.

»Steinböcke?« Der Jäger sah ihn verständnislos an.

Smertrios hatte keine Ahnung, wie das Tier, das er suchte, auf Latein hieß, oder welchen Dialekt der Jäger auch immer verstehen würde. Aber wer, wenn nicht ein Jäger, wüsste, ob er hier fündig würde? So zog Smertrios zögernd den verkohlten Sulnatris aus seinem Köcher und deutete auf den Hornbelag.

Der Jäger inspizierte das Material genau, dann leuchteten seine Augen auf. »Ah, ibex!«

Er nickte, deutete den Berg hinauf. Dann, mit einem fragenden Blick auf Smertrios: »Du brauchst?«

»Ja.«

Erneutes Nicken des Jägers. »Werde sehen.«

Ein Stein fiel Smertrios vom Herzen und er hoffte nur, dass der Jäger Livia nichts erzählte. Wenn, dann musste er sich eben etwas einfallen lassen, wofür er diese Hörner brauchte. Er könnte kleine Stücke davon an den Spitzen der Wurfarme befestigen ... das würde das Schussverhalten der Bögen vielleicht sogar positiv beeinflussen und gut aussehen außerdem. Damit könnte er auch den Leim rechtfertigen, den er herstellte. Denn dass er den Sulnatris heimlich bauen musste, das hatte Livia ja klar erkennen lassen.

Am nächsten Morgen holte ihn ein Sklave aus seiner Werkstatt, als er gerade einem seiner neuen Helfer zeigte, wie er Leim anrührte. Publius wartete auf einem Pferd auf ihn, um zum Markt zu reiten. Ein Stallknecht hielt ein weiteres Pferd am Zügel und deutete Smertrios, aufzusteigen. Bereits an den Gesichtszügen erkannte Smertrios, dass der Bursche Noriker sein musste, auch wenn Publius ihn mit dem lateinischen Titel Agaso angesprochen hatte – zu groß und hell für einen Römer, doch nicht blond und blass genug für einen Nordmann.

»Mögen die Götter mit dir sein«, murmelte Smertrios, als der Bursche ihm seine verschränkten Hände als Aufsteigehilfe darreichte.

»Mit dir ebenso«, antwortete er. Ein kurzes Lächeln zwischen zwei Männern fern der Heimat.

»Ich gehe doch davon aus, dass du reiten kannst?« Publius' Frage war mehr eine Feststellung.

»Ja, halbwegs. Alle Knaben lernen es in meinem Dorf, doch es ist lange her, dass ich geritten bin.«

»Nun, dann los.«

Da der Weg hinab zu der kleinen Stadt an der Küste steil war, konnten sie nur langsam gehen, was Smertrios Zeit gab, sich an den ungewohnten Sattel zu gewöhnen. Zwei weitere Diener folgten ihnen, doch ritten diese nicht, sondern führten Packpferde am Zügel.

Es war ein heißer Tag und die Sonne stach vom Himmel. Smertrios sehnte sich schon bald nach seiner Schweinsblase mit gesüßtem Essigwasser. Aber auch verdünnten Wein würde er nun gerne nehmen. Das Pferd zuckte mit Ohren und Schweif die Fliegen davon, gewiss stünde es nun auch lieber auf der Weide unter einem Baum.

Der Markt war groß und voller fremdartiger Waren. Publius schien Gefallen daran zu finden, Smertrios all jene Produkte zu erklären, die dieser nicht kannte. Er musste an Gewürzen riechen, Früchte kosten, Stoffe befühlen. Publius stellte ihn einigen Händlern vor, die ihm auch Holz und Sehnenmaterial beschaffen konnten.

»Ein gut gehendes Geschäft basiert darauf, dass man auch delegieren kann und sich die besten Mitarbeiter sucht. Deine Stärke ist der Bogenbau, du bist ein Arcuarius, darauf sollst du dein ganzes Können legen. Die Materialbeschaffung lass ruhig jemandes anderen Sorge sein, ebenso den Pfeilbau und die Sehnenherstellung.«

Smertrios zögerte, doch dann antwortete er doch: »Das Ausgangsmaterial und die Qualität des Pfeiles sind von hoher Wichtigkeit, gewiss nicht etwas, das jeder machen kann.«

»Deswegen habe ich dir auch die besten Händler der Region vorgestellt. Und unser Pfeilmacher, der alte Sklave, der in deiner Werkstatt hockt, er ist gut, hat früher in der Manufaktur gearbeitet. Mein Jäger schwört auf ihn.«

Smertrios wollte das Thema Manufaktur gerne aufgreifen, doch Publius redete weiter: »Ich arbeite immer nur mit den Besten, und wenn deine Bögen auf die Begeisterung stoßen, die Livia vorhersieht – sie wäre ein großartiger Geschäftsmann, wäre sie ein Mann, denn sie hat ein äußerst feines Gespür dafür, was Erfolg hat – also dann werde ich dich ihr abkaufen und wir werden dir hier in der Stadt ein großes Geschäft errichten und deine Bögen im ganzen Reich exportieren. Wenn, ja wenn sie bei den Menschen hier auf Interesse stoßen. Man muss immer die Leute bedenken, die deine Produkte kaufen sollen. Es sind Römer oder romanisierte Gallier, sie haben vielleicht andere Bedürfnisse und Geschmäcker als ihr jenseits der Alpen.« Er lächelte fast schelmisch. »Weshalb glaubst du, habe ich dich so genau beobachtet, als ich dich all die Produkte hier habe probieren lassen? Du bist aus Norikum, wo viele meiner Kunden leben. Nun weiß ich, welche Gewürze ich für meine nächste Handelsreise in den Norden mitnehmen werde.«

»Aber – nicht jeder Noriker ist wie ich. Im Gegenteil, ich denke, viele haben nicht dieselben Vorlieben wie ich.«

»Jaja, jeder ist einzigartig … und doch ist einer wie der andere. Aufgewachsen mit Garum, der Fischsauce, lieben wir sie, denn wir kennen ihren Geschmack schon aus der Muttermilch. Ihr jenseits der Alpen liebt wiederum den Kümmel, ein Gewürz, das ich zum Beispiel so ekelerregend finde wie du Garum. Es ist schon ein verrücktes Ding mit uns Menschen. Wir sind alle gleich, alle einzigartig und alle von unserer Heimat geprägt … Da braucht es eben das feine Gespür, das einen zu einem erfolgreichen Kaufmann macht.« Er deutete auf einen Stand, vor dem Hocker an kleinen Tischen standen. »Lass uns einen Wein trinken. Sie würzen ihn hier sehr gut.«

Smertrios war erstaunt, wie sehr Publius es offenbar genoss, mit ihm, dem Sklaven, zu plaudern. Als ermögliche ihm die norische Sprache, die nicht Publius' Muttersprache war, offen über Dinge zu reden, über die er in Latein nicht sprechen würde. Bald wusste Smertrios so einiges über die Familie, der er nun gehörte, über die beiden Zwillinge und vor allem über Publius' Werdegang. Der Römer erzählte mehr über sich, als er in den langen Tagen in der Reisekutsche offenbart hatte. Vielleicht weil Livia nicht anwesend war.

An jenem Abend saß Smertrios noch lange in seiner Werkstatt und betrachtete die leeren Arbeitsbänke. Ab morgen würden er und zwei junge Sklaven hier werken. Alles war vorbereitet, genügend Material vorhanden, wenn auch nicht alles in der gewohnten Qualität. Wie anders als daheim. Hier musste er die Bäume nicht fällen, deren Holz er verarbeiten wollte. Hier musste er nur ordern, was er benötigte, und der Jäger und die Händler würden ihm die Waren zur Begutachtung vorlegen. Hier war er, obwohl Sklave, gleichzeitig eine wichtige Persönlichkeit. Ja, das würde Kalandina gefallen. So ein Vater für ihr Kind wäre ihr schon lieber. Er jedoch verspürte Heimweh. Sehnsucht nach seiner Familie, nach dem Kind in Kalandinas Bauch und nach seiner kleinen Hütte im Wald. Er wollte nichts anderes, als möglichst rasch den Sulnatris zu bauen und dann heimzukehren. Auch wenn dort vielleicht der Tod auf ihn wartete, wenn sie den Sonnenschuss nicht schafften.

Bald darauf veranstaltete Livia ein Treffen mit all ihren Freundinnen und deren Männern. Soweit Smertrios wusste, gehörten all diese Frauen einer Gruppe an, die mit Livia gemeinsam der Göttin Diana huldigte, einer Göttin der Jagd. Man hatte im Park Bänke und Tische aufgestellt, Zelte, die Schatten spendeten, lange Tafeln, die sich unter dem Gewicht der Speisen fast bogen. Als Höhepunkt sollte Sanna ihre Bogenkunst vorführen, seit Tagen hatte sie dafür geübt. Livia hatte ihr eine kurze Tunika fertigen lassen, einem jungen Burschen gleich, sodass ihre schlanken, muskulösen Beine zur Geltung kamen. Auch durfte Sanna heute ihren langen Zopf nicht tragen, denn Livia wollte den Eindruck erwecken, es sei ein junger Bursche, der hier auftrat, damit die Überraschung danach umso größer wäre. Smertrios hatte ihren Bogen frisch poliert und das Schutzsymbol im Griff nachgezogen.

Smertrios war froh, dass er nicht schießen musste, die vielen Frauen in ihren luftigen Kleidern, die mehr sehen ließen als ihm lieb war, machten ihn nervös. Und all die dazugehörigen Männer, die es galt, als Kunden zu gewinnen, wie Publius ihm eingeschärft hatte. Sanna war von so etwas zum Glück nicht zu beeindrucken. Sie war einfach glücklich, Pfeile fliegen zu lassen und dafür auch noch Beifall zu ernten.

Sie schoss aus dem Laufen, dem Rollen, dem Springen. Auf feste und bewegliche Ziele, aus den gewagtesten Entfernungen. Und wie von Livia geplant, war der Aufschrei der Verwunderung natürlich riesig, als sie danach offenbarte, dass dieser beeindruckende Schütze eine junge Frau war.

Bald sahen sich Smertrios und Sanna umringt von einer Traube Frauen, die alle seine Bögen bewundern wollten, Fragen stellten und Bestellungen aufgaben.

Livia stand triumphierend lächelnd daneben und unterhielt sich mit den Männern, die offenbar ihr den Vorzug gaben.

»Ich bin sehr zufrieden«, sagte sie am Abend zu den Geschwistern, als die Diener beim Aufräumen waren. »Ihr habt eure Sache gut gemacht. Ich will es auch gutheißen, dass du den reichen Damen schöne Augen machst, lieber Smertrios, denn es ist gut für das Geschäft – vergiss nur nie, wem du gehörst.«

Mir selbst, dachte Smertrios, während er gehorsam nickte.

Er kam kaum zur Ruhe. Die beiden Sklaven mussten eingelernt, die bestellten Bögen gefertigt werden. Es fiel ihm schwer, auch nur die Vorbereitungsarbeiten den beiden zu übergeben, zu groß war seine Sorge, dass sie einen seiner Rohlinge verderben könnten. Just als Sanna eines Abends ihn besuchte, kam auch der Jäger und legte ihm zwei Paar große, geschwungene Hörner auf den Tisch.

»Ibex«, nickte der Jäger zufrieden.

Sanna begutachtete sie bereits neugierig, während Smertrios seinen Lederbeutel öffnete, um den Jäger zu bezahlen. Er hatte keine Ahnung, wie viel so ein Horn wert war. Fragend hielt er dem Jäger eine Münze hin. An dem begeisterten Grinsen, mit dem der Mann das Geldstück nahm, erkannte er, dass es zu viel gewesen war. Er würde es sich merken, doch es störte ihn nicht sonderlich. Zu groß war die Freude, endlich das nötige Horn für den Sulnatris zu besitzen.

Im Schein der Öllampe betrachtete er es genau, kaum dass der Jäger seine Werkstatt verlassen hatte. Es war ganz anders als die Hörner der Kühe, die sie daheim hielten. Dickwandig und gebogen, mit Querwülsten. Sanna hatte ihren römischen Bogen danebengelegt, genau wie Smertrios überlegte sie, wie dieses Horn wohl zu dem glänzenden Belag auf dem Bogenrücken werden sollte.

Als sie so in Gedanken versunken neben dem Tisch standen, öffnete sich die Türe. Sie schraken beide hoch, wohl wissend, dass Livia nicht gutheißen würde, was sie taten. Doch es war nur der alte Pfeilmacher, der in Smertrios' Werkstatt lebte. Sein Blick fiel auf den Tisch, dann auf Sanna und ihren Bruder. Er deutete auf das Horn und Sannas Bogen und sagte etwas in Latein. War er wütend? Oder nur aufgeregt?

Sanna lächelte ihn an. Smertrios verstand nicht, was sie erwiderte, stockend, mit viel Nachdenken.

Der Pfeilmacher näherte sich, beugte sich über den Tisch. Fast hätte Smertrios beschützend nach den Hörnern und Sannas Bogen gegriffen, doch als er merkte, wie liebevoll der Alte über die Gegenstände strich, entspannte er sich etwas. Ein Gedanke schoss durch seinen Kopf. Publius hatte gesagt, der Alte hätte in der Bogenmanufaktur gearbeitet. Was, wenn er dort nicht Pfeilmacher gewesen war?

Smertrios hob Sannas Bogen hoch, deutete darauf, deutete auf den alten Mann und machte die Geste des Abhobelns.

»Hast du Bögen gebaut?«

Der Mund des Alten öffnete sich zu einem breiten, zahnlosen Grinsen und ein freudiger Wortschwall ergoss sich daraus. Fasziniert starrten Smertrios und Sanna auf die Hände des Mannes, die den Bogen ergriffen hatten und mal hierhin, mal dahin deuteten, den Sehnenbelag berührten, ein Horn vom Tisch hochhoben.

Sie strahlten einander an. Ganz offensichtlich wusste der Alte, wie man römische Bögen herstellte. Sie konnten seine Worte nur nicht verstehen.

Smertrios' Herz klopfte vor Aufregung, als er den Rest des Sulnatris aus dem Köcher holen ging. Der Alte wendete ihn nachdenklich in seinen Händen hin und her und ein neuerlicher Wortschwall erklang.

»Potesne hoc nobiscum facere?«, fragte Sanna. Als der Alte die Lippen ein wenig schürzte und nickte, fiel sie Smertrios um den Hals. »Er kann so etwas mit uns bauen!«

Smertrios drückte sie an sich. Die Götter waren ihnen gnädig.

Er ärgerte sich, als er am nächsten Abend zu einer neuen Lateinstunde gerufen wurde, denn er hatte gehofft, nun, wo die Sklaven in ihre Unterkunft gegangen waren, mit dem Pfeilmacher an dem Sulnatris zu beginnen. Er machte sich nicht die Mühe, sein Gewand zu wechseln. Sollte Livia nur ja nicht glauben, er mache ihretwegen einen Aufwand! Seine Camisia und die karierten Braccae waren speckig, voller Sägespäne und Staub. Doch Livia lachte nur leise, als er ihr Gemach betrat.

»Mir scheint, da benötigt jemand ein Bad! Zwar habe ich gerade eines genommen, aber das soll uns nicht hindern, dich ins Wasser zu stecken. Es muss wohl noch von meinem Bade warm sein.«

Sie rief ihren Diener und gab ihm Anweisungen. Smertrios fragte sich, ob sie diesen jungen Burschen wohl auch für ihre Spielchen benützte. Nachdenklich sah er ihm nach, als er das Gemach verließ.

Livia schmunzelte. »Ein hübscher Knabe, nicht? Ich mag seinen Anblick, so zart und freundlich. Publius hat dafür gesorgt, dass mir von ihm nie Gefahr drohen mag.«

Smertrios sah die Römerin fragend an, ihr Schmunzeln vertiefte sich.

»Er ist ein Eunuch.«

Als Smertrios mit diesem Begriff nichts anfangen konnte und die Augenbrauen zusammenzog, fügte sie fast zärtlich hinzu:

»Schnipp schnapp, Hoden ab.«

Nun war es gewiss nicht Lust, die ihm in die Lenden fuhr. Er sah zu Sanna hin, die mit aufgeregt geröteten Wangen darauf wartete, was weiter geschehen würde.

»Also sei vorsichtig, lieber Smertrios, was du tust«, säuselte Livia zärtlich, als sie an ihm vorbei schritt und ihnen deutete, ihr zu folgen.

Während sie den langen Gang zu einem Teil des Anwesens gingen, der Smertrios unbekannt war, flüsterte Sanna ihm zu:

»Publius ist heute abgereist.«

Livia hatte sie offenbar gehört, denn sie drehte sich zu den beiden um. »Ja, mein lieber Mann reist viel, das bringt das Leben als Händler mit sich, auch wenn er längst vieles delegieren könnte. Man muss immer die Kontrolle behalten. Aber ihr braucht keine Sorge haben, auch ohne ihn sind wir hier gut versorgt und beschützt.«

»Oh, ich habe keine Sorge«, betonte Sanna. »Ich habe schließlich meinen Bogen.«

»Apropos, Smertrios, wie geht es mit der Arbeit voran? Können wir bald die ersten neuen Bögen bewundern?«

Smertrios straffte sich. »Wir sind bereits fleißig am Arbeiten.«

»Nana, nicht gleich so aggressiv, mein Lieber. Meine Freundinnen sind unglaublich begeistert gewesen.«

Smertrios' Magen krampfte sich zusammen. Es traf immer noch seine Bogenbauer-Ehre, dass er nun Spielzeug für Frauen herstellte.

»Wart nur ab, lieber Smertrios, bis du uns damit schießen siehst. Hast du je von den Amazonen gehört?«

Smertrios schüttelte den Kopf.

»Nun, das macht nichts. Du wirst schon sehen.«

Sie erreichten eine Türe, vor der der Eunuch und zwei Sklavinnen standen, die große leinene Tücher in den Händen für sie bereit hielten.

»Weiter in eurem Lateinunterricht. Dies hier nun ist das trepidarium, wir Römer waschen uns nicht einfach, wir wissen auch aus dieser banalen Tätigkeit ein Vergnügen zu machen.«

Sie sagte etwas zu den Sklavinnen in Latein, und Smertrios war erfreut, dass er es verstand. Sie sollten gehen, die Herrin mit den Norikern alleine lassen. Nun, das war ja wohl zu erwarten gewesen.

Der Eunuch blieb vor der Türe stehen, offenbar bereit, zu Diensten zu sein wenn nötig, während Livia Sanna und Smertrios in einen Garderobenraum führte.

»Du kannst dein dreckiges Gewand hier lassen und dich im Nebenraum einmal säubern. Wir werden es heute mit den üblichen Gepflogenheiten nicht so genau nehmen, damit unsere Lateinstunde nicht zu kurz kommt. Wir warten dann auf dich im Raum mit dem warmen Becken, einfach durch diese Türe hindurch.«

Als Smertrios wenig später den Raum betrat, in dessen Mitte ein Becken in den Boden eingelassen war, in dem milchiges Wasser dampfte, standen am anderen Ende Sanna und Livia. Sanna war nackt, Livia in ein seidiges Tuch gehüllt.

Smertrios schluckte.

»Leg nur dein Tuch ab und steig ins Wasser, um dich durch und durch zu säubern«, befahl seine Herrin ihm.

Das Wasser war so angenehm warm, dass Smertrios erst merkte, wie angespannt er war, als seine Muskeln der Wärme nachgaben. Zarter Duft umschwebte ihn.

»Es ist noch das Wasser von meinem Bade«, meinte Livia entschuldigend, und doch schien sie die Tatsache zu erregen. »Die Eselsmilch darin ist vielleicht nicht eines Mannes entsprechend, aber sie wird deiner Haut gewiss nicht schaden. Und da Publius nicht anwesend ist, macht es wohl auch nichts, wenn du nach meinen Düften riechst – sonst könnte das jemand doch falsch verstehen.« Sie kicherte.

Sanna starrte auf ihre Füße, offensichtlich ein wenig überfordert damit, dass sie hier nackt vor ihrem Bruder stand, auch wenn es daheim im Sommer durchaus üblich war, dass Männer und Frauen gemeinsam im See ganz ohne Kleidung schwammen. Livia blieb einige Schritte entfernt von ihr, betrachtete sie schweigend. Smertrios konnte das Gesicht der Römerin nicht sehen, doch ihr Kopf war ein wenig in den Nacken gelegt, ihre schlanke Hand spielte mit einer Haarsträhne, die sich aus ihrer kunstvoll aufgesteckten Frisur gelöst hatte.

Sanna errötete – wahrscheinlich nicht von der dampfigen Wärme des Raumes – und räusperte sich. »Was soll ich tun?«

»Gar nichts, Liebes, gar nichts.« Livia trat nun an die junge Frau heran, trat hinter sie und ließ das Tuch zu Boden gleiten, in das sie selbst gehüllt gewesen war. Sie war größer als Sanna – wie die meisten – und Smertrios konnte den Ansatz ihrer Brüste über Sannas Schultern sehen. Haut an Haut standen die beiden Frauen da. Sanna zog die Luft ein.

Livia legte ihre Hände von hinten auf Sannas flachen Bauch, den Blick auf Smertrios gerichtet.

»Sie ist wunderschön, nicht wahr?«

Er weigerte sich zu nicken.

Livias Stimme war warm und rund, liebkosend wie weiches Otterfell. »Weißt du, Sanna, Kleine, dieser Körper, er ist Macht, sei stolz auf ihn. Der Körper einer Frau ist ihr wichtigster Schatz, behandle ihn als solchen. Nicht nur, weil wir Kinder gebären können, was den Männern verwehrt ist – sie können Menschen nur auslöschen, wir können sie erschaffen. Aber auch jenseits davon, unser Körper ist unsere Macht. Lerne mit deinem Leib den Körper eines Mannes wie ein Instrument zu spielen, und du kannst alles erreichen.«

Es ärgerte Smertrios, dass sie so über Männer sprach, als wären sie Sklaven der Frauen. Die Gefühle in seinen Lenden jedoch gaben der Römerin recht.

Livias Hände wanderten über den Körper seiner Schwester, die eine nach oben, zu Sannas Brüsten, die andere langsam den zarten Bogen der Hüftknochen entlang zu dem braun gelockten Dreieck zwischen Sannas Beinen. Sanna stöhnte auf, als Livias Finger in sie eindrangen.

Smertrios wünschte, er könnte untertauchen, Ohren und Augen verschließen. Er bemühte sich, an den Überfall in den Alpen zu denken, an den Eunuchen, versuchte, Wut auf diese Frau in sich zu erzeugen, doch es half nichts.

Als nach wenigen Momenten Sanna begann, Livias Berührungen zu erwidern, geleitet vom wohligen Seufzen und Stöhnen der Älteren, da konnte er noch so sehr die Zähne zusammenbeißen und sich bemühen, der Römerin nicht zu zeigen, was er fühlte. Er konnte nur dankbar für das milchige Wasser sein.

Sanna sah ihm nicht in die Augen, als sie sich später vor dem Trepidarium voneinander verabschiedeten. Smertrios hatte es eilig. Er fühlte sich elend. Wie sollte das werden, wenn sie sich das nächste Mal in Livias Kammer dem Unterricht widmeten? Nein, es war einfach zu lange gewesen, seit er bei Kalandina gelegen hatte. Er würde sich unter Kontrolle bekommen. Nicht nur, weil es zwar in seinem Dorf durchaus üblich war, zu den großen Festen der Liebe zu frönen, aber niemals mit den eigenen Geschwistern, es gab genug Legenden, zu welch Desastern dies führte – nein, auch weil es ihm bis ins Innerste widerstrebte, dieser Römerin die Genugtuung zu verschaffen, dass sie Macht über seinen Körper hatte. Die weisen Frauen seines Dorfes wüssten gewiss Kräuter, die ihm nun zu Hilfe kommen könnten, doch die weisen Frauen waren weit weg. Vielleicht, wenn er vor der nächsten Lateinstunde selbst dafür sorgte, dass kein Saft mehr in ihm wäre … Er musste Wege finden. Er brauchte all seine Energie, möglichst rasch den heiligen Bogen zu bauen, und er hatte das dumpfe Gefühl, dass so ein hornbelegter Bogen mehr Zeit benötigen würde, als er Geduld hatte oder Livia widerstehen konnte.

Solange sie nur rechtzeitig daheim waren. Rechtzeitig, das Dorf durch den Sonnenschuss zu beschützen und rechtzeitig zur Geburt seines Kindes, damit nicht Kalandinas Vater auf die Idee kam, es vor seiner Rückkunft zu töten.

Es fiel ihm plötzlich schwer, an seine Frau zu denken. Wer wusste, wie es ihr ging? Trug sie sein Kind überhaupt noch unter dem Herzen? Auch seine Mutter hatte Kinder den Göttern geben müssen, ehe sie das Licht der Welt erblickten. Frauen starben auch während Schwangerschaften. Nein, nicht Kalandina. Sie war jung und gesund. Er konnte sich nur noch dunkel an ihr Gesicht erinnern. An ihren Körper, ja, an ihre unterdrückten Lustschreie – aber ihr Gesicht? Er war schon zu lange zu weit weg, zu viele neue Eindrücke hatten die alten überlagert. Er hatte das Gefühl, mit einem Schatten vermählt zu sein. Das Kind in ihrem Bauch war ihm näher als sie. Er beschleunigte seine Schritte, als käme er dadurch rascher in sein Dorf zurück.

Der alte Pfeilmacher schlief bereits tief und fest, als Smertrios eintrat. Seufzend setzte er sich auf sein Bett, holte die vier Hörner und den verkohlten Sulnatris darunter hervor. Plötzlich musste er lachen. Kalandina war schwanger mit seinem Kind, und er war schwanger mit diesem Bogen. Ob sie ebenso ungeduldig wie er darauf wartete, die Frucht ihrer Mühen endlich im Arm zu halten?

Kapitel 20

Erste Schritte

Sanna stürzte in seine Werkstätte, die Schuhe in der Hand, ausnahmsweise in Vasos' alten Braccae, statt in einem römischen Kleid. Die beiden Burschen, die Smertrios zur Hand gingen, sahen erschrocken auf.

»Smertrios! Sie verlangt, dass ich reiten lerne! Und sie hat mir meinen Bogen weggenommen, den römischen, weil ich sagte, ich will nicht!« Tränen rannen ihre Wangen hinab.

Smertrios legte den Rohling beiseite, den er gerade begutachtet hatte, immer noch fasziniert von der Andersartigkeit des Holzes hier.

»Wozu?«

»Weil – für ihre Jagden – die Diana – was weiß ich! Ich will nicht reiten!«

Er trat zu ihr, legte ihr die Hand auf die Schulter, zog sie aber gleich wieder weg, weil er vor seinem inneren Auge Livias Hände auf diesen zarten Schultern sah.

»Es ist nichts Schlechtes, reiten zu können.«

»Aber auf einem Pferd!«

Smertrios unterdrückte ein Lächeln. »Besser als auf einer Kuh, oder?«

Hinter Sanna erschien der Pferdeknecht, den Smertrios schon kennengelernt hatte. Er stand abwartend in der Türe. Es ging eine Freundlichkeit von ihm aus, dass Smertrios beschloss, Sannas Angst nicht nachzugeben.

»Komm, du schaffst das.«

Sanna schüttelte vehement den Kopf. »Ich hasse Pferde! Sie sind bösartig!«

Der Knecht machte einen Schritt in die Werkstätte. Inzwischen wurden sie von den beiden Sklaven beobachtet, die ihre Arbeit niedergelegt hatten und offenbar versuchten, aus den ihnen unverständlichen Sätzen Sinn zu erfassen.

»Sie sind wie alle Tiere. Sieh es doch nicht als Pferd, auf dem du reiten sollst.« Der Pferdeknecht lächelte entwaffnend. »Sieh es als groß geratenen Hund.«

Sanna lachte verzweifelt auf. »Aber ein Pferd ist kein Hund!«

»Jedes Tier trägt alle anderen Tiere in sich.«

»Willst du damit sagen, eine Schlange ist das Gleiche wie ein Adler?«, höhnte Sanna. Sie schien in ihrer Angst gar nicht erstaunt darüber, dass dieser junge Bursche mit ihr in ihrer Sprache redete.

»Nein, aber die Schlange im Gras trägt die gleiche Eleganz in sich, wie der Adler, der in den Lüften tanzt.«

Damit hatte er offenbar ein gutes Argument gefunden, denn Smertrios konnte sehen, wie Sanna zögerte, wie sie ein wenig ihre Anspannung losließ.

»Und das Pferd? Der Hund?«

»Das Pferd ist ebenso um unsere Freundschaft bemüht, wie der Hund. Es liebt es, uns zu Diensten zu sein. Und mit uns durch die Wiesen zu tollen – so wie du mit dem Hund von Publius gerne durch den Park läufst.«

Er hatte sie also offenbar schon öfter beobachtet. Smertrios fragte sich, was ihm noch alles über seine Schwester entging, hier in seiner Werkstatt.

»Aber ...« Sannas Stimme verlor an Hysterie, wurde leiser, »Pferde sind gefährlich. Sie treten mich, sie beißen.«

»Gewiss nicht meine. Auch Hunde beißen, wenn sie Angst haben. Hatte das Pferd Angst, das dich getreten hat?« Die Augen des Burschen ruhten fragend auf Sanna. Die Ruhe, die er ausstrahlte, machte sich im ganzen Raum breit.

»Vielleicht. Es war, als unser Dorf überfallen wurde. Aber es war ein Pferd der Angreifer! Es stieß mich zu Boden, es ist fast auf mich getreten, sie alle traten fast auf mich!« Erneut schossen Tränen in Sannas Augen. Auch Smertrios erinnerte sich an jene schrecklichen Momente, als er versucht hatte, seine Schwester zu retten.

»Siehst du. Fast. Sie hatten Angst, getrieben von ihren Reitern, dennoch sind sie nur fast auf dich getreten, weil sie es vermeiden konnten.«

Smertrios sah ein letztes Aufbäumen in Sanna. »Aber als ich klein war, hat mich eines gebissen!« Sie schob den Ärmel ihrer Camisia hoch und wies auf die dicke Narbe.

»Dein Arm sieht aber auch sehr verlockend nach einer Steckrübe aus.«

Sanna konnte nicht anders, sie musste lachen.

»Komm, sieh es dir zumindest mal an. Das Pferd, das ich für dich gewählt habe, ist eine alte Großmutter und ebenso liebenswürdig. Sie sieht sogar ein wenig aus wie Publius' Hund – nicht ganz so zottelig, aber dasselbe gemischte Braun.«

Er streckte einladend seine Hand aus. Sanna sah zögernd zu Smertrios. Ihr Bruder nickte, aufmunternd.

»Aber nur schauen! Und nicht zu nahe!«

»Natürlich.« Der Pferdeknecht lächelte, ein gewinnendes, herzliches Lächeln. Sanna folgte ihm.

Smertrios hoffte, dass alles gut ging. Und dass Livia Sanna den Bogen zurückgab, wenn sie reiten lernte. Er fühlte sich wohler, wenn er wusste, dass sie mit den römischen Bögen ebenso gut umgehen konnte wie mit ihrem Langbogen.

Ruhe war in der Werkstatt eingekehrt. Die beiden Burschen, seine Sklaven, waren zu ihren Gefährten in ihre Unterkunft gegangen. Smertrios war froh, dass sie mit den anderen Sklaven gemeinsam in einer Hütte schliefen und nicht bei ihm.

Auch der Alte hatte anscheinend nur auf diesen Moment gewartet, denn mit einem verschwörerischen Lächeln kam er aus seiner Ecke, fragte etwas und deutete die Tätigkeit des Bogenbaues an.

Smertrios nickte aufgeregt. Er holte die Hörner und den Sulnatrisrest unter dem Bett hervor. Am besten wäre es wohl, der Alte baute einen Bogen und Smertrios tat es ihm Schritt für Schritt gleich. Er musste den Sulnatris selbst herstellen, er durfte das nicht jemand anderen machen lassen.

Doch ehe er begann, warf er noch einige Holzreste des Tages in das Feuer, um sie den Göttern zu schenken. Dann fand er das lächerlich wenig und kramte in seinem Beutel, ob er denn nicht eine würdigere Opfergabe hätte. Seine Finger griffen das kleine Messer, das der Druide Ardudunums damals an Voccios Hof in ihrem Verlies verloren hatte. Smertrios starrte es an. Wie weit weg ihm das schien, die Zeit bei Voccio. Der Alte schnalzte mit der Zunge, als sein Blick auf das Messer in Smertrios' Hand fiel. Ja, es war ein schönes Messer. Würdig, dass man es den Göttern schenke, um einen guten Sulnatris zu gewähren. Doch es gehörte ihm nicht, wer weiß, eines Tages konnte er es dem Druiden vielleicht zurückgeben. Er steckte das Messer wieder ein, schloss den Beutel und holte seinen eigenen Bogen. Hoffentlich waren die Götter nicht verärgert, dass es kein Bogen war, der ihm wichtig wie sein Leben war. Er besaß nichts, dass ihm so viel wert war wie ein gelungener Sulnatris. Nur Sanna, und die würde er niemals opfern, für gar nichts. Doch Vater hatte immer gesagt: »Die Rituale einzuhalten, wie der Druide es fordert, ist eine Sache. Die Götter sind meist verständnisvoller als er, solange man ein Opfer mit der wahren Hingabe bringt.« Und es gab nichts, was sich Smertrios mehr wünschte, als dass die Götter die Herstellung dieses Bogens segnen mögen. Er sprach ein Gebet und warf den Bogen ins Feuer. Nun war er, der Bogenbauer, bogenlos. Denn alle anderen Bögen hier waren bereits bestellt. Auch der Alte führte ein paar segnende Gesten durch, nickte zufrieden.

Die Verständigung war mühsam, doch nach einer Weile saßen sie da und jeder sägte die Außenseite des Horns ab, eine mühselige Arbeit. Immer wieder deutete der Alte auf eine Stelle an Smertrios' Arbeitsstück, dann an seinem. Das Horn, das sich durch die Reibung erhitzte, stank, als hätte ein ganzer Kriegertrupp seine Zehennägel ins Feuer geworfen. Dazu mischte sich noch der Geruch von Schweiß, denn die Arbeit war anstrengend. Doch Smertrios war selig. Endlich kam er seinem Ziel näher, endlich konnte er über den Sulnatris nicht nur nachgrübeln, sondern tatsächlich Hand anlegen.

Sanna platzte bei der Türe herein, nur in ihrer kurzen Tunika, als hätte sie mitten im Umkleiden beschlossen, noch rasch zu Smertrios zu laufen.

»Ich bin auf einem Pferd gesessen! Es hat eine ganz weiche Nase, und Uilleam sagt, ich habe mich sehr geschickt angestellt. Es hat lange Wimpern und schaukelt ganz schön, wenn es geht. Ich verstehe gar nicht, wieso ich so riesige Angst hatte. Jetzt habe ich nur noch mittelkleine Angst. Es ist beinahe so lieb wie der Hund von Publius und wird genauso gerne gebürstet und gekrault und Uilleam sagt, Livia will, dass ich nun jeden Tag reite, damit ich an der nächsten Jagd teilnehmen kann. An einer richtigen Jagd!«

Smertrios nickte. Da schien Sanna ja endlich ihre Angst verloren und einen neuen Freund gewonnen zu haben.

Ihr Blick fiel auf die Hörner, an denen sie arbeiteten, und ihre Augen wurden groß. Sie zog sich einen Hocker heran und sah gebannt den beiden Männern zu, wie ein Fuchs, der seine Beute beobachtet.

Als den Hörnern ein Streifen abgesägt war, nickte der Alte zustimmend. Doch dann begann er, Smertrios' Werkzeug zu durchwühlen und er wurde unzufrieden. Offensichtlich fand er nicht, was er suchte. Schließlich nahm er ein Zugmesser zur

Hand und deutete auf die Klinge, deutete mit den Fingern eine Zackenlinie. Er strich Linien in das Horn, Linien in einen der gedämpften Holzrohlinge, die Smertrios schon für den Sulnatris vorbereitet hatte, und drückte die beiden dann aneinander. Natürlich. Das hatte ihn von Anfang an an dem verkohlten Reststück irritiert, die verschwommene Kante zwischen Holz und Horn im Inneren des Bogens. Beide Teile mussten mit zueinanderpassenden Rillen versehen werden, damit der Leim sie gut zusammenhalten konnte. Doch seine Zugmesser waren alle glatt, bestenfalls leicht gekrümmt. Wo sollte er eine gezackte Klinge herbekommen?

Ratlos sah er Sanna an. Der Alte hielt ihnen immer noch abwartend das Zugmesser entgegen.

»Es gibt einen Schmied unten im Dorf«, sagte Sanna zaghaft. »Opifex … ferrum … «

Smertrios kratzte sich am Kopf. Er wusste nicht einmal, ob er den Bereich rund um die Villa einfach so verlassen durfte. Oder ob der Sklave, der direkt am Tor wohnte und jeden begutachtete, der das Anwesen betrat, ihn aufhalten würde. Und wie sollte er dem Schmied erklären, was er brauchte? Sein Latein war immer noch miserabel, mehr als ein paar Worte beherrschte er nicht.

Das Reden des Alten ließ sie beide aufblicken. »Possum ad opifex ire.«

Sanna runzelte die Stirn, dachte angestrengt nach. Der Alte wiederholte den Satz und Sannas Lächeln zeigte ihr Verstehen.

»Er kann für uns zum Schmied gehen, sagt er!«

Smertrios lächelte erleichtert, nickte dem Alten zu. Mit fragendem Blick gab er ihm eine der Münzen, dessen Wert ihm noch immer fremd war. Der Alte steckte sie ein, sagte: »Cras,« und zog sich auf sein Lager in der Ecke zurück. Morgen.

Nun, sie hatten einen Anfang gemacht. Und doch war Smertrios unzufrieden. Unruhig trommelte er mit den Fingern auf dem Tisch herum, während Sanna den verkohlten Sulnatris und die Hörner wieder unter dem Bett versteckte.

Es war wie eine Liebesnacht, in der man unterbrochen wurde, ehe man Erfüllung gefunden hatte.

Smertrios hielt es in der Werkstatt nicht aus, er flüchtete ins Freie. Der Abend war mild, Wolken bedeckten den Himmel. Regen konnte ihnen nicht schaden, die Trockenheit der Gegend legte sich auf sein Gemüt wie ein langer Winter. Ohne das Leuchten des Mondes war das Meer unter ihnen ein tiefes, schwarzes Nichts.

Sanna war ihm gefolgt, stieß ihn lächelnd in die Seite.

»Wir haben heute beide einen Neuanfang gemacht, oder?«

Smertrios nickte und ließ sich auf der Bank vor seiner Werkstatt nieder. Obwohl es noch nicht sehr spät war, klang kein Laut zu ihnen außer dem leisen Rauschen des Meeres. Die Villa schlief. Er fragte sich, warum er sich nicht einfach freuen konnte, dass er endlich die Arbeit am Sulnatris begonnen hatte.

»Wie gut, dass du dieses Geld hast. Wenn Livia wüsste, was du damit machst! So ein Luxus hat Vorteile, nicht? Man kann sich alles kaufen.«

»Ja, so scheint es. Sie hat dich gekauft, sie hat mich gekauft, sie kann mit uns tun und lassen, was sie will.«

Sie schwiegen. Sanna beutelte die Schuhe von ihren Füßen, bohrte die Zehen in den lehmigen Boden.

»Wir hätten es schlechter treffen können. Gar nicht weit von hier kämpft Ferchar vielleicht gerade gegen Menschen, mit denen er selbst keinen Grund für Streit hat.«

»Vielleicht ist er auch schon tot.« Er wusste selbst nicht, warum er so bitter war und Sanna mit dieser Bemerkung verletzen musste.

»Ferchar stirbt nicht«, antwortete sie trotzig. Ihre Finger suchten nervös nach Grashalmen, die sie flechten konnte. Smertrios legte seine Hand auf ihre.

»Du hast recht. Und weißt du, wieso?«

Sanna schüttelte den Kopf.

»Weil ich da ein Barthaar auf deinem Kinn sehe.« Er grinste, spürte aber, dass der Scherz ihm nicht gelungen war.

Sanna fuhr sich mit der Hand ans Kinn, sah ihn verwirrt an.

»Fühlst du dich denn hier nicht gefangen?«, fragte er, wie um seine Laune zu erklären. »Als du den Schmied erwähnt hast, da wurde mir klar, dass ich nicht mal weiß, ob ich diese Mauern ringsum verlassen darf. Und dass ich mich nicht verständigen könnte, dürfte ich es. Ich bin Livia ausgeliefert.«

»Zumindest befiehlt sie dir nicht so wie mir: Zieh Schuhe an, das Kleid, nein nun ein anderes Kleid. Frisier mich, iss das, das nicht, lern reiten, üb mit dem Bogen, küss mich, wieso hast du schon wieder keine Schuhe an?«

»Das mit Livia gefällt dir doch auch. Dachte ich. «

Röte schoss in Sannas Wangen, sie senkte den Kopf. »Mehr als mir lieb ist. Ich habe nie gewusst, dass mein Körper … Aber wieso *auch*? Dir auch?«

»Und mir ist es noch weniger lieb. Sie ist eine sehr attraktive Frau. Leider, muss ich sagen.«

»Ich auch?«, fragte Sanna schüchtern.

Smertrios erhob sich, blickte in die Ferne Richtung Meer.

»Du bist caddos. Es steht mir als Bruder nicht zu, dich zu begehren. Aber ja – du bist attraktiv.«

Als sie nicht antwortete, drehte er sich zu ihr um. Verlegen schaukelte sie mit ihren Füßen vor und zurück. Obwohl sie nichts sagte, wusste er, was sie dachte.

»Oh nein, Sanna. Auch wenn du attraktiv bist, schlag dir Ferchar aus dem Kopf. Er ist versprochen.«

»Ich will ihn doch gar nicht!«, protestierte sie. »Ich will gar keinen Mann! Ich will das Dorf retten und Pfeile fliegen lassen!« Sie stand auf, zog die kurze Tunika so weit wie möglich hinunter. »Gute Nacht.«

»Gute Nacht, kleine Schwester.«

Er sah Sanna nach, wie sie zur Villa hinaufging und bald im Dunkel der Nacht verschwand.

Bereits am nächsten Tag brachte der Alte eine gezackte Klinge vom Schmied zurück. Dazu hatte er noch eine Amphore Wein erstanden, die er sorgsam hinter seinem Lager versteckte. Smertrios musste wirklich lernen, was diese Münzen wert waren. Doch er gönnte dem Alten allen Wein, den er bekommen konnte und nichts war ihm wichtiger, als mit dem Sulnatris voranzukommen. Aber die nächste Geduldsprobe kam sogleich. Kaum waren die zwei Holzrohlinge, die Smertrios über Dampf geformt hatte, zur Zufriedenheit des Alten gelungen und Horn und Holz gerillt und mit warmem Leim bestrichen, sodass sie die beiden Teile aneinanderfügen konnten wie ein Liebespaar, musste der Bogen mit einem Seil eng umwickelt und zum Trocknen unter dem Bett versteckt werden. Und den Gesten des Alten nach für lange Zeit, wenn Smertrios ihn richtig verstand, nicht für Wochen, sondern für Monde.

Er hätte weinen können. Doch stattdessen rechnete er. Es würde sich ausgehen. Es musste sich ausgehen. Selbst mit dem Sehnenbelag. Der ebenfalls einen halben Mond zum Trocknen brauchte. Genaugenommen um einiges länger, aber nach einem halben Mond war er trocken genug. Im Laufe der Zeit danach würden die Sehnen noch kürzer werden und den Bogen dauerhaft unter Spannung setzen.

Doch erstmal konnte er gar nichts machen. Seine schlechte Laune bekamen seine beiden Sklaven zu spüren. Er war erstaunt, wie rasch er zu einem Sklavenherren geworden war, für den die beiden Untergebenen nicht wie Menschen zählten.

Er hatte das Gefühl, dass ihm die Zeit zwischen den Fingern zerlief, während er zur Untätigkeit gezwungen war. Sanna bemühte sich, Zuversicht zu verbreiten, wenn sie ihn besuchte, aber auch ihre Fröhlichkeit war gezwungen. Livia hatte ihr noch immer nicht ihren römischen Bogen zurückgegeben, und das besserte Smertrios' Laune auch nicht. Sie müsse noch besser reiten lernen, sagte Livia.

Seine Unruhe machte sich auch in seiner Arbeit bemerkbar. Zwei Bögen brachen ihm. Zumindest dafür waren die Sklaven gut, ihnen die Schuld zuzuschieben. Dennoch waren bald alle

Bögen für Livias Freundinnen gebaut. Und er hasste jeden von ihnen. Spielzeug für reiche Frauen.

Vielleicht war es auch die Hitze, die ihm so zusetzte. Wie sehnte er sich nach seinem Wald, dem dichten Laub, den kalten Bächen. Selbst die Nächte brachten nun keine Abkühlung.

Kapitel 21

Die Jagd

Er wurde zu Livia in ihr Gemach gerufen. Er hatte sich schon gewundert, dass sie so viel Zeit vergehen ließ, aber es war ihm nur recht gewesen.

Es dauerte nicht lange, ein paar halbherzige lateinische Wörter lang, dann meinte Livia, Sanna sähe so erschöpft aus, sie solle sich doch in Livias Bett ausruhen. Sanna sträubte sich. Smertrios ahnte, dass sie gerne ihre Einwilligung mit der Rückgabe ihres Bogens verbinden würde. Es war klar, was geschehen würde, wenn sie sich hinlegte. Doch Livia ging gar nicht erst lange auf ihr Sträuben ein. Sie trat hinter Sanna, strich ihr sanft mit den Fingern über den Nacken – Smertrios konnte sehen, wie seine Schwester wohlig erschauerte – hauchte ihr neckische Worte ins Ohr. Gleich glitt ihre Hand an Sannas Brust, umschloss sie warm und zärtlich. Und es dauerte nicht lange, da lag Sanna schon auf den weichen Kissen, willig bereit, sich ausziehen zu lassen.

Mit einem bestimmenden Blick und einer herrischen Geste wies Livia Smertrios seinen Platz am Fußende des Bettes zu. Er gehorchte, in der Hoffnung, dass Sanna ihren Bogen zurückbekam, wenn Livia befriedigt war.

Er war müde und wütend genug, um zwar von der Situation erregt zu werden, aber dennoch die Kontrolle zu behalten. Er musste nur an den Eunuchen denken und an den Bogen, der noch immer trocknen musste.

Livia wandte ihren Blick kaum von ihm ab, während sie Sanna liebkoste, ihren Körper mit Küssen bedeckte, sie mit den Fingern zum Höhepunkt brachte. Smertrios' Lenden reagierten, aber nicht in dem Ausmaß, das Livia sich wohl erhoffte. Sie befahl Sanna, nun ihr Vergnügen zu verschaffen. Sanna gehorchte, ein wenig unsicher, und Smertrios konnte spüren, dass die Römerin eine Spur lauter stöhnte, als sie empfand, nur um ihn aus der Fassung zu bringen. Aufreizend rekelte sie sich, immer näher an das Ende des Bettes heran, an dem er stand.

Seine Braccae beulten sich, das konnte sie ruhig sehen. Er würde nicht wie ein beschämter Junge seine Hände davor halten. Er erwiderte Livias Blicke, die Hände im Rücken verschränkt. Ja, sie war schön. Ja, er hätte durchaus Lust, statt Sannas auf dem Bett zu liegen. Aber diese Freude würde er ihr nicht machen.

Es schien, dass Sanna ihre Herrin nicht zu deren Zufriedenheit bedienen konnte. Livia richtete sich abrupt auf, griff nach einem großen, seidigen Tuch und hüllte sich darin ein. Sie kroch auf dem weichen Bett zu Smertrios, sah ihn ernst an. »Ich verstehe dich nicht, Noriker. Ich sehe doch, wie es dir gefällt. Ich weiß, wie sehr es dir im Trepidarium gefallen hat. Warum bittest du nicht? Vielleicht erlaube ich es dir ja.« Sie entblößte ihren Busen und streckte ihn ihm entgegen.

Smertrios sah auf ihre Brust hinab. Sie war einst wohl voll gewesen, und nun, nach zwei Söhnen und den Jahren, immer noch schön, weich und nicht zu groß. Kalandina würde in vielen Jahren vielleicht genau solche Brüste haben.

»Du hast doch gesagt, du hättest geschworen, keinen Mann anzurühren.« Er klang ruhig, fast belehrend. Dabei fühlte er sich ein wenig verwirrt.

Livia lachte, nervös und erregt. »Nun, wenn du mich anrührst, rühre ich ja keinen Mann an, sondern er mich ...«

Smertrios nickte. »So ist das also. Ich kann wirklich viel lernen von dir, über die Macht des Wortes.«

Er erwiderte ihren Blick. Er wusste, dass sie in seinen Augen die Erregung sehen konnte, aber den Blick abzuwenden hätte noch mehr Schwäche gezeigt. Offenbar genügte ihr das, denn sie schlang das Tuch wieder um sich, rutschte vom Bett und schenkte sich etwas Wein in ihr Glas.

»Du hast recht, Smertrios. Es wäre meinem lieben Mann gegenüber nicht gerecht. Es ist schwer zu unterscheiden, wer wen berührt, wenn es zu nahe wird.«

Sanna schlüpfte rasch in ihr Kleid, ihre Wangen waren noch gerötet, ihr Haar stand wirr in die Höhe.

»Bring dich in einen ordentlichen Zustand, mein Kind.« Livia nahm einen Schluck, fuhr mit dem Finger in das Glas und schleckte ihn dann ab, den Blick auf Sanna gerichtet. »Du hast heute Fortschritte gemacht, es wird noch eine gute Liebhaberin aus dir. Aber natürlich musst du noch viel lernen.«

Sanna errötete noch mehr.

Smertrios schwitzte plötzlich. Den ganzen Tag hatte die Sonne heiß auf die Villa gebrannt, hatte ihn erhitzt, und Livias Anblick erregte ihn nun noch mehr, da sie sich nicht mehr ihm widmete. Und wo Sanna nicht mehr Teil des Spiels war. Unbeobachtet konnte er nun Livias Ausstrahlung genießen. Er mochte die Art, wie sie sich vorbeugte, um eine Dattel aus der Schale neben den Weingläsern zu nehmen. Ihr wohlgerundeter Po zeichnete sich unter dem feinen Leinenstoff ab, ihre Bewegung war anmutig, und als sie die Dattel genüsslich zwischen ihre Lippen schob, musste Smertrios ein Stöhnen unterdrücken. Diese Frau beherrschte ihr Instrument wirklich. Dagegen war Kalandina ein plumper Dudelsack.

Sie müsste sich gar nicht so bemühen, ihn zu erregen. Sie müsste nur Sanna hinausschicken und mit diesen Spielchen aufhören. Dann könnte er sich wohl kaum zurückhalten.

Doch genau in dem Moment wandte Livia sich zu ihm um. Sie sah seinen Blick auf ihren Po, ein triumphierendes Lächeln zog über ihr Gesicht.

»Nanana, mein lieber Noriker, wo siehst du denn hin? Gehört es sich, seine Herrin so anzusehen?«

Aus dem Augenwinkel bemerkte er Sannas erschrockenen Blick. Doch sie musste sich keine Sorgen machen, als Livia das Wort Herrin erwähnt hatte, war ihm die Lust vergangen.

Nach Langem kamen endlich einige Regentage, die für die ersehnte Abkühlung sorgten. Doch Livia ließ sich davon nicht abhalten, den lange geplanten Jagdausritt durchzuführen. Sanna war aufgeregt, voller Angst und Sorge, denn Livia bestand darauf, dass sie mitritt. Es würde ganz harmlos werden, hier in dem steilen Gelände konnte man ohnehin nur im Schritt vorwärtskommen, hatte Livia sie versichert. Dennoch, Sanna hatte solche Angst, dass sie Smertrios bat, zumindest bei ihr zu sein, bis sie losritten. Er hätte auch nichts dagegen gehabt, mitzureiten – im Gegenteil, er hatte große Lust darauf, auf Spurensuche durch den Wald zu streifen. Doch Livia hatte es zu einer Damengesellschaft erklärt. Nur Frauen durften an den Ausflügen zu Ehren der Diana teilnehmen und zwei Eunuchen zum Schutz. Wenn er wolle, könne er gerne ein Eunuch werden, meinte Livia. Sie war wohl immer noch beleidigt, dass ihre letzte Lateinstunde nicht zu ihrer Befriedigung verlaufen war. Smertrios ließ sich davon aber nicht abhalten, Sanna zu dem Platz vor dem Stall zu bringen, wo gerade die Teilnehmerinnen ihre Pferde bestiegen.

Er staunte, wie nahe seine Schwester sich an die Rösser herantraute. Ja, sie war vorsichtig und je nach Temperament des Pferdes auf mehr als sicheren Abstand bedacht, aber kein Vergleich zu ihrer Panik vor wenigen Wochen noch.

Es ging ein starker Wind, gewiss würde der Abend wieder Regen bringen. Just in dem Moment, als Sanna Livia gesehen hatte und zu ihr laufen wollte, öffnete Uilleam das schwere

Stalltor mit Schwung und es traf Sanna mit voller Wucht. Sie stürzte zu Boden, schlug mit dem Kopf auf.

Smertrios eilte zu ihr. Der erschrockene Uilleam ebenso.

Tiefrot rann es von Sannas Stirn herab, mit vor Schreck geweiteten Augen starrte sie auf ihre Hand, auf die das Blut hinuntertropfte.

»Sanna, Liebes, geht es dir gut?«, rief Livia, die bereits auf ihrem Rappen saß. Trotz der Sorge um seine Schwester kam Smertrios nicht umhin festzustellen, dass sie eine großartige Figur zu Pferde machte, mit einem seiner Bögen über der Schulter. Wild und edel zugleich.

»Sie ist verletzt, aber wohl nicht schlimm. Reitet nur los, wir kümmern uns um sie«, rief Uilleam. »Es tut mir so leid, Sanna, ich habe dich nicht gesehen!«, fügte er leise hinzu.

Unter den Frauen gab es eine kurze Diskussion, dann bestiegen alle ihre Pferde. Nur eine gemütliche alte Stute blieb übrig, mit dem Zügel an ein Gatter gebunden.

Livia setzte sich an die Spitze der Reiterinnen. »Nun, vielleicht wäre es ohnehin noch zu früh für dich gewesen, Sanna. Man bringe mir bei meiner Rückkunft Botschaft, wie es ihr geht.«

Smertrios half seiner Schwester auf. Er griff nach ihrer Hand und presste sie auf die Wunde auf der Stirn. »Tut sonst noch etwas weh?«

»Ich weiß nicht.«

»Kommt«, meinte Uilleam und führte sie in den gemauerten Stall hinein. Der Duft von Heu und Pferd stieg in Smertrios' Nase. Sanna zwischen sich führend schritten sie an den leeren Verschlägen vorbei. Kleine Statuen mit einer weiblichen Gottheit thronten auf Stelen zwischen den Verschlägen.

Am hinteren Ende des Stalles stand ein gemauertes Bett, ein Vorsprung in der Wand, bedeckt mit etwas Stroh und einer wollenen Decke.

»Setz dich.« Uilleam ließ Sannas Arm erst los, als diese saß. Dann öffnete er eine Kiste, die an der Wand neben dem Bett stand, und entnahm ihr eine kleine tönerne Amphore und ein Stück Stoff. »Lass sehen.«

Sanna nahm vorsichtig die Hand von der Stirn und er wischte behutsam das Blut von der Wunde.

»Ist nicht so schlimm. Du wirst eine kleine Narbe behalten, aber das wird deiner Schönheit keinen Abbruch tun.«

Verwirrt sah Sanna zu Smertrios herüber. Er lächelte. Ja, das hatte er sich schon gedacht, dass dem Pferdeknecht seine Schwester gefiel.

Uilleam leerte etwas von der Flüssigkeit aus der Amphore auf das Tuch und presste es auf Sannas Stirn. »Brennt vielleicht ein wenig.« Sanna verzog das Gesicht.

Leise sang Uilleam einige Anrufungen, lächelte Sanna aber dabei an. Es war ein zärtliches Bild, wie er da vor ihr kniete und sie so zerbrechlich und zart wirkte. Die beiden gaben ein hübsches Paar ab, schoss es Smertrios durch den Kopf.

Er machte einen Schritt zurück, um den Augenblick nicht zu stören. Es konnte Sanna nur gut tun, wenn sie neben Livia noch andere Menschen hier hatte, die sich um sie kümmerten. Und wenn sie sich begehrt fühlte, von Männern begehrt.

Uilleam erhob sich, holte erneut etwas aus seiner Kiste. »Hier, Sanna, trink etwas davon.« Er reichte ihr ein tönernes Gefäß, dessen dicken Korken er mit den Zähnen entfernte.

»Was ist das?«, fragte Sanna zögerlich, ihre Augen wiesen erst auf den Becher, dann nach oben auf ihre Stirn, auf die sie noch immer das Tuch presste.

Uilleam setzte sich neben sie. »Das -«, er deutete auf Sannas Kopf, »- ist eine Essenz aus Wein und Schafgarbe, gut für Wunden bei Ross und Mensch. Im Becher ist Aschetinktur, in der ich Kräuter ausgezogen habe. Es dient der Kräftigung.«

»Bei Ross und Mensch?« Sanna lächelte schief.

»Vor allem beim Mensch. Kann dir nicht schaden, etwas Kräftigung.« Sanft zupfte er ein Stück Heu aus Sannas Haar, das sich dort verfangen hatte. Ihre Augen weiteten sich verwundert.

247

Uilleam erhob sich. »Ich geh dann mal dein Pferd zurück in den Stall bringen, ehe es ihm da draußen langweilig wird.«

Er hatte sich noch keine zehn Schritte entfernt, da fragte Sanna flüsternd: »Mag mich der?«

Smertrios lachte. »Das ist wohl eindeutig.«

»Er ist immer so nett. Auch beim Reiten. Ist das gut?«

»Also ich mag ihn. Ist ein netter Kerl.«

Sanna biss sich auf die Unterlippe. »Mag ich Männer, die Pferde mögen?«

Smertrios lachte laut auf.

Uilleam hatte die Wunde auf Sannas Stirn mit einem Leinenstreifen verbunden, was Sanna ein zeremonielles Aussehen gab. Wie eine weiße Krone zierte das Band ihren Kopf, darüber stand ihr kurzes Haar dem gekalkten eines Kriegers gleich in die Höhe. Als Smertrios sie am frühen Abend zu Livia und den anderen Frauen brachte, konnte er nicht erkennen, welche Gefühle Livias Augen sich verengen ließen. Sie wirkte distanziert, und doch schien es Smertrios, als wäre sie nur zu gerne zu seiner Schwester hingeeilt, um sie in den Arm zu nehmen.

»Gut! Unsere Bogenschützin ist wiederhergestellt! Gerade recht, um uns zur Jagd im Vollmondschein zu begleiten!«

Einige der anderen Frauen klatschten. Sie saßen im Atrium rund um den Teich, sie alle trugen Kleider, deren Seiten bis zur Taille geschlitzt waren. Einige warfen Blicke auf Smertrios, die verbunden mit der Art, wie sie sich umsetzten, damit das Kleid verrutschte, eindeutig waren.

»Julia!«, rief Livia tadelnd, »Verführ mir meinen Bogenbauer nicht! Der Junge kann sich sonst nicht auf seine Arbeit konzentrieren!«

Die Frauen kicherten. Ein wenig verlegen kratzte Smertrios sich im Nacken, wo das Lederband seine Haare zusammenhielt.

»Ohja!«, sagte eine der Frauen, ihre Haut glänzte im Feuerschein und sie trug ein ledernes Dreieck über ihre linke

Brust. »Öffne dein Haar für uns, Gallier! Es heißt doch, die Kraft der Männer liegt in ihren Haaren, so wie bei Samson. Lass es uns sehen!«

Eine andere kicherte lauthals: »Deshalb hast du also einen kahlköpfigen Mann!«

Livia klatschte in die Hände. »Ruhe jetzt! Wir sind hier, der Göttin Diana zu huldigen. Zu zeigen, dass wir Frauen mehr sind als schöner Zierrat, dass auch wir noch die Wildheit der Waldgöttin in uns tragen. Macht euch bereit, ihr habt den Wald bei Tag gesehen, die Beute wartet auf uns!«

Jubel brach aus, zwanzig helle Stimmen, die gurrten und trillerten. Sie packten ihre Bögen und schwangen sie in die Höhe. Smertrios musste zugeben, dass es ein beeindruckendes Bild war, all diese wilden, reichen Frauen mit seinen Bögen.

Mit einer Handbewegung scheuchte Livia ihn aus dem Atrium. »Hinweg, Mann. Heute ist die Nacht der Frauen, genährt von Luna -«

»Und dem Wein!«, rief eine etwas rundliche Frau dazwischen.

Livia warf ihr einen Seitenblick zu, zwischen amüsiert und verärgert. »- genährt von Luna wollen wir Diana in den Wäldern huldigen und sie ehren!«

Sie zogen lachend an Smertrios vorbei, durch die große Eingangshalle zum Tor hinaus. Sanna war von Livia am Arm genommen worden, die Römerin flüsterte ihr etwas ins Ohr, Sanna nickte. Ja, seine Schwester hatte Ähnlichkeit mit den kleinen Statuetten im Stall, die nackten Beine in der kurzen Tunika, der Bogen in der Hand, die aufrechte Haltung.

Wie neugierig er war, was die Frauen wohl im Wald täten, um dieser Diana zu huldigen. Außerdem würde er nur zu gerne Livia mit dem Bogen sehen. Sanna, mit der sie öfter weiter oben im Park Pfeile fliegen ließ, hatte gesagt, sie sei eine gute Schützin, aber er selbst hatte sie noch nie schießen gesehen.

Nun, es würde ihm nicht schwerfallen, ihnen zu folgen. Sie lachten, plauderten und kicherten, dass es nicht einmal des Vollmonds bedurfte, sie nicht zu verlieren.

Smertrios wartete einen Moment, dann schlenderte er aus der Villa. Der ältere Major Domus schloss hinter ihm das Haustor.

Smertrios genoss es, durch den Wald zu streifen. Die Frauen waren ein gutes Stück vor ihm. Bei dem Lärm, den sie machten, hatten sie schon alles Wild verscheucht. Doch sie wurden langsam stiller, denn es ging steil bergauf. Der harzige Duft der Bäume ließ Smertrios lächeln. Ja, er vermisste das. Dies war der Ort, wo er hingehörte, der Wald. Nicht die gemauerte Werkstatt mit dem Steinbelag davor, nicht das luxuriöse Schlafgemach Livias oder ihr Bad.

Er stockte in seinen Träumereien. Hinter einer Kuppe konnte er den Schein eines Lagerfeuers erkennen. Die Frauen waren in einiger Entfernung davon stehengeblieben, flüsterten nun. Was war dies für eine verrückte Jagd? Kein Tier würde sich zeigen, bei Feuer und Lärm!

Da sah Smertrios Männer um das Feuer hocken. Es waren junge Männer, Knaben fast noch. Die Flammen zuckten Schatten über ihre nackten Körper, seine an die Nacht gewohnten Augen erkannten Fesseln an ihren Händen und Füßen. Sklaven. Das war die Beute.

Die Frauen spannten ihre Bögen. Von seinem Versteck hinter einem Baum sah Smertrios Sanna zögern, doch Livia deutete ihr, es ihnen gleich zu tun.

Dann ertönte das Trillern und Girren. Erschrocken sprangen die Männer auf, wussten nicht, was geschah. Die Frauen stürmten vorwärts, hinab in das schmale Tal, die ersten Pfeile flogen. Sie flogen nicht besonders gut, ihre Spitzen waren mit Lederlappen umwickelt. Sie waren nicht tödlich, aber äußerst schmerzhaft.

Getroffen fiel ein Sklave zu Boden, gleich darauf war die Schützin bei ihm, stürzte sich auf ihn wie ein Wolf auf seine Beute. Sie saß rittlings auf dem nackten, gefesselten Knaben, rieb sich an ihm. Livia selbst war auf der Anhöhe stehen geblieben und betrachtete genüsslich das Spektakel, während sie Sanna vor sich auf die Knie drückte.

Smertrios hatte genug gesehen. Er wandte sich ab und schlich unbemerkt zurück Richtung Villa.

Sein Magen krampfte sich zusammen. Es war nicht, weil die Frauen Jagd auf Männer machten – es war die Würdelosigkeit des Kampfes. Gefesselte Männer. Stumpfe Pfeile. Ein lächerliches Spiel. Und dafür wollte Livia seine Bögen.

Die anderen Frauen hatten am nächsten Morgen die Villa gerade erst verlassen, da rief Livia Smertrios bereits zu sich. Als Smertrios eintrat, lag seine Herrin nackt auf ihrem Bett. Ihre Wangen glühten, ihre Augen zeigten im Licht der vormittäglichen Sonne dunkle Ringe – sie hatte wohl nicht geschlafen diese Nacht.

Ihre Stimme war kehlig, ihre norische Abstammung heute nicht zu überhören.

»Oh, ich könnte dich auffressen, Noriker. Wie ich es hasse, dass ich meinen Schwur nicht brechen werde.«

»Wo ist Sanna?« Er war in Sorge. Livia schien nicht sie selbst zu sein. Keine Spur der feinen Dame, nur eine wilde Frau, aufgeheizt davon, ihren Freundinnen die ganze Nacht zugesehen zu haben.

»Wir wollen sie noch schlafen lassen. Ihr hat der Wein zu schaffen gemacht.«

Livia hob die Decke neben sich, darunter lag Sanna. Der weiße Verband auf ihrer Stirn war dreckig, ihr nackter Körper zusammengerollt wie ein Welpe. Ihre Hände gefesselt. Smertrios schluckte, als er es sah.

»Oh, wir hatten Spaß gestern Nacht. Es hat ihr gefallen.«

Ob Livia wohl auch der Meinung war, dass ihre Dianaspiele den jungen Sklaven gefielen? Smertrios schwieg.

Livia richtete sich in eine kniende Position auf. »Es war Vollmond, da tobt die Lust besonders hoch. Bei dir denn nicht? Feiern sie noch den Vollmond, jenseits der Alpen? Feiern sie die Vereinigung von Göttin und Gott? Die Sonnwenden? Sag mir, Smertrios, tanzt ihr noch nackt um die Feuer?«

251

»Wir tanzen, ja. Was willst du, Herrin?« Seine Stimme klang hart, er fühlte eine erschreckende Kälte in sich.

»Ich bin einsam, Smertrios. Mein Mann ist auf Reisen, meine Söhne – ach, ich will gar nicht daran denken. Es ist schon wieder Wochen her, dass ich Nachricht von ihnen hatte. Deine Schwester ist wunderbar«, sie warf einen liebevollen Blick auf die schlafende Sanna, »aber sie ist – ein Kind.« Livia lachte. »Sie ist älter als ich bei meiner Hochzeit war, ich hatte bereits meine Söhne in ihrem Alter … aber sie … sie ist so unschuldig, ganz egal, was ich mit ihr anstelle. An diesem Mädchen ist kein Arg, sie ist gut, durch und durch, nur pure Freude über die Lust, die ihr Körper ihr bereitet. Beneidenswert.«

Livia starrte Sanna an, dann nahm sie eines der seidenen Tücher vom Bett und wickelte sich darin ein, als geniere sie sich plötzlich für ihre Nacktheit. Ihre Stimme klang müde, als sie sich vom Bett erhob und weitersprach: »Deine Bögen waren ein großer Erfolg, sie haben allen gefallen. Die Frauen werden es weitererzählen, du wirst sehen, in Kürze können wir uns vor Bestellungen nicht erwehren. Im Herbst will ich ein großes Turnier ausrichten. Sanna wird ihr Können zeigen und du wirst einen Vorrat an Bögen haben, den die Leute gleich vor Ort kaufen können.«

Smertrios antwortete nicht. Livia sah von der Schale mit Nüssen auf, in der sie mit ihrem Finger herumgestochert hatte.

»Wie wäre es mit: Ja, Herrin?«

»Ja, Herrin.«

Livia näherte sich ihm, blieb knapp vor ihm stehen. Das Tuch glitt zu Boden, sie sah ihm in die Augen. Er empfand keinerlei Begehr für sie.

Livia lächelte. »Komm, niemand muss es wissen. Ich weiß, dass du schweigen kannst.« Sie drückte ihren Busen gegen seine Brust.

Ehe Smertrios zurückweichen konnte, hörten sie Geräusche aus dem Bett. Eine verschlafene Sanna richtete sich auf. Ertappt wich nun Livia zurück, Smertrios atmete auf.

»Smertrios? Du bist da?«

»Sanna, Liebste, wie geht es dir?« Livia eilte zum Bett, im Vorbeigehen das Tuch aufhebend.

Sanna starrte auf die Fesseln an ihren Händen, Smertrios konnte richtig sehen, wie ihr Gehirn erst wieder die Erinnerung hervorsuchen musste. Sie errötete.

»Ich muss in die Werkstatt.« Smertrios wandte sich zum Gehen. Am liebsten hätte er Sanna von hier weggetragen. Lange würde er das Spiel nicht mehr mitmachen. Aber der Sulnatris war noch nicht fertig, sie mussten beide noch durchhalten. Er war schon fast in der Türe, als Sanna ihm nachrief: »Wehe, du erzählst jemals Mutter etwas davon!«

Sanna kam nicht zu ihm in die Werkstatt. Nach ein paar Tagen, als er sich sicher war, dass seine beiden Sklaven alleine zurechtkamen, machte er sich auf die Suche. Zu seiner Überraschung fand er sie im Stall bei Uilleam. Die beiden saßen auf seinem Bett und der Pferdeknecht brachte ihr bei, mit nur einer Hand einen Knoten in ein Seil zu schlingen. Sie lachten beide über Sannas erfolglose Versuche. Statt des Verbandes sah er nur noch eine rötliche Kruste auf ihrer Stirn.

»Hier bist du. Ich dachte, du kämst mir und dem Pfeilmacher helfen.« Er hatte sich Sorgen gemacht, doch er klang beleidigt.

Sannas Lachen verschwand, sie warf einen Seitenblick auf Uilleam, sprach leise. »Ich weiß, dass du dort warst.«

Smertrios hob fragend die Augenbrauen.

Sanna schwieg, ein unangenehmes Schweigen.

Uilleam erhob sich. »Ich … die Weide … Pferde. Ich komme gleich wieder.« Er beeilte sich, aus dem Stall zu kommen.

Smertrios sah ihm nach. Wie wünschte er, er wäre gar nicht hergekommen, hätte sie weiter glücklich sein lassen mit dem jungen Burschen.

»Ich hab dich gesehen. Du hast deine Fähigkeit verloren, dich lautlos anzuschleichen.« Sannas Worte zwangen ihn, sich ihr zuzuwenden.

Warum fühlte er sich verlegen, dass er ihr gefolgt war?

Er sagte nichts. Sanna stand auf, warf das Seil auf Uilleams Schlafstatt. »Aber gegangen bist du, als Livia mich auf die Knie zwang, mich zwang, ihr den Rock zu heben … Es war scheußlich, was sich da abgespielt hat. Und du bist einfach gegangen, hast mich bei diesen wahnsinnigen Frauen gelassen.«

Smertrios verschränkte die Arme vor der Brust. »Hast du auch auf die Sklaven geschossen?«

»Bist du verrückt? Meinst du, ich entehre meinen Bogen mit so etwas? Lederumwickelte Pfeile? Wenn du geblieben wärst, um mich zu beschützen, hättest du es gesehen.«

»Wenn Livia oder eine ihrer sogenannten Freundinnen mich entdeckt hätte, wäre ich bei den Eunuchen gelandet.«

Sanna starrte ihn an. Dann setzte sie sich wieder. »Ich dachte, Livia wäre ein guter Mensch. Sie kann mir so viel Lust bereiten. Aber das im Wald, das war eklig.«

»Ja, das war es.«

»Und das alles direkt unter den Sternen. Sie haben alles gesehen. Diese ehrlosen Frauen werden ihr Schicksal erhalten. Nennen sich Bogenschützinnen und dann schießen sie auf gefesselte Sklaven, das ist so unwürdig.« Sie spuckte aus.

»Hauptsache, dir geht es gut.«

»Ja.« Ein Lächeln machte sich auf ihren Lippen breit. »Sie hat mir meinen Bogen wiedergegeben, den römischen.«

Smertrios entspannte sich. »Und ich glaube entdeckt zu haben, wie genau der Sulnatris weiter zu bearbeiten ist. Ich verstehe zwar noch immer nicht, was der Alte redet, aber seine Gesten ergeben fast eine eigene Sprache.«

»Das ist gut.«

»Ja.«

»Wir werden bald heimkehren. Mit dem Sulnatris. Oder?« Klang Hoffnung aus ihrer Stimme oder Bedauern?

»Auf alle Fälle rechtzeitig, hoffe ich. Ich weiß nur nicht, wie ich Livia dazu bringen werde, uns gehen zu lassen – sie plant ein Turnier im Herbst, bei dem wir wichtige Rollen spielen.«

Sanna sah an Smertrios vorbei, er wandte sich um. Uilleam näherte sich vorsichtig, von Abtrennung zu Abtrennung schlendernd, als müsse er in jedem Verschlag nach dem Rechten sehen.

Sanna schmunzelte. »Er hat mich die letzten Tage mit seinen Tinkturen versorgt.« An den Pferdeknecht gewandt sagte sie laut: »Du kannst ruhig kommen. Wir streiten nicht.«

Verlegen wischte Uilleam seine Hände an den Seiten seiner Braccae ab. »Die Pferde mussten wirklich …«

»Ich muss auch wieder«, meinte Smertrios. »Ich wollte nur sehen, ob es dir gut geht.«

Es war ein eigenartiges Gefühl, seine kleine Schwester mit dem Pferdeknecht alleine zu lassen. Er fühlte sich einsam und ein wenig eifersüchtig. Vor nicht allzu langer Zeit war er Sannas Held gewesen, und nun hörte er in seinem Rücken ihr fröhliches Lachen über eine Bemerkung Uilleams.

Kapitel 22

Septimus

Gerne hätte er Sanna bei sich gehabt, als der Alte und er eines Abends die beiden eingewickelten Bögen unter dem Bett hervorholten und die Schnürung lösten. Doch seine Schwester war an diesem Abend in der Villa beschäftigt, Livia hatte Freundinnen zu Besuch. Er wollte lieber gar nicht wissen, was sie taten.

Der Alte zeigte ihm, wie er nun Horn und Holz gemeinsam schleifen musste. Smertrios hatte sich in der letzten Zeit bereits darum gekümmert, dass sie Rindersehnen zur Verfügung hatten, hatte sie geklopft und zerfasert. Nun konnten sie auf den mit einer Schnur vorgespannten Bogen aufgebracht werden. Sie arbeiteten bis spät in die Nacht. Jetzt, wo er selbst daran werkte, kam es ihm immer wieder unvorstellbar vor, dass ein so kurzer Bogen mit derartig starken Krümmungen funktionieren konnte. Doch der Alte wirkte sehr zufrieden mit ihrer Arbeit. Und wieder hieß es, den Bogen einwickeln und trocknen lassen. Dabei neigte sich der Sommer bald dem Ende zu. Und noch immer hatte er nicht mit Livia darüber geredet, dass sie zur Tagundnachtgleiche in Norikum sein wollten. Sein mussten. Manchmal fragte er sich, warum. Warum er dieses

Gespräch hinauszögerte, wusste er, denn Livia war derzeit nicht besonders gut auf ihn zu sprechen. Er ahnte, was ihn ihre Zustimmung kosten würde. Nicht, dass er sich Publius so verbunden gefühlt hätte, dass er moralische Bedenken verspürte – aber ihm war klar, was geschähe, wenn der Römer erfahren würde, dass Smertrios mit seiner Frau …

Er fragte sich von Zeit zu Zeit auch, warum er sich nach all den Monaten noch immer verpflichtet fühlte, heimzukehren. Manchmal schlich dieser Gedanke in seinen Kopf, einfach hier zu bleiben, das Dorf sich selbst zu überlassen. Solange er dabei *das Dorf* dachte, schien es eine gute Idee. Doch wenn er dann an seine Eltern dachte, an Uinje und Giamvailos, an Kalandina und das ungeborene Kind, sein Kind, dann wusste er von ganzem Herzen, dass er zurück musste. Rechtzeitig und mit einem Bogen, den die Götter als Ersatz für den verbrannten Sulnatris annahmen.

Bald darauf kehrte Publius zurück. Es gab ihm zu Ehren einen großen Empfang, zu dem Smertrios eingeladen worden war. Publius erwähnte etwas davon, dass er den Bogenbauer jemandem vorstellen wollte. Livia strahlte an jenem Abend über das ganze Gesicht. Selten hatte er die Römerin so reich geschmückt gesehen, aber all das Glänzen ihrer Ketten und Ohrgehänge konnten nicht das Strahlen ihrer Augen überbieten. Sie schwebte durch den Raum, von Gast zu Gast – und es waren viele geladen, wohl alle Hochgeborenen aus Nicae und der Umgebung.

Sanna, ein Tablett mit kleinen Häppchen in Händen, das sie den Gästen anbot, bemühte sich, Smertrios näher zu kommen. Er schlenderte ihr entgegen. Ihre Backen glänzten rot, doch sonst sah sie ganz nach einer feinen Dame aus, ihren langen Zopf zu einer kunstvollen Frisur ins Haar eingearbeitet, ein schmales Kleid mit feinen Borten und die verhassten Schuhe an den Füßen. Smertrios nahm eines der kleinen Teiggebilde, steckte es aber nicht in den Mund. Er konnte das

Garum in der Fülle riechen, aber sich noch immer nicht für die Fischsauce begeistern.

»Er ist hier!«, flüsterte Sanna ihm verschwörerisch zu.

»Wer?«

»Publius' Kompagnon aus der Bogenmanufaktur! Publius hat es Livia erzählt. Siehst du, wie glücklich sie ist?«

»Wegen seinem Kompagnon?« Smertrios verzog das Gesicht.

»Aber nein! Publius war in Massilia, wo Caesar gerade kämpft und wo auch ihre Söhne sind. Und er hat ihr berichtet, dass es ihnen gut geht, dass der Beamte, bei dem sie ihre Laufbahn beginnen – frag mich nicht, ich kenn mich da nicht aus, ich hab das auch nur mitgehört – also der hat sie auf sein Landgut außerhalb der Stadt mitgenommen, wo sie mit irgendwelchen langweiligen Schreibarbeiten beschäftigt sind. Als ob Schreiben langweilig sein könnte!« Sanna sah kopfschüttelnd zu Publius hinüber, der sich lachend mit zwei Frauen unterhielt.

Smertrios war froh, dass das Gespräch sich von dem Kompagnon abgewendet hatte, denn aus irgendeinem Grund beschlich ihn bei der Erwähnung ein ungutes Gefühl. Doch seine Hoffnung war umsonst. Sanna kam sogleich darauf zurück: »Aber jetzt, wo Livia so glücklich ist, vielleicht ist sie ja bereit, uns mit dem Sulnatris zu helfen?«

»Wieso sollte sie? Sie will nicht, dass wir hier weggehen. Sanna, wir brauchen ihre Hilfe nicht, der Alte und ich schaffen das auch ohne die Bogenmanufaktur. Und die Zeit reicht nicht mehr, um noch einmal von vorne zu beginnen.«

»Aber es kann doch nicht schaden! Dort kann es dir bestimmt jemand besser erklären, als der Alte, von dem wir kaum ein Wort verstehen!«

Ihr Blick ging zu einem ungemein dicken Mann in einer Toga, der am anderen Ende des Raumes in ein Gespräch verwickelt war. Er hatte ein rotes Gesicht mit einem bläulichen Mund, der einem Froschmaul ähnlich sah.

Eine ältere Frau ging am Arm ihres Mannes an Sanna vorbei und Sanna streckte ihr das Tablett entgegen, lächelnd.

»Du musst zu ihm gehen, Smertrios«, sagte sie, sobald das Pärchen an ihnen vorbei war. »Rede mit ihm.«

»Lass uns nichts überstürzen. Vielleicht will Publius mich ihm ohnehin vorstellen, er erwähnte etwas Ähnliches.«

Sie nickte. »Ja. Du hast recht.«

»Natürlich, du wirst sehen. Und nun geh, verteil deine was auch immer das sind.«

Sanna entfernte sich und Smertrios schob sich das Teiggebilde in den Mund. Er hatte recht gehabt, die Füllung war mit Garum gewürzt. Er brauchte dringend einen Becher Wein.

Mit dem Becher in der Hand schlenderte er dann ans andere Ende des Raumes, wo Livia gerade mit dem Froschmaul plauderte.

Publius hatte ihm damals am Markt von seinem Kompagnon erzählt. Er wäre als Sklave nach Rom gekommen und hätte sich hinaufgearbeitet. Nun besaß er das Bürgerrecht und ein Vermögen. Es faszinierte Smertrios, dass dies im römischen Reich möglich war. Dass Sklaven zu Herren aufsteigen konnten. In seinem Stamm konnten Sklaven nur zu Gottesopfern werden.

Unauffällig blieb Smertrios in der Nähe der Beiden stehen, betrachtete ein Wandgemälde und lauschte dem Gespräch zwischen Hausherrin und Gast. Zu seiner Verwunderung und Freude sprachen Livia und das Froschmaul norisch. Richtig, dieser Septimus war ja einst ein Sklave gewesen.

»Wunderbar hast du diesen Empfang mal wieder gerichtet, Livia. Diese Musik, die Stimmung, Publius kann sich wahrlich glücklich schätzen mit einem Weib wie dir an der Seite.«

»Danke, Septimus, du bist zu gütig, das ist doch nicht der Rede wert, so ein kleiner Empfang zu Ehren solch eines großartigen Menschen. Aber vielleicht ist es Zeit, dass auch du dir ein Weib nimmst, damit wir auch einmal zu dir auf solch einen Empfang kommen?«

Das Lachen des Froschmauls klang wie blubbernder Schleim.

»Ach, da hast du wohl recht. Aber du weißt, Livia, ich habe hohe Ansprüche. Nicht so sehr, was den Namen betrifft – ich bin reich genug, ich habe es nicht nötig, in reiche Kreise zu heiraten und auch meinen Rang habe ich mir selbst erarbeitet, ich verachte jene Männer, die sich mit einer Ehefrau emporheiraten. Aber … nun, dir kann ich es ja sagen, Livia, wir sind doch schon so lange Freunde und kein anderer hier versteht uns. Ich will keine Jungfrau, ich bin es leid, dieses Geziere und Getue, und das Blut und die Heulerei. Erfahren soll sie sein, wissen, was ein Mann sich wünscht.«

Smertrios stand mit dem Rücken zu den beiden, und er dachte, dass dies wohl im römischen Reich nicht allzu schwer zu finden sein dürfte. Andererseits, eine erfahrene Frau müsste wohl schon sehr am Geld dieses Septimus interessiert sein, um ihn zu heiraten, denn er war nicht nur optisch abstoßend, er roch auch säuerlich, bis zu Smertrios herüber.

»Aber Septimus, das kann doch keine Schwierigkeit sein! Ich kann dir alleine drei meiner Freundinnen nennen, zwei davon sind Witwen, die Dritte – nun, sie hat sich scheiden lassen, völlig zu recht, ihr Mann war untragbar. Alle drei erfahrene Frauen, die gewiss deine Wünsche erfüllen können. Die eine hat eine Tochter, doch die anderen sind sogar kinderlos. Sieh, die mit dem gelben Kleid dort drüben? Oder jene mit dem blauen Ohrgehänge.«

Septimus räusperte sich. »Ja. Hübsch. Sehr schön. Aber … nein, Livia, bemühe dich nicht, du musst sie mir nicht vorstellen. Sie sind … nun, ich mag sie jünger. Viel jünger. Also am allerliebsten wäre mir … eine ganz junge, eine, die gerade die ersten Anzeichen des Frauseins zeigt. Eine, die noch gefügig ist und mir wie ein Kind folgt. Ein Kind, quasi.«

Smertrios konnte nicht anders, als sich umzudrehen. Er musste Livias Gesicht sehen. Sie lächelte, ein wenig gequält.

»Verstehe. Aber keine Jungfrau … nun, ich sehe dein Problem … Wobei, ein Mann in deiner Position, der findet doch gewiss jemanden, der ihm so ein Mädchen – herrichtet.«

»Aber das ist es ja«, keuchte Septimus, und seine dicke Lippe bebte ein wenig. »Meinst du, ich will ein Mädchen, das ein anderer Mann erzogen hat? Will an den anderen Kerl denken müssen, der sie entjungfert hat, ihr alles beigebracht hat? Nein danke. So gerne ich eine Frau mein Eigen nennen würde in meinem Herzen, deshalb bleibe ich unverheiratet. Und besorge mir mein Vergnügen anderwertig. In den Vororten gibt es genug Frauen, die ihre kleinen Töchter – doch lassen wir das, so etwas ist kein Thema für dich. «

Smertrios wandte sich ab. Der Kerl war tatsächlich widerlich.

Er hörte Livia noch immer plaudern und lachen, als er davon ging. Er bewunderte, wie sie sich verstellte, ihren Ekel verbergen konnte. Oder fand sie es etwa nicht ekelig?

Als Publius Smertrios tatsächlich wenig später dem fetten Froschmaul vorstellte, versuchte Smertrios, sich freundlich und interessiert zu geben. Es war ein gutes Gefühl, von Publius als herausragender Handwerker bezeichnet zu werden, mit Bögen, deren Qualität ihresgleichen suche. Aber er konnte nicht verhindern, dass er verzweifelte Kinder vor sich sah, wenn er in die kleinen Augen des Manufakturbesitzers blickte.

Am nächsten Nachmittag besuchten Publius und Septimus Smertrios in seiner Werkstatt. Septimus führte einen riesigen Hund an der Leine, wie Smertrios noch keinen gesehen hatte. Ein weißer Koloss, dem Mann fast bis zur Hüfte reichend, mit faltigem Gesicht und rot unterlaufenen Augen. Kein beruhigender Anblick, doch das Monster legte sich auf Befehl seines Herren sabbernd auf den Boden und rührte sich nicht.

Smertrios musste alles erklären, musste seine Bögen herzeigen, die in den verschiedensten Stadien der Herstellung an der Wand lehnten. Bei allem Ekel, den Smertrios über den Menschen Septimus empfand, er stellte kluge Fragen und zeigte eine rasche Auffassungsgabe. Und er sprach norisch. Jemand, der etwas von Bögen verstand und mit dem Smertrios tatsächlich reden konnte, das war Balsam für seine Einsamkeit.

Als Septimus nach einer Weile des angeregten Gespräches beiläufig fragte, ob Smertrios denn auch schon Bögen mit Hornbelag gebaut hätte, ließ er sich deshalb dazu hinreißen, die beiden Bögen unter dem Bett hervorzuholen. Er reichte Septimus den, den der Alte hergestellt hatte, damit niemand den Sulnatris anrührte. Viel war natürlich nicht zu sehen, da der gesamte Bogen mit Stoff umwickelt war, damit der Sehnenbelag darunter trocknen konnte, doch Septimus begutachtete die Form, roch zu Smertrios' Verwunderung an dem Bogen und lächelte wertschätzend.

»Sieht nach sauberer Arbeit aus. Jemanden wie dich könnte ich gut in meiner Manufaktur brauchen, einen richtigen Meister.«

Smertrios lächelte geschmeichelt.

»Siehst du«, sagte Publius, »ich hab dir wie immer nicht zu viel versprochen.«

»Das hätte mich auch gewundert. Livia hatte immer schon ein gutes Händchen. Schade, dass er ihr gehört, nun, vielleicht verkauft sie ihn mir ja einmal, wir kennen ja ihre Ungeduld und wie rasch sie die Begeisterung für etwas verlieren kann. Hat mich sehr gefreut. Solltest du einmal Hilfe benötigen, Smertrios, Publius kann mir jederzeit einen Boten schicken. Holz, Sehnen, was auch immer.«

Er klopfte mit seinen dicken Wurstfingern Smertrios gönnerhaft auf die Schulter, seine bläulichen Lippen verzogen sich zu einer Grimasse, die wohl ein Lächeln sein sollte. Sein Hund erhob sich, trottete neben seinem Herren her. Die drei verließen die Werkstatt, nicht ohne ein zufriedenes Nicken von Publius.

Smertrios grinste seine beiden Helfer an. Sie hatten nichts von dem Gespräch verstanden, da die Männer norisch geredet hatten, aber sie grinsten zurück.

Kapitel 23

Caddos

Smertrios räumte gerade am Abend seine Werkstatt zusammen, er hatte es eilig, wollte unbedingt Sanna davon berichten, was Publius und Septimus erzählt hatten. Seine Helfer waren, wie immer um diese Zeit, bereits in ihrem Lager, der Alte saß mit einer Schüssel Brei auf seinem Bett.

Er mochte die Ruhe im Raum sehr. Er hatte keine Fackeln angezündet, das Feuer in der Feuerstelle gab Licht genug, obwohl der Kessel noch darauf stand, über dessen Dampf er heute Holz gebogen hatte. Er wollte das heiße Wasser später noch für ein Bad nützen.

Als er aufsah, stand Sanna in der offenen Türe, Livia hinter ihr. Die beiden Frauen traten ein, Livia sah sich neugierig um. Hatte ihr Mann ihr von seinem heutigen Besuch erzählt?

»Hübsch hast du es hier, man sieht, ihr seid fleißig, das ist sehr gut. Gefällt mir, arbeitende Männer ...«

»Was verschafft mir die Ehre?«

»Ach, Publius ist mit Septimus und den anderen Männern der Umgebung beschäftigt, ich dachte, es böte sich an, ein wenig Latein zu lernen. Schließlich kann ich nicht immer für dich übersetzen, wenn ich dich auf Empfängen anderer Händlern vorstellen will. Ich habe dich gestern übrigens vermisst auf unserem Empfang.«

»Ich war dort, musste aber früh wieder weg – die Arbeit ...« Er war ihr unter den vielen Gästen offenbar nicht aufgefallen.

»Das lob ich mir, so arbeitsam. Meine apis mellifera.«

Sanna zog die Augenbrauen zusammen. »Die Biene, die Honig macht?«

Livia lächelte. »Sehr gut, meine Kleine.«

Sie strich Sanna mit der offenen Hand über die Wange, endete mit dem Finger sanft auf ihren Lippen, fuhr diese entlang, als Sanna leicht den Mund öffnete.

Der Alte sah neugierig aus seiner Ecke herüber.

Etwas an Livias Stimme machte Smertrios stutzig. Er blickte zu Sanna hin, doch sie wirkte wie immer, begierig ihrer Herrin zu Gefallen zu sein und guter Dinge. Die Römerin setzte sich auf die Kante seines Bettes, wippte ein wenig auf und ab, wie um es zu testen.

»Septimus scheint ja einen Narren an dir gefressen zu haben. Er ist ein wichtiger Mann, sehr bedeutend auch für mich und für Publius.«

»Dann ist es ja gut, wenn er zufrieden ist, oder?«

»Er wollte, dass ich dich ihm verkaufe.« Sie lachte ein wenig gezwungen, wischte mit der Hand über das Laken auf dem Bett. »Und dann erzählte er mir etwas, das mich sehr traurig gemacht hat.«

In dem Moment, als sie es sagte, bereute er zutiefst. Die geschwungenen Bögen. Er hätte sie nicht herzeigen dürfen.

Livia rief etwas und drei kräftige Sklaven kamen sofort bei der Türe herein. Im selben Augenblick beugte sie sich nach vor und griff unter das Bett, von wo sie die beiden Bögen hervorzog. »Du hast mich sehr enttäuscht.«

Ehe er reagieren konnte, hatte einer der Sklaven ihm die Arme auf den Rücken gedreht. Der andere riss den alten Mann in die Höhe und der Dritte übernahm die beiden Bögen. Sanna stand mit panischem Blick da, unfähig sich zu rühren.

Livia trat an Smertrios heran. »Ich werde deine Bögen in Gewahrsam nehmen. Keine Angst, du bekommst sie wieder. Wann, das hängt von dir ab.«

Sie befahl den Sklaven, den Alten und die Bögen in die Villa zu bringen. Der alte Mann sah Smertrios ängstlich an.

»Er hat damit nichts zu tun«, versuchte Smertrios, ihn vor Strafe zu schützen.

»Das glaube ich nicht. Woher sonst hättest du dein Wissen?« Sie nickte ungeduldig den Sklaven zu, mit dem Alten und den Bögen die Werkstatt zu verlassen.

Jener, der Smertrios festhielt, ließ ihn mit einem Stoß frei. Smertrios taumelte ein paar Schritte nach vor, ehe er sich fangen konnte. Als er sich aufrichtete, waren Sanna und er alleine mit Livia.

Sie schloss lächelnd die Türe. »Du wirst verstehen, dass ich als Herrin dieses Hauses nicht hinnehmen kann, dass meine Untergebenen meine Anordnungen hinter meinem Rücken missachten. Ich bin dir nicht böse, Smertrios, überhaupt nicht. Ich verstehe, dass dein Wissensdurst einfach zu groß war, und ich werde dir die Bögen ja auch zurückgeben. Ich muss nur vor den anderen streng sein – sie haben meine empörte Reaktion mitbekommen, als Septimus davon erzählte. Und wir wollen doch nicht, dass am Ende gar Publius bemerkt, dass du mir wichtig bist.«

Sanna eilte zu Smertrios, drängte sich an ihn und griff schutzsuchend nach seiner Hand.

»Ihr seid ein entzückendes Paar, ihr zwei. Ich habe mich wohl in euch beide verliebt, das ist mir noch nie passiert.«

Smertrios schwieg. Es bedurfte all seiner Beherrschung. Doch er durfte nun nichts riskieren. Sie hatte seinen Sulnatris. Er musste ihn wiederbekommen und er musste verhindern, dass Livia am Ende Sanna noch etwas antat, um ihn zu verletzen.

Livia setzte sich erneut auf die Bettkante. »Wir wollen uns eine nette kleine Lateinstunde machen. Wenn ich zufrieden bin, so sollst du noch heute deine Bögen wiederhaben.«

Sie beugte sich zu seinem Kissen hinab, den Blick auf Smertrios gerichtet schnupperte sie. »Ah, Rosmarin. Thymian. Und eine große Prise norischer Mann. Vir noricus.« Sie lächelte.

Sie deutete Sanna, zu ihr zu kommen. Smertrios schob seine Schwester sanft von sich und sie ging mit einem scheuen Blick auf ihn zu Livia. Als wäre Smertrios nicht anwesend, entkleidete Livia seine Schwester, wie eine zärtliche Mutter ihr Kind. Sie begann, Sanna zu liebkosen, noch immer auf der Kante des Bettes sitzend. Auf seinem Bett. Dem Bett, in dem er sich nachts vor Sehnsucht nach Berührung oft hin und her wälzte. Sanna hatte sich steif gemacht, presste die Hände an ihren Körper. Livia flüsterte ihr etwas in Ohr, er meinte, das Wort Bogen zu hören. Sanna sah zu Smertrios, er nickte leicht, die Lippen zusammengepresst.

Am besten, sie sorgten dafür, dass Livia rasch befriedigt war.

»Zieh deine Tunika aus, Smertrios. Ich will deinen Körper sehen. Unbedeckt.«

Er gehorchte. Und wenn sie ihn nackt sehen wollte, Hauptsache, sie bekamen den Sulnatris zurück. Livia lächelte erfreut, als er nur in seinen Braccae vor ihr stand. Ihre Geste wies ihn an seinen üblichen Platz am Fußende des Bettes, sie selbst lehnte sich mit geöffneten Beinen an die Wand am Kopfende, zog Sanna zwischen ihre Schenkel, sodass sie an ihre Herrin gelehnt dalag. Smertrios versuchte, seiner Schwester mit Blicken zu bedeuten, dass sie sich entspannen sollte. Es war nur das übliche Spiel, eine Lateinstunde, etwas, das Sanna doch mochte.

»Heute, lieber Smertrios, heute wird es ganz eine besondere Nacht. Du hast mich so weit gebracht, wie kein Mann davor. Ich begehre dich, wie noch nie einen Mann, nicht einmal Publius.« Livias Stimme war heiser, von Atem unterbrochen. Sein Körper reagierte auf den Klang ihrer Erregung, er konnte es nicht verhindern.

»Hab keine Angst, mein Smertrios. Ich halte mein Versprechen meinem Mann gegenüber. Ich wollte dich letztens nur prüfen … Sieh mich an, ich bin bekleidet, und du trägst deine Hosen. Noch … Nur deine Schwester, sie liegt hier nackt und voller Gier.« Livias Hände spielten mit Sannas Brüsten. Sie lag immer noch steif da, völlig durcheinander von dem, was geschehen war. Smertrios sah sie durchdringend an, sie antwortete mit einem Lustgestöhn, das selbst für ihn künstlich klang. Doch damit brach wohl der Damm, denn kurze Zeit später bog sich Sannas Rücken vor echter Wollust.

»Was willst du?« Smertrios' Stimme war ein Krächzen.

»Sannas Lust ist meine, ich habe ihre Lenden so oft liebkost, viel öfter, als du weißt. Wenn du mit ihr schläfst, so wird es für mich sein, als schliefest du mit mir.«

Sannas Augen weiteten sich, ängstlich sah sie zu Smertrios, abwartend. Sie protestierte aber nicht, wissend, dass es um den Sulnatris, um das Dorf daheim ging.

Smertrios' Schultern spannten sich an. »Sie ist meine Schwester. Sie ist caddos. Selbst du musst nach all den Jahren noch wissen, was caddos bedeutet.«

»Ja«, Livia lächelte, sehr zufrieden, »Es bedeutet einen alten Aberglauben meiner Heimat. Du hast ja keine Ahnung, wie oft ich Dinge getan habe, die tabu waren. Und wie groß die Lust daran war. Auch Sanna habe ich Dinge gelehrt …«

Sie legte ihre Hände unter Sannas Rücken und schob sie in eine sitzende Position. »Komm, Sanna, nun zeig an deinem Bruder, was du bei mir gelernt hast. Nimm seinen Stab, wie ich es gerne täte, auch er soll wahre Lust spüren.«

Sanna schüttelte heftig den Kopf. Nun konnte Smertrios Panik in ihren Augen sehen. Livias Hände fuhren von hinten an Sannas Brüste, zwickten sie. Sanna schrie auf.

Heiß fuhr es in Smertrios' Unterleib. War das Lust? War das Schmerz? Ja, das war Lust. Das war unbändige Lust. Zu lange hatte er sich wie einen Sklaven behandeln lassen. Er wollte Livia stöhnen sehen, aufschreien, winseln. Sie sollte hier liegen, hilflos ihren Gefühlen ausgeliefert, seine Handabdrücke an ihren Oberarmen.

Sanna würde darüber hinwegkommen. Livias Lust war Sannas Lust ...

Smertrios beugte sich vor, kniete sich auf das Bett, stieß seine Schwester zurück in Livias Arme. Er nahm Sannas Kleid, das auf dem Laken lag, presste es kurz vor seine Lippen, atmete tief ihren Duft ein. Sanna starrte ihn an. Er strich mit dem feinen Leinengewebe nun sanft über die Gesichter der beiden Frauen, schob dabei Sannas Beine mit seinem Knie ein wenig zu einer Seite, dann legte er das dünne Kleid neben Livias Kopf ab. Sie drehte das Gesicht hin, sog den Duft ein, doch ihr Blick kehrte rasch zu Smertrios zurück, ihre Augen groß und dunkel vor gieriger Erwartung. Smertrios fixierte ihren Blick, sah seine Schwester nicht an, die zwischen ihm und der Römerin lag, den Kopf zwischen deren Brüsten. Smertrios' Hand griff nach unten, als wolle er die Bänder seiner Hose öffnen, doch er packte Sannas Hände, die sie ängstlich zwischen ihre Beine gepresst hatte. Sie fest an den Handgelenken fassend, zog er ihre Arme hoch, drückte sie über Livias Kopf gegen die Wand. Die Römerin legte aufseufzend ihre Hände neben die der Jüngeren, als hielte Smertrios auch sie fest, folgte in ihrer Gier dem, was Smertrios an seiner Schwester tat. Ihr Rücken bog sich, drängte sich stöhnend von hinten Sanna entgegen, dem Stoß entgegen, den Smertrios wohl sogleich dem Schoß seiner Schwester verpassen würde. Darauf hatte er gewartet. Mit dem Ellbogen stieß er Sanna vom Bett hinab, packte die Hände der Römerin und schlang den Strick von Sannas Kleid um sie, den er in der Hand hielt, seit er das Gewand neben Livia abgelegt hatte. Ehe Livia verstand, was geschah, hatte Smertrios ihr bereits Sannas Kleid in den Mund geschoben, damit kein Laut aus der Werkstatt dringen konnte. Noch immer sah Smertrios die Erregung in ihren Augen, noch immer schien sie nicht zu realisieren, dass dies kein Spiel mehr war.

Erst als er sich aufrichtete und mit Bogensehnen ihre Füße und Hände ans Bett fesselte, begann sie, ängstlich zu stöhnen und zu versuchen, sich zu befreien. Smertrios nahm sein Messer, das mit dem Gürtel auf dem Bett lag, und hielt es ihr an die Kehle.

»Ich könnte jetzt einfach einen Schnitt machen, und du wärst tot. Du bist zu weit gegangen, liebe Livia. Achte immer die Dinge, die caddos sind. Kein Preis auf dieser Welt wäre es wert, dass ich der Vater der Kinder meiner Schwester werde. Lebe du nun mit der Schmach und Schande.«

Er nahm den Topf mit Farbe, den er benützte, um die Rohlinge zu markieren, und schrieb damit an die Wand hinter dem Bett eines der ersten Worte, das er in der Sprache der römer gelernt hatte. Fututrix. Hure.

Sanna kauerte neben dem Bett am Boden, starrte ihn mit großen Augen an. Dankbar und traurig, ängstlich und verwirrt.

»Los, wir müssen weg!«

Er warf ihr seine Tunika zu, in die sie rasch hineinschlüpfte. Smertrios schnappte seinen Gürtel und einen Bogen samt Köcher und Pfeile, gab Sanna einen, der gerade fertig geworden war, packte noch schnell einiges in einen Beutel und warf sich seinen Umhang um, dann drängte er sie zur Tür hinaus. Livia hinter ihnen gab grunzende Laute von sich, er drehte sich nicht noch einmal um. Er war sicher, dass sie sich nicht selbst befreien konnte, das würde ihnen etwas Zeit geben, bis man Livia fand.

»Komm jetzt, wir müssen so weit weg wie möglich, rasch!«

Er zog sie durch den Park den Hang hinauf, bemüht, in den abendlichen Schatten der Bäume zu bleiben. Der Mond schien bereits hell, bald würde wieder Vollmond sein. Gewiss würde Publius erwarten, dass sie zum Meer, in die Stadt, flohen, unter den vielen Menschen dort untertauchten. Im Wald waren sie sicherer. Der Wald war sein Revier, hier konnte er sich lautlos und unsichtbar bewegen, hier gab es Fleisch zu jagen.

Sie hatten fast das Tor in der hinteren Mauer erreicht, als sie den Schatten eines Mannes vor sich sahen. Smertrios bemühte sich, langsam zu gehen. Unauffällig. Doch sie keuchten, sie sahen gewiss nicht aus, als wären sie auf einem Spaziergang – er nur in Braccae, Sanna in einer Männertunika. Er hielt sein Messer noch in der Hand, er würde es benützen.

Der Mann kam auf sie zu, er winkte.

Es war Uilleam, der Pferdeknecht. Smertrios entspannte sich ein wenig, blieb aber wachsam.

»Die Götter seien mit   -« Uilleam stutzte, als er sie nun aus der Nähe sah. »Was ist geschehen?«

»Wir müssen weg. Rasch.«

Der Pferdeknecht sah sich um, sah von Smertrios zu Sanna. Fasste einen Entschluss. »Kommt mit. Ich kenne einen Weg.«

»Wir brauchen deine Hilfe nicht – außer, dass du schweigst. Ich habe Jahre im Wald gelebt.«

»Aber nicht in diesem. Nehmt mich mit. Ich kenne Schleichwege, Höhlen. Ich wollte immer wissen, wohin ich weg kann, sollte ich einmal weg müssen.«

Sanna sah zu Smertrios. Sie zitterte. Ihre Finger klammerten sich in den Ausschnitt der Tunika. Ja, sie würden eine Höhle brauchen, damit sie nicht völlig die Nerven verlor.

»Also gut, aber rasch.«

»Bin schon bereit. Ich habe immer alles bei mir.« Er deutete auf seinen Gürtel, an dem wie bei den meisten mehrere Beutel und sein Messer hingen.

Er hatte sein Zeitgefühl verloren. Die Hänge hier waren so steil, dass sie nur mühsam vorwärtskamen. Sie keuchten, es schien ihm so laut, dass es bis zur Villa reichen musste, obwohl schon eine Kuppe dazwischen lag. Der helle Mond erleichterte ihnen, den Weg zu finden, doch es würde auch Verfolgern die Sache einfacher machen. Nein, noch wurden sie nicht verfolgt, gewiss nicht. Wann würde man Livia vermissen? Wann würde sie es schaffen, so viel Lärm zu machen, dass man sie fand?

Er schob Sanna vor sich her, damit sie nicht langsamer wurde. Uilleam führte den Weg, er lotste sie einen Steilhang hinauf, an dem sie beinahe klettern mussten. Auf einem breiten

Felsvorsprung wuchsen dickblättrige Büsche, deren Dornen sie zerkratzten, als sie hindurchkrochen. Wo führte der Pferdeknecht sie hin? Smertrios gefiel es nicht, dass sie ihm ausgeliefert waren. Es wäre ihm ein leichtes, die Geschwister an Livia zu verraten. Es war nur ihr Glück, dass Sanna ihm gefiel.

Sie fanden sich in einer Höhle, groß genug, dass sie darin stehen konnten. Der Vollmond tauchte die Höhle in einen grauen Schimmer und Smertrios konnte sehen, dass Uilleam sich diese Höhle wohl schon länger als Rückzugsort hergerichtet hatte. Trockenes Holz lag an einer Seite gestapelt, nicht allzu viel, aber genug, um für eine Nacht Licht und Wärme zu haben. Uilleam holte sein Feuereisen aus seinem Beutel und griff nach ein paar dürren Ästchen, doch Smertrios schüttelte den Kopf.

Es war eine warme Nacht, sie würden nicht frieren. Besser, sie saßen im Grau des Mondes, als sich mit dem Geruch nach Rauch weithin zu verraten. Uilleam nickte und steckte das Feuereisen wieder weg, saß keuchend da.

Sanna ließ sich zu Boden fallen, rang nach Atem. Auch Smertrios stützte die Hände auf die Knie, um wieder ruhiger zu werden. Der Aufstieg war anstrengend gewesen.

Sie waren geflohen. Hatten alles zurückgelassen.

Hatten den Sulnatris zurückgelassen.

Schweigen erfüllte die Höhle, nur durchdrungen von ihrer aller Keuchen.

Endlich hatte sich ihr Atem wieder soweit beruhigt, dass sie reden konnten. Gewiss würde Sanna ihm nun danken, ihm um den Hals fallen.

Doch seine Schwester starrte ihn an, mit einem Funkeln in den Augen, das nichts von Dankbarkeit hatte. Sie zitterte am ganzen Körper.

»Was hast du getan! Nun ist alles verloren!«

»Ich habe dich gerettet!«

»Nein, du hast alles verdorben! Du hast alle daheim verflucht! Nun kommen wir nie an den Sulnatris!«

»Vergiss den verdammten Sulnatris, vergiss das Dorf! Ich entjungfere nicht meine Schwester! Wenn wir einfach nicht heimkehren, wird Darrach sich etwas anderes einfallen lassen, das Dorf zu schützen. Der Sulnatris war nie wirklich ein Bogen der Götter.«

»Wir verraten das Dorf, die Familie! Darrach wird Uinje oder Giamvailos als Gottesopfer nehmen, wenn wir nicht heimkehren! Willst du das?«

Smertrios setzte sich. Nein, das wollte er nicht. Natürlich nicht. Er liebte seine Familie.

Trotzig schüttelte er den Kopf. »Dennoch. Du bist caddos. Sie ist zu weit gegangen. Ich konnte das nicht tun.«

Sanna sah zu Boden, doch er hörte immer noch Wut in ihrer Stimme. »Sie hätte uns gewiss nach Hause gehen lassen, wenn ich ihrem Willen folge und diesen Septimus heirate. Dann hätte ich gesagt, ich will davor noch meine Familie sehen. Und alles wäre gut gewesen.«

Smertrios verschlug es die Sprache. Seine Schwester, als Braut für den fetten Kinderschänder?

»Weißt du, was du da sagst?«

»Er sucht eine junge Frau. Ich … ich wusste nicht, dass sie das vorhatte, das mit dir. Ich dachte, sie wollte deine Zustimmung einholen … Bei Bel, wieso hast du es verdorben?«

Uilleam starrte von einem zum anderen, unangenehm berührt hielt er Abstand.

»Du meinst im Ernst, dass du gewollt hättest, dass ich dich nehme? Wie ein Mann sein Weib?«

»Es wäre doch schon egal gewesen.«

Er bemühte sich, sie zu ignorieren, der Schreck über das Geschehene ließ sie gewiss Dinge sagen, die sie nicht so meinte. Sie konnte das nicht ernst meinen. Unmöglich.

Smertrios wandte sich an den Pferdeknecht. »Sag, Uilleam, hätte ich meine eigene Schwester entjungfern sollen, nur weil es Livia gefallen würde, sie an einen fetten, Kinder schändenden Lustmolch zu verkaufen?«

Uilleam schüttelte mit entsetztem Blick den Kopf. »Doch nicht Sanna. Das kann man doch nicht …«

»Siehst du! Es ist caddos, Sanna, caddos! Und widerlich!«

»Es ist widerlich, dass dir offenbar unsere Familie und unser Dorf völlig egal sind! Was ist meine Jungfernschaft im Vergleich zum Leben unserer Geschwister?« Tränen rannen ihre Wangen hinab. »Ich hasse dich!«

Sie griff nach ihrem Bogen, wandte sich dem Höhlenausgang zu. Smertrios packte sie am Arm.

»Wo willst du hin?«

»Lass mich los! Ich gehe zurück. Ich werde den Sulnatris holen. Und dann gehe ich heim, zu Mutter und den Kleinen.«

»Du bist verrückt. Du kannst nicht zurück in die Villa.«

»Und wie ich kann. Sie werden alle unterwegs sein, uns zu suchen, sie werden alle Richtung Dorf laufen, weil welcher Idiot flieht schon in den unwegsamen Wald? Und selbst wenn sie mich finden – ich war es nicht, die Livia gefesselt und geknebelt hat. Ich bin selbst ein Opfer meines Bruders.«

Sie hob den Kopf in die Höhe und spukte vor Smertrios auf den Boden.

»Warte!« Uilleam war aufgesprungen. »Du findest nie den Weg zurück, mitten in der Nacht.«

»Dann komm mit mir. Wir holen den Sulnatris und kehren zu meinem Dorf zurück. Und …« Sie zögerte und Smertrios sah die Berechnung in ihrem Blick. »Und ich werde deine Frau.«

Röte überzog Uilleams Gesicht. Unsicher blickte er zu Smertrios. Der zuckte die Schultern. Etwas war endgültig zerrissen zwischen Sanna und ihm.

»Man wird euch erwischen und eure Köpfe vor dem Tor aufspießen. Aber bitte, geht nur. Ich bin es leid, mein Leben nach meiner kleinen Schwester zu richten. Es hat mir immer nur Unglück gebracht.«

Er drehte sich von ihnen weg, starrte in die Dunkelheit der Höhle. Sie würde es nicht tun. Sie wäre nicht so wahnsinnig.

Sanna und Uilleam gingen.

273

Eine Leere machte sich in der Höhle breit, die endlos schien.

Smertrios knetete seine Hände. Er war verrückt gewesen. Oh, die Götter hatten gewiss wieder ihren Spaß an ihm gehabt! Er konnte sich wohl gleich in dem großen Meer ersäufen. Schlimmer konnte es nicht werden. Und alles nur wegen Sanna. Diese Verrückte! Den Sulnatris aus der Villa stehlen! Eine Hure war sie geworden, seine Schwester. Fututrix. Ganze zwei Wörter hatte er in den letzten Wochen gelernt zu schreiben. Seinen Namen und dieses Schimpfwort.

Aber er war selbst auch nicht besser. Vater würde sich schämen, wie seine Familie auseinandergebrochen war. Die Familie war das Wichtigste, hatte Vater immer gesagt. Ja, das war sie auch. Es war egal, völlig egal. Er würde es nie rechtzeitig zur Tagundnachtgleiche schaffen, und er hatte auch keinen Bogen vorzuweisen. Vielleicht konnte er sich hier in den Wäldern eine neue Hütte bauen. Oder in dieser Höhle hausen bleiben … Bei Bel, Sanna und Uilleam waren verrückt, zurückzugehen, völlig verrückt.

Er seufzte. Nun war es auch schon egal. Ob er hier jahrelang verweste oder … er musste ihr helfen. Schließlich war es auch seine Schuld. Und sie seine Schwester. Hoffentlich kam er nicht zu spät, konnte sie noch abfangen und zur Vernunft bringen.

Er machte sich an den Abstieg.

Kapitel 24

Flucht

Eine fast gespenstische Ruhe herrschte rund um die Villa. Hatte man Livia noch nicht gefunden? Nein, vor der Villa brannten Fackeln, und auch in den meisten Hütten konnte er Feuerschein erkennen. Von seinem Spähposten auf den unteren Ästen eines alten Baumes konnte er in der Ferne, auf der Straße, die zum Meer hinab führte, sich bewegende Lichter erkennen. Sanna hatte recht gehabt, man suchte sie der Stadt zu. Und in den Hütten. Als ob irgendeiner der Handwerker und Sklaven sie verstecken würde! Sie hatten sich mit niemandem soweit angefreundet, dass der sein Leben für sie riskieren würde. Außer Uilleam, wie es schien.

Vorsichtig schlich Smertrios sich im Schatten der Mauer entlang. Wo waren die beiden? Er entdeckte den Pferdeknecht, der gerade zwei ungesattelte Pferde am Zügel aus dem Stall führte. Aber wo war Sanna?

Im Schutz der knorrigen Olivenbäume und der duftenden Büsche bewegte Smertrios sich auf die Villa zu, so lautlos und vorsichtig wie früher auf seinen Streifzügen durch den Wald um seine Hütte, wenn er einen Bären nahe wusste. Waren wirklich alle auf der Suche nach ihnen weggegangen? Vom unteren Tor her kamen zwei Menschen – es war eine von Livias Dienerinnen, sie trug eine Fackel, und neben ihr eilte ein fremder Mann. Vielleicht ein Heiler, den man geholt hatte.

Gerade, als die beiden sich der Villa auf wenige Schritte genähert hatten, ertönte von innen Geschrei. Und Hundegebell. Smertrios hob den Bogen, an dessen Sehne bereits ein Pfeil ruhte, seit er den Park betreten hatte. Die Haare in seinem Nacken richteten sich auf. Er kannte dieses Bellen und es verhieß nichts Gutes. Das war Septimus' Hund, das riesige Ungetüm.

Da stürmte auch schon Sanna aus der Villa, einen eingewickelten Bogen in der Hand, hektisch sah sie hinter sich, stieß mit der Dienerin zusammen, die zu Boden fiel. Sanna rannte auf Uilleam zu, der eilte ihr entgegen. Der Heiler beugte sich eben zu der Dienerin, ihr aufzuhelfen, da stürzte der große Hund aus der Türe, stieß den Mann zu Boden und sprang über die Dienerin hinweg. Knapp hinter ihm ein Sklave des Septimus. Smertrios spannte die Sehne, mit einem kurzen Stoßgebet löste er den Pfeil, surrend schlug er in die Kehle des weißen Monsters ein, knapp ehe dieses Sanna erreicht hätte.

Sannas erstaunte Augen, die sich zu ihm wandten, ein kleines Lächeln, als sie ihn erkannte. Uilleam half ihr eilig aufs Pferd, da hatte der Sklave sie bereits erreicht, warf sich auf den Pferdeknecht. Sannas Pferd scheute, panisch klammerte sie sich fest. Smertrios schoss erneut, der Sklave brach zusammen, den Pfeil im Rücken. Nun hatte auch Uilleam Smertrios entdeckt, er schwang sich hinter Sanna auf das nervöse Ross, packte Smertrios' Schwester um die Taille und galoppierte mit ihr auf Smertrios zu. Nur kurz blieb er stehen, gerade lang genug, Smertrios die Zügel des zweiten Pferdes zuzuwerfen und abzuwarten, dass er aufstieg. Dann preschten sie zum Tor hinaus, verfolgt von wütendem Geschrei.

Sie ritten, so schnell es der Weg zuließ. Knapp unterhalb der Villa, in dem kleinen Dorf, gabelte sich die Straße und sie nahmen den Weg nach Osten, der Heimat zu. Die Morgendämmerung zeigte sich als erstes Grau, gestattete ihnen, zu galoppieren, bis die Pferde schweißnass keuchten. Dann lenkte Uilleam den kleinen Tross von der Straße weg, auf einem schmalen Pfad in die unwegsamen Berge. Sie stiegen ab, vor sich eine dichte Hecke. Uilleam nahm den Tieren das Zaumzeug ab und gab ihnen einen festen Klaps, dass sie davontrabten.

Sie starrten einander an. Noch waren sie weit davon entfernt, in Sicherheit zu sein. Sie brauchten ein Versteck für den Tag. Smertrios schob seine Schwester und Uilleam in das Gebüsch, verwischte die Spuren davor und folgte ihnen.

Er konnte Wasser plätschern hören. Schweigend führte er die anderen zu dem Bach. Sie tranken, erschöpft und gierig. Uilleam war blass, Sannas Backen so rot wie die Abendsonne.

Die beiden wollten sich setzen, ausruhen, doch Smertrios zog sie weiter. Im Wasser des Baches watend folgten sie dessen Lauf, bis Smertrios am anderen Ufer eine Stelle ausmachte, die ihm geeignet schien. Sie war von Ziegen oder anderen Bergtieren zertrampelt, die hier ihre Tränke hatten, ihre Spuren würden nicht auffallen. Etwas weiter den Hang hinauf fanden sie dann einen Überhang, der Schatten vor der Sonne bot, die einen heißen Tag versprach.

Während Uilleam und Sanna erschöpft auf dem steinernen Untergrund zusammenbrachen, riss Smertrios in der Umgebung einige dicht belaubte Äste ab und legte sie als Sichtschutz unter den Überhang. Erst als er sicher war, dass sie in ihrem Versteck nicht gesehen werden konnten, selbst aber einen Blick über das Gebiet unter sich hatten, ließ auch er sich müde nieder.

Sie schwiegen. Hatten die ganze Flucht über kein Wort geredet. Starrten den Hang hinab, durch die Zweige hindurch, voller Angst, die ersten Verfolger zu sehen.

Smertrios wischte sich den Schweiß aus dem Nacken.

»Ich denke, fürs Erste sind wir hier sicher.«

Er sah Sanna an, sie hielt ihre Beine umklammert, zitterte. Neben ihr lag der eingewickelte Sulnatris.

»Zumindest haben wir ihn wieder.« Sanna lächelte Smertrios triumphierend an.

Er nickte.

Er würde ihr nicht sagen, dass dies der Bogen war, den der Alte gefertigt hatte. Er erkannte es an der Schnürung.

Uilleam rückte näher. »Wegen diesem Ding haben wir unser Leben riskiert?« Er stöhnte.

Smertrios blickte zu ihm, sah den Schweiß in seinem Gesicht, die Blässe. Dann bemerkte er Uilleams Hand, die er auf seinen Arm presste.

»Du ist verwundet.«

Sannas Kopf fuhr hoch, erschrocken starrte sie Uilleam an.

»Bei Bel! Was ist geschehen?«

Was sollte schon geschehen sein? Sie hatten einen Kampf gehabt, sie waren geflohen. Smertrios sah den Sklaven vor sich, der sich auf Uilleam stürzte, rückblickend sah er die Klinge in der Hand des Angreifers.

»Es ist nichts«, presste Uilleam hervor.

»Natürlich ist etwas.« Smertrios schob sich zu Uilleam hinüber, der Überhang war nicht hoch genug, aufzustehen. »Lass sehen.«

»Es ist nichts«, wiederholte der Pferdeknecht, doch seine Hände zitterten.

»Wir können jetzt keine Helden brauchen. Lass sehen.«

Vorsichtig nahm Smertrios Uilleams Hand in seine, schob den Ärmel seiner verdreckten Tunika hoch.

Sanna sog die Luft ein. Das Messer hatte die Außenseite des Ellbogens getroffen. Blut rann herab, erstaunlich wenig Blut, doch in der offenen Wunde konnte man die durchtrennten Sehnenenden und den weißen Knochen sehen. Ein Wunder, dass Uilleam hatte reiten können. Den Arm hatte er dabei gewiss nicht benützen können. Aber der Mensch war zu vielem fähig, wenn es sein Leben galt.

Ängstlich warf der Pferdeknecht einen Blick auf seinen Arm. Smertrios sah in seinen Augen, dass er die Situation erkannte. Er hatte genug Erfahrung mit seinen Rössern, er wusste, was so eine Verletzung bedeuten konnte.

»Hast du etwas von dem Wein in deinem Beutel, den du Sanna gegeben hast?«

Uilleam nickte. »Immer.«

Ohne weiter abzuwarten, öffnete Sanna seinen Gürtel und durchwühlte die Beutel, die daran hingen. »Das?«

»Nein. Das ist Honig. Lass mich selbst ...«

»Kommt nicht infrage! Du bewegst dich nicht, bis wir das versorgt haben.«

Sie begann, beschwörende Lieder zu singen, rief die Götter um Hilfe an. Als sie eine tannenzapfengroße Tonamphore hochhielt, nickte Uilleam.

Sie gossen von dem Kräuterwein über die Wunde, schmierten Honig darüber, nutzen zwei dünne Äste, um den Ellbogen zu fixieren und rissen einen Streifen von Smertrios' Tunika ab, die immer noch Sanna trug, um das Ganze festzubinden. Mehr konnten sie im Moment nicht tun.

»Wir sollten uns ausruhen. Sobald die Sonne untergeht, werden wir weitergehen. Versuch zu schlafen, Uilleam, du wirst deine Kraft brauchen.«

Sanna setzte sich an die Felswand, lud Uilleam ein, seinen Kopf in ihren Schoß zu betten. Zögernd tat er es, Smertrios konnte sehen, wie sich sein Gesicht entspannte, als Sanna begann, ihm sanft über die Stirn zu streichen. Sie sang immer noch leise vor sich hin. In die göttlichen Anrufungen mischten sich nun Schlaflieder, die Mutter ihnen als Kind vorgesungen hatte, mischten sich Sätze, die Uilleams Mut, Kraft und Schönheit besangen.

Smertrios wandte sich ab. Sanna mit Uilleam im Schoß erinnerte ihn zu sehr an Livia in seiner Werkstatt. Er kauerte sich mit Blick über das Tal an den Fels, er würde Wache halten und Pläne machen. Sie durften nicht gefunden werden.

In seiner Heimat würden sie schwer bestraft, für das, was sie Livia angetan hatten. Und zum Tode verurteilt für den Diebstahl der Pferde. Die Römer waren wahrscheinlich nicht gnädiger.

Sie mussten so schnell wie möglich so weit wie möglich weg. Und das mit einem Burschen, der möglicherweise bald von Wundfieber geplagt wurde. Unmöglich, dass sie durch die unwegsamen Berge gingen. Er selbst zöge es allemal vor, sich einen Weg durch den Wald und über die steilen Hänge zu bahnen, doch Uilleam würde das unmöglich schaffen. Und ihn zurückzulassen? Sanna würde das nicht zulassen, das wusste er. Sie mussten auf die große Straße, auf der sie nach Westen gereist waren. Ihre Bögen waren ihre einzigen Waffen, abgesehen von ihren kleinen Messern, aber gerade an den Bögen würde man sie erkennen können. Er hoffte, dass die Pferde den Weg zur Villa zurückfanden. Besser, als ihre Verfolger entdeckten die Rösser hier in den Bergen, dann wüssten sie, wohin sie unterwegs waren. Sie würden nur des Nachts reisen, sich tagsüber verstecken. Und den Göttern Opfer bringen, dass sie sie gut geleiteten.

Es schien, dass ihnen die Götter ausnahmsweise gnädig waren. Die Nacht war sternenklar, sodass sie halbwegs zügig vorankamen. Uilleam hatte sich erholt, er hatte Schmerzen, doch er konnte mithalten. Ihre Mägen knurrten. Gegen Morgen fanden sie erneut eine kleine Höhle, wohl der einzige Vorteil dieses felsigen Landes. Smertrios breitete seinen Umhang aus, damit Uilleam und Sanna darauf schlafen konnten. In seinem hastig gepackten Beutel fanden sich noch ein paar Nüsse, sie teilten sie gerecht. Sonst hatte er in der Eile nicht viel Nützliches eingepackt.

Er war todmüde, dennoch schlich er sich aus ihrem Versteck, sobald Uilleam und Sanna eingeschlafen waren. Es dauerte nicht lange, und er hatte einen Dachs geschossen. Es war nicht das schmackhafteste Fleisch, aber besser als nichts. Am

Rückweg pflückte er noch ein paar Pflanzen, die ihm essbar schienen. Was gäbe er darum, in seinen vertrauten Wäldern unterwegs zu sein! Nachdem auch er eine Weile geschlafen hatte, wagten sie es, ein kleines Feuer anzuzünden.

»Morgen sollten wir die große Straße erreichen, die nach Osten führt.« Uilleam kaute zufrieden. Er hatte dunkle Ringe unter den Augen, und Smertrios machte sich Sorgen, dass das Wundfieber ihn doch noch einholen könnte, doch das frische, heiße Fleisch gab dem Pferdeknecht Kraft und Zuversicht. Er war hart im Nehmen. Sie nutzten die Asche des Feuers, um neue Tinktur anzusetzen, die ihm helfen würde, seine Knochen und Sehnen zu heilen.

»Wir müssen unsere Bögen verstecken.« Sanna quittierte Smertrios' Vorschlag mit einem entsetzten Kopfschütteln.

»Sanna, wenn Publius Boten ausschickt, damit man nach uns sucht, dann erkennt man uns an den Bögen als Erstes. Und daran, dass eine Frau dabei ist, die aussieht wie ein Knabe.«

Sanna sah auf Smertrios' Tunika herab, die sie trug, fuhr sich durch die kurzen Haare, ihr langer Zopf hatte sich gelöst und sie trug ihn als Gürtel.

Uilleam nickte auf ihren fragenden Blick hin.

»Dann lass uns weiter durch die Berge und den Wald gehen!«

»Nein. Das ist zu anstrengend für Uilleam. Wir müssen möglichst rasch zurück nach Norikum, erst dort fühle ich mich sicher. Ich habe keine Ahnung, wie weit Publius' Macht reicht. Und wie viel Aufwand ihm unsere Verfolgung wert ist. Kann sein, dass er sie bereits aufgegeben hat, Livia zum Trost hübschen Schmuck kauft und sich wieder seinem Alltag widmet. Es kann aber auch sein, dass er nicht eher ruht, bis er uns wiedergefunden hat. Und er hat viele Kontakte, bis hinauf nach Norden und noch weiter.«

»Das heißt, wir sind nie sicher?« Sanna begann zu zittern.

»Ich habe ihm nie den Namen unseres Stammes gesagt, ich denke, daheim sind wir in Sicherheit.«

Jetzt galt es nur, heil bis nach Norikum zu gelangen.

Kapitel 25

Ein Wiedersehen

Die nächsten Tage über regnete es stetig. Die Hitze des Sommers ging dem Ende zu. Sie erreichten die große Straße, reisten weiterhin nur des Nachts. Es gab keine Sterne, nur Regen. Sie folgten dem Weg mit den Augen ihrer Füße, die Angst trieb sie wie der Wind die Wellen.

Doch sie waren nicht die Einzigen, immer wieder begegneten sie selbst in der tiefsten Nacht anderen Reisenden.

Obwohl er kein Fieber bekam, wurde Uilleam schwächer. Jeden Tag versorgten sie seine Wunde, nun, in der beginnenden Ebene, fanden sie auch Kräuter, die ihnen bekannt waren. Der Ellbogen war geschwollen und entzündet, aber es schien, als würde Uilleam allein mit Willenskraft Schlimmeres verhindern. Smertrios sah die Sorge in seinen Augen, dass die Geschwister ihn zurücklassen könnten.

Als sie eines Abends aufbrachen, nach einem Tag voll unruhigem Schlaf, versteckt in einem Gebüsch, trafen sie auf eine Familie mit zwei kleinen Kindern. Erst wollten sie die vier überholen, doch als Smertrios hörte, wie der Vater auf norisch zu seinen Kindern sagte, sie würden bald für die Nacht rasten, grüßte er und verringerte sein Tempo. Er wusste nicht warum, vielleicht war es die Einsamkeit der letzten Nächte gewesen, die Sehnsucht nach der Heimat, vielleicht lag es auch daran, dass das eine Kind Giamvailos ähnlich sah.

»Wohin des Weges? Mögen die Götter euch sicher geleiten.«

»Hab Dank«, antwortete der Mann. Seine Frau blickte ängstlich, und Smertrios wurde klar, dass ihr Äußeres sie wohl kaum von Wegelagerern unterschied. Kein Wunder also, dass der Mann nicht sein Ziel verriet.

»Sind das die Krieger?«, fragte der kleine Bub ängstlich.

Sanna lächelte ihn an, Smertrios war sich sicher, dass auch sie die Ähnlichkeit zu Giamvailos sah. »Oh nein, glaube mir, wir sind alles, nur keine Krieger.«

»Da waren Krieger«, fuhr der Junge fort. »Deshalb sind wir schnell davon.«

Seine Mutter zog ihn von Sanna weg. Sanna sah ängstlich zu Smetrios. »Krieger? Ist der Bürgerkrieg hier?«

Anscheinend ließ ihre Angst das Misstrauen der Familie schwinden. »Schön wäre es, aber das waren Noriker. Auf dem Weg zurück in die Heimat. Fünf Jahre haben wir nun friedlich hier gelebt, alles haben sie niedergebrannt, weil unser Herr ihnen keine Vorräte geben wollte. Weil wir Noriker sind, haben sie uns gehen lassen. Sie haben uns befreit, haben sie gesagt, als ob es uns schlecht gegangen wäre bei unserem Herrn.«

»Norische Krieger?«

Smertrios spürte, wie sein Magen zu kribbeln begann. Konnte es sein? Nein, so gnädig wären die Götter nicht, dass Voccios Auxiliartrupp ganz in der Nähe wäre, dass sie vielleicht Schutz fänden bei den Männern, die sie kannten.

»Ja. Söldner. Sie müssen vor uns sein, es behagt mir gar nicht. Aber wo sollen wir nun hin? Ohne unseren Herrn bleibt uns nur die Rückkehr in die Heimat. Wir gehen langsam, mit den Kindern, ich will diesen Kerlen nicht noch einmal begegnen.«

»Seid vorsichtig«, fügte die Frau hinzu. »Lauft ihnen nicht über den Weg!«

Doch genau das hatte Smertrios vor.

Er drängte Sanna und Uilleam zur Eile. Er musste diese Krieger sehen, verstecken konnten sie sich immer noch, wenn es nicht Voccios Männer waren.

Sie sahen die lagernden Krieger, ehe der Morgen dämmerte. Smertrios schob Sanna und Uilleam hinter ein Gebüsch, wo sie auf ihn warten sollten, bis er die Lage erkundet hatte.

Es waren vielleicht fünfzig bis siebzig Männer, die neben dem Straßenrand an mehreren Lagerfeuern verteilt saßen und ihr Morgenmahl aßen. Der Duft von Eintopf drang ihm in die Nase und ließ seinen Magen schmerzhaft knurren. Sie hatten sich seit Tagen nur von spärlichen Wurzeln und Beeren ernährt, die drei Bögen in Smertrios Umhang gewickelt, um sie zu verbergen.

Einer der Männer erhob sich, legte Holz im Feuer nach. Die Flammen erleuchteten sein Gesicht. Smertrios hielt den Atem an. Das war ein Mann aus Voccios Kriegertrupp!

Er kroch zurück ins Dickicht, wo Sanna und Uilleam gespannt auf ihn warteten.

Smertrios grinste.

»Wir kennen diese Männer. Es sind Voccios Leute.«

Sanna riss die Augen auf. »Hier? Sie kämpfen doch für Caesar! Ist der Krieg schon aus? Hast du Ferchar gesehen?«

»Nein, habe ich nicht.«

»Vielleicht ist er gefallen.«

Ja, vielleicht war der Bärenkrieger umgekommen. Eine ungeheure Sehnsucht nach dem Freund jener kurzen Zeit packte ihn.

»Ihr kennt die Männer da draußen?«, fragte Uilleam nach.

»Ja, wir sind mit ihnen von Bragnreica losgezogen. Es waren viel mehr damals. Aber ich erkenne einige der Gesichter.«

»Was sollen wir tun? Was, wenn der Krieg hier ist?« Sanna sah sich ängstlich um.

»Wir werden uns ihnen zeigen. Vielleicht können wir mit ihnen mitziehen. Vielleicht haben sie nichts dagegen. Sie haben uns damals verkauft, aber das heißt ja nicht, dass sie uns Voccio nicht doch gerne wieder zurückbringen.«

Smertrios nahm seinen Beutel und das Bündel mit den Bögen. Nervös zog Sanna ihre Tunika weiter nach unten. Sie waren dreckig und zerrissen, ausgehungert und mit einem Verletzten unterwegs. Es würde schwierig sein, ihnen den ruhmreichen Bogenbauer vorzuspielen.

Bärtige Gesichter wandten sich ihnen überrascht zu, als sie aus dem Dickicht in den Schein des Feuers traten. Ein paar Männer sprangen auf, zogen ihre Messer und Schwerter.

»Mögen die Götter mit euch sein!«, rief Smertrios mit kräftiger Stimme. »Ich bin Smertrios, der Bogenbauer, und vielleicht erinnert ihr euch auch an meine Schwester Sanna.«

»He, der Feigling!«

»Die Verrückte!«

Ja, sie erinnerten sich.

Uilleam sah verwundert zu ihnen, Smertrios zuckte die Schultern. Die ersten Sonnenstrahlen zeigten die Geschwister in ihrem ganzen Elend. Aber er war glücklich, unter vertrauten Menschen zu sein.

An einem der Feuer weiter hinten sprang ein Mann auf, eilte auf sie zu. Er umarmte Smertrios, die beiden Männer drückten einander, wie Brüder es tun. Ferchar lebte. Er hatte eine Narbe davongetragen und sein halber Bart schien einem Feuer zum Opfer gefallen zu sein, aber er lebte.

Sanna hüpfte aufgeregt, als sie den Bärenkrieger erkannte. »Du lebst! Siehst du, du lebst! Obwohl ich keinen Bart habe!«

»Ja, ich sagte doch, ich werde ein Held! Dafür habe ich meinen halben Bart gegeben!« Er hob Sanna hoch und drehte sich mit ihr im Kreise.

»Und eine Narbe hast du – damit die Frauen dich begehren!«

Unwillkürlich fuhr Ferchars Hand an seine Stirn. »Ja, das ist wohl der Grund.« Er lachte, und dieses so wohlbekannte Lachen schien Smertrios das Schönste, das er seit Langem gehört hatte.

»Was ist mit euch geschehen? Wo kommt ihr her? Bei Bel, ihr seht grauenvoll aus! Hat deine Römerin dich von der Bettkante gestoßen?«

Smertrios und Sanna wechselten einen Blick. Nein, diese Geschichte würden sie nicht erzählen. Nicht hier vor allen. Smertrios beschloss, erst einmal gar nichts zu berichten.

»Sag du, wie kommt ihr hierher? Wir dachten, ihr kämpft für Caesar in Rom?«

»Ferchar!«, brüllte eine Stimme hinter ihm. »Lass die drei sich erst einmal setzen und gib ihnen was zu essen, der eine fällt ja gleich um! Auch wenn wir Krieger sind, so gelten doch die Gesetze der Gastfreundschaft!«

Tatsächlich, Uilleam schwankte erschöpft, der Duft des Essens schien ihm die letzte Kraft zu rauben.

Es dauerte nicht lange und sie hockten mit Ferchar und ein paar der anderen Krieger an einem der Feuer, jeder mit einer Schüssel Brei auf den Knien. Mit Kümmel gewürzter Brei. Wie hatte er das vermisst, kein Garum weit und breit!

»Aber jetzt sag endlich, was ist passiert?«

Smertrios hatte die Zeit genutzt, sich eine Geschichte zurechtzulegen. Er sah Sanna beschwörend an.

»Wir sind überfallen worden. Wir waren auf dem Weg zu einem Besuch in der Heimat – ich hab dir doch gesagt, dass ich zur Herbst-Tagundnachtgleiche zurück musste. Wir kamen gerade mit dem Leben davon. Uilleam, unser Knecht, wurde verletzt, unsere Pferde, unser Wagen, all meine Bögen, die für Caesar bestimmt waren – alles weg.«

Uilleam und Sanna nickten bestätigend, auch wenn Sannas Fuß leicht gegen seinen stieß, wie um ihn zu mahnen, es nicht zu übertreiben, und ihre Finger nervös nach Grashalmen suchten.

»Also warst du fleißig, den Sommer über.«

»Oh ja. Die Götter waren mir hold. Sklaven, meine eigene Werkstatt, Ruhm … Apropos, wie sieht es bei dir aus? Kehrst du als ruhmreicher Krieger zurück?«

Ferchar nickte. »Ja. Ich wünschte, wir hätten die Köpfe nehmen dürfen, doch Caesar gestattet das nicht.«

»Hast du ihn gesehen, den berühmten Caesar?«, fragte Sanna aufgeregt.

»Einmal, von Weitem. Wir haben in Massilia gekämpft, man glaubt es nicht, aber der römische Bürgerkrieg findet nicht in Rom statt.« Er lachte.

Massilia? So nahe waren sie einander gewesen? Nur ein paar Tagesreisen voneinander entfernt.

»Dann sind wir den gleichen Weg gereist, ihr und wir. Wir waren in der Nähe von -«

Smertrios unterbrach Sanna.

»Aber wieso seid ihr nun hier? Soweit ich weiß, tobt der Krieg in Massilia noch immer.«

Ferchar zuckte die Schultern. »Der Herbst naht. Nammonius ist gefallen, wie so viele von uns, Caesar schickt natürlich lieber die Hilfstruppen in den Tod als seine Männer. Da hat es vielen von uns gereicht. Daheim ist die Ernte einzufahren, der Winter vorzubereiten. Natürlich, Voccios Männer sind geblieben, auch ohne Nammonius, aber wir, die wir von anderen Stämmen dazukamen, die Nammonius immer als minderwertig behandelt hat – nun, uns siehst du hier.«

Die vier anderen Krieger, die mit ihnen am Feuer saßen, hoben ihre Becher, grunzten.

»Könnt ihr uns mitnehmen? Zumindest bis nach Allosglastos. Uilleam mit seiner Verwundung wäre wohl dankbar, auf einem Karren mitfahren zu können.«

Sanna sah ihren Bruder lächelnd an. Im Schutze des Kriegertrupps reisen, ja, hier würde man sie nicht so leicht finden. Und auch sie war gewiss froh, nicht jede Nacht marschieren zu müssen, ihre bloßen Füße waren bereits wund.

Ferchar sah zu den anderen Kriegern, alle nickten. »Warum nicht. Warst ja einer von uns, wärst es noch, wäre die Römerin nicht aufgetaucht.«

Ja, dann wäre vieles anders gewesen.

Kapitel 26

Römer

Als sie am nächsten Morgen unter dem Proviantkarren hervorkrochen — Sanna hatte fast zu weinen begonnen, als Ferchar ihr diesen Platz anbot — da näherten sich dem Tross zwei römische Reiter. Uilleam sah sie als erstes, er saß auf dem Kutschbrett, während Sanna seinen Verband erneuerte. Hastig versteckten die drei sich auf der Ladefläche, zwischen Zeltplanen und Vorratskisten. Das fehlte gerade noch, dass sie so kurz vor der Heimat doch entdeckt wurden!

Smertrios spähte zwischen den Seitenplanken hindurch. Ferchar und ein breitschultriger Krieger, den Ferchar ihnen gestern als Eanus, den Anführer ihres Trupps vorgestellt hatte, unterhielten sich mit den Römern. Sie schienen etwas wissen zu wollen. Smertrios' Magen zog sich zusammen.

Eanus lud die beiden Reiter ein, abzusteigen und am Feuer für eine Schüssel Brei Platz zu nehmen, zu Smertrios' Entsetzen taten sie es. Sie hatten Schwerter umgegürtet und blickten sich suchend um.

Ferchar schlenderte auf den Proviantwagen zu, blieb daneben stehen und tat so, als würde er etwas aus dem Wagen holen wollen, das er nicht sogleich fand.

»Überfallen seid ihr worden, soso. Ihr seid nicht zufällig die drei norischen Sklaven, die die Kerle suchen? Ein Mädchen und zwei Männer, mit Bögen bewaffnet?«

Smertrios schluckte. »Hör zu, Ferchar ...«

»Später. Ich habe einen Plan. Aber ich brauche etwas von euch, woran man euch erkennt.«

Er kletterte auf den Wagen, sah auf Sanna hinunter, die sich eng an Uilleam drückte. »Deine Haare, Sanna.«

Sie fuhr sich an den Kopf. »Meine Haare?«

»Die anderen, die langen«, flüsterte Ferchar ungeduldig und streckte die Hand aus. Hastig band Sanna ihren langen Zopf ab, den sie als Gürtel benützte.

Ferchars Blick betrachtete Smertrios und Uilleam. »Hm. Deinen Bogen, Smertrios, gib mir den.«

»Unter dem Wagen, in das Ledertuch gewickelt. Aber nimm einen langen, ja nicht den gebogenen.«

Er wusste zwar nicht, was Ferchar vorhatte, aber er vertraute ihm. Musste ihm vertrauen.

Ferchar kramte unter dem Wagen, dann verschwand er.

Smertrios schob sich wieder an den Spalt in der Seitenwand. Ferchar erschien davor, Smertrios' Bogen über den Rücken, einen großen Lederbeutel in der Hand, den er in die Höhe hob. Er rief zu den Römern: »Sunt haec?«

Smertrios staunte. Er hatte nicht gewusst, dass Ferchar Latein sprach. Andererseits hatten sie Monate im römischen Heer verbracht, Ferchar hatte wohl wie Sanna die Zeit gut genützt.

Der Hüne Eanus und die beiden Römer näherten sich, neugierig beobachtet von den anderen Kriegern. Sie standen nun etwa zehn Schritte von ihrem Versteck entfernt, nahe genug, um ihre Worte verstehen zu können. Sanna schob sich eng an Smertrios heran, ihre Lippen an seinem Ohr, und übersetzte, was sie verstand.

»Diese haben wir gestern gefangen«, flüsterte sie, als Ferchar den Lederbeutel öffnete und den Römern hinhielt. Angewidert zuckten die beiden zurück. Smertrios konnte sehen, dass

Ferchar hineingriff und Sannas langen Zopf zur Hälfte herauszog. »Wollten uns bestehlen, haben einen guten Kampf geliefert. Caesar hat es verboten, deshalb müssen wir nun jeden Kopf nehmen für zuhause«, fuhr Sanna übersetzend fort.

Die beiden Römer berieten sich, sagten leiser etwas zu Ferchar und Eanus.

»Das habe ich jetzt nicht verstanden«, flüsterte Sanna.

Erneut sprach Ferchar, mit lauter Stimme.

»Der Bogen und die Köpfe, mehr Beweis könnt ihr nicht haben für eure Herrin. Was bietet ihr?«, übersetzte Sanna.

Wieder berieten sich die beiden Römer. Ein kleiner Lederbeutel wechselte mit dem großen Beutel und dem Bogen den Besitzer, Ferchar, Eanus und die Römer entfernten sich.

Smertrios drehte sich zu Sanna um, sah sie erstaunt an. Sie zuckte die Schultern. Uilleam hinter ihr stöhnte leise.

Smertrios wollte wieder durch den Spalt blicken, doch Ferchar stand ein paar Schritte davor und verdeckte ihm die Sicht. Der junge Bärenkrieger sah offenbar den beiden Reitern nach, die sich entfernten, er hatte die Hand zu einem Winken erhoben. Es schien Smertrios unendlich lange zu dauern, bis Ferchar den Arm senkte und sich dem Karren zuwandte.

»Ihr könnt rauskommen.«

Smertrios und Sanna erhoben sich, erst jetzt merkte er, wie sehr er geschwitzt hatte. Uilleam setzte sich auf, blass und seufzend.

»So, und jetzt wollen wir die richtige Geschichte hören.«

Neben Ferchar hatte sich Eanus aufgebaut, die Arme vor der breiten Brust verschränkt. Doch ein zufriedenes Grinsen zierte sein Gesicht, so wie Smertrios fast nur grinsende Gesichter erblickte, als er sich umsah. Es hatte ihnen offenbar Spaß gemacht, die Römer reinzulegen.

Smertrios sprang vom Karren herab und half Sanna über die Seitenwand. Sie trug immer noch seine Tunika und er nur Braccae. Verlegen zog Sanna ihren Saum so weit hinab, wie sie nur konnte.

»Es ist schnell erzählt«, sagte Smertrios. »Und ich danke euch, dass ihr uns geholfen habt, ohne die Wahrheit zu kennen.«

»Wenn man den Römern eines auswischen kann … » Ferchar reckte zufrieden die Brust. »Ihr habt Glück. Gestern waren wir in einen Kampf verwickelt, haben einige Köpfe erbeutet. Noch waren sie nicht in Zedernöl eingelegt oder getrocknet, bis die in Nicea ankommen, sind es Knochen mit verdorbenem Fleisch. Ich habe extra noch ein Stück von einem erlegten Reh dazugegeben, das schon Maden hatte. Und da die Römer Angst haben, man verhaftet sie, wenn sie mit abgeschlagenen Köpfen an ihren Pferden erwischt werden, werden sie den Sack auch gewiss nicht öffnen. Dann sieht eure Herrin nur Sannas Zopf. Und deinen Bogen. Ihr seid tot, alle drei.«

Alle jubelten. Sanna standen Tränen in den Augen.

»Und nun erzähl rasch. Noch können wir sie zurückholen, wenn uns deine Geschichte nicht gefällt.«

Smertrios lächelte gezwungen. »Nammonius hat uns damals an eine reiche Römerin verkauft -«

»Ich erinner mich«, unterbrach ihn einer der Krieger, »Er sagte, die Verrückte hätte für euch mehr gezahlt als für zwei Pferde!« Allgemeines Gelächter.

»Ja. Nun, wir reisten mit ihr in die Nähe von Nicae, wo ich für sie Bögen baute und Sanna ihre Dienerin war.«

»Sklaven wart ihr!«, rief ein struppiger Kerl. Erneut erscholl Gelächter.

»Bis wir flohen, ja.«

»Geflohene Sklaven! Müsst eurer Herrin ja einiges wert gewesen sein, dass sie euch ihre Männer soweit hinterherschickt.«

»Scheint so.« Smertrios wollte nichts lieber, als dieses Gespräch zu beenden.

Eanus sah ihn mit einem Blitzen in den Augen an.

»Habt ja eine spektakuläre Verabschiedung gemacht, sagten die beiden. Die Herrin geschändet und einen reichen Manufakturbesitzer getötet.«

Smertrios' Kopf fuhr zu seiner Schwester herum. »Sanna?!«

»Ich wollte nicht, dass er stirbt!« Sie schlug die Hände vors Gesicht und rannte davon. Smertrios folgte ihr, fand sie an einen Baum am Waldrand gelehnt. Sie weinte.

Smertrios legte ihr den Arm um die Schulter. »Was ist geschehen in der Villa?« Er hatte sie nie gefragt, zu sehr waren sie die letzte Zeit damit beschäftigt gewesen, sich um Uilleam zu kümmern und zu überleben.

»Nichts. Ich wollte nur den Sulnatris, und ich ahnte, dass sie ihn diesem Septimus gegeben hätten. Also bin ich in seine Kammer. Er schlief bereits, unglaublich, bei all der Aufregung, die wegen Livia herrschen musste. Seine fetten Backen wackelten und aus seinem Mund kamen kleine Bläschen, immer wenn er ausatmete, das sah witzig aus.«

»Und?«

»Ich wollte nur den Bogen schnappen, die beiden lagen neben dem Bett auf einem Hocker. Aber ich stieß dagegen, da ist er aufgewacht. Und dann hab ich nur getan, was Livia mich gelehrt hatte. Du weißt doch, der Körper ist das Instrument der Macht. Er wollte eine wie mich doch zum Weibe, so sollte er sehen, was er haben könnte, ich dachte, wenn ich mich selbst … damit könnte ich ihn ablenken, ihn milde stimmen.« Sie schniefte. »Er wurde ganz hektisch, hat sich zwischen die Beine gefasst und mit der Hand … er hat gekeucht, und dann kamen noch mehr Bläschen aus seinem Mund, das sah gar nicht mehr witzig aus, und dann lief er rot an und japste, und kippte zur Seite. Da hab ich den Sulnatris geschnappt und bin weg, aber da kam gerade sein Sklave, mit dem Hundemonster an der Leine. Wahrscheinlich hatte er den Hund noch einmal spazieren geführt, ehe er die Nacht über seinen Herrn bewachte. Naja, und dann bin ich gerannt.«

Smertrios starrte seine Schwester fassungslos an.

Sie zuckte die Schulter, wischte sich mit dem Ärmel die Nase.

»Hier seid ihr.« Ferchar war hinzugetreten. »Kommt, wir wollen weiter. In ein paar Tagen sollten wir Allosglastos erreichen.« Er sah von Sanna zu Smertrios. »Davor sollten wir euch aber was zum Anziehen besorgen.«

Sanna fiel Ferchar um den Hals, schluchzte.

»Komm schon, Sanna. Es ist alles gut. Niemand verfolgt euch mehr. Wir waren auf einem Kriegszug, wir haben alle Furchtbares erlebt, aber jetzt geht es heimwärts.« Er hielt sie fest an seine eine Seite gedrückt, legte den anderen Arm Smertrios um die Schultern. »Ohne euch war es langweilig.«

Die Bögen ließen sie trotzdem eingewickelt, bis auf die Gelegenheiten, wo Smertrios und Sanna für den Trupp jagen gingen. Sie hatten nun nur einen benützbaren Bogen und Smertrios ließ Sanna die Freude, ihn zu schießen. Ihm reichte das Vergnügen, auf der Pirsch zu sein und sie lebte mit jedem Schuss, den sie tun konnte, wieder auf, wurde wieder zu dem wilden Mädchen, das in Gallia Cisalpina zu verschwinden gedroht hatte. Wenn er sie so beobachtete, wie sie da zwischen den Bäumen stand, als wäre sie ein Teil des Waldes, lautlos den Bogen spannte und mit einem seligen Lächeln den Schuss löste, dann konnte er ihr nur wünschen, dass Uilleam, dem sie sich ja versprochen hatte, ihr dieses Vergnügen lassen würde. Vorausgesetzt, dass sie den Sonnenschuss schafften und sie überhaupt lebte, um zu heiraten.

Die meiste Zeit jedoch waren sie auf der großen Handelsstraße unterwegs, die sie vor dem Sommer in der anderen Richtung mit Livia und Publius gefahren waren. Reisende wichen ihnen ängstlich aus, wenn die fünfzig Krieger anmarschiert kamen. Vernarbte Männer, von deren Pferden Menschenköpfe baumelten. Smertrios wusste inzwischen, dass Ferchar seine einzigen Trophäen für sie hergegeben hatte. Er hatte sie damit wohl davor bewahrt, den Rest ihres Lebens auf der Flucht zu sein. Wenn Smertrios daran dachte, wurde ihm ganz warm ums Herz. Er würde das hoffentlich eines Tages seinem Kind erzählen können, dass die Dinge dreifach zurückkamen – hatte Smertrios damals bei dem Überfall in den

Bergen Ferchars Leben gerettet, so hatte dieser nun drei Menschen vor dem Tod bewahrt.

Sanna und Uilleam reisten auf dem Proviantkarren, Smertrios entweder mit ihnen oder auf einem der Packpferde. Wie schön diese Ebene war! Nun konnte er es endlich genießen. Die weiten Felder, ausgedehnte Wälder, und immer wieder der breite Fluss.

Uilleam kam langsam wieder zu Kräften, doch er schien nachdenklicher als in der Villa, ein wenig bedrückt. Sanna wiederum war zwar freundlich zu ihm, aber nun, da Ferchar hier war, ließ es sich für ihren Bruder nicht verbergen, wem ihre Zuneigung galt. Smertrios jedoch entspannte sich. Er war wieder unter seinesgleichen, unter Menschen, die seine Sprache redeten. Und erstaunlicherweise sahen sie ihn nun nicht mehr von oben herab an, selbst wenn sie ihn anfangs gehänselt hatten. Aber sie waren alle in der Fremde. Sie hatten alle die Macht der Römer kennengelernt. Geben die Götter, dass diesem Caesar nie einfiel, Norikum zu überfallen!

Später dann, wenn sie unter dem Karren schliefen – Ferchar hatte gelacht, dass Sanna noch immer nicht ohne Dach über dem Kopf schlafen wollte – da schob Livia sich immer wieder in Smertrios' Träume. Ihre Eleganz. Ihre Art, Sannas Körper zu berühren. Die Art, wie sie ihn dabei angesehen hatte … Dann kroch er unter dem Wagen hervor, um möglichst weit von Sanna weg zu sein. Sobald sie daheim waren, würde er seine Schwester mit Uilleam vermählen, so wie sie es dem Pferdeknecht versprochen hatte. Uilleam war ein guter Mann, Ferchar nur ein Traum, einer anderen versprochen.

Er saß an das Karrenrad gelehnt, die feuchte Nachtluft im Gesicht. Sie waren auf dem Weg nach Hause. Irgendwann würde alles, was sie erlebt hatten, nur noch eine schwache Erinnerung sein. Nun, manches gab es, das er nicht vergessen wollte. Die Weite des Meeres. Die kunstvollen Mosaike, die Glasgefäße. Andere Dinge verschwanden hoffentlich bald im Dunkel der Vergangenheit.

Er konnte es kaum erwarten, dass sie das Dorf erreichten. Dass er wüsste, ob er schon Vater geworden war. Dass sie den Sonnenschuss hinter sich brachten.

Die Nächte wurden bereits kühler, obwohl es noch Spätsommer war. Die Getreidefelder entlang der Straße lagen abgeerntet im Dunkel der Nacht, die ersten Äpfel wurden reif. Seine Hand strich über den eingewickelten Sulnatris, der nicht der echte Sulnatris war. Was wohl aus dem alten Mann geworden war. Hatte Livia ihre Wut an ihm ausgelassen? Wahrscheinlich. Bald würde Smertrios den Bogen fertigstellen können. Sobald sie die Berge hinter sich hatten, plante er, sich von den Kriegern zu trennen und ein paar Tage in Allosglastos zu bleiben. Er brauchte einen Ort, an dem er in Ruhe arbeiten konnte. Er hoffte, den Göttern war es nicht aufgefallen, dass es nicht der von ihm gefertigte Bogen war. Er hatte es ja auch nur an der Schnürung erkannt. Es sollte sich ausgehen, dass der Leim früh genug getrocknet war, sodass er den Bogen auf Sannas Stärke tillern konnte und mit Rohhaut beziehen. Und dass sie noch ein wenig Zeit hatte, damit zu üben. Sehr wenig Zeit, fürchtete er. Ihm fehlte nur noch das Wissen darüber, woher der alte Sulnatris seine schwarze Farbe hatte. Denn er war auch vor dem Feuer bereits schwarz gewesen, daran erinnerte Smertrios sich. Leider erinnerte er sich auch daran, dass der Schütze damals den Göttern geopfert worden war. Nein, Sanna würde das schaffen. Ganz bestimmt.

Als sie an einem größeren Dorf vorbeikamen, erstanden sie auf dem Markt ein Kleid für Sanna, sodass Smertrios wieder seine Tunika zurückbekam. Er griff in den Beutel an seinem Gürtel, um eine Münze für den Händler herauszuholen, und fühlte mit den Fingern das kleine Druidenmesser. Die kurze Berührung reichte aus, dass er das Gesicht des Druiden Ardudunums vor sich sah, und er verspürte das Verlangen, den Mann zu besuchen. Nicht nur, um ihm das Messer zurückzugeben, es lag eine Gewissheit in diesem Wunsch, dass er bei Aonghas etwas finden würde, das wichtig war.

Kapitel 27

Bei Aonghas

Bald waren sie in den Bergen. Diesmal blieben die Reiter nahe bei den Karren. Alle erinnerten sich noch an den Überfall im Frühjahr. Für die Krieger war dieser Überfall eine Schlacht unter vielen gewesen, aus der man seine Lehren zog, doch Sanna drängte sich nahe an Smertrios, schweigend und bedrückt, als sie durch das verkohlte Waldstück ritten, wo das Feuer, das sie zum Verbrennen der Köpfe entzündet hatte, auf die Bäume übergegriffen hatte.

Obwohl die Krieger in den Tagen, die sie durch Schluchten und über Pässe ritten, scherzten und lachten, schien es Smertrios doch, dass alle aufatmeten, als sie Allosglastos erreichten. Hier hatte Smertrios erstmals einen Bogen gesehen, der dem Sulnatris glich. Wie lange schien das her, und noch immer war der neue Bogen für den Sonnenschuss nicht fertig. In weniger als einem Mond mussten sie daheim sein. Unruhe ergriff Smertrios, nun da sie wieder in Norikum waren.

Er hatte einen Entschluss gefasst.

»Wir werden euch hier verlassen.« Er sagte es ganz beiläufig zu Ferchar, während er einen Armvoll trockener Äste für ein Feuer ablegte.

Sanna sah erstaunt auf.

»Hier?« Ferchar lachte. »Nun komm, Smertrios, wie lagern direkt vor Allosglastos, heute wird noch in die Stadt gegangen – erinnerst du dich an den Wein, Sanna?«

Sie lächelte gequält.

Uilleam, der wie jeden Abend Ferchars Pferd versorgte, sah Smertrios fragend an. Seine Wangen waren immer noch eingefallen, er schien seit Gallia Cisalpina um einiges gealtert. »Wir? Wer ist wir? Und wohin?«

Smertrios ließ sich auf dem staubigen Boden nieder. Sie hatten seit Langem keinen Regen gehabt, was ihnen eine rasche Reise erlaubt hatte, doch die Landschaft vor der Stadt lag dadurch in eine leichte Staubwolke gehüllt. »Sanna und ich auf alle Fälle. Wir müssen in unser Dorf. Doch davor muss ich noch nach Ardudunum. Ich bin sicher, dass ich hier in Allosglastos jemanden finde, der mir den Weg weisen kann.«

Ferchar nahm Sanna das Feuereisen aus der Hand, das sie gedankenverloren hielt. Sie zuckte zusammen, hatte ganz vergessen, dass sie Feuer machen wollte.

»Was ist in Ardudunum?«, fragte Ferchar, während er mit einem geübten Schlag den Zunder zum Brennen brachte.

»Erinnerst du dich an Aonghas, den Druiden, der bei Voccio zu Gast war?«

Ferchar nickte.

»Nun, ich habe etwas, das ihm gehört. Und ich will ihn sehen, ich denke, es ist wichtig.«

»Klingt geheimnisvoll. Ich bin dabei.«

Smertrios starrte den Bärenkrieger an. Seine Mundwinkeln zuckten nach oben. »Du hast Angst, heimzukehren! Der große Held! Der Mann mit dem halben Bart und der Narbe fürchtet sich, nach Hause zu kommen!«

Ferchar hielt Smertrios drohend ein brennendes Aststück entgegen. »Keine Angst. Nur noch keine Lust. Du weißt, dass ich in meinem Dorf niemanden kenne, dort so fremd bin wie ein Fisch auf dem Berg. Und dass ich dann heiraten muss.«

»Sollten wir nicht möglichst rasch heim?«, mischte Sanna sich ein. »Weißt du denn, ob dieses Ardudunum nicht am anderen Ende der Welt liegt?«

Smertrios schüttelte den Kopf. »Erinnerst du dich nicht? Aonghas sagte, sein Dorf liegt zwei Tagesreisen von Voccios Festung entfernt, in Richtung unseres Stammes. Und es ist wichtig, Sanna.« Er sah sie eindringlich an. Sie nickte.

»Was ist mit dir, Uilleam? Hast du mir nicht erzählt, Sanna hat versprochen, dein Weib zu werden? Solltest du dann nicht bestimmen, wo sie hingeht?« Ferchar lächelte den Pferdeknecht an, doch Smertrios meinte, eine leichte Gehässigkeit herauszuhören.

Es war das erste Mal, dass er das Gefühl hatte, Ferchar wäre eifersüchtig. Es war aber auch das erste Mal, dass Ferchar diese Heirat erwähnte, und Smertrios war sich sicher, dass er erst seit Kurzem davon wusste.

Uilleam kratzte sich verlegen im Nacken. »Vielleicht. Aber wenn es wichtig ist … ich kann ja mitgehen. Ich weiß soundso nicht, wohin.«

Smertrios sah von Ferchar zu Uilleam. Würden sie tatsächlich beide mit ihnen kommen?

Ferchar lehnte sich auf seine Ellbogen zurück. »Gut. Dann ist das geklärt. Wir verlassen den Tross und gehen nach Ardudunum. Weshalb auch immer.«

Nach einigen Tagen, die sie zu viert der großen Handelsstraße entlang einer Bergkette gefolgt waren, sahen sie einen alleinstehenden Berg vor sich, auf dessen langgezogenem Gipfel Rauch aufstieg. Dort oben musste Ardudunum liegen, wenn die Wegbeschreibungen richtig gewesen waren.

Je mehr sie sich dem Gipfel näherten, umso langsamer wurden sie. Nicht, weil der Aufstieg so anstrengend gewesen wäre, aber die Aussicht war so überwältigend. Sanna hielt inne, ließ den Blick über die weitläufigen Hügel und Wälder schweifen, die sich zu ihren Füßen ausbreiteten.

»Meinst du, man kann unser Dorf von hier aus sehen? Oder das Ende der Welt?«

»Kann schon sein.«

»Ich glaub, wenn ich von hier einen Pfeil fliegen lasse, der landet direkt im Herzen der Götter.«

Smertrios lachte. »Dann tu es lieber nicht. Wir wollen froh sein, dass sie uns zurzeit hold sind, nicht sie erschießen.«

Das Dorf oben auf dem Gipfel war von einer hölzernen Palisade umgeben. Ziegen grasten unter der Aufsicht eines jungen Burschen außerhalb der Einfriedung. Smertrios musste an seinen kleinen Bruder Giamvailos denken. Vielleicht hatte Sanna recht gehabt und sie sollten besser schnellstmöglich zu ihrer Familie nach Hause.

Das Tor stand offen und sie traten ein.

»Wie friedlich es hier ist. Nicht einmal ein Wächter am Tor«, staunte Sanna, von ihrer langen Reise nun anderes gewohnt.

»Dabei müsste es doch herrlich sein, den ganzen Tag hier am Tor Wache zu halten – als säße man im Himmel und blicke auf die Welt hinab«, meinte Uilleam. »Ich denke, Menschen, die mit solch einer Aussicht leben, die können nur zufrieden und großherzig sein.«

»Besser als im Pferdestall?« Sanna stupste ihn in die Seite, er zuckte zusammen, wie immer, wenn man seinen Arm einer unerwarteten Bewegung aussetzte.

»Warum nicht? Sieh nur, gleich neben dem Tor ist ein Verschlag für die Pferde. Man hätte hier beides.« Er grinste.

Ferchar fragte eine junge Frau nach dem Haus des Druiden und man wies sie ans andere Ende des Dorfes, hinter den Tempel.

Unter dem breiten Vorsprung eines Strohdaches saß Aonghas, die Perlen in seinem langen Bart glitzerten in der Sonne. Zu seinen Füßen eine Schar Kinder, die aufmerksam seinen Worten lauschte. Er nickte den Ankömmlingen zu, als hätte er sie bereits erwartet, und deutete ihnen, unter den Zuhörern Platz zu nehmen.

Die vier setzten sich unter einen nahestehenden Baum. Aonghas berichtete gerade von den Taten vergangener Stammesführer. Smertrios ließ seinen Blick über die Kinder schweifen. Wer weiß, eines Tages säße sein Kind vielleicht auch so da, zu Füßen eines Druiden oder eines Druidenschülers, um über die Geschichte seines Stammes zu lernen. Wie wäre wohl sein Kind? Gewiss nicht wie jener Knabe mit dem eigenartigen Gesicht. Er wirkte riesig und doch sehr jung, vielleicht drei? Begeistert stapelte er Steine übereinander, während Aonghas sprach. In Smertrios' Dorf folgten so kleine Kinder noch nicht den Lehren der Druiden. Nein, sein Sohn wäre wohl eher groß und stark wie jener dunkelhaarige Junge, dessen Augen interessiert blitzten. Ja, so sollte er sein. Aus dem würde gewiss eines Tages ein großer Krieger werden. Der Junge daneben, kleiner und entspannter, gefiel ihm auch, aber der Größere, der wirkte nach einem Anführer, einem Helden …

Sanna stieß Smertrios in die Seite. »Woran denkst du? Du lächelst so verzückt.«

»Ich sehe gerade mein Kind vor mir«, flüsterte er zurück.

Sanna betrachtete die Kinderschar, ihr Blick blieb an einem hageren Mädchen hängen, das an ihren langen Zöpfen kaute. Sie lächelte. »Ja, ich kann es sehen.« Smertrios folgte ihrem Blick und stieß ein verächtliches Schnauben aus.

Aonghas erhob sich, die Kinder sprangen auf. Auf ein Zeichen des Druiden hin verbeugten sie sich vor den Fremden, ehe sie davonliefen.

»So, nun habe ich Zeit für euch. Ich freue mich, euch beide wohlbehalten wiederzusehen. Und ihr habt Verstärkung bekommen!«

Er verbeugte sich leicht vor jedem von ihnen. Wie schon in Bragnreica wurde Smertrios das Gefühl nicht los, dass der Druide in sein tiefstes Innerstes blickte. Er schämte sich dafür, dass er mit einer dreckigen, abgerissenen Tunika dastand, die Braccae voller Flecken. Sauberkeit zählte zu den Tugenden seines Stammes, ebenso ein gepflegter Bart. Für einen Moment bereute er, hierher gekommen zu sein, und doch fühlte er, dass es wichtig war.

Aonghas bat sie in sein Haus, in dem eine braunhaarige Frau am Feuer stand und Suppe bereitete.

»Das ist Malwine, mein Weib.« Er zwinkerte Malwine dabei zu und betonte den Satz auf eine Weise, dass es nahe lag, dass sie noch nicht lange vermählt waren. Dabei war Aonghas kein junger Mann mehr, gewiss bald vierzig.

»Willkommen!«, sagte Malwine mit einem warmen Lächeln und Smertrios fühlte sich in dieser Hütte, deren Decke voller Kräuter hing, sofort wohl. Hier beurteilte ihn niemand nach seiner Kleidung oder dem, was geschehen war.

Sie nahmen auf Fellen an einem niedrigen Tisch Platz, alle vier ein wenig befangen aber äußerst dankbar für den Becher Bier und die Schale Suppe, die Malwine jedem von ihnen hinstellte.

»Ihr seid also endlich auf dem Weg nach Hause, hat euer Umweg euch zum Ziel geführt?«

Da war es wieder, dieses Gefühl, dass dieser Druide alles wusste, man ihm nichts verheimlichen konnte.

»Ich hoffe.«

»Und was bringt euch nun hierher? Es ist wirklich schön, euch zu sehen.«

Smertrios zog das kleine Messer aus seinem Beutel, legte es vor Aonghas auf den Tisch. Der Druide schmunzelte. In diesem Augenblick wurde Smertrios bewusst, dass Aonghas es damals absichtlich verloren hatte.

»Vielen Dank. Ich nehme aber nicht an, dass du nur deswegen den Weg hierher auf dich genommen hast?« Aonghas ließ das Messer unberührt auf dem Tisch liegen, als interessiere es ihn gar nicht.

Uilleam starrte gedankenverloren darauf und Smertrios fragte sich, was der Pferdeknecht wohl dachte.

»Ich kann gar nicht sagen, weshalb wir hier sind. Es fühlte sich richtig an, wichtig.«

Smertrios bemühte sich, beiläufig zu klingen, aber er wusste, dass er Aonghas nicht täuschen konnte. Malwine schenkte ihm noch Bier nach, es duftete nach Kräutern, herb und süß zugleich.

Aonghas lächelte. »Nun, dann solltest du vielleicht einfach erzählen. Ich denke, du befindest dich hier in einer Gesellschaft, vor der es keiner Geheimnisse bedarf.«

Smertrios sah zu Sanna. Sie nickte zögerlich, ein wenig blass. Niemand dürfe erfahren, dass der Sulnatris zerstört war, hatte Barnario gesagt. Aber Aonghas hatte recht. Ferchar und Uilleam hatten mehr als bewiesen, dass sie nichts täten, was Sanna Schaden zufügen würde. Und ohne zu wissen warum, vertraute Smertrios dem fremden Druiden und seiner Frau vorbehaltlos.

Fast entschuldigend nickte Smertrios zu Ferchar und Uilleam, die ihn aufmerksam ansahen, während sie ihre Suppe löffelten.

»Mein Dorf – Sannas Dorf – wurde im Frühjahr überfallen. Nichts Ungewöhnliches, wie es halt so ist nach einem langen Winter. Ein Missverständnis führte dazu, dass ich beinahe verbannt wurde – du hast ein wenig davon mitbekommen, bei Voccio ...« Ferchar nickte, zwinkerte lächelnd Sanna zu. »Schwerwiegender für das Dorf jedoch war, dass ein Heiligtum zerstört wurde, dies hier.«

Smertrios erhob sich, um den verkohlten Sulnatris aus dem Beutel zu holen, den er mit dem eingewickelten neuen Bogen bei der Wand abgelegt hatte. Egal, wie aufgewühlt er damals bei der Flucht gewesen war, an den Rest des Sulnatris hatte er beim raschen Zusammenpacken gedacht. Neugierig betrachteten die anderen das schwarze Stück Holz, das nun auf dem Tisch lag.

Smertrios wartete einen Moment, holte Luft. »Das ist der Sulnatris, der Sonnenschlangenbogen. Alle drei mal drei Jahre wird mit ihm in unserem Dorf ein wichtiges Ritual für das Wohlergehen des Dorfes durchgeführt.« Es fiel ihm schwer, weiterzureden.

Uilleam sah ihn fragend an, ebenso Ferchar.

Sanna meinte leise: »Es gilt, die Sonne vom Himmel zu holen. Sie dann zu nähren und gestärkt den Göttern wiederzugeben. Eine Kupferscheibe hoch zwischen zwei Bäumen, so groß.« Sie schloss ihre Finger zu einem Kreis.

Schweigen breitete sich aus. Ferchar starrte in seine Suppenschüssel, kaute auf seiner Lippe.

Aonghas brach die Stille, freundlich meinte er: »Ich nehme an, du wurdest beauftragt, einen neuen Bogen zu bauen?«

Erleichtert nahm Smertrios den Faden wieder auf. »Ja. Ja, und ich habe es beinahe geschafft.« Er deutete auf den eingewickelten Bogen neben seinem Beutel. »Er sollte rechtzeitig zur Tagundnachtgleiche trocken und fertig sein.«

Ferchar hob den Kopf. »Wer wird schießen?«

»Sanna.«

Ferchar lächelte, und Smertrios nahm es ihm nicht übel.

»Dann ist doch alles gut?« Uilleam schob die leere Suppenschale von sich.

Sanna und Smertrios warfen einander einen Blick zu.

»Wenn es so einfach wäre, wäret ihr wohl nicht hier, oder?«, fragte Malwine.

Smertrios nickte seufzend. »Der neue Bogen muss dem alten genau gleichen. Ich hoffe, dass ich bis jetzt alles richtig gemacht habe, doch … ich habe keine Ahnung, wie ich dieses Schwarz hinbekommen soll. In meinem Dorf ist schwarz eine heilige Farbe, nur im Tempel darf sie benützt werden. Ich habe noch nie Rohhaut so schwarz gesehen, nirgends. Aber auf dem Griff deines Messers, Aonghas, da fiel mir dieses zarte Lederband auf, das das Heft abgrenzt.«

Alle blickten auf das kleine Messer, das neben dem verkohlten Rest des Sulnatris auf dem Tisch lag. Das dünne Lederband, eine Linie nicht breiter als der Halm eines Gänseblümchens, war tiefschwarz.

Der Druide schmunzelte.

»Dann bist du ja an den richtigen Ort gekommen. Unser Gerber kann dir gerne zeigen, wie das geht.«

Smertrios lächelte erleichtert. Sanna strahlte ihn an.

»Danke.«

Sie wollten sich schon erheben, da sagte Ferchar, der immer noch den verkohlten Sulnatris anstarrte, ernst: »Was geschieht, wenn Sanna nicht trifft?«

Niemand antwortete.

Ferchar nickte, erhob sich und sah von Sanna zu Smertrios.

»Nur sie?«

Smertrios schüttelte den Kopf.

Sanna sprang auf und hängte sich lächelnd an Ferchars Arm. »Aber wenn ich treffe, werden wir mit Ruhm und Reichtum überschüttet. Und ich werde treffen. Das weißt du.«

»Ja, das weiß ich«, antwortete Ferchar und ging eilig aus dem Druidenhaus. Er wirkte verzweifelt.

Smertrios war fast enttäuscht, als er das Geheimnis der Farbe entdeckte. Es war so einfach … Der Gerber hatte in seiner stinkenden Werkstätte einen Bottich, in dem tiefschwarzes Wasser war. Er musste nur davon nehmen, um eine Rohhaut zu färben. Auf Smertrios' Frage hin verriet ihm der Gerber, dass es sich um Essig handelte, in dem rostiges Eisen ausgezogen worden war. Smertrios hielt die Nase über den Bottich, ja, nun roch er es. Die Gerüche von Urin und herber Eichenrinde, von frisch gegerbtem Leder und zerstoßenem Schafshirn, die aus den anderen Bottichen aufstiegen, überlagerten den Essigduft. Und er hatte gedacht, dieses Schwarz sei nur mit aufwendigen, heiligen Prozessen herstellbar, weil es doch eine den Göttern vorbehaltene Farbe war. Nun, auch der Sulnatris, den die Götter gebracht hatten, war nichts weiter als ein Gebilde von Menschenhand. Smertrios merkte, dass er zwar nach wie vor die Götter fürchtete und ehrte, aber immer weniger das, was der Druide Darrach verkündete.

Sanna, die neben Smertrios stand, lächelte. »Nach dem Sonnenschuss werde ich mir einen schwarzen Köcher machen. Wir werden etwas Besonderes sein im Dorf!«

»Du darfst kein Schwarz tragen, Darrach wird es nicht gestatten.«

Sie verzog den Mund. Ja, es würde ihnen beiden nicht leicht fallen, sich nach diesem Sommer wieder den Regeln des Dorfes zu unterwerfen.

Morgen würde die frisch gefärbte Rohhaut so weit getrocknet sein, dass er den Bogen damit bespannen konnte. Dann stand ihrer Heimkunft nichts mehr im Wege. Er hatte sich schon gesehen, im Morgengrauen des Ritualtages atemlos ins Dorf hetzend, und nun würden sie sogar noch einige Tage in Ruhe haben, ehe Sanna den alles entscheidenden Schuss tätigen musste.

Aonghas lud Smertrios ein, mit ihm in den Nemeton zu gehen. Er sollte beide Bögen mitnehmen. Fragend sah Smertrios zu Sanna, doch der Druide schüttelte den Kopf und schlug Sanna und Uilleam vor, mit Malwine das Dorf zu erkunden. Ferchar war nirgends zu sehen, wäre Smertrios nicht so in Gedanken mit dem Sulnatris beschäftigt, er würde sich Sorgen machen.

Der Tempel war schlicht, ein von einer bunten Holzpalisade umgebener Platz, auf dem ein großer, glatter Fels als Opfertisch stand und eine kleine Quelle in ein schlichtes Holzbecken sprudelte.

Smertrios spürte Scheu, diesen Ort zu betreten und hier irgendwelche Rituale zu vollziehen, doch Aonghas ließ ihm auf seine freundliche Art keine Wahl.

»Auch wenn dein Bogen noch nicht fertig ist, so wollen wir ihn doch den Göttern weihen und sehen, ob wir nicht die Kraft des alten Bogens auf ihn übertragen können.«

Smertrios musste wohl zweifelnd dreinsehen, denn der Druide legte ihm die Hand auf die Schulter. »Euer Druide kann ihn gerne auch weihen. Einmal mehr kann nicht schaden. Noreia ist nicht eifersüchtig, sie gibt ihre Kraft auch Dingen, die ein anderer dem Bel widmet.«

Aonghas hieß ihn, sich den Gepflogenheiten Ardudunums gemäß zu entkleiden und sich im heiligen Wasser der Quelle zu säubern. Man trat den Göttern entgegen, wie man geschaffen war, ohne Zeichen von Rang und Namen.

Als sie beide nackt vor dem Altarstein standen, sprach Aonghas von einem Opfer, das nötig war, um dem neuen Bogen die Kraft der Götter zu geben.

»Ich habe noch ein paar Münzen aus Gallien, sie sind wertvoll, auch wenn ich ihren genauen Wert nicht weiß.« Smertrios wollte zu seinem Gürtel eilen, der neben seinem restlichen Gewand bei der Tempeleinfriedung lag, doch der Druide hielt ihn zurück.

»Noreia ist nicht Bel. Er liebt das Glänzende, das Sonnenstrahlende. Sie nimmt alles, das in Liebe gegeben wird. Sie will das, woran unser Herz am meisten hängt. Abgesehen von den Menschen, die wir lieben.«

Smertrios schluckte. Das, woran sein Herz im Moment am meisten hing, war der gekrümmte Bogen, den er – nein, den der Alte – gebaut hatte, denn an diesem Bogen hingen Sannas und sein Leben. Unmöglich konnte er ihn opfern.

Aonghas schüttelte den Kopf. »Natürlich können wir nicht just das opfern, für das wir dieses Opfer darbringen. Ich dachte an den alten Sulnatris.«

Entsetzt starrte Smertrios auf das verkohlte Stück Holz, das da auf dem Altar lag. Es schien ihm verrückt, den Göttern etwas zu schenken, das bereits kaputt war. Gleichzeitig spürte er, dass es ihm unendlich schwerfallen würde, sich von diesem Stück Holz zu trennen. Es war trotz allem ein Heiligtum seines Stammes. Es sollte in sein Dorf zurückkehren. Und er fürchtete, ohne diese Erinnerung an den alten Sulnatris könnte er den neuen nicht fertigstellen. Er hatte den verkohlten Bogenrest so oft in Händen gehalten, es war ihm, als solle er einen Teil seiner selbst opfern.

Aonghas sah ihn abwartend an. Kurz flammte Misstrauen in Smertrios auf. Hatte er sich in dem Druiden getäuscht? Wenn er zuließ, dass Aonghas den verkohlten Sulnatris vollständig zerstörte, brachte er damit sein Dorf in Gefahr? Wenn der letzte Rest dieses Heiligtums vernichtet war, ehe der neue Sulnatris von Darrach geweiht worden war? Smertrios spürte, wie er zu schwitzen begann. Er dachte an Mutter und Vater, an Uinje und Giamvailos, die daheim darauf vertrauten, dass er rechtzeitig heimkäme, um das Dorf zu schützen. Um zu verhindern, dass Darrach eines seiner Geschwister den Göttern opferte, um die endlose Schmach zu verhindern, die das Fernbleiben des Feiglings für ewig für die Familie bedeuten würde. Auch für sein Kind bedeuten würde, das unter diesen Umständen wohl nicht am Leben bliebe.

Smertrios blickte dem Druiden in die Augen. Wie damals bei Ferchar sah er kein Arg in dem hochgewachsenen Mann. Dies war ein Mann der Liebe, nicht des Hasses oder der Gier. Er musste es wagen.

Smertrios reichte den verkohlten Bogen Aonghas. Der betrachtete ihn genau, dann bereitete er unter Anrufungen und Gesängen ein Feuer auf dem Altarstein. Smertrios' Herz zog sich schmerzhaft zusammen, als der Druide den Bogenrest den Flammen übergab. Es stank erbärmlich nach verbranntem Horn. Aonghas fügte Kräuter hinzu, und langsam veränderte sich der Geruch zu einem würzigen Duft. Singend hielt Aonghas den eingewickelten Sulnatris in den Rauch, bewegte ihn darin in alle vier Himmelsrichtungen, damit die Kraft des alten auf den neuen überging. Als das Feuer niedergebrannt war, fegte der Druide die Asche mit einem Birkenzweig in eine tönerne Schüssel und hieß Smertrios, sie mit all seinen Bitten an Noreia in das hölzerne Becken zu leeren. Der weiße Feuerstaub wirbelte auf dem Wasser herum, das von der Quelle mit einem leisen Gurgeln in das Becken plätscherte, und schwappte dann tanzend das Rinnsal aus dem Becken entlang, das in einem kleinen Bächlein den Tempel verließ.

Aonghas nickte zufrieden. »Du wirst sehen. Habe nur noch etwas Geduld.«

Smertrios schnaubte leise. Geduld. Geduld, wenn in Kürze die Tagundnachtgleiche war.

Als sie den Tempel verließen, fragte er: »Was ratest du mir also, zu tun?«

Der Druide schüttelte leicht den Kopf. »Ich rate nicht. Ich lese in dir und die Götter machen den Rest. Habe nur Geduld und vertraue. Du wirst wissen, was nötig ist.«

Unzufrieden lag Smertrios in jener Nacht in der Gästehütte der Druiden. Eine glosende Kohlepfanne sorgte für stickige Luft und Kopfschmerzen, doch hier auf dem Berg war es selbst im Spätsommer nachts schon kühl. Sanna hatte sich auf dem großen Strohlager an Uilleam angeschmiegt, doch als Smertrios sich aufsetzte, merkte er, dass der Pferdeknecht wach war und an die Decke starrte. Ferchar hingegen hatte es vorgezogen, die Nacht im Freien zu verbringen.

Smertrios trat vor die Hütte, sog die kühle Luft ein. Er konnte den Bärenkrieger unter dem Baum, der neben dem Haus stand, leise schnarchen hören.

Er hatte gehofft, der Druide könnte ihm etwas Seelenruhe geben. Die Gewissheit, dass alles gut werden würde. Aber wieso hatte er das geglaubt? Hatte ihn Darrach nicht gelehrt, dass auch die Druiden nicht immer den Menschen wohlgesonnen waren? Und dass sie selbst bei allem göttlichen Wissen nur Menschen waren?

Uilleam trat zu ihm ins Freie. Der junge Mann starrte genau wie er in den Sternenhimmel, der hier noch prächtiger zu sein schien als im Süden. Unendlich viele helle Lichter ...

»Meinst du, deine Schwester ist mir böse, wenn ich sie nicht zum Weib nehme?«

Verwundert blickte Smertrios den Pferdeknecht an.

Verlegen fuhr Uilleam fort. »Ich mag sie sehr. Wirklich. Aber als mein Weib ... nach allem, was ich inzwischen von ihr weiß ... Ich sehe jedesmal Livia vor mir, die sie begehrlich anblickt. Und diesen Septimus und was Sanna mit ihm getan hat. Ich glaube nicht, dass ich sie jemals anrühren könnte, nach all dem.« Er zuckte die Schultern.

Smertrios nickte. »Soll ich ehrlich sein? Ich habe Sanna nie als Eheweib gesehen. Und ich fürchte auch, dass sie sich nur als dein Weib versprochen hat, um dich für uns zu gewinnen. Livia hat sie gelehrt, berechnend zu sein.«

Uilleam lachte. »Das hatte ich fast schon gehofft!«

»Als ihr Bruder entbinde ich dich von dem Eheversprechen.«

Uilleam nickte, ein tiefer Seufzer entkam seinen Lippen. Das hatte ihn also in letzter Zeit so schweigsam gemacht.

Die beiden Männer starrten erneut schweigend in den Nachthimmel.

»Sie versäumt was«, meinte Uilleam dann und deutete zu den Sternen hinauf.

»Ja. Aber wer weiß – sie hat die Angst vor den Pferden verloren. Eines Tages ...«

»Mhm.«

Stille. Sie hatten die letzten Wochen gemeinsam ums Überleben gekämpft, immer in Sorge, immer auf der Flucht. Nun schien es wie ein Moment des Innehaltens, fast schon wie ein zur Ruhe kommen, obwohl Smertrios wusste, dass er noch einen weiten Weg vor sich hatte, ehe sein Leben wieder in ruhigen Bahnen verlief. Falls je.

»Was willst du nun tun? Zu deinem Stamm heimkehren?«

Uilleam schüttelte den Kopf. »Ich war zwar nur ein paar Jahre weg, aber ich glaube nicht, dass ich dorthin zurückwill. Am liebsten bliebe ich hier. Es ist so schön hier und so friedlich.«

Smertrios legte dem Pferdeknecht die Hand auf die Schulter. »Ich denke, sie können froh sein, wenn du bei ihnen bleibst.«

Uilleam lächelte über das ganze Gesicht.

Als Smertrios in das Gästehaus zurückkehrte, meinte er unter dem Baum ein zufriedenes Grunzen zu hören.

Der Holzwerker Ardudunums hatte Smertrios seine Werkstatt zur Verfügung gestellt, damit er in Ruhe die letzten Arbeiten an dem neuen Sulnatris durchführen konnte. Nun, da der Bogen sich seinem endgültigen Aussehen näherte, spürte Smertrios sämtliche Härchen auf seinen Armen sich aufrichten, es kribbelte in ihm, als würde der Blitz gleich in seiner Nähe einschlagen.

Seine Finger liebten jetzt schon die unterschiedliche Textur der Materialien. Die kühle Glätte des Horns, die Wärme der Rohhaut. Er mochte es, wie dieser Bogen nicht nur Teil des Pflanzenreiches war, sondern wie er, der dazu diente, Tiere zu töten oder Menschenleben zu nehmen, bereits in sich das Tierische trug. Als würden Sehnen und Horn wie von selbst den Weg zum Tier anstreben. Auch wenn dieser spezielle Bogen der Sonne versprochen war.

Ein Junge in Giamvailos' Alter saß die ganze Zeit bei Smertrios und beobachtete neugierig jeden Handgriff. Smertrios hatte ihn bereits bei seiner Ankunft hier in Ardudunum unter Aonghas Zuhörern gesehen, auch da hatte er so ruhig und entspannt gelauscht.

»Du wirst bestimmt ein guter Holzwerker wie dein Vater, da du so aufmerksam bist«, meinte Smertrios und wünschte, dass sein kleiner Bruder auch so wäre. Nun, vielleicht wäre sein Kind es eines Tages …

»Er ist nicht mein Vater. Mein Vater ist tot«, antwortete der Bub. »Und ich werde mit Centigern zu Voccio gehen, sagen sie. Sie sagen, du wärst schon dort gewesen?«

»Ja.«

Der Bub sah ihn fragend an.

»Es ist – beeindruckend. Riesengroß.«

Ein Nicken, viel zu ernst für so einen Knaben. »Centigern wird es gefallen.«

»Ist er dein Bruder?«

Ehe der Bub antworten konnte, öffnete sich die Türe. Jener dunkelhaarige Junge, der Smertrios unter Aonghas' Zuhörern so gefallen hatte, trat ein, hinter ihm Ferchar.

»Bitte, hier ist er.«

»Danke«, sagte Ferchar.

»Komm, Gair«, meinte der dunkelhaarige Junge, »Wir wollen zum Bach, Krebse fangen.«

Gair erhob sich vom Boden, lächelte Smertrios an. »Das ist Centigern. Wir sind miteinander verbunden, wie Eichel und Blatt mit dem Baum.«

Die Kinder eilten hinaus, Smertrios sah ihnen nach und kam nicht umhin zu denken, dass sowohl Eichel als auch Blatt eines Tages vom Baum fielen, das eine früher als das andere.

Ferchar räusperte sich. »Ziehbrüder, hm. Das ist schon was Besonderes ...«

Er lehnte sich an einen schmalen Arbeitstisch, die Arme verschränkt. Etwas beschäftigte ihn, Smertrios konnte es spüren wie die Anwesenheit eines Rehs im Wald.

»So wie du und dein Ziehbruder?«

Ferchar sah ihn lange an. »Du erinnerst dich, dass ich gesagt habe, du gleichst ihm?«

»Ja.« Smertrios hängte das Sehnenöhr, das er gerade gemacht hatte, an einen Nagel in der Wand, um die Sehne als Ganzes einzudrehen. Die letzten Handgriffe.

»Ich habe lange nachgedacht, Smertrios. Ob ich es dir wirklich sagen soll.«

»Was?« Smertrios sah auf, in Gedanken bei seinem Bogen.

Ferchar seufzte. »Diese beiden Jungen – sie sind Milchbrüder, hat der dunkelhaarige mir erzählt. Noch enger, als ich es bei den Schlangenleuten ... Trotzdem, man verrät nicht leichtfertig etwas, das einem jemand, dem man nahe steht, unter dem Siegel der Verschwiegenheit anvertraut hat, oder?« Er lächelte gequält.

Smertrios legte die Sehne weg, setzte sich auf einen Hocker. Der Duft von Holz stieg auf, als er mit dem Fuß etwas Sägespäne beiseiteschob. Er war sich nicht sicher, ob er hören wollte, was der Bärenkrieger zu sagen hatte. Er stützte die Ellbogen auf die Knie, die Hände verschränkt. Wartete, den Blick auf Ferchar gerichtet.

Ferchar stieß sich von dem Arbeitstisch ab, schlenderte unruhig in der kleinen Werkstatt auf und ab. Seine Finger fuhren gedankenverloren über Holzstücke und Werkzeuge, spielten mit den Pfeilen, die Smertrios für Sanna gefertigt hatte, befiedert mit Habichtfedern, die Aonghas ihm geweiht und geschenkt hatte.

»Mein Ziehbruder … er war … er ist der Sohn des Stammesführers der Schlangenleute. Der zweite Sohn. Weshalb man ihn dem Druiden übergeben hat. Als Schüler. Wir waren – enger als Brüder, denke ich, denn wir haben unsere Freundschaft freiwillig geschlossen. Wer sein echter Bruder ist, kann man sich ja nicht aussuchen. So wie wir.« Er grinste schief.

Smertrios wartete.

»Also, eigentlich sind es zwei Dinge, die ich dir sagen muss.« Ferchar war nun stehen geblieben, wandte sich Smertrios zu, offenbar entschlossen, es nicht weiter hinauszuzögern.

Smertrios nickte ihm zu.

»Bei den Schlangenleuten gibt es ein ähnliches Ritual wie bei euch. Nur nicht mit Pfeil und Bogen, sie sind großteils Hirtenleute, sie benützen eine Schleuder – und die wird jedesmal neu hergestellt, aus dem Nackenleder eines geopferten weißen Stiers, mit einem Stein, der kunstvoll geritzt wird – egal, auch dort gilt es, zu bestimmten heiligen Zeiten die Sonne vom Himmel zu schießen.«

Ferchar machte eine Pause, sah kurz zu der kleinen Lichtöffnung hin, durch die Kinderlärm drang. »Und das, was ich dir nun sage – ich hatte geschworen, es nie zu verraten, bei allen Göttern und allem, was mir heilig ist – aber es geht um Sanna. Und um dich. Ginge es um meinen Ziehbruder, von dem ich das weiß – ich würde es ebenfalls verraten. Selbst wenn ich damit die Götter gegen mich erzürne.«

»Was ist es, Ferchar?« Wenn er es endlich sagen würde!

Ferchar holte Luft. »Sie kommen nicht zurück. Auch wenn sie die Sonne treffen. Sie werden als Wächter mit der Sonne in eine Höhle gebracht, aber sie kommen nicht zurück. Weil sie geopfert werden, sie sind die Nahrung, die der Sonne geschenkt wird. Frag nach in deinem Dorf, ob je einer zurückkam, der die Sonne vom Himmel schoss. Und es geht doch um Sanna, und das ist das Zweite, das ich dir sagen muss. Ich würde es nicht ertragen, wenn ihr etwas geschähe. Sie ist verrückt, sie ist unglaublich – bei Bel, ich wünschte, ich könnte sie zur Frau nehmen, ich wünschte, ich wäre nicht versprochen und gebunden. Ich habe die ganze Zeit auf dem Kriegszug nur an sie gedacht.«

Ferchar schwieg, sah Smertrios fragend an. Der nickte. Er wusste nicht, was zu sagen.

Es war alles umsonst. Selbst wenn Sanna traf … man würde zumindest sie opfern. Das konnte doch nicht sein. Ruhm hatte Darrach versprochen. Das hätte man doch gewusst, im Dorf. Wenn alle neun Jahre – nein, es wurde ja nicht alle neun Jahre getroffen, Vater hatte gesagt, der letzte erfolgreiche Sonnenschuss wäre nun drei mal neun Jahre her. Ein halbes Menschenleben. Es schien, die Götter in seinem Dorf wollten auf jeden Fall ein Menschenopfer. Wozu dann das Ritual? Nur für das Vergnügen der Dorfbewohner?

Ferchar räusperte sich. »Du musst Vorkehrungen treffen, Smertrios. Gar nicht erst heimkehren, am besten. Ihr könnt mit mir kommen, zu den Bären. Wir werden euch aufnehmen.«

Smertrios erhob sich, schüttelte den Kopf. »Nein. Es geht nicht nur um Sanna und mich. Das Dorf ist mir egal. Aber meine Familie nicht. Meine Geschwister, meine Eltern. Und mein Kind. Wir müssen zurück.«

Er nahm den fertigen Sulnatris, hängte die Sehne ein. »Sag Sanna kein Wort davon. Vielleicht irrst du dich ja. Vielleicht ist es in unserem Stamm anders.«

Er ging zur Türe, drehte sich noch einmal um, ehe er sie öffnete, lächelte: »Übrigens, sie liebt dich auch, wie Sanna eben lieben kann.«

313

Er fand sie in der Nähe der Palisade, wo in den abgeernteten Gerstenfeldern auf den steilen Hängen ein paar junge Burschen ihr zusahen, wie sie Pfeile fliegen ließ. Sie lief ihm entgegen, als er den fertigen Sulnatris hoch über seinem Kopf schwenkte. Das Herz war ihm schwer, bei all ihrer Freude. Ein paar Schüsse lang sah er ihr zu, dann ließ er sie alleine. Sie würde den Rest des Tages beschäftigt sein und glücklich, und er würde sich etwas einfallen lassen müssen, sie zu retten. Eigentlich sollte er bereit sein, sie für das Wohl des Dorfes den Göttern zu opfern. Doch er war es nicht. Nicht für das Dorf. Sie hatten ihn verbannt, hatten ihn verlacht und gehänselt. Es war nicht sein Dorf. Aonghas hatte recht gehabt: Er wusste, was nötig war. Er musste es nur mit Ferchar besprechen.

Kapitel 28

Alauda

Er hatte es eilig, drängte Sanna und Ferchar voran, wenn sie erneut eine Rast einlegen wollten. Seit sie Ardudunum zeitig am Morgen verlassen hatten, wollte er nur schon ankommen. Es gab noch viel zu tun. Und nun, wo sie dem Dorf immer näher kamen, da schlich sich immer mehr die bange Erwartung in sein Herz, was mit Kalandina war – hatte sie sein Kind bereits geboren? Lebten beide?

Ferchar war schweigsam, den ganzen Tag bereits. Immer wieder sah er Sanna von der Seite her an. Sanna merkte es nicht, sie war zu sehr beschäftigt, jede Gelegenheit zu nutzen, den neuen Bogen zu schießen. Ihre Pfeile waren wie junge Hunde, die ihr vorausliefen und dann von ihr wieder eingesammelt wurden, wenn sie daran vorbeikamen. Sie verriet nie, worauf sie zielte, doch an dem kurzen Zucken ihrer Mundwinkel erkannte Smertrios, dass sie nicht so gut traf, wie sie wollte.

Dass Uilleam nicht mit ihnen mitgekommen war, hatte sie kaum mitbekommen. Eine kurze, verlegene Verabschiedung, dann waren ihre Gedanken bereits wieder bei dem neuen Bogen. Wen wunderte es.

Lange hatte Smertrios noch mit Ferchar diskutiert, ob man Sanna sagen sollte, dass der Schuss alleine noch keine Garantie für ihr Überleben war. Ferchar war dafür gewesen, sie einzuweihen. Doch Smertrios erinnerte sich an die beiden missglückten Sonnenschüsse, die er miterlebt hatte. Kaum war der Pfeil des Schützen weit an der Scheibe vorbeigezogen, hatte der Druide dem Opfer bereits die Kehle durchtrennt. Vater hatte etwas davon erwähnt, dass ehe der Pfeil erneut auf den Boden traf, die Götter besänftigt werden mussten. Aber auch das würden sie Sanna nicht sagen. Smertrios ahnte zwar, dass seine kleine Schwester im Falle ihres Versagens sehr wohl bereit wäre, sich den Göttern zu opfern – sie stellte das Wohlergehen des Dorfes gewiss über ihr eigenes, auch wenn die meisten Rabenleute sie gering achteten – aber er war es nicht. Er würde sein Leben geben, wenn er damit Sanna retten konnte. Aber er konnte sie nur retten, wenn sie traf. Wenn sie beide lange genug nach dem Schuss am Leben blieben.

Die Sonne ging bereits unter, als sie zu der Abzweigung kamen, die zu dem Hof seines Schwestermannes führte. Sanna sah ihn erstaunt an, als er auf den Pfad einbog.

»Wir gehen zu Alauda für diese Nacht.«

»Ist es noch weit?«

»Der Weg ist ausgefahren, wir werden ihn auch im Dunkeln finden.«

Die tiefen Rillen von metallumrahmten Karrenrädern wären auch in stockfinsterer Nacht nicht zu verpassen, doch Ferchar schnitt einen harzigen Ast von einer Fichte ab und wickelte trockenes Gras darum, sodass sie eine Fackel hatten.

»Ich war noch nie bei Alauda«, plauderte Sanna mit Ferchar. »Sie ist meine ältere Schwester. Auch älter als Smertrios. Sie hat einen reichen Bauern geheiratet. Rufius. Er ist sehr – nett.« Sie kicherte, in Erinnerung an das Gespräch über Smertrios' Frau.

Ferchar nickte nur, bedrückt wie schon den ganzen Tag.

»Was ist?« Sanna stieß ihn freundlich in die Seite. »Hast du Heimweh? Oder bist du nervös, unsere Familie kennenzulernen? Keine Sorge, sie sind nicht alle so wie Smertrios und ich!«

Als Ferchar noch immer nicht reagierte, sah sie mit hochgezogenen Augenbrauen zu ihrem Bruder. »Weißt du, was mit ihm los ist?«

»Vielleicht hat er sich in Ardudunum in jemanden verliebt. Oder er vermisst Uilleam. Lass ihn einfach, er wird schon wieder werden.«

Ferchar grinste gequält. »Es ist nichts. Ich bin nur müde.«

Sie schmiegte sich von der Seite an ihn und Smertrios merkte, wie sehr Ferchar sich beherrschen musste, sie nicht an sich zu drücken.

»Bei Alauda gibt es gewiss etwas Gutes zu essen und ein weiches Bett. Ihr Mann ist Sohn eines reichen Bauern. Sie haben einen großen Hof, sagt Alauda, so groß wie ein kleines Dorf, mit Mägden und Knechten.«

Und Hunden. Die offenbar entdeckt hatten, dass sich jemand dem Hof näherte, denn ein ohrenbetäubendes Gebell drang durch die Nacht. Sanna drängte sich noch mehr an Ferchar, der warf Smertrios einen Blick zu. Dies war eine Gefahr, mit der der Bärenkrieger umgehen konnte. Er zückte sein Schwert, während Smertrios einen Pfeil in Sannas alten Bogen einlegte, den er nun trug, da der Sulnatris fertig war.

Doch die Hunde kamen nicht näher. Nach einem kurzen Stück des Weges gelangten sie an eine Dornenhecke, deren Astwerk so dicht ineinander verwebt war, dass kaum ein Wiesel sie durchqueren könnte. Nur wo der Weg auf die Hecke zuführte, befand sich eine Schneise, die mit einem massiven Holztor verschlossen war. Ja, auch alleine im Wald stand dieser Hof nicht wehrlos, sondern mindestens so gut geschützt vor wilden Tieren und Angreifern wie ihr Dorf daheim.

Das Gebell verstummte, das Tor öffnete sich einen Spalt. Ein stämmiger Mann trat heraus, zwei wolfsgroße Hunde neben sich, eine Fackel in der Hand. Er betrachtete die Ankömmlinge misstrauisch.

»Die Götter segnen dich, braver Mann«, ergriff Ferchar das Wort. Der Wächter des Hofs sah auf das Schwert in Ferchars Hand, der schob es rasch in seinen Gürtel. »Wir wussten nicht, ob die Hunde auf uns zustürmen ...« Ferchar bemühte sich um sein gewinnendes Lächeln, das ihm in Ardudunum abhandengekommen war.

»Mögen die Götter mit dir sein«, sagte nun auch Smertrios. »Wir sind Bruder und Schwester von Alauda, Smertrios und Sanna aus dem Dorf der Raben.«

Die Fackel kam gefährlich nahe an sein Gesicht, dann lächelte der stämmige Mann. »Ich erinnere mich, du warst bei ihrer Hochzeit hier. Habt euch wohl verlaufen, dass ihr so spät im Dunkeln kommt.«

Er grinste, hieß sie eintreten.

Seine beiden vierbeinigen Begleiter knurrten leise, ließen sie aber vorbei. Hinter dem Tor warteten noch weitere Hunde, mindestens zehn in allen Größen. Wahrlich, unbemerkt auf diesen Hof zu kommen, war ein Ding der Unmöglichkeit.

»Wir wollten gerade zu Bett gehen. Doch die Hunde haben wohl alle wach gehalten.«

Sie wurden an den Ställen vorbei zum Haupthaus geführt. Im Hof drängten sich einige Leute neugierig bei den Türen, der stämmige Wächter scheuchte sie mit einer Handbewegung wieder hinein.

»Wir bekommen nicht oft Gäste nach Sonnenuntergang«, meinte er entschuldigend.

Er öffnete die Türe zum Haupthaus und führte sie in einen großen Raum, in dessen Mitte gerade eine ältere Frau damit beschäftigt war, das Feuer wieder in Gang zu bringen. Als nächstes sah Smertrios Rufius, der nur mit seinen Braccae bekleidet gespannt zu den Ankömmlingen blickte. Es dauerte einen Moment, bis sein Schwestermann ihn erkannte, dann überzog Staunen sein Gesicht und schließlich eilte er breit lächelnd auf die Gäste zu.

»Smertrios! Sanna!«

Er drückte Smertrios in einer festen Umarmung an sich, dann drehte er sich zu der Tür einer Nebenkammer und rief: »Alauda! Komm rasch! Du wirst nicht glauben, wer hier ist!«

Das Weinen eines kleinen Kindes antwortete ihm, begleitet von einem Fluch seiner Frau, weil ihr Sohn nun wieder aufgewacht war.

Rufius ließ sich davon nicht stören und drückte Sanna an sich, dass Smertrios Sorge hatte, er breche ihr die Rippen. Gerade als Rufius Ferchar die Hand entgegenstreckte, trat Alauda aus dem Nebenraum, ihren Sohn auf dem Arm.

Auch sie brauchte einen erstaunten Moment, ehe sich Freude in ihrem Gesicht ausbreitete, doch dann drückte ihre Stimme Glückseligkeit aus. »Sanna! Smertrios! Ihr seid zurück!«

Sie schob das kleine Kind auf ihrem Arm der älteren Frau entgegen, um ihre Geschwister zu umarmen. Smertrios fühlte solche Erleichterung ihm entgegenschwappen, dass ihm hier erst bewusst wurde, wie sehr seine Familie wohl seit Monden in Sorge um sie war.

Alauda fasste seine Hand, sah ihn musternd von oben bis unten an, maß auch Sanna mit genauen Blicken. »Ihr seht grauenvoll aus! Nehmt Platz!«

Sie bemerkte Ferchar, der etwas abseits mit einem älteren Mann sprach. »Willkommen, wer auch immer du bist, wenn du mit Smertrios und Sanna kommst, so sollst du hier stets willkommen sein.«

»Das ist Ferchar, er steht mir nahe wie ein Bruder.«

»Smertrios hat mir das Leben gerettet«, sagte Ferchar.

»Und Ferchar das unsere«, erwiderte Smertrios.

»Das verbindet«, lächelte Sanna.

Smertrios fing den Blick auf, mit dem Alauda Sanna betrachtete. Der älteren Schwester war offenbar nicht das Strahlen in Sannas Gesicht entgangen, mit dem diese den Bärenkrieger ansah.

»Dann soll er auch uns ein Bruder sein. Aber nun setzt euch ans Feuer, habt ihr Hunger?«

Rufius schob einige Felle näher an die Flammen und deutete der älteren Frau, Essen zu bringen.

Bald saßen sie mit Schüsseln von lauwarmem Brei auf den Knien und waren allen vorgestellt worden. Rufius' Vater, jener ältere Mann, mit dem Ferchar kurz gesprochen hatte, seiner Mutter, die ältere Frau. Einem Bruder und dessen Weib, die auch hinzugekommen waren.

Alaudas Sohn, der vor dem Sommer noch ein kleiner Säugling gewesen war, saß Augen reibend neben ihr. Als er zu weinen begann, nahm sie ihn auf den Schoß und gab ihm die Brust, doch der kleine Kerl fand es gleich wieder viel spannender, die fremden Menschen zu betrachten.

»Nun erzählt!«, meinte Alauda. »Mutter wird so glücklich sein, dass ihr wieder da seid! Sie waren so in Sorge.«

»Wir sind erst auf dem Heimweg.« Sanna streckte ihre nackten Füße ihrem Schwestersohn entgegen. Fasziniert spielte er mit den wackelnden, dreckigen Zehen.

»Wir konnten es nicht glauben, als Vater kam, um zu sagen, dass ihr nicht von Voccio zurückgekehrt seid.« Rufius schüttelte den Kopf. »Euch ins Verlies zu stecken ...«

Seine Eltern nickten bedächtig.

»Hat Voccio euch bis jetzt gefangen gehalten?« Alauda schob Smertrios eine Schüssel mit Äpfeln hin. Ohne eine Antwort abzuwarten, fuhr sie fort: »Bei Bel, Sanna, du kannst dir nicht vorstellen, wie wütend Mutter war! Vater erzählte, dass sie Uinje halb totgeschlagen hat, weil diese dich nicht aufgehalten hat! Wie konntest du einfach mit den Kriegern mit!«

Rufius' Vater hob die Arme. »Jetzt lasst sie doch einmal in Ruhe erzählen!«

Smertrios fasste kurz zusammen, was geschehen war. Als er begann, von ihrer Zeit bei Livia zu berichten, unterbrach Sanna ihn: »Alauda, dort gibt es ein Wasser – das ist unendlich weit! So weit wie der Himmel! Und man kann es nicht trinken, denn es ist voller Salz!«

Alauda und ihre Familie lachten, so unvorstellbar klang das.

Vieles, was sie erlebt hatten, würde man ihnen hier wohl nicht glauben. Sie waren zu Fremden geworden. Zu Wesen, die andere Welten gesehen hatten. Vielleicht war es besser, vieles gar nicht zu erzählen.

Alauda hieß drei Mägde im Stall schlafen, damit deren kleine Kammer den Gästen dienen konnte. Ein Öllicht verbreitete ein sanftes Licht, als sie sich todmüde zum Niederlegen anschickten. Es gab nur ein Bett. Ferchar breitete seinen Umhang auf dem Holzboden aus.

»Was tust du da?« Sanna sah ihn mit zusammengezogenen Augenbrauen an.

»Schlafen gehen.«

»Komm, das Bett ist breit genug und herrlich weich. Du wirst doch nicht auf dem harten Boden schlafen wollen.« Sie hatte bereits ihren Peplos abgelegt und war nur im Unterkleid auf die Strohmatratze gehüpft.

Smertrios, der gerade aus seinen weichen Lederstiefeln und der Camisia schlüpfte, sah gespannt auf Ferchar.

»Nein, Sanna. Ich will lieber nicht neben dir liegen.« Ferchar drehte ihr den Rücken zu, legte sein Schwert und den Gürtel neben dem Umhang am Boden ab.

Einen langen Moment war es still. Dann meinte Sanna leise: »So wie Uilleam. Wegen der Dinge, die ich mit meiner Herrin gemacht habe. Er hat es mir gesagt, vor unserer Abreise. Dass er mich nicht mehr wolle, dass er eine wie mich … Ist es das, Ferchar? Verachtest du mich?«

Der Bärenkrieger fuhr herum, Schmerz lag in seiner Stimme. »Nein, ich verachte dich doch nicht! Es ist – du bist … wenn du mich nur anrührst … ich kann einfach nicht …« Er runzelte die Stirn. »Was für Dinge mit deiner Herrin?«

Sanna senkte errötend den Kopf. Ferchar sah fragend zu Smertrios. Es war wohl besser, er sagte dem Freund die Wahrheit. Oder würde er dann Sanna verachten und ihnen nicht helfen?

Ehe Smertrios sich entscheiden konnte, erklang Sannas Stimme: »Ich war ihre Gespielin. Sie tat mit mir, was sonst Mann und Frau machen.« Ihr Blick war herausfordernd, doch im schwachen Lichtschein schien es Smertrios, dass ihre Lippen vor Angst zitterten. Er wusste, wie wichtig ihr Ferchar war. Sie riskierte viel mit dieser Wahrheit.

Ferchar schluckte. »Mit einer Frau?« Seine Hand fuhr verlegen in seinen Nacken. »Das muss – furchtbar gewesen sein für dich.« Hörte Smertrios eine Frage darin? Und warum war Ferchars Stimme so heiser?

Sanna knetete ihre nackten Zehen, betrachtete sie. »Es … wenn ich ehrlich bin …« Sie hob den Blick, sah Ferchar in die Augen. »Nein, es war nicht furchtbar. Im Gegenteil. Verachtest du mich jetzt?«

Ferchar schüttelte hilflos den Kopf. Smertrios beschloss, der Sache ein Ende zu bereiten. Er schob sich zwischen Sanna und der Wand ins Bett, zog die Decke hoch. Als Ferchar den Blickkontakt zu Sanna unterbrach und bei der kleinen Lichtöffnung hinaussah, als läge da draußen die Antwort auf seine Probleme, flüsterte Smertrios seiner Schwester zu: »Wieso erzählst du ihm das? Musst du ihn quälen?«

»Er ist versprochen. Dann ist es doch besser so, oder?« Ihre Stimme war kaum zu hören. Sie rutschte unter die Decke, schmiegte sich an ihren Bruder, um Trost zu finden. Er wusste nicht, ob er ihn ihr geben konnte. Unerwünschte Bilder der Stunden mit Livia schossen ihm in den Kopf.

Es wurde dunkel im Zimmer, Ferchar hatte das Öllicht gelöscht. Dann legte sich der Bärenkrieger zu ihnen ins Bett. Keiner rührte sich, regungslos verbrachten sie die Nacht.

Rufius' Mutter hatte ihnen ein ausgiebiges Morgenmahl aufgetischt, bei dem Alauda sie drängte, mehr und mehr zu essen. Sahen sie so abgemagert aus? Gewiss, der Weg von Gallia Cisalpina war beschwerlich gewesen, aber Smertrios war sich nicht bewusst, dass sie sich offenbar sehr verändert hatten.

Als sie wirklich nicht mehr konnten, lud Rufius' Vater sie ein, sein Anwesen zu besichtigen, ehe sie weiterzogen. Trotz des bedeckten Himmels war der Anblick prächtig. Eingezäunt von der weitläufigen Dornenhecke grasten Kühe und Schafe, Stoppelfelder zeigten den Reichtum der Getreideernte, Obstbäume hingen voller Äpfel und Mispeln. Rufius und sein Bruder waren mit den Knechten damit beschäftigt, große Körbe voller Obst zu den Lagerräumen zu tragen.

»Ihr könnt euch mit dem Hof eines Stammesführers messen«, lobte Ferchar.

Rufius' Vater freute sich offensichtlich. »Ja, wir haben hier, seit mein Vatervater dieses Land urbar machte, einen hübschen kleinen Ort geschaffen. Und doch ...« Er sah zu Smertrios. »Sieh dich um, Tochterbruder. Es ist herrlich hier, kein Mangel zu leiden, die Keller und Kammern voll für den Winter. Dennoch scheint deine Schwester nicht glücklich. Immer redet sie von daheim und meint euer Dorf. Hier ist ihr Zuhause, ihr Mann, ihr Kind. Und das war nicht nur die Sorge diesen Sommer, was aus euch beiden geworden ist. Sie ist wie ein entwurzelter Baum.«

Sanna antwortete statt ihres Bruders. »Nein. Das ist sie nicht. Sie ist glücklich hier, sie hat es mir gesagt. Aber sie ist wie der da.« Ihre Hand deutete auf einen zotteligen Hund, der zwei Schafe, die abseits grasten, zurück zu der kleinen Herde trieb.

Rufius' Vater lachte. »Dann müsst ihr beiden eben hier bleiben. Damit zumindest ein Teil ihrer Familie hier ist. Wir haben Platz genug und Bedarf für weitere fleißige Hände.«

Smertrios schüttelte den Kopf. »Wir müssen ins Dorf.«

Der ältere Mann nickte. »Ja.« Dann wandte er sich an Ferchar, dessen Blick über die Landschaft schweifte. »Was ist mit dir? Könnte es dir hier gefallen? Ich habe eine Tochter ...« Er lächelte.

Ferchar sah fast erschrocken drein. »Nein. Also – es ist herrlich hier, doch auch ich muss weiterziehen. Mein Vater, der Anführer des Bärenstammes, erwartet mich gewiss schon so begierig wie Smertrios' Familie ihn. Ehe ich zu Caesars Kriegszug aufbrach, sprach er davon, mir nach meiner ruhmreichen Heimkehr bald die Führung des Stammes zu übergeben.« Er lächelte entschuldigend. »Er ist des Herrschens müde. Und ich nicht, ich habe nun im Krieg gelernt, dass es mir Freude macht, anzuführen.«

Sein Blick traf Smertrios und es schien eine Bitte um Verzeihung darin zu liegen. Es verwirrte Smertrios, doch er konnte nicht darüber nachdenken, denn nun bot Rufius' Vater auch Sanna an, zu bleiben. Brauchten sie helfende Hände so dringend oder wollte er alles tun, dass Alauda sich wohlfühlte?

»Meine Söhne sind zwar bereits verheiratet, aber sie können es sich leisten, eine Zweitfrau zu nehmen. Du wärst bei deiner Schwester, und so weit ich weiß, magst du Rufius. Oder vielleicht gefällt dir mein jüngerer Sohn besser?«

Sanna errötete. »Rufius ist nett. Aber – wie Smertrios sagte. Wir müssen ins Dorf. Und dann, ich weiß nicht. Gewiss hat Vater bereits Pläne für mich.«

Der ältere Mann nickte. »Schade.«

Sie gingen zurück zum Haus, wo Alauda ihnen einen Korb mit Proviant gepackt hatte. Zumindest um sie musste Smertrios sich keine Gedanken machen.

Als sie sich verabschiedeten, drückte Alauda Smertrios fest an sich. »Passt auf euch auf. Und kommt wieder.«

Er hielt sie lange. Wer wusste, vielleicht war dies das letzte Mal, dass er seine große Schwester sah.

Kapitel 29

Heimkehr

Regen setzte ein. Nicht heftig, nur ein lästiges Nieseln. Ein Teil von Smertrios wollte so rasch wie möglich das Dorf erreichen, ein anderer wollte diesen Moment so lange wie möglich hinauszögern. Als sie am Nachmittag zu jener Stelle gelangten, wo ein inzwischen überwucherter Pfad in den Wald abbog – zu Smertrios' Hütte abbog – blieben sie stehen. Brombeerranken versperrten den Weg, dabei waren es doch nur ein paar Monde gewesen, die sie weg gewesen waren. Gerne würde er in der Hütte vorbeischauen, gleichzeitig ahnte er, dass er sich dort nicht mehr heimisch fühlen würde. Er hatte gedacht, nach einem halben Mond wäre er wieder da. Inzwischen hatten wohl die Tiere des Waldes sich über die Vorräte hergemacht. All sein Werkzeug hatte er damals mitgenommen und inzwischen für immer verloren. Er seufzte.

Ferchar sah abwartend zwischen Sanna und Smertrios hin und her. »Haben wir den Weg verloren?«

Smertrios lächelte. »In gewisser Weise, ja … hier ging es zu meiner Hütte. Geht es zu meiner Hütte. Der Wald hat sich den Weg zurückgeholt. Lasst uns weitergehen.«

Sanna zog einen Teil ihres Umhangs wieder über den Kopf.

Sie hatte, ebenso wie Smertrios, die Sehne ihres Bogens abgespannt und trocken in einer Tasche ihres Gürtels verwahrt, während der kurze Bogen auf ihrem Rücken in seiner ledernen Hülle, die sie in Ardudunum besorgt hatten, zusätzlich durch den gefilzten Umhang vor Nässe geschützt war. Von hinten sah sie dadurch aus, als hätte sie einen zweiten Kopf auf ihrer Schulter sitzen. Wesen aus einer anderen Welt …

Das musste sich wohl auch der Wächter denken, der am Eingang ihres Dorfes stand. Er machte sich so breit er konnte, hielt ihnen die Spitze seines Speers entgegen. Wasser perlte von seinem Umhang, den er über den Kopf gezogen hatte. Doch die langen Arme und Beine und vor allem die große Nase, die unter dem Umhang hervorblitzte, ließen Smertrios Vasos erkennen.

Sanna schlug ihren Umhang zurück, lächelte dem Wächter entgegen. Er senkte verwirrt den Speer.

»Die Götter seien mit dir, Vasos«, sagte Smertrios.

Vasos starrte Sanna an, Smertrios war sich nicht sicher, ob er überhaupt gehört hatte, was der Bogenbauer gesagt hatte.

»Grüß dich, Vasos«, meinte Sanna verlegen.

»Die Götter waren offensichtlich mit dir«, antwortete Vasos und das Rot seiner Wangen breitete sich bis zu den Ohren aus.

»Wir würden gerne ins Dorf hinein. Zu unseren Eltern.«

Vasos stellte sich Smertrios in den Weg.

»Es hieß, ihr seid Verbannte. Voccio hat euch ins Verlies geworfen. Ich glaube nicht, dass ihr ins Dorf dürft.« Sein Blick ruhte immer noch auf Sanna.

Täuschte Smertrios sich oder legte Sanna absichtlich den Kopf ein wenig in den Nacken und schob ihr Becken zur Seite? Ihre Stimme bekam einen ungewohnt samtigen Klang, ihre Lippen schürzten sich ein wenig. »Erzähl doch, Vasos, was tut sich im Dorf?«

»Es … nichts, wirklich … alles ist wie immer.«

»Vasos, vielleicht magst du zu Barnario gehen und ihm sagen, dass wir zurück sind, dass wir den Auftrag erfüllt haben, den er und Darrach uns gegeben haben. Und wir warten inzwischen im Haus meiner Eltern – hier im Regen, das wäre doch nicht angemessen für einen Besuch wie den Sohn des Anführers des Bärenstammes. Würdest du das tun, Vasos?«

»Gerne … ja. Natürlich.«

Rot wie der schönste Sonnenuntergang drehte Vasos sich um und lief zum Langhaus hinauf, als gälte es sein Leben.

Sanna lachte. »Wie ein Instrument … Livia hatte recht.«

Ferchar starrte sie an, schüttelte den Kopf.

»Kommt jetzt, ehe er zurückkehrt.« Sanna lief ins Dorf hinein, ihre Füße flogen nur so über die vertrauten Wege. Niemand bemerkte ihre Anwesenheit. Wer nicht auf den Feldern war, war vor dem Regen in die Ställe und Häuser geflohen. Smertrios war das nur recht.

Sanna klopfte nicht einmal, sie riss die Türe des Elternhauses auf und stürmte hinein. Smertrios, der gemeinsam mit Ferchar in etwas Abstand folgte, hörte die Freudenschreie seiner Eltern. Er lächelte. Es war schön, willkommen zu sein.

Mutter weinte vor Freude, als er eintrat, und auch Vater wischte sich die Augen, ehe er Smertrios umarmte. Alt waren die beiden geworden, schien es Smertrios. Eine tönerne Schüssel lag zerbrochen am Boden, Mutter hatte sie wohl fallen gelassen, als Sanna eintrat. Uinje und Giamvailos hielten ein wenig Abstand, vor allem sein kleiner Bruder betrachtete ihn misstrauisch.

Es dauerte, bis sie Ferchar vorgestellt hatten und gemeinsam ums Feuer saßen. Vater hatte den Arm um Sanna gelegt und wollte sie gar nicht loslassen.

»Habt ihr es geschafft?«, fragte Uinje.

Sanna nickte, legte endlich den nassen Umhang ab und zog den neuen Sulnatris aus seiner Hülle. Ehrfürchtig betrachteten die Eltern ihn. Den Bogen, der sie in die Fremde geführt hatte und den sie nun, in wenigen Tagen, vor dem versammelten Dorf schießen würden.

Mutter sprang auf, ein Schluchzen unterdrückend, und machte sich im Regal mit den Vorräten zu schaffen. »Ihr müsst essen. Was sind wir denn für Gastgeber, ein Freund der Kinder zu Besuch und ich vergesse, etwas aufzutischen. Uinje, wir brauchen Schüsseln. Giamvailos, hol Bier.«

»Es regnet«, meinte Giamvailos trotzig. »Und sie riechen ganz anders.«

Mutter sah ihn böse an und der Junge erhob sich, um hinter dem Haus, wo eine steingefasste Grube einen kühlen Platz schuf, Bier aus dem Fass zu holen.

»Wenn ihr ein wenig Geduld habt, etwas Suppe ist gleich fertig.«

Smertrios fasste seine Mutter am Arm, als sie den großen Tontopf zum Feuer stellen wollte. »Mutter, es ist gut. Du musst dir keine Sorgen machen.«

»Natürlich mache ich mir Sorgen!«, schniefte die kleine Frau. »Den ganzen Sommer haben wir uns Sorgen gemacht! Und jetzt – jetzt sind sie nicht weniger!«

Sie wischte sich mit dem Ärmel über das Gesicht und ging Giamvailos entgegen, der mit einem vollen Krug zur Tür hereinkam. Sie spritzte mit den Fingern ein paar Tropfen Bier in die vier Himmelsrichtungen und kostete einen Schluck.

Uinje rutschte näher zu Smertrios. »Wie war es bei Voccio? Warum hat Sanna so kurze Haare? Und warum lächelt dein Freund die ganze Zeit so eigenartig?« Smertrios hatte ganz vergessen, dass Uinje die direktesten Fragen stellte.

Zum Glück nahm Ferchar es ihr nicht übel. »Ich lächle, weil es sehr schön ist bei euch. So etwas kenne ich nicht. Ich kam zu Zieheltern, als ich sieben war. Weil das so ist, bei den Söhnen von Stammesführern. Da geht es nicht um Zuneigung. Und nun, als ich heim zu meinem Vater kam … Nein, so herzlich hätte er mich nie aufgenommen. Du hast keine Ahnung, Smertrios, wie gut du es hier hast!«

»Er kommt ja auch nicht jeden Tag von den Totgefürchteten zurück«, milderte sein Vater ab.

»Nun erzähl schon«, drängte Uinje. »Hat es sich gelohnt, Sanna, wegzulaufen?«

Ehe Sanna anfangen konnte zu berichten, hob Smertrios die Hand. »Warte. Ich muss zuerst etwas wissen. Wie geht es Kalandina? Bin ich bereits Vater?«

»Sie ist dick wie ein Honigtopf«, meinte Giamvailos und deutete mit seinen Händen einen Bauch wie ein Bierfass an.

»Also noch nicht. Aber es geht ihr gut?«

Mutter nickte. »Lange kann es nicht mehr dauern.«

»Deine Frau ist gewiss glücklich, dass du rechtzeitig zurück bist«, sagte Ferchar.

Mutter und Vater warfen einander einen Blick zu. Mutter seufzte leise. Hatte sich also nichts geändert.

Sanna hatte gerade begonnen, von ihrer Reise zu Voccio zu erzählen – das meiste wussten die Eltern, denn Barnario und Cavannus hatten ihnen bei ihrer Rückkehr berichtet – da klopfte es an der Türe.

Vasos und Cavannus standen davor. Vasos errötete bis über beide Ohren, als er Sanna sah, während Cavannus, das Schwert gegürtet, seine Wichtigkeit als rechte Hand des Stammesführers herauskehrte. Barnario wollte die Heimkehrer sehen, sogleich.

Die Familie und Ferchar ließen es sich nicht nehmen, mit ihm mitzugehen.

Wie schlicht das Langhaus wirkte, im Vergleich zu all dem Prunk, den sie bei Publius erlebt hatten. Breite Bodenbretter, bedeckt mit duftenden Kräutern, statt detailgetreuer Steinmosaike. Kalk und Lehm an den Wänden, statt Marmor und Wandmalereien. Zugegebenerweise kunstvoll geschnitzte Möbel und bronzene, ziselierte Becher auf den Tischen, aber kein Glas, keine filigranen Kandelaber mit Öllämpchen.

In der großen Halle warteten Barnario, Darrach und einige andere Männer. Barnarios Frau Ronda versorgte alle mit Bechern voll Bier. Auch ihr Bauch wölbte sich unter dem Kleid, hatte Smertrios damals richtig vermutet, dass sie ebenfalls ein Kind erwartete.

Einen langen Augenblick blieb der Stammesführer vor Smertrios stehen, musterte ihn. Dann drückte er ihn kurz an sich, klopfte ihm auf den Rücken.

»Ich danke den Göttern, dass ihr beide am Leben seid. Man hört, dass Voccios Hilfstrupp viele Männer an die Götter verloren hat. Ferchar! Welche Ehre!« Barnario legte dem Bärenkrieger die Hand auf die Schulter. »Verdanken wir es dir, dass unser Bogenbauer heimgekehrt ist?«

Ferchar lächelte, grüßte Barnario.

Alle nahmen Platz, nur Sanna und Smertrios blieben in der Mitte der Runde stehen. Smertrios rückte das Messer an seinem Gürtel zurecht, zog seine Camisia nach unten. Sie berichteten. Eine sehr vereinfachte Geschichte. Gerade das Nötigste, nur jene Dinge, die mit dem Sulnatris zu tun hatten. Smertrios stieg Sanna ein paar Mal auf die Zehen, damit sie nicht abschweifte.

Und dann kam jener Moment, in dem Sanna erneut den geschwungenen Bogen aus seiner Hülle holte. Sie spannte die Sehne auf, hielt den Bogen auf ihren ausgestreckten Händen Darrach entgegen. Ihre Finger zitterten.

Der Bart des Druiden war über den Sommer noch länger und struppiger geworden. Er schlug Sanna mit seinem geschnitzten Stock gegen den Oberschenkel, sie kniete nieder. Es schien, als würden alle in der Halle den Atem anhalten, während Darrach sich vorbeugte und den Sulnatris genau betrachtete. Smertrios' Herz klopfte wild. Was, wenn der Druide merkte, dass der Großteil des Bogens nicht das Werk von Smertrios' Händen war? Würde man ihn dann gleich umbringen? Er hatte sich so darauf konzentriert, Sannas Rettung zu planen, dass er gar nicht in Erwägung gezogen hatte, dass sein Leben vielleicht schon viel früher verwirkt war.

Endlich hob Darrach den Kopf. Seine Lippen rieben gegeneinander, wie es bei alten Leuten oft der Fall war, wenn sie nachdachten. Der struppige Bart bebte, als Darrach nickte.

»Gute Arbeit. Wie ich erwartet habe. Die Götter werden zufrieden sein.«

Smertrios atmete auf. Auch allen rund um ihn schien eine Last von den Schultern zu fallen.

Der Druide erhob sich. »Morgen werde ich ihn im Nemeton weihen. Nun ziehe ich mich zurück, um mich darauf vorzubereiten. Bringt mir den Bogen, wenn die Sonne ihre höchste Kraft hat.«

Schwer auf den Stock gestützt schlurfte er aus der Halle.

Sanna fiel Smertrios um den Hals. »Du hast es geschafft!«

Er nickte, fühlte sich benommen. Am Rande nahm er wahr, dass erste Vorbereitungen für das Fest besprochen wurden. Er sah, wie Sanna Ferchar um den Hals fiel. Alles schien plötzlich weit weg. Und unter die immense Erleichterung mischte sich auch Ernüchterung. Darrach hatte es nicht gemerkt. Oder es nicht merken wollen.

Langsam gingen die Versammelten wieder auseinander. Smertrios und seine Familie waren von Barnario eingeladen worden, mit ihm zu speisen. Eigentlich fühlte er sich müde, wollte nur mit seinen Eltern in Ruhe plaudern, doch natürlich konnte er nicht ablehnen.

Beim zweiten Becher Wein hörte er, wie sich die Türe öffnete, und noch ehe er aufsah, vernahm er Sannas erschrockenes Luftholen. In Erwartung, dass ein rachsüchtiger Lachnall mit gezücktem Schwert dort stünde, um Sanna den Biss in die Wange zu vergelten, fuhr Smertrios herum.

Es war nicht Lachnall. Der war verbannt und wahrscheinlich längst tot.

Es war Kalandina.

Sie sah ihn genauso überrascht an, wie er sie. Unter ihrem ungegürteten Kleid wölbte sich ein Bauch, rund wie jene Melonen, die es manchmal bei Livia gegeben hatte, nur größer.

»Hier bist du! Sie sagen, du bist zurück! Ich war bei deinem Haus, doch dort war keiner!«

Verlegen erhob Smertrios sich.

Er hörte Ferchar, der leise zu Sanna sagte: »Sie sieht wirklich nett aus.« Sanna kicherte.

Smertrios wusste nicht, wie hier vor Barnario und seinen Eltern seine Frau zu begrüßen. Ronda kam ihm zu Hilfe.

»Kalandina, komm, ihr beide braucht gewiss einen Moment für euch. Ihr könnt in unsere Kammer.«

Sie öffnete eine Türe, die aus der Halle auf einen dunklen Gang führte. Unter den schweigenden Blicken der Anwesenden folgte Smertrios seinem Eheweib.

Ronda führte sie in eine schlichte Kammer, in der sich außer einem Bett und einer Truhe nichts befand. Mit einem leisen Lächeln schloss sie hinter den beiden Eheleuten die Türe.

Kalandina und Smertrios starrten einander einen endlosen Moment lang an, verlegen und unsicher, was sie nun tun sollten. Sie hatten vor dem Sommer schon nicht so recht gewusst, wie miteinander umzugehen.

Kalandina setzte sich schwerfällig auf die Bettkante, sie lächelte verlegen. »Du bist zurück. Zur rechten Zeit.«

»Sieht so aus.«

Sie presste ihre Hand gegen die Lippen, unterdrückte Tränen.

Er ging auf sie zu, sie kam ihm die wenigen Schritte entgegen, fiel ihm um den Hals. Sie roch nach Zwiebeln. Ihr Kuss war fordernd, verzweifelt. Er sah Livia vor sich, die voller Leidenschaft Sanna küsste, der Duft von Lavendel narrte seine Nase. Es fühlte sich falsch an.

Smertrios schob Kalandina zart von sich, seine Hand legte sich behutsam auf ihren dicken Bauch.

»Geht es euch gut? Ich habe so viel an dich gedacht, mir solche Sorgen gemacht.« Es war nicht die ganze Wahrheit, aber es schien ihm richtig, das zu sagen.

Und irgendwie stimmte es ja auch.

»Du hast dir Sorgen gemacht? Was soll ich erst sagen! Erst kam Barnario, er sagte, man hätte dich bei Voccio ins Verlies geworfen, als Lügner und Betrüger, aber vielleicht würdest du auch auf einen Kriegszug für Caesar gehen. Und dann keine Botschaft von dir, all die Monde!«

»Aber es scheint, dass man sich gut um dich gekümmert hat.«

»Aber ja. Meine Familie und Ronda haben sich um mich gekümmert. Und um dein Kind, das mich so unförmig werden ließ und mich nachts wach hält mit seinen Tritten.« Sie wischte sich eine Träne aus dem Augenwinkel.

Smertrios strich ihr sanft über ihr Haar, das strähnig herunterhing. »Das tut mir leid. Du siehst wunderschön aus.«

Sie lächelte, getröstet. »Aber nun sag endlich. Hast du es geschafft?«

Smertrios richtete sich auf, seine Finger spielten mit den geschnitzten Verzierungen auf dem hohen Betthaupt. »Ich habe den Bogen gebaut. Nun fehlt nur noch der Sonnenschuss.«

Kalandina fiel ihm erneut um den Hals. »Dann muss ich nicht in Schande leben! Selbst jene, die früher meine besten Freunde waren, nun haben sie mich verlacht, weil ich mich von dir, dem Feigling, dem Gefangenen Voccios, habe schwängern lassen. Aber so! Du hast das Heiligtum dem Dorf zurückgegeben, die Götter werden uns wieder wohlgesinnt sein!« Sie küsste ihn, presste sich an ihn.

Sie stöhnte – war es lustvoll?

Smertrios wollte sie gerade ein wenig von sich schieben, da wich Kalandina selbst erschrocken zurück.

»Es zieht!«, rief sie.

Smertrios warf einen Blick im Raum umher. Woher sollte es ziehen? Es gab keine Lichtöffnung in dem Raum, nur den schmalen Auslass im Dach, durch den der Rauch der Kohleschale zog.

Kalandina sah ihn mit geweiteten Augen an. »Nein, hier ...«, keuchte sie. Ihre Hand lag auf ihrem Bauch. Im nächsten Moment quiekte sie auf, starrte an sich hinunter. Smertrios sah, wie sich ein feuchter Fleck zwischen ihren Beinen auf dem Stoff ihres Kleides ausbreitete. »Hol meine Mutter! Rasch!«

Sein Kind machte sich auf den Weg in die Welt, hatte offenbar nur auf ihn gewartet. Smertrios riss die Türe der

Kammer auf, stieß fast mit Ronda zusammen, die lauschend davor stand.

»Das Kind kommt.«

Barnarios Weib schob ihn beiseite, eilte zu ihrer Freundin. Über die Schulter befahl sie Smertrios: »Hol ihre Mutter. Und dann wage es nicht, wieder in dieses Zimmer zu kommen!«

Kapitel 30

Das Kind

Smertrios tat wie geheißen. Kalandinas Mutter rauschte an ihm vorbei in die kleine Kammer, offenbar wütend, dass er da war, Ronda holte Tücher und einen Krug, Barnario lud Smertrios ein, mit ihm und den Eltern ein paar Bier zu trinken und Würfel zu spielen. Es war Kalandinas erstes Kind, es konnte dauern. Aber Smertrios hatte nicht die Ruhe dafür.

Gemeinsam mit Sanna wartete er im Gang vor dem Frauengemach. Seine Eltern und Ferchar sahen immer wieder vorbei, brachten ihnen zu trinken und versuchten, sie aufzumuntern. Sie erzählten ihm, dass Kalandinas Vater ebenfalls in der Halle wartete. Barnario leistete ihm von Zeit zu Zeit Gesellschaft. Ronda hatte ihm zwar noch kein Kind geschenkt, doch er hatte zwei Töchter von seiner verstorbenen Frau. Er versuchte, Smertrios zu beruhigen, dass alles gut gehen würde. Doch Smertrios war ruhig. Er wollte hier nur nicht weggehen. Des Kindes wegen. Er würde es sich nicht nehmen lassen, sein Kind zu sehen. Und er hatte Sorge, dass Kalandinas Vater versuchen würde, das zu verhindern.

Aus der Kammer drangen Flüche und Schreie. Dann wieder Ruhe, Wimmern. Erneute Flüche. Smertrios musste grinsen. Er hatte nicht gewusst, dass Kalandina solche Schimpfwörter kannte. Sanna saß mit verschränkten Beinen neben ihm am Boden, an die Wand gelehnt, sie betete in leisen Gesängen. Smertrios betete stumm. Er bat um Schutz, für Frau und Kind, aber er dankte auch. Dass er hier sein durfte. Dass sein Kind gewartet hatte.

Der Abend zog sich in die Länge. Zwischendurch eilten Ronda oder Kalandinas Mutter aus der Kammer, holten etwas und kehrten zurück. Irgendwann wagte Smertrios, Ronda auf ihrem Weg in die Halle aufzuhalten.

»Wie geht es ihr?«

»Es wird noch lange dauern. Es fehlt noch viel, dass das Kind hindurch kann.«

»Aber sie schreit bereits seit Stunden wie meine Mutter, wenn ihre Kinder kurz davor waren, in die Welt zu treten.«

»Ja«, sagte Barnarios Frau knapp, aber die Verachtung für die wehleidige Gebärende war nicht zu überhören.

Sie eilte weiter, kam dann mit zwei Kelchen voll Wein zurück. Einen reichte sie im Vorbeigehen Smertrios. »Vielleicht wärst du besser nicht zurückgekommen.«

Smertrios lächelte gequält, hielt Ronda die Türe zur Kammer auf. Einen kurzen Blick konnte er auf Kalandina erhaschen, die nach vorne gebeugt an der Wand lehnte, während ihre Mutter ihr geduldig über den Rücken strich.

Er fühlte sich hilflos. Es war sein Kind, das Kalandina so leiden ließ.

Sanna nahm ihm den Weinkelch aus der Hand, sie nahm einen Schluck, nachdem sie einige Tropfen in alle vier Himmelsrichtungen gespritzt hatte. »Bei den Ziegen ging es schneller.«

»Sie ist eben keine Ziege!«, fuhr Smertrios sie an.

Sanna zuckte die Schultern. »Mutter hat nie so viel geschrien. Ich habe geholfen, als sie Giamvailos bekam, das hat auch gedauert, aber die Arme da drinnen klingt ja, als müsse sie eine ausgewachsene Kuh rauspressen.«

»Diese Kuh ist mein Kind.« Er fühlte sich elend. Sanna reichte ihm den Becher und er leerte ihn in einem Zug.

Es wurde Nacht. Die Schreie und Flüche wurden leiser, müder. Es dauerte schon lange. Zu lange, für Smertrios' Gefühl. Wie rasch war Sanna zur Welt gekommen! Seine Gebete wurden intensiver. Straften die Götter ihn?

So viele Frauen verloren ihr Leben, wenn sie ein Kind gebaren.

Barnario kam zu ihnen, Vasos mit ihm. Das Gesicht des jungen Burschen leuchtete im Fackelschein mal wieder dunkelrot. Nervös knetete er seine Hände, als er Kalandina schreien hörte.

Barnario klopfte ihm aufmunternd auf die Schulter: »Siehst du, Vasos, es ist doch gut, dass dies Frauensache ist. Männer haben bei Geburten nichts verloren und glaube mir, ich zöge lieber in eine Schlacht, als nun in dieser Kammer zu sein. Darum respektiere die Gebote des Druiden, was die heiligen Tage betrifft. Sonst geht es dir noch wie Smertrios' Vater, der sich mit seiner gebärenden Frau alleine auf der Straße fand.«

Vasos grinste gezwungen. »Also am besten, man zieht in den Krieg, wenn die Frau vor der Niederkunft steht, und kommt erst zurück, wenn alles vorbei ist.«

Ehe er es sich versah, hatte Sanna ihm eine Ohrfeige verpasst.

Barnario lachte schallend.

Die Schreie in der Kammer wurden lauter, fast als wäre Kalandina wütend, dass vor ihrer Türe gelacht wurde. Sie schrie nun in raschen Abständen. Vasos presste seine Hände fest auf die Ohren.

Barnario nickte Smertrios zu: »Jetzt ist es bald überstanden, denke ich.«

Nach einer Weile Stille. Sie lauschten angespannt. Und dann das Geräusch, auf das Smertrios die ganze Zeit gewartet hatte: ein quäkendes Schreien.

Sein Kind lebte.

Barnario klopfte ihm grinsend auf die Schulter. Sanna hüpfte aufgeregt auf und ab, wurde dann aber ganz still.

Am liebsten wäre er in die Kammer hineingestürzt, doch er wusste, dass dies gegen die Gebote des Dorfes war. Als hätte die Stille sich bis in die Halle ausgebreitet, kamen nun Kalandinas Vater und Smertrios' Eltern neugierig in den schmalen Gang.

Es dauerte noch etwas, dann öffnete sich die Türe. Ronda trat heraus, das in ein Tuch gewickelte Neugeborene im Arm. Fragend sah sie zu Barnario. »Wer nimmt es an?«

Genau deswegen hatte er die ganze Zeit hier ausgeharrt. Kalandinas Vater machte einen Schritt auf Ronda zu, doch Smertrios schob sich vor ihn, streckte die Arme aus.

Barnario nickte seiner Frau zu. Vorsichtig legte sie das Bündel in Smertrios' Hände.

»Es ist ein gesundes Mädchen«, lächelte sie.

Kalandinas Vater schnaubte, wandte sich ab.

Smertrios betrachtete seine Tochter. Sie hatte einen dichten Haarschopf mitten auf dem Kopf, ein Zeichen von Kraft, wenn Kinder mit Haaren geboren wurden. Ihre Haut war rosig, ihre Augen und Lippen fest zusammengepresst, als gefiele es ihr hier auf dieser Welt noch nicht so recht. Sanna beugte sich über Smertrios' Ellbogen, ihre Brudertochter zu betrachten. Fragend sah sie zu Smertrios auf.

Smertrios hob seine Tochter in die Höhe, drehte sich in dem schmalen Gang in alle vier Himmelsrichtungen. Den Gebräuchen seines Dorfes folgend sagte er: »Sie soll leben. Hiermit nehme ich sie als meine Tochter an.«

Ronda lächelte erleichtert. Barnario nickte. Hätte er sie angenommen, wenn Smertrios nicht hier gewesen wäre? Oder wäre dieses Kind, wie so viele ungewollte, seinem Schicksal im Wald überlassen worden? Wahrscheinlich verstieß dies gegen alles, was Kalandinas Familie geplant hatte, doch das war Smertrios egal. Die Götter hatten dafür gesorgt, dass er zur rechten Zeit hier gewesen war.

»Du musst sie Kalandina in die Arme legen«, sagte Barnario und schob Smertrios zur Kammer.

Kalandina lag auf dem fellbedeckten Bett, blass und verschwitzt. Ihre Mutter kehrte gerade das blutige Stroh auf dem Boden zur Seite.

Kalandina lächelte, als sie Smertrios sah.

»Du trägst sie, das ist gut«, hauchte sie.

Smertrios legte Kalandina das Kind in die Arme und küsste sie auf die Stirn. »Sie ist wunderschön. Die Götter waren uns gnädig. Ich habe sie dem Gesetz folgend angenommen, sie wird leben.«

Kalandina nickte.

»Und jetzt raus!«, verlangte ihre Mutter. »Sie muss sich ausruhen, es war eine schwere Geburt.« Vorwurfsvoll sah sie Smertrios an. Die Sonne ging gerade auf, als er ins Freie trat.

Kapitel 31

Verluste

Kurz hatte er geschlafen, erschöpft und aufgewühlt. Seine Mutter weckte ihn noch rechtzeitig, damit er den Sulnatris zum ausgemachten Zeitpunkt zu Darrach brachte. Weder der Bogen noch Sanna waren im Haus, so machte er sich auf die Suche.

Die Menschen im Dorf begegneten ihm unterschiedlich. Manche klopften ihm auf die Schulter, hießen ihn willkommen. Andere ignorierten ihn, und es gab auch welche, die vor ihm ausspuckten. Er war so in Gedanken, dass er vieles davon gar nicht merkte.

Vor der Palisade fand er, wie vermutet, Sanna, die Pfeile fliegen ließ. Sie sah unglücklich drein und Smertrios verstand auch auf einen Blick, warum. In der Strohscheibe, die sie gegen die Holzstämme gelehnt hatte, war die Mitte leer von Treffern.

Sie seufzte, als Smertrios zu ihr trat. »Jeder Schuss ist anders. Ach Smertrios, war schon der römische Bogen, den du mir gekauft hattest, temperamentvoller als die langen Bögen, die du sonst baust, aber dieser hier … er bockt wie ein junges Zicklein. Ich kann das nicht.« Sie setzte sich ins Gras, ein Häufchen Elend.

Smertrios setzte sich neben sie, blickte nachdenklich zu der Strohscheibe hin. »Er ist einfach noch nicht trocken genug. Zur Wintersonnwend, da wäre er gewiss stabiler. Noch zieht sich der Sehnenbelag immer mehr zusammen.«

»Aber so viel Zeit haben wir nicht!«, begehrte Sanna auf und Tränen erstickten ihre Stimme.

Smertrios legte ihr den Arm um die Schulter. »Du bist müde, Sanna. Ruh dich aus. Dann geht es wieder besser. Auch der Bogen braucht noch Ruhe zum Trocknen.«

»Ich kann nicht schlafen.« Sie hob den Kopf, sah ihn lächelnd an. »Du hast ein Töchterchen bekommen.«

»Ja«, sagte Smertrios. Kein Lächeln wollte sich in seinem Gesicht einstellen.

»Freust du dich nicht?«

»Doch. Sehr. Aber ich sorge mich. Was aus ihr wird, wenn ich … Ein Junge, der wäre für Kalandinas Familie vielleicht von Wert. Aber ein Mädchen?«

Sie schwiegen.

»Das heißt, nicht nur unser beider Leben hängt davon ab?« Sanna warf einen besorgten Blick auf den Sulnatris. Wie eine schwarze Natter lag er da im Gras.

Kein totes Stück Holz, sondern ein unberechenbares Tier.

Smertrios drückte sie aufmunternd an sich. »Du wirst es schaffen, da bin ich sicher.« Er wünschte, er wäre es. »Ich muss den Sulnatris nun zu Darrach bringen. Und dann will ich zu Kalandina schauen und in meine Hütte. Wenn du nicht schlafen magst, möchtest du mit?«

Sanna nickte. »Der Wald tut mir sicher gut.« Ihre Augen leuchteten auf. »Vielleicht sehen wir ja die Bärin!«

Smertrios lächelte. Wie lange war das her … »Weißt du, wo Ferchar ist? Vielleicht will er ja auch mitkommen.«

Sanna erhob sich und schob den Bogen in seine Hülle. Sie sah Smertrios nicht an. »Der hat sich heute Früh ein Pferd von Barnario geliehen und ist weg.«

»Weg?«

»Ja, er sagte, er könne hier nicht sinnlos bis zum Sonnenschuss warten.«

Smertrios schluckte. Er fühlte sich, als hätte man ihm den Boden unter den Füßen weggezogen. Ferchar war weg?

Sanna senkte den Kopf. »Vielleicht hätte ich ihm das von Livia doch nicht erzählen sollen.«

Vielleicht. Wie sollte es nun weitergehen? Einfach wegzureiten, ohne ein Wort des Abschieds. Wer war hier der Feigling? Aber wie sollte er ohne Ferchars Hilfe Sanna retten, wenn man sie in die Höhle brachte? Was, wenn er selbst mit ihr als Wächter der Sonnenscheibe bestimmt war, wenn ihm dadurch die Hände gebunden waren? Gab es jemanden im Dorf, dem er vertrauen konnte? Einzig sein Vater fiel ihm ein. Aber wäre der tatsächlich bereit, die Gebote der Götter zu brechen? Oder zumindest das, was Darrach als Gebote der Götter verkündete ...

»Er kommt sicher wieder. Das lässt er sich doch nicht entgehen, wenn wir die Sonne vom Himmel schießen.« Sanna klang gequält zuversichtlich.

Smertrios war sich nicht so sicher, dass Ferchar wiederkäme. Er hatte die leidvollen Blicke des Bärenkriegers gesehen, die er Sanna zuwarf. Vielleicht war es Ferchar einfach unerträglich, zuzusehen, wie das Mädchen, das er nicht zur Frau nehmen konnte, vor seinen Augen getötet wurde. Und doch, wie niederträchtig von Ferchar, dies Sanna anzutun.

»Was ist, gehen wir?«

Ja. Sanna durfte nicht merken, wie sehr Smertrios in Sorge war. Er musste Darrach dazu bringen, ihm Genaueres über den Ablauf des Rituals zu erzählen. Ob auch er, als Bogenbauer, Wächter der Sonnenscheibe wäre. Vielleicht fände er dann ja eine Möglichkeit, sich um Sannas Rettung zu kümmern.

Der Nemeton war über den Sommer ebenso wieder hergerichtet worden wie Darrachs Hütte. Schöner und bunter als je zuvor leuchtete die bemalte Palisade des Tempels in der

Herbstsonne. Doch der Druide ließ sich nicht blicken. Sein Schüler, ein schmächtiges Bürschlein, nahm ihnen den Bogen ab, um ihn in den Nemeton zu bringen. Sanna sah drein, als hätte man ihr das Herz herausgerissen.

»Morgen, bei Sonnenaufgang, müsst ihr hier sein, um euch von Darrach genau sagen zu lassen, wie ihr den Tag vor dem Sonnenschuss zu verbringen habt.«

»Können wir nicht jetzt mit ihm reden?« Smertrios machte einen Schritt auf den Burschen zu, freundlich, aber bestimmt. Der Blick, der ihn traf, konnte hochmütiger nicht sein.

»Der Druide redet dann mit euch, wenn er es bestimmt. Ihr könnt ihn nicht während der Vorbereitungen für das Ritual stören. Morgen, bei Sonnenaufgang. Und am besten, ihr ordnet eure Angelegenheiten bis dahin.«

Das Tempeltor schloss sich.

Sanna und Smertrios sahen einander an. Er konnte spüren, dass die Nervosität sie genauso ergriff wie ihn.

Kalandinas Vater wollte sie fast nicht zu seiner Tochter in die Kammer lassen. Man hatte die junge Mutter in das Haus ihrer Eltern gebracht und es bedurfte Smertrios' ganzer Überzeugungskraft, damit ihr Vater ihn zu ihr ließ.

Sie sah furchtbar blass aus und ihre Augen glänzten fiebrig. Smertrios' kleine Tochter lag an ihrer Brust und saugte gierig, doch Kalandina schien es kaum zu merken. Ihre Mutter wischte ihre Stirn mit einem feuchten Tuch ab.

»Besser, du wärst gefallen. Das Kind eines Verbannten! Sieh nur, was du ihr angetan hast!«

Smertrios biss die Zähne zusammen. »Ich bin kein Verbannter. Darrach hat den Bann aufgehoben.«

»Nein, hat er nicht. Er hat ihn nur verschoben, glaube nicht, dass man dich hier in Ehren aufnimmt. Aber was sollte man auch anderes von dir erwarten, als dass du Unglück über meine Tochter bringst. Deine ganze Familie ist es nicht wert, mit der unseren verbunden zu sein!«

Kalandina stöhnte. Der Säugling wimmerte.

Sanna stieß Smertrios den Ellbogen in die Seite.

»Lass uns gehen«, flüsterte sie.

Bedrückt und schweigend marschierten sie auf dem schmalen Pfad durch den Wald. Der Geruch des Herbstes machte sich breit, nach Pilzen und Moder. Der Weg war teilweise überwuchert, niemand war wohl in all den Monden zu seiner Hütte gegangen. Wozu auch? Nur für ihn war dieser Ort im Wald von Bedeutung.

Ein Sturm hatte einen Baum entwurzelt, die Krone war auf das Schindeldach seiner Hütte gefallen und hatte große Löcher hineingerissen. Starr blieb Smertrios am Rande der kleinen Lichtung stehen. Dies sah nicht mehr nach seinem Heim aus. Dies war eine Hütte, die man dem Verfall preisgegeben hatte. Der Sturm hatte auch einen der Fensterläden zerstört. Noch ehe Smertrios die Hütte betrat, ahnte er bereits, wie es darin aussah. Der durch das Dach eindringende Regen hatte auf dem Lehmboden eine große schlammige Pfütze gebildet. Kalandinas Webstuhl war umgefallen, hatte den Schlamm auf alles im Raum gespritzt. Mäuse, Wiesel oder ähnliche Tiere hatten sich an den Vorräten gütlich getan und die Decken und Felle auf der Bettstatt als Lager benützt, zerfetzt und verdreckt. Es stank nach Mäusekot.

Und er fühlte – nichts.

Betrachtete sein altes Heim wie ein stümperhaft gemaltes Wandgemälde in einer römischen Gaststätte. Es wäre auch zu tröstlich gewesen, wenn dieser Ort ihn willkommen geheißen hätte. Wollten die Götter ihm bereits heute alles nehmen, damit er übermorgen bereit war, sich ihnen zu opfern? Es fehlte nur noch, dass auch seine Eltern sich gegen ihn stellten. Dann gäbe es nichts mehr, das ihn hielte. Nein, das stimmte nicht. Es gab seine Tochter. Und Sanna.

Seine Schwester starrte das Chaos in der Hütte an.

»Die Götter sagen wohl eindeutig, dass du ins Dorf zurückkehren sollst ...«

Smertrios nickte.

Es gab nichts mehr, das ihn hier hielt. All sein Werkzeug, all sein Bogenholz, hatte er damals mitgenommen. Seine wenigen Besitztümer hier bedeuteten ihm nichts mehr. Die tönernen Schüsseln, die selbstgemachten Rindendosen – als würden sie einem anderen Menschen gehören.

Sanna war vor die Hütte getreten. Als er zu ihr kam, hatte sie aus langen Halmen ein kleines Haus geflochten. Sie schob es in den Spalt zwischen Türrahmen und Wand.

»Den Göttern sei Dank.«

Smertrios lachte bitter. »Wofür?«

»Dass du nicht hier warst, als der Baum fiel. Dass diese Hütte nun den Tieren als Schutz dienen mag.« Sie lächelte. »Vielleicht erwählt ja die Bärin sie zu ihrem Winterquartier.«

Smertrios warf einen Blick zurück auf sein altes Zuhause. Die Bärin. Für ein gutes Zeichen hatte er sie damals im Frühjahr angesehen. Bewundert, wie würdevoll sie war und welch geduldige Liebe sie ihrem Jungen entgegenbrachte. Wäre sein Schicksal ein anderes gewesen, hätte er sie damals geschossen?

Die Sonne war bereits untergegangen, als sie ins Dorf zurückkehrten. Aufgeregt lief Sanna die letzten Meter auf das Haus ihrer Eltern zu, als sie von Weitem die Umrisse zweier Männer im Dämmerlicht vor dem Eingang stehen sahen.

»Vielleicht ist Ferchar ja zurückgekehrt!«, rief sie Smertrios über die Schulter zu.

Doch dem war nicht so.

Es war Vasos, der da in seinen Umhang gehüllt mit Smertrios' Vater vor dem Haus stand, und der erschrocken herumfuhr, als Sanna auf ihn zulief. Gewiss röteten sich seine Backen wie jedes Mal, wenn er Sanna sah, doch war das im Licht des runden Mondes nicht zu erkennen. Morgen wäre Vollmond.

Sanna aber war die Enttäuschung unverkennbar anzumerken.

»Ach, du bist es.«

Vasos kratzte sich seine Nase, räusperte sich. Doch Smertrios' Vater kam ihm zuvor.

»Vasos ist bei Kalandina gewesen – er buhlt um ihre kleine Schwester. Du musst sofort hinüber, Smertrios. Deiner Frau geht es gar nicht gut.«

Er lief, so schnell er konnte. Er hatte ihr Haus noch nicht erreicht, als er bereits die Trauergesänge hörte. Er war zu spät. Sie war gestorben. An der Geburt seines Kindes.

Sein Kind, das war das einzige, an das er im Moment denken konnte. Das Kind, von dem er den Sommer über so oft geträumt hatte, das lernen sollte, im Wald zu leben, den Bogen zu schießen, Tiere zu jagen. Er stürmte in die Kammer, in der Kalandina leblos im Bett lag.

Sie musste eben erst ihr Leben ausgehaucht haben. Ihre Mutter beugte sich gerade über sie, nahm ihr den Säugling aus den Armen und reichte ihn ihrem Mann.

Ohne an irgendeine Form von Gebot und Anstand zu denken, riss Smertrios dem Vater seiner Frau das Kind aus den Händen, drückte das weinende Mädchen an sich. Entsetzt starrten Kalandinas Eltern ihn an, ihre jüngere Schwester stand mit offenem Mund, tränenüberströmt, daneben, der Vatervater saß von Kummer gebeugt in einer Ecke. Für einen Augenblick schien die Welt stillzustehen.

Er konnte das Entsetzen über seine Rücksichtslosigkeit fühlen als wäre er in einen kalten Fluss gestiegen. Doch da war dieses Kind, so hilflos wie einst Sanna, eng an seine Brust gedrückt. Er durfte nicht riskieren, dass Kalandinas Familie ihm seine kleine Tochter wegnahm. Denn er wusste, was dann mit dem Säugling geschehen würde. Ausgesetzt im Wald, oder eine Beigabe in Kalandinas Grab.

Der Moment verging, ohne dass Smertrios es schaffte, sich vom Anblick der Toten auf dem Bett abzuwenden und das Zimmer zu verlassen.

Dann schüttelte Kalandinas Vater kurz den Kopf, als wolle er die Starre von sich abwerfen. Er machte einen Schritt auf

Smertrios zu, die Arme vorgestreckt, um den Säugling wieder an sich zu zwingen. »Dein Kind hat meine Tochter getötet! Es muss sterben!«

Smertrios wich ein wenig zurück, presste seine Tochter noch fester an sich. »Dazu hast du kein Recht. Es ist mein Kind, geboren von meinem mir rechtmäßig angetrauten Weib. Ich habe dieses Kind angenommen. Es wird leben.«

»Er soll verschwinden!«, schrie Kalandinas Mutter aufgelöst. »Ich will ihn hier nicht sehen!«

»Dieses Kind muss sterben!«, brüllte ihr Vater.

Zu Smertrios' Überraschung erhob sich der Vatervater, jener Mann, der so auf seine Verbannung gedrängt hatte, und brachte mit einer Geste die anderen zum Schweigen.

»Lasst ihn nur.« Seine Stimme war gramgetränkt und doch klang die gewohnte Gehässigkeit durch. »Soll er es für diesen einen Tag haben. Es ist unter unserer Würde, unsere Trauer mit Streit zu belasten. Er ist doch ohnehin ein Nichts, ein Toter. Wenn seine verrückte Schwester versagt, ist er des Todes. Versagt sie nicht, ist er verbannt. In beiden Fällen kann er nicht für sein Kind sorgen. Keine Frau hier im Dorf wird sich bereit erklären, es zu stillen. Und nun gehe, verlass dieses Haus. Lass uns um unsere Tochter trauern.«

Smertrios warf noch einen Blick auf das Bett. Friedlich sah Kalandina aus. Als schliefe sie nur. Zumindest war sie daheim, im Dorf, gestorben, und nicht in der Hütte im Wald, die sie gehasst hatte. Hätte sie doch nur damals zur Sonnwend nicht mit ihm getanzt.

Als er das Haus verließ, kamen ihm bereits die Trauerweiber entgegen. Unter ihnen Ronda, die sich ihm in den Weg stellte.

Selbst im flackernden Licht des Kienspans, den sie trug, konnte er die Angst in ihren Augen sehen. Sie war die Nächste, die gebären würde.

»Es tut mir leid«, sagte sie. Sie war die Einzige, die ihm Mitgefühl entgegenbrachte.

Smertrios nickte. Er fühlte Tränen auf seinen Wangen.

Kapitel 32

Vorbereitungen

Lange Zeit saß Smertrios schweigend mit seinem Kind in den Armen neben dem Feuer. Seine Mutter hatte Giamvailos geschickt, eine Ziege zu melken, damit sie Milch hatten, wenn der Säugling Hunger bekam. Eine Notlösung, doch gut genug, um diese erste Nacht des Schreckens zu überbrücken.

Mutter saß neben ihm, den Arm um seine Schultern. Sie blickten das kleine Gesichtchen an, das friedlich schlummernd aus der wollenen Decke herausblitzte. Ihre Sohnestochter träumte wohl gerade, denn ihre winzigen Fäuste zuckten.

Die ganze Zeit wartete Smertrios darauf, dass dieses Gefühl von ihm Besitz nahm, das Gefühl, das ihn damals bei Sanna überwältigt hatte. Diese alles umfassende Liebe, als würde einem das Herz platzen. Aber sein Herz war wohl zu alt und schwer geworden, um so zu hüpfen und zu zerbersten wie damals, als seine kleine Schwester ihm in die Arme gelegt worden war. Viel zu drückend lasteten die Sorge, die Schuld und die Trauer auf ihm.

Vater räusperte sich. Smertrios sah auf, nahm erst jetzt wahr, dass alle ihn anblickten – Vater, Uinje, Giamvailos. Selbst

Sanna, die abseits saß und eine Strohfigur nach der anderen flocht, sah nun zu ihm her.

»Was nun, Sohn?«

Smertrios war versucht, die Schultern zu zucken. Er war so müde, er konnte nun nichts entscheiden. Doch plötzlich sah er das Gesicht des Druiden vor sich. Nicht den schafsköpfigen Darrach, sondern Aonghas, den Druiden Ardudunums mit den milden, wissenden Augen.

Vertraue. Du wirst wissen, was nötig ist.

Er senkte den Blick auf seine kleine Tochter. Es war nicht die Herz-zerberstende Liebe wie bei Sanna, aber es war Liebe. Stolz, weil sie so klein und doch so stark war, Verantwortung, Traurigkeit. Sie lebte. Er war rechtzeitig da gewesen. Und er wusste, was zu tun war.

»Ihr müsst sie zu Alauda bringen. Gleich bei Tagesanbruch.«

Mutter sah ihn an, nickte.

»Und ihr müsst dort bleiben, Mutter. Sie sehnt sich nach euch, nach der Familie. Sie haben Platz und Bedarf an helfenden Händen.«

Uinje rutschte unruhig hin und her. »Du meinst, wir sollen das Dorf verlassen? Aber ...«

»Ja. Das meine ich. Egal, was geschieht – Sanna, Uinje, Giamvailos, wollt ihr mir einen Gefallen tun? Die Nacht ist hell, holt von hinter dem Haus so viele Kräuter, wie ihr nur könnt, damit wir jetzt gleich noch den Göttern ein Opfer bringen können. Dann werden wir mehr wissen.«

Uinje und Giamvailos sprangen eifrig auf, froh, aus der gedrückten Atmosphäre fliehen zu können und voller Aufregung, im Dunkeln hinaus zu dürfen. Sanna sah Smertrios skeptisch an, doch sie folgte den kleinen Geschwistern.

Die drei hatten kaum die Türe hinter sich geschlossen, da wandte sich Smertrios an seine Eltern. »Vater, beantworte mir eine Frage. Als damals jemand den Sonnenschuss schaffte, erinnerst du dich? Kam er zurück? Musste er als Wächter die Scheibe bis zur Sonnwend nähren? Und kam er dann zurück?«

Er sah Vaters nachdenklichen Blick. Sah, wie die Eltern sich ansahen, versuchten, sich zu erinnern. Endlich schüttelte Vater den Kopf. »Nein, er ... wenn ich mich recht erinnere, hieß es, er wäre verunglückt bei der Höhle.«

Also doch. Hatte Ferchar recht gehabt. Smertrios schluckte.

»Nein«, widersprach seine Mutter. »Ich war noch jung, aber ich erinner mich, er brachte gemeinsam mit Darrach – bei Bel, war der noch ein stattlicher Mann gewesen – die Sonnenscheibe zu der Höhle, in die Darrach sich zurückziehen würde, bis zur Wintersonnwend. Und ja, er verunglückte, als sie den schmalen Steig gingen, der zum Eingang führte, er stürzte ein gutes Stück hinab. Er brach sich ein Bein, dass der Knochen herausstand. Meine Mutter hat ihn gepflegt, sie war die Kräuterweise des Dorfes. Ich war sehr beeindruckt, weil alle kamen und ihm Geschenke brachten und Schmuck und Kühe ... Er starb bald darauf, ich glaube, selbst Mutter konnte das Wundfieber nicht senken. Du musst doch die Lieder kennen, in denen er besungen wird, Smertrios.«

»Er sollte also nicht in die Höhle, um die Sonnenscheibe zu bewachen?«

Vater lachte. »Bist du verrückt! Der Druide lässt solch einen heiligen Gegenstand, der für die Gunst des Dorfes bei den Göttern sorgen soll, doch nicht von einem nicht geweihten Menschen bewachen! Wie kommst du darauf?«

»Ich habe gehört, dass es Stämme mit ähnlichen Ritualen gibt, in denen aber der Schütze als Nahrung für die Sonnenscheibe geopfert wird.«

Mutter sah ihn entsetzt an. »Du meinst, obwohl er die Scheibe getroffen hat?«

Smertrios nickte.

»Das ist barbarisch!«, entrüstete sich sein Vater. »Eines Norikers nicht würdig! Schlimm genug, dass ihr geopfert werdet, wenn ihr versagt, aber das ...« Er schüttelte den Kopf.

Smertrios atmete auf. Ferchar hatte unrecht gehabt. Zumindest was den Rabenstamm betraf. Er lächelte, sein Herz wurde um einiges leichter. Sie hatten zumindest eine Chance, Sanna musste nur treffen. Dann wäre alles gut.

Nein, wäre es nicht. Man würde ihn verbannen. Diese Schmach würde seine ganze Familie treffen, niemand würde etwas mit ihnen zu tun haben wollen, auch wenn sie im Dorf bleiben durften. Und was, wenn Sanna nicht traf?

»Ich habe das ernst gemeint, dass ihr bei Alauda bleiben sollt. Dort seid ihr willkommen. Hier – als die Eltern der Kinder, die den Sonnenschuss nicht geschafft haben ...«

Mutter fuhr dazwischen: »So etwas darfst du nicht sagen!«

»Die Möglichkeit besteht, Mutter. Der Bogen ist zwar fertig, aber noch nicht richtig trocken. So sehr ich in Sannas Schießkünste vertraue, dem Bogen vertraue ich nicht. Und selbst wenn – dann seid ihr die Eltern eines Verbannten ...«

»Schlimmer als jetzt kann es auch nicht sein«, brummte Vater. »Du hast ja keine Ahnung, wie sich die Stimmung im Dorf gegen uns gewendet hat.«

»Dann bleibt bei Alauda!«

Seine Eltern sahen einander lange an. Der Säugling in Smertrios' Armen wurde unruhig, begann zu quengeln. Mutter nickte Vater zu, dann erhob sie sich, um etwas Ziegenmilch zu erwärmen.

»Ich bringe deine Tochter zu Alauda, und die anderen kommen mit. Dann sehen wir weiter.«

Smertrios atmete auf. Seine Familie wäre in Sicherheit. Und sie müssten nicht mitansehen, wie Sanna und er den Göttern geopfert wurden.

Noch ehe die Sonne aufging, hatten sie alles in Säcke gepackt, was sie mitnehmen würden. Nun fehlte der Karren mit der Kuh, der in Gallien geblieben war. Sie hatten die Kräuter, die die Geschwister in der Nacht gepflückt hatten, noch vor dem Schlafengehen mit Gesängen und Segenssprüchen im Feuer verbrannt. Giamvailos war dabei eingeschlafen, wie er dem duftenden Rauch zusah.

Es galt, sich zu verabschieden.

Behutsam legte Smertrios seine kleine Tochter seiner Mutter in die Arme. Die ganze Nacht hatte er sie gehalten, ihren weichen Duft eingesogen, ihr vorgesungen. Er würde sie vielleicht nie wiedersehen. Würde nie mit ihr durch den Wald laufen, ihr nicht beibringen, sich den scheuen Tieren zu nähern, ihr keinen Bogen bauen. Aber sie wäre in Sicherheit und am Leben, und wenn man ihr Geschichten von ihrem Vater erzählte, dann nicht von einem Feigling, der in einem Kampf davonlief.

»Halt!«, rief Sanna plötzlich. »Sie muss noch einen Namen haben, Smertrios! Du kannst sie nicht von hier wegschicken, ehe die Götter ihren Namen kennen!«

Seine Tochter wachte auf, als Smertrios sie wieder seiner Mutter abnahm. Mit dem tiefblauen Blick, der Neugeborenen so eigen war, sah sie Smertrios an. Die Kehle wurde ihm eng.

Vater öffnete die Haustüre, Smertrios trat davor. Er hob seine Tochter empor, zeigte sie den vier Himmelsrichtungen, sprach ein Gebet für sie. Die Kette voller Strohfigürchen, die Sanna ihr um den Hals gehängt hatte, wehte leicht in der Morgenbrise.

Laut und klar sagte er: »Dein Name soll Aislin sein, Traum. Denn lange warst du in meinen Träumen und dein ganzes Leben lang will ich dich im Traum begleiten und dir des Nachts Geschichten erzählen. Mögen die Götter dich immer beschützen, kleine Aislin.«

Rasch drückte er sein Kind seiner Mutter in die Arme und wandte sich ab.

Er hörte die Stimmen seiner Familie in seinem Rücken. »Willkommen, kleine Aislin.«

Sie sollten gehen. Rasch.

Die Sonne kroch über den Horizont. Sanna und er mussten zu Darrach. Ihn zu erzürnen war das Letzte, was sie nun brauchten.

»Geht!« Seine Stimme war heiser.

»Wir warten, bis ihr -«, meinte Mutter.

»Nein, geht. Beeilt euch. Sonst kommen sie noch auf die Idee, euch aufzuhalten.«

Er nahm Sanna bei der Hand und zog sie in Richtung Nemeton.

Den ganzen Tag saßen sie da, ohne Essen, ohne Trinken. Die Sonne, herbstlich mild und doch noch kräftig, schien über die Palisade des Tempels. Der schmächtige Druidenschüler hatte sich einen Platz im Schatten gesucht, die Augen meist halb geschlossen, schlafend oder im Gespräch mit den Göttern, es war nicht zu erkennen. Sie durften nicht reden, kein Wort.

Sie sollten nur hier sitzen, den ganzen Tag, den Sulnatris zwischen sich auf einem leinenen Tuch auf dem Boden. Nackt, ohne Zeichen von Rang und Namen vor den Göttern.

Immer wieder zuckten Sannas Finger zu dem Bogenende, das auf sie zeigte. Smertrios wusste, wie gerne sie den Bogen schießen würde. Wie sehr sie sich danach sehnte, zu spüren, wie er sich seit gestern verändert hatte.

Der Tag war lang. Smertrios' Gedanken schweiften in alle möglichen Richtungen. Er dachte an die Tage in Voccios Verlies, ebenso träge und quälend. Er musste an Livia denken, mit Sanna so nackt vor sich. Hatte sie die drei Köpfe erhalten? Hatte sie es geglaubt, dass dies Sanna, Uilleam und er waren? Was hatte sie dabei empfunden? Vielleicht bei allen Rachegefühlen für die Schmach, die Smertrios ihr angetan hatte, doch auch ein wenig Trauer. Zumindest um Sanna, ihre Gespielin. Wenn sie nicht längst eine neue hatte.

Als der Wind drehte, hörte er die Trauergesänge aus Kalandinas Haus. Normalerweise wurden Leichname am dritten Tag begraben. Morgen. Ob sie es wegen des Sonnenrituals verschoben? Damit Kalandina länger unter den Ihren war als der Mann, der sie geschwängert hatte?

Sein Blick fiel wieder auf den Sulnatris, jenen Bogen, den der alte Mann in Gallia Cisalpina gebaut hatte. Am anderen Ende der Welt, wie ihm schien, in einer anderen Zeit. Er musste kurz auflachen, die Sonne hatte ihn wohl schon verwirrt. Dort, in Livias Haus, dort lag noch der echte Sulnatris, jener, den Smertrios gebaut hatte. Falls sie ihn nicht längst ins Feuer geworfen hatte. Für einen Moment hatte er das Gefühl, die beiden Bögen wären miteinander verbunden, als könne man mit dem einen bis zu dem anderen schießen. Die Gedanken wurden verworrener.

Sanna begann zu schwanken, erschöpft von Sonne und Sitzen. Wo war der Sinn, sie heute so zu quälen? Legte Darrach es darauf an, dass der Schuss nicht geschafft werden konnte? Am Nachmittag kamen Wolken auf, willkommen wie der Kuss einer Liebsten.

Als leichter Regen zu fallen begann, formten Sannas Lippen lautlose Worte, während der Druidenschüler hastig den Sulnatris zudeckte.

Smertrios meinte »Die Götter lieben uns« zu verstehen.

Irgendwann dachte er gar nichts mehr. Es gab nichts mehr, nach dem er sich sehnte oder das er vermisste. Er war einfach. Ein Spielball der Götter. Hier, um seiner Schwester zu dienen. Er war der Bogen, doch sie der Pfeil.

Als der Sonnengott seinen Himmelswagen hinter den Horizont lenkte, durften sie endlich ihren Platz verlassen, nicht jedoch den Tempel. Man brachte ihnen zu trinken und Suppe, sie mussten sich waschen und wurden dann mit Decken für die Nacht im Tempel alleine gelassen. Der Sulnatris wurde unter Anrufung der Götter in jenes Schränkchen eingesperrt, in dem auch die Sonnenscheibe lag.

Sie suchten sich einen Platz weit weg vom Opfertisch. Smertrios meinte, er würde wohl einschlafen, sobald er sich hinlegte, doch der Schlaf wollte nicht kommen.

Lange lag er da und starrte in den Himmel hinauf. Dicke Wolken verbargen den Vollmond. Solange es nur nicht wieder regnete. Sanna musste sich erholen können.

Sanna schmiegte sich an ihn, es war ihm unangenehm, da sie beide immer noch nackt waren. Aber sollte er sie von sich stoßen? Dies war vielleicht ihre letzte Nacht auf dieser Welt.

»Was ist«, murmelte Sanna, »wenn es morgen regnet?«

»Ich weiß es nicht.«

»Smertrios, ich glaube nicht, dass ich das morgen schaffe. Du hast dir so viel Mühe mit dem Bogen gegeben, aber … was, wenn ich nicht treffe?«

Er küsste sie sanft auf ihre kurzen Haare. »Du bist die Einzige, der ich zutraue, mit diesem Bogen zu treffen, so unreif, wie er noch ist. Und wenn nicht – nun, dann gehen wir morgen gemeinsam in die Anderswelt.«

Sie hob ein wenig den Kopf, um ihm ins Gesicht zu sehen. »Meinst du, wenn wir zusammen sterben, dass wir dann in der Anderswelt wieder als Geschwister zur Welt kommen? Vielleicht sogar als Zwillinge? Ich fände es furchtbar, wenn du ganz woanders bist.«

Smertrios nickte. »Wir werden es herausfinden, wenn die Götter es so bestimmt haben.«

Ihr Kopf sank zurück an seine Brust. Sie schwiegen.

Leises Schluchzen beutelte Sanna. Smertrios strich ihr über den Rücken, Bilder von Livia schoben sich in seinen Kopf, er versuchte, sie abzuschütteln.

»Ich hasse ihn!«, stieß Sanna hervor.

Er musste nicht fragen, wen sie meinte. Auch er war zutiefst von Ferchar enttäuscht. Ferchar war der Krieger, der kampferprobte Recke. Und dann nicht Mann genug, jener Frau beizustehen, die ihn liebte? Mit ihr auszuharren, bis ihr Schicksal sich zeigte?

»Ich glaube, er konnte es einfach nicht ertragen, die Angst, dass du geopfert wirst. Er liebt dich, weißt du?«

Sanna sah ihn mit großen Augen an. Selbst in der Dunkelheit der Nacht konnte er sie glänzen sehen. »Aber … ich meine … ich würde ihn doch sowieso nicht zum Mann wollen. Ich will gar keinen Mann, Männer sind so … Ich vermisse Livia.«

Smertrios versuchte, seine Überraschung zu verbergen. »Und ich dachte, du würdest Ferchar ...«

Sanna setzte sich auf. »Schon. Er ist – also, wenn ein Mann ... aber er ist versprochen, er ist der Sohn des Bärenführers, ich nur eine Handwerkerstochter. Und das eine hat doch auch nichts mit dem anderen zu tun, oder? Livia, sie mochte ich als Mensch nicht so, nicht so wie Ferchar, aber was sie mit mir getan hat ... sie hat mir den Himmel geschenkt, weißt du? Sie hat meinen Körper zum Leben erweckt. Ich glaube nicht, dass ich das mit einem Mann ... nicht einmal mit Ferchar.« Sie schüttelte den Kopf.

»Nun«, Smertrios lächelte, »wenn du morgen die Sonne vom Himmel holst, dann kannst du dir jeden Mann im Dorf aussuchen.« Er grinste. »Vasos zum Beispiel, der hat doch etwas sehr Mädchenhaftes.«

Sanna schnaubte, musste dann aber doch lachen. Nur kurz, dann wurde sie wieder ernst. »Wenn. Und wenn sie mich nicht mit dir verbannen, da du mein Bruder bist. Als wenn der Bogen, den du gebaut hast, nicht Grund wäre, dich in Ehren im Dorf zu behalten, als Mitglied des Rates.«

Smertrios seufzte. »Wenn Kalandina nicht gestorben wäre, dann würde das vielleicht so geschehen. Aber nun ... Nein, ihre Familie wird mich nicht dulden, ich glaube nicht, dass sie sehen, dass dieser Bogen so etwas ganz anderes ist als die Bögen, die ich sonst baue. Für sie habe ich einfach damit meine Pflicht getan. Und dann – weg mit ihm, wie schon davor geplant.«

Sanna lächelte. »Nun tu nicht so, als täte dir das leid. Als würdest du im Dorf bleiben wollen. In Ardudunum warten sie doch schon auf dich, den Bogenbauer.«

Smertrios schüttelte den Kopf. »Ich würde zu Alauda gehen. So wie du.«

Sanna senkte den Kopf. »Ich weiß nicht. Wenn ich es schaffe, die Sonne vom Himmel zu holen ... ich wüsste nicht, wohin mit mir. Wir haben so viel gesehen, so viel erlebt. Ich passe nicht mehr zu Mutter und Uinje, und für Alauda war ich immer schon das ungeliebteste Geschwisterchen. Die Anderswelt wäre vielleicht gar nicht so schlecht. Aber ich will, dass sie von mir singen im Dorf, dass sie erzählen von der, die die Sonne vom Himmel schoss und dabei eine Frau war. Dass Sanna, die Kleingeborene, dem Dorf Schutz für drei-mal-drei Jahre schenkte. Ja, das will ich, dass sie singen. Und dann ...« Sie seufzte und schmiegte sich erneut an Smertrios, zog die Decke über sie beide, über ihren Kopf, damit die Sterne, die zwischen den aufreißenden Wolken hervorblitzten, sie nicht sahen.

Smertrios lag die ganze Nacht wach. Er hatte Angst um seine Schwester. Mehr, als um sein eigenes Leben.

Kapitel 33

Der Sonnenschuss

Zeitig am Morgen wurden sie in schlichte lange Hemden gesteckt und ihnen etwas Honigwasser gegeben. Dann führte der schmächtige Druidenschüler sie aus dem Dorf, dorthin, wo bereits alles für das Ritual vorbereitet wurde. Man hatte Bänke aufgestellt, damit die Hochgeborenen des Dorfes das Schauspiel sitzend betrachten konnten. Etwas abseits war eine große Feuerstelle errichtet worden, über der zwei Sauen sich am Spieß drehten. Für das Dorf war es ein Fest. Ein Tag des Feierns nach der Zeit der Ernte. Der Himmel war noch bedeckt, aber die Sonne war als blasse Scheibe durch den Wolkendunst zu erkennen.

Darrach stand mit Barnario auf dem freien Platz. Hinter ihnen, in einiger Entfernung, standen die beiden hohen Pappeln. Ein Seil war hoch oben von einer zur anderen gespannt und von diesem hing die Sonnenscheibe herab, an einem Haken baumelnd.

Sanna war blass, steif stand sie da und starrte die glänzende Scheibe an. Auch Smertrios musste schlucken. Darrach kam auf sie zu, deutete Sanna, wo sie zu stehen haben würde. Der Winkel war steil. Sie begann zu zittern.

Smertrios trat hinter sie, legte die Arme um ihre Taille wie Livia es getan hatte. Er beugte sich ein wenig hinab, um den gleichen Blickwinkel wie sie zu haben.

»Das schaffst du«, flüsterte er. »Du hast Lachnall damals besiegt, du hast jeden mit deinen Künsten beeindruckt. Du kannst das. Vergiss alles, sei einfach der Pfeil, tanze mit ihm.«

Sanna nickte. Dann wand sie sich aus seinen Armen, setzte sich unter eine der Pappeln.

Barnario hielt Smertrios auf, der ihr folgen wollte. »Das mit Kalandina tut mir leid.«

Smertrios dankte. Er hatte im Moment wirklich andere Sorgen.

»Deine Familie war gar nicht bei den Trauerbekundungen.«

Smertrios räusperte sich. Besser, der Stammesführer wusste nicht, dass sie längst das Dorf verlassen hatten. »Sie bereiten sich auf den heutigen Tag vor. Du wirst verstehen, dass Sanna ihnen näher steht.«

Barnario nickte, sah zu Sanna hinüber und dann hinauf zu der baumelnden Scheibe. »Du weißt, dass Kalandinas Vatervater deine sofortige Verbannung verlangt hat? Noch vor dem Schuss, weil er findet, dass du deinen Teil der Aufgabe schon erledigt hast und es eine Schande wäre, einen Feigling wie dich an solch einem wichtigen Tag im Dorf zu haben.«

»Und?« Sein Magen krampfte sich zusammen. Er konnte Sanna nicht alleine lassen, er musste hier bleiben. Unmöglich.

»Darrach hat ihn vertröstet. Weil er den Göttern euch beide versprochen hat, sollte Sanna nicht treffen. Doch wenn sie trifft – dann solltest du so schnell wie möglich das Dorf verlassen.«

Barnario klopfte ihm mit einem freundlichen Lächeln auf die Schulter. Fassungslos starrte Smertrios ihm nach, als er sich wieder zu Darrach gesellte. Zählte es denn gar nicht, dass er dem Dorf einen neuen Sulnatris gebracht hatte?

Er entdeckte Kalandinas Vatervater, der bereits auf einer der Bänke Platz nahm. Der Blick, den der alte Mann dem Druiden zuwarf, war bitterböse. Nun, vielleicht hatte auch Kalandinas

Vatervater längst erkannt, dass nicht alles göttlich war, was der Druide verkündete. Dass dieser Mann, der so viel Wissen hortete und so viel Macht im Dorf besaß, eben auch nur ein Mensch war, mit eigenen Interessen, was auch immer die sein mochten. Und dass viele im Dorf andere Interessen hatten. Ein Dorf ohne Druide – ob es das gab? Dörfer, in denen jeder selbst mit den Göttern sprach? Smertrios schüttelte den Kopf, riss sich von seinen Gedanken los, und ging zu Sanna.

Ein Grasfigürchen nach dem anderen flochten ihre Hände, während Tränen ihre Wangen hinabliefen. Er hockte sich neben ihr hin.

Sie sah auf. »Wozu, Smertrios? Wozu ein Dorf retten, in dem wir nicht gemocht werden? Die Familie ist in Sicherheit, wozu also?«

»Um es ihnen zu beweisen. Dass du das kannst. Dass sie vor Scham versinken, weil sie eine Schützin wie dich nie ernst genommen haben.«

Sie wischte sich mit dem Handrücken über die Nase. »Und dann? Wo soll ich hin?«

Ehe Smertrios antworten konnte, rief Darrach sie zu sich. Immer mehr Menschen strömten zu dem Platz, murmelnd, lachend. Der Druide gab den Geschwistern Anweisungen, wo sie zu stehen hatten, wie sie sich zu benehmen hatten, wann der Schuss geschehen musste.

Sie nahmen ihre Plätze ein. Es würde dauern, bis Darrach all die Anrufungen und Zeremonien durchgeführt hatte, die vor dem Sonnenschuss nötig waren. Smertrios sah zu Sanna, die einige Schritte von ihm entfernt stand. Er hatte sie noch nie so blass und elend gesehen.

Die Ohnmacht war am Schlimmsten. Ihr nicht helfen zu können. Nur Zuseher zu sein, und doch abhängig von ihr. Sein Leben lag in ihrer Hand.

Cavannus stellte sich direkt hinter Smertrios, wie damals, als der Rat ihn verurteilte. Doch diesmal hielt er statt eines Speers ein Messer in der Hand und Smertrios wusste, dass es in Kürze in seinem Hals stecken könnte. Er spürte, wie Cavannus schwitzte, trotz des kühlen Wetters. Sie waren Kinderfreunde gewesen.

Hinter Sanna stellte sich Barnario auf. Bereit, das Mädchen zu töten, das er immer mit einem väterlichen Lächeln bedacht hatte. Die Gunst der Götter stand über allem.

Darrach begann seine Beschwörungen, erklärte dem Dorf die Wichtigkeit dieses Ereignisses. Smertrios hörte nicht zu, er hatte nur Augen für Sanna, als könne er mit seinen Gedanken ihr Kraft und Zuversicht geben. Er betete, dass die Götter dem Bogen wohlgesinnt waren, dass es ihnen nicht darauf ankam, wer ihn tatsächlich gefertigt hatte. Schweiß rann seinen Rücken hinab, und doch fror er.

Als Darrach den Sulnatris aus einem hölzernen Kasten herausnahm, kam Unruhe unter die Zuschauermenge. Pferdewiehern ließ Smertrios den Kopf wenden. Vom Dorf her kam ein Reiter, in einen dicken Pelz gehüllt, ein zweites Pferd am langen Zügel. Die Sonne stand hinter ihm, sodass Smertrios einen Moment brauchte, ihn zu erkennen.

Wer da angaloppiert kam, war Ferchar.

Sanna stieß einen Schrei aus.

Die Menge wich zur Seite. Darrach sah wütend auf den Ankömmling, deutete Barnario, den Eindringling aufzuhalten.

Doch Ferchar stand schon inmitten des Kreises, ein rascher Blick fuhr zu Smertrios und zu Sanna, dann setzte er sein bewährtes Lächeln auf, das durch seine Narbe und den halb verbrannten Bart etwas Gefährliches hatte. Nun erkannte Smertrios auch, dass Ferchar das Bärenfell seines Vaters trug, was ihm ein imposantes Aussehen verlieh, aus der Nähe aber nicht darüber hinwegtäuschen konnte, dass der Reiter abgehetzt und verschwitzt war.

»Seid gegrüßt, Menschen des Rabenstammes!«

Barnario war auf ihn zugetreten, hatte die Zügel seines Pferdes ergriffen, doch es war Darrach, dessen Stimme von hinten schnarrte: »Ihr stört ein Ritual. Kommt später wieder.«

»Oh, verzeiht«, sagte Ferchar. »Doch ich, Ferchar, Sohn des Oglonus, Anführer der Bärenkrieger, bin gekommen, mein mir versprochenes Eheweib zu holen.«

Ein Gieksen entwischte Sannas Mund. Smertrios traute seinen Ohren nicht. Sein Eheweib?

Barnario hatte die Augenbrauen zusammengezogen. »Soweit ich weiß, hat dein Vater dich der Tochter des Anführers der Hirschen versprochen.«

»Später!«, brüllte Darrach erneut. »Er stört ein Ritual! Die Sonne wird gleich die Scheibe treffen, weg da jetzt!«

»Gut, dann später«, sagte Ferchar milde. »Doch seid euch bewusst, wenn meinem Weib ein Leid geschieht, so wird der Stamm der Bären es mit Krieg vergelten.«

Unsicher sah Barnario zu Darrach, dann zu Ferchar. »Wer ist dein Weib?«

Der Bärenkrieger deutete lächelnd auf Sanna, zwinkerte ihr zu. »Sie.«

Gemurmel machte sich unter den Zusehern breit.

Darrach und Barnario wechselten Blicke.

»Ritual ist Ritual! Sie sind beide den Göttern versprochen, sollte sie nicht treffen!«

Smertrios hörte Barnario leise zu Darrach reden. »Ein Opfer wird wohl genügen. Kein Krieg mit den Bären! Lass den Bogenbauer genug sein!«

Hastig schob der Druide Sanna den Bogen in die Hand. Die Strahlen der Sonne waren bereits auf den Ästen der Pappel angelangt, nicht mehr lange, und sie würden die metallene Scheibe zum Leuchten bringen.

Smertrios lächelte Ferchar an. Er war bereit, zu den Göttern zu gehen, wissend, dass Sanna von dem Bärenkrieger geschützt wurde. Wie auch immer er das mit der Eheschließung angestellt hatte. Er sah die Bärin vor sich, damals, im Wald, mit ihrem Jungen. Ja, sie war ein gutes Omen gewesen.

Ferchar lächelte zurück.

Die Zeit schien sich zu verlangsamen. Die Sonne küsste die Kante der Scheibe. Cavannus hob sein Messer, setzte es an Smertrios' Hals an. Barnario jedoch war einen Schritt von Sanna weggetreten.

Smertrios hatte nur noch Augen für seine Schwester. Er wollte, dass sie das Letzte war, das er in diesem Leben sah. Für einen Moment blickte sie ihn an, lächelnd. Glücklich, weil Ferchar zurückgekommen war. Selbst wenn sie verfehlte, sie würde leben, dafür würde Ferchar sorgen, das war das Wichtigste für Smertrios. Er sah aus dem Augenwinkel die Scheibe im vollen Sonnenlicht aufleuchten.

Sanna hob den in Gallien gefertigten Bogen, spannte mit der Anmut, die Smertrios so an dieser Bewegung liebte, und ließ den Pfeil fliegen, jenen Pfeil, der die Habichtfedern Ardudunums trug.

Einen Moment stand sie noch da, die Sehnenhand an ihrer Wange, der Bogen in der anderen kippte leicht nach vorne.

Von Ferne hörte Smertrios ein metallisches Geräusch.

Sannas Kopf wandte sich zu ihm, strahlend.

Das Messer an seinem Hals sank herab. Er fühlte Blut fließen, doch nur wenig, eine unachtsame Bewegung von Cavannus.

Wie im Traum sah Smertrios Ferchar, der sein Pferd auf Sanna zutrieb und sie zu sich in den Sattel hob, strahlend. Sein Blick wanderte zu den Zusehern, sie waren alle aufgesprungen, jubelten. Nur Kalandinas Vatervater nicht, der mit verbittertem Blick einem Krieger etwas zuflüsterte, dabei auf Smertrios deutete.

Jemand klopfte ihm auf die Schulter, Cavannus, der etwas wie »Nichts für ungut« sagte.

Im nächsten Moment nahm die Zeit wieder ihre gewohnte Geschwindigkeit an. Ehe Smertrios realisierte, dass er am Leben war, dass Sanna tatsächlich die Sonnenscheibe von dem Haken heruntergeschossen hatte, stand Ferchar neben ihm und hieß ihn, auf das zweite Pferd aufzusteigen.

»Zu Pferde ist man immer besser dran!«, rief er über den Jubel hinweg.

Der von Kalandinas Vatervater beauftragte Krieger begann nun zu laufen und Smertrios sah, dass er ein Messer in Händen hielt. Es kam ihm vor wie eine Wiederholung ihrer Flucht aus Livias Villa.

Er sprang auf das Pferd und sie galoppierten davon, preschten zwischen den Dorfbewohnern hindurch, deren wütendes und verwirrtes Geschrei immer weiter zurückblieb. Die vertraute Umgebung verschwamm zu Grün und Braun, in seinen Ohren nur das rhythmische Trommeln der Pferdehufe auf der lehmharten Straße, in seinem Kopf nur der immer wiederkehrende Satz: »Wir leben.« Er konnte nicht sagen, ob sie verfolgt wurden, und er würde gewiss nicht anhalten, um es herauszufinden.

Sie trieben die Pferde voran, bis sie schweißnass waren und zu stolpern begannen.

Irgendwann zügelten sie ihre Reittiere und hielten an.

Smertrios glitt vom Pferd, hob Sanna von Ferchars und hüpfte mit ihr im Kreis, drückte sie an sich, vor Freude weinend. Sobald Ferchar abgestiegen war, wurde er in ihren Tanz mit eingeschlossen.

Atemlos fielen sie auf den staubigen Boden. Ferchar küsste Sanna wieder und wieder, sie lachte.

»Wir dachten, du wärst feige getürmt!«, sagte Smertrios endlich.

Ferchar sah ihn mit großen Augen an. »Ich musste die Zeit nützen. Mit Vater sprechen.« Das Lächeln in seinem Gesicht schwand etwas. »Sanna, es tut mir leid, so ganz war das nicht die Wahrheit, was ich vor deinem Stamm gesagt habe. Ich konnte ihn nicht überzeugen, dass ich nicht die Tochter der Hirschen heirate. Alles, was ich dir bieten kann, ist, meine Zweitfrau zu werden. Aber zumindest konnte ich dich so davor bewahren, den Göttern als Nahrung zu dienen.«

Sanna sah ihn verständnislos an.

Smertrios schüttelte leicht den Kopf. »Das wäre gar nicht nötig gewesen. In meinem Stamm gibt es dieses Opfer nicht. Aber ich danke dir dennoch, denn dass du gekommen bist, das hat Sanna treffen lassen, denke ich.«

»Du meinst, du hast dann noch eine andere Frau?« Sanna hatte die Stirn gerunzelt.

Ferchar presste die Lippen aufeinander. »Ja. Und ich kann dich erst zur Frau nehmen, nachdem ich sie geheiratet habe, denn sie wird meine Erstfrau sein. Erst als Rufius' Vater das erwähnte, kam ich auf die Idee. Ich wusste nicht einmal, ob es in meinem Stamm gestattet ist, eine Zweitfrau zu haben. Es tut mir leid. Ich dachte wirklich, das wäre die beste Idee, um zu verhindern, dass sie dich doch noch den Göttern opfern. Ich war überzeugt, dass du als Speise für die Götter endest, selbst wenn du triffst. Aber die Drohung mit Krieg, das funktioniert meistens. Zumal die Bärenkrieger gefürchtete Kämpfer sind.«

Sanna sah ihn ernst an. »Dann ist es gut. Ich glaube nämlich nicht, dass ich dazu geeignet bin, die Frau des Stammesführers zu sein. Jene, die bei all den Empfängen anderer Stammesführer alle Regeln befolgt. Und immer fein gekleidet ist. Wenn ich deine Zweitfrau bin, darf ich weiterhin Pfeile fliegen lassen?«

Ferchar lachte und drückte sie an sich. »Auf alle Fälle!«

Smertrios fühlte, wie alle Anspannung von ihm abfiel. Sie hatten die Aufgabe bewältigt, die man ihnen gestellt hatte. Hatten dem Dorf die Gunst der Götter für weitere drei-mal-drei Jahre geschenkt, dazu einen Bogen, der noch so manchen Sonnenschuss erleben konnte.

Und nun waren sie frei.

»Was ist, Smertrios«, sagte Ferchar da, »kommst du mit uns? Wir Bären können einen Bogenbauer wie dich gut brauchen. Ich habe gehört, du kannst Bögen bauen, dass selbst die Römer es nicht besser können!«

Smertrios schüttelte den Kopf. »Es wird Zeit, dass Sanna erwachsen wird. Sie braucht keinen großen Bruder mehr, der über sie wacht, nun, wo sie ihren eigenen Bären hat.« Er würde es auch nicht ertragen, sie Tag für Tag zu sehen, immer und immer wieder an all das erinnert zu werden, was sie diesen Sommer erlebt hatten.

»Ein Pfeil muss den Bogen hinter sich lassen, du musst nun fliegen, Sanna.«

Er hatte seinen Bogen gebaut, den Bogen des Smertrios, und gewiss würde man in Liedern darüber singen, über die Sonnenschützin und den Bogenbauer, die das Dorf für immer verlassen hatten.

Nun galt es, neue Lieder zu erleben, neue Bögen zu bauen.

Epilog

Frühling

Der Frühling hatte Einzug gehalten. Der Weißdorn in der dichten Hecke rund um Alaudas Gutshof blühte, dass sein Duft auch die hintersten Räume des Hauses erfüllte. Smertrios kam gerade vom Markt zurück, wo er einige Bögen verkauft hatte. Jedes Mal, wenn er durch das große Tor trat, spürte er, wie sehr er hier nun zuhause war. Die Hunde wedelten freudig mit dem Schwanz, die Knechte und Mägde grüßten lächelnd.

Er freute sich schon, die soeben erhaltenen Aufträge auszuführen. Sein Können war gefragt. Neben den Langbögen, die er den Winter über gefertigt hatte, lagerten auch ein paar halbfertige Exemplare, kurz und geschwungen, deren Hornbelag diesmal ganz in Ruhe trocknen durfte.

Mutter kam ihm entgegen, als er auf dem Weg in seine Werkstatt war, um die nicht verkauften Bögen abzulegen. Sie trug die kleine Aislin auf dem Arm, die ihre Hände begeistert Smertrios entgegenstreckte. Ein halbes Jahr war sie nun alt, und er genoss es sehr, dass ihn bei diesem Kind keiner schief ansah, wenn er sie herumtrug und ihr stundenlang Geschichten erzählte – Geschichten vom Meer, von prächtigen Villen, von

Bögen, die die Sonne vom Himmel holten. Sie wuchs mit den Kindern von Rufius und dessen Bruder wie mit Geschwistern auf. Smertrios konnte sich gar nicht mehr vorstellen, dass er einst ein einsames Leben im Wald dem in der Familie vorgezogen hatte. Aber der Unterschied war einfach: Hier war er willkommen. Im Dorf war er es nicht gewesen.

»Wir haben Besuch bekommen, während du am Markt warst«, sagte seine Mutter und reichte ihm Aislin, nachdem er seine Sachen abgestellt hatte.

»Jemand, den ich kenne?« Es gab oft Gäste hier, befreundete Händler und Familie. Meist hielt Smertrios sich im Hintergrund, wenn Fremde da waren.

Mutter nickte lächelnd.

Hinter dem Haupthaus war ein großer Tisch aufgestellt. Die ganze Familie war versammelt, saß lachend und plaudernd um die lange Tafel.

Und mittendrin Sanna und Ferchar.

Sie sprangen beide auf, als sie Smertrios sahen, eilten ihm entgegen. Wunderhübsch war seine Schwester, strahlend und glücklich.

Sie hielten sich lange umarmt. Ja, er hatte sie vermisst. Sie beide. Es tat unendlich wohl, sie zu sehen und zu spüren, wie gut es ihnen ging.

Schon bald nach der innigen Begrüßung bat Sanna um ein paar Bögen. Die Bögen der Bärenkrieger waren ihr nicht gut genug, um damit Ferchar und Eana das Schießen beizubringen.

Ihr Blick ging zu der anderen jungen Frau, die neben Ferchar saß, der Tochter des Hirschenführers. Ihre dunklen langen Haare bildeten einen hübschen Kontrast zu Sannas hellen kurzen, doch abgesehen davon hatte sie das gleiche offene Lächeln wie Sanna. Ferchars Vater hatte wirklich eine gute Wahl getroffen für seinen Sohn.

Bald stand Smertrios mit seiner Tochter am Arm neben Ferchar und sie sahen den beiden Frauen zu, wie diese zwischen den Obstbäumen Pfeile fliegen ließen.

Smertrios bemerkte die kleinen Berührungen zwischen den Frauen, als Sanna Eanas Haltung verbesserte. Sannas Finger, die über Eanas Brust strichen, der kleine Kuss in den Nacken. Er sah zu Ferchar, der lächelte wissend zurück.

Smertrios hatte am Hof seiner Schwester seinen inneren Frieden gefunden, doch Sannas Lebenspfeil war nicht nur geflogen, er hatte mitten ins Ziel getroffen.

Wenn du Ferchar wiederbegegnen möchtest, so wartet er in Band eins der Keltenroman-Serie Die Wortflechterin *auf dich; Sanna und Smertrios in Band vier.*

Den Bewohnern von Ardudunum kannst du in Der Krieger der Druiden *wiederbegegnen.*

Gute Geschichten sind Küsse für die Seele!

Drum empfiehl weiter, was dir gefällt, und gönn auch deinen Lieblingsautoren ein wenig Seelenküsse, indem du eine Rezension auf der Buchplattformen schreibst, wo du ihre Bücher kaufst.

Wenn du einmal im Monat eine Geschichte und Interessantes zu den Kelten per Email erfahren willst, melde dich auf meiner Webseite zu meinem Rundbrief an. Als Dankeschön erhältst du einen Kurzband der Keltenroman-Serie *Die Wortflechterin*.

Deine
Marion Wiesler
marion@marionwiesler.at
marionwiesler.at

Personen:

<u>Die Familie:</u>
Smertrios: Bogenbauer
Kalandina: seine Frau
Sanna: seine sechzehnjährige Schwester
Erchart: sein Vater
Moltina: seine Mutter
Uinje: seine elfjährige Schwester
Giamvailos: sein fünfjähriger Bruder
Alauda: seine ältere Schwester
Rufius: Alaudas Mann

<u>Rabenstamm:</u>
Barnario: Stammesführer
Cavannus: rechte Hand des Stammesführers
Darrach: Druide
Ronda: Barnarios Frau
Vasos: junger Krieger
Lachnall: Bogenschütze und Krieger

<u>Unterwegs:</u>
Ferchar: Sohn des Stammesführers des Bärenstammes
Voccio: norischer Herrscher
Aonghas: Druide aus Ardudunum
Goraid: Fürst aus Ardudunum
Nammonius: Heeresführer Voccios
Cotuco: Bogenbauer Voccios

Livia: reiche Römerin
Publius Tiberinus Moron: reicher Römer
Uilleam: Pferdeknecht
Septimus: Besitzer einer Bogenmanufaktur

Sonstige keltische Begriffe :

Camisia: die keltische Tunika, kurz- oder langärmelig oder ärmellos, als Unterkleid der Frauen einfach länger

Braccae: keltische Hosen, lang

Peplos: schmal geschnittenes Überkleid der Frauen, zwei gerade Stoffbahnen, die an den Schultern mit Fibeln zusammengehalten werden

caddos: sowohl heilig, als auch tabu

Sulnatris: (aus dem Altkeltischen entwickelt) Sonnenschlange

Ortsnamen (aus dem Altkeltischen entwickelt):

Ardudunum: »Stadt auf der Höhe« (Kulm bei Weiz)

Belsaberia: »Feldebene« (kleines Dorf nahe Rechnitz)

Allosglastos: »Grüner Stein« (Zollfeld)

Bragnreica: »Wiesenbach« (Deutschlandsberg)

Nicea: Nizza

Massilia: Marseille

Aus dramaturgischen Gründen wurden die Trocknungszeiten der Bögen verkürzt. Bis ein mit Fischleim geklebter Kompositbogen mit Sehnen- und Hornbelag wirklich trocken war, konnte fast ein Jahr vergehen.

Sämtliche Personen in diesem Roman sind frei erfunden, mit Ausnahme von Julius Caesar und dem keltischen Hochkönig Voccio, diese sind reale historische Figuren – auch wenn wir über Voccios wahren Charakter nichts wissen.

MARION WIESLER

Aufgewachsen in einer Filmproduktionsfirma hat die Welt der Kreativität und Phantasie sie schon immer umgeben. Ihre erste Geschichte schrieb sie mit zwölf Jahren für die Schublade. Viele weitere folgten, bis sie 2015 beschloss, auch einmal etwas zu veröffentlichen.

Seitdem erzählt sie nicht nur als Erzählerin Mariou auf Veranstaltungen Geschichten, sondern schreibt Roman nach Roman auf ihrem zweihundert Jahre alten Bauernhof in der Steiermark. Hier lebt sie nach Reisen um die ganze Welt mit ihrem Mann, drei großen Kindern und dem freundlichsten Hund der Welt.